BASTEI
LÜBBE
TASCHENBUCH

Über den Autor:

Jordi Sierra i Fabra, geboren 1947 in Barcelona, hat im Alter von acht Jahren mit dem Schreiben begonnen und mit zwölf beschlossen, es zum Beruf zu machen. Inzwischen ist er der meistveröffentlichte spanische Autor der Gegenwart. Für sein literarisches Schaffen wurde er mit zahlreichen Preisen ausgezeichnet, unter anderem mit dem *Premio Nacional* für seine Kinder- und Jugendbücher und dem *Premio Iberoamericano* für sein Gesamtwerk.

Jordi Sierra i Fabra

Das zweite Leben des Señor Castro

ROMAN

Aus dem Spanischen von Sabine Giersberg

BASTEI LÜBBE TASCHENBUCH
Band 17766

Dieser Titel ist auch E-Book erschienen

Vollständige Taschenbuchausgabe

Deutsche Erstausgabe

Titel der spanischen Originalausgabe: »El beso azul«
The translation follows the edition of Harper Collins Narrativa 2016
Published by arrangement with UnderCover Literary Agents,
on behalf of IMC Literary Agency

Textredaktion: Carola Fischer, München
Einband-/Umschlagmotive: © Plainpicture/Stéphanie Foäche,
Ingrid Michel, Hero Images
Umschlaggestaltung: init | Kommunikationsdesign,
Bad Oeynhausen
Satz: Dörlemann Satz, Lemförde
Gesetzt aus der Minion Pro
Druck und Verarbeitung: CPI books GmbH, Leck – Germany
ISBN 978-3-404-17766-0

2 4 5 3 1

Sie finden uns im Internet unter www.luebbe.de
Bitte beachten Sie auch: www.lesejury.de

Ein verlagsneues Buch kostet in Deutschland und Österreich jeweils überall dasselbe.
Damit die kulturelle Vielfalt erhalten und für die Leser bezahlbar bleibt, gibt es die *gesetzliche Buchpreisbindung*. Ob im Internet, in der Großbuchhandlung, beim lokalen Buchhändler, im Dorf oder in der Großstadt – überall bekommen Sie Ihre verlagsneuen Bücher zum selben Preis.

Die Übersetzerin dankt dem
Freundeskreis Literaturübersetzer e.V.
für ein Arbeitsstipendium, das vom Ministerium
für Wissenschaft, Forschung und Kunst
Baden-Württemberg ermöglicht wurde.

Für alle, die immer noch hoffen,
dass das historische Gedächtnis
eine greifbare Realität ist.

Dem Regen wohnt ein vages Geheimnis von Zärtlichkeit inne,
von liebenswerter, ergebener Schlaftrunkenheit,
mit ihm erwacht eine einfache Melodie,
die die schlafende Seele der Landschaft zum Schwingen bringt.

Es sind blaue Küsse, die die Erde empfängt,
der Urmythos, der sich stets wiederholt.
Die erkaltete Berührung von Himmel und Erde, beide alt,
mit der Sanftmut einer immerwährenden Dämmerung.

Federico García Lorca, *Regen*

Kapitel 1

Freitag, 10. Juni 1977

1

Kaum hatte sie den Bahnhof Atocha verlassen, der von der kräftigen Frühlingssonne aufgeheizt war, befand sie sich mitten im Chaos des Wahlkampfs.

Laternen mit Klebezetteln, Autos mit Lautsprechern, Wahlplakate an den Fassaden, überall Zeitungen, die Straßen zugemüllt mit Papier. Von allen Seiten lächelten die Kandidaten sie an. Die Farben ihrer Parteien und deren Logos erhoben sich vor ihren Augen zu einem bunten Regenbogen an Versprechungen. Die Parolen, mit denen sie unentschlossene Wähler für sich gewinnen wollten, reichten bis zum Horizont.

Die Welt schien verrücktzuspielen.

Die Demokratie war gekommen.

Wie oft war die Demokratie schon nach Spanien gekommen?

Und wie oft war sie durch die Hintertür wieder verschwunden?

Wie oft hatte man ihr einen Dolch in den Rücken gestoßen?

Virtudes Castro blieb an der Ampel stehen, den Blick fest auf die andere Straßenseite gerichtet, die Hände vor der Brust verschränkt, am linken Arm die schwarze Tasche. Niemand sah sie an, und doch fühlte sie sich befangen. Als trüge sie ein Mal auf der Stirn.

Die beiden Frauen zu ihrer Rechten unterhielten sich laut und freimütig. Es schien sie nicht zu stören, dass jemand sie hören konnte.

»Ich werde Suárez wählen, der sieht einfach gut aus.«

»Aber mit dem ändert sich doch nichts. Vor Kurzem hat er noch das blaue Hemd der Falangisten getragen.«

»Na und? Willst du etwa, dass mit Carrillo alles wieder so wird wie früher?«

»Ach was! Aber nur weil einer gut aussieht, heißt das noch lange nicht, dass er seine Sache auch gut macht.«

»Nachdem ich mir vierzig Jahre lang ständig Franco im Fernsehen und in den Wochenschauen ansehen musste, will ich jetzt einen, den man gern anschaut. Du nicht?«

»Du bist mir vielleicht eine.«

»Ist doch so.«

Die Ampel schaltete auf Grün, und die Frauen entfernten sich lachend und schwatzend. Feine Damen aus der Stadt, hohe Absätze, elegante Kleidung und schlanke Figur.

Virtudes zog jedes Mal ihre besten Sachen an, wenn sie nach Madrid fuhr, aber trotzdem sah man ihr sofort an, dass sie vom Land kam. Die altmodische dunkle Kleidung, die flachen Schuhe und der graue Haarknoten verrieten sie ebenso wie die düstere Miene im faltigen Gesicht und der ängstliche, unruhige Blick einer Frau, die mit dem Lärm und den vielen Autos in der Großstadt überfordert war.

Sie betrachtete die reglosen Gesichter der Kandidaten auf den Plakaten: Adolfo Suárez, Felipe González, Santiago Carrillo, Manuel Fraga, Enrique Tierno Galván …

Alle wollten sie an die Macht.

Alle hatten ihre Gründe dafür.

Virtudes hatte noch nie gewählt. Auch nicht 1936, als sie gerade mal achtzehn gewesen war. Was verstand sie denn damals schon von Politik? Im Dorf tat man, was der Priester oder der Bürgermeister sagten, und Feierabend. Und an die Wahlen von 31 oder 33 erinnerte sie sich überhaupt nicht mehr. Sie erinnerte sich nur an ihren tobenden Vater.

Ihr Vater hatte oft getobt, aber noch häufiger geschwiegen.

Die Angst hatte sich schon damals an ihre Seelen geheftet wie ein Schatten an die Schuhsohlen.

Sie ging unter der Überführung mit dem brausenden Verkehr hindurch auf die andere Straßenseite und bog in die Calle Santa Isabel ein, am ehemaligen Provinzkrankenhaus und der Medizinischen Fakultät vorbei. Das Postamt befand sich ein Stück weiter, auf Höhe der Calle de la Magdalena. Sie hatte damals eine gute Wahl getroffen. Ein Postamt in der Nähe des Bahnhofs. Auf diese Weise verbrachte sie so wenig Zeit wie möglich in Madrid. Hin und gleich wieder zurück.

Das reichte vollkommen.

In der Post drängten sich die Menschen. Es gab lange Schlangen, vermutlich weil viele Leute per Brief wählten. Virtudes dachte nicht weiter darüber nach. Die Postfächer waren direkt im Eingangsbereich. Zweihundert Fächer mit silberner Nummer. Ihr Fach, die 127, befand sich auf halber Höhe. Sie nahm den Schlüssel aus der Tasche und öffnete das Fach.

Da lag der Umschlag. Pünktlich wie jeden Monat.

Sie steckte ihn in die Tasche, schloss wieder ab und musste sich nun doch in die Schlange stellen.

Sie sah auf die Uhr.

In den vierzehn Minuten, während sie in der Schlange weiter nach vorn rückte, bis sie endlich den Schalter erreichte, sah sie weitere drei Mal auf die Uhr. Die Postangestellte kannte sie schon, zumindest vom Sehen, Worte wechselten sie nur wenige. Die Frau nahm lediglich den Umschlag von ihr entgegen.

»Nach Medellín?«

»Ja, nach Medellín.«

»Kolumbien.«

»Genau.«

»Heute kein Paket?«

»Nein.«

Das letzte Mal hatte sie ihm ein Paket mit Zeitungen und ein paar Erinnerungen geschickt.

Die Frau wog den Umschlag, klebte Briefmarken darauf und

nahm das Geld entgegen. Der Brief landete in einem Korb. Das Porto war immer dasselbe, aber sicherheitshalber stellte Virtudes sich lieber an, bevor der Brief zurückgeschickt wurde, weil sie eine Gebührenerhöhung verpasst hatte.

Dann hätte der Briefträger den Absender gesehen. Virtudes schrieb nämlich immer ihre Adresse im Dorf und nicht das Postfach darauf. Warum wusste sie selbst nicht.

»Danke.« Sie steckte das Wechselgeld ein.

»Gehen Sie mit Gott«, sagte die Frau.

»Und der Heiligen Jungfrau«, erwiderte Virtudes. »Auf Wiedersehen.«

Sie verließ das Postamt und steuerte ihr nächstes Ziel an, das nur fünfzig Schritte entfernt war. Jemand hatte die Fassade der Bankfiliale mit Plakaten von der UCD beklebt, und ein Angestellter war emsig dabei, sie abzureißen. Besorgt sah er sich immer wieder um, als könne sich irgendein Fanatiker auf den Schlips getreten fühlen. Die Gewalt ging weiter. Bei ihrem Besuch im Januar hatte Virtudes das Blutbad von Atocha miterlebt.

Wieder diese Angst.

Es war nicht nur Atocha gewesen. Da waren auch noch die Entführung von Antonio María de Oriol und General Emilio Villaescusa, der Student, der von einem Ultrarechten niedergeschossen worden war, und das junge Mädchen, das dem Tränengas einer Antiterroreinheit zum Opfer gefallen war …

Angst. Angst. Angst.

Dennoch begrüßte Señor González, der Kassierer der Bank, sie immer mit einem Lächeln.

»Señorita Castro! Sie beehren uns mal wieder?«

»Wie Sie sehen.«

»Ist schon wieder ein Monat vorbei? Kaum zu glauben.«

Virtudes zuckte mit den Schultern. Er war liebenswürdig, aber nichtsdestotrotz ein Fremder. Ihr Bruder wiederholte es immer wieder in seinen Briefen: *Vertraue niemandem*. Und sie vertraute niemandem. Nicht einmal einem gutmütigen Kassierer mittleren Alters mit vorzeitiger Glatze und grauem Anzug.

»Fünftausend Peseten, wie immer?«

»Ja.« Sie reichte ihm das Sparbuch.

»Alles klar.« Er schob das Buch in die Maschine und tippte die Daten ein. »Die Überweisung von zwanzigtausend Peseten ist schon da, pünktlich wie immer.«

»Danke.«

»Das macht ... Moment ... neunzehntausenddreißig Peseten und fünfzig Céntimos. Der Wechselkurs ist ein wenig gefallen.«

»Alles klar.«

Er gab ihr das Sparbuch zurück.

»In Hundert-Peseten-Scheinen?«

»Zweihundert bitte in Fünfundzwanzigern.«

»Selbstverständlich.«

Langsam zählte er das Geld ab und schob es zu ihr hinüber. Ohne nachzuzählen, steckte Virtudes es zu dem Brief mit den farbenprächtigen kolumbianischen Briefmarken, die mit den unscheinbaren spanischen nicht zu vergleichen waren. Sie schloss die Tasche und machte sich bereit für den Rückweg.

»Vielen Dank, auf Wiedersehen.«

»Stets zu Diensten, Señorita Castro. Bis nächsten Monat.«

Ein Monat verging rasch.

Wenn sie das nächste Mal kam, würde Spanien sich verändert haben.

Ein wenig mehr.

Oder auch nicht.

Ohne Umwege steuerte Virtudes den Bahnhof an. Sie war hungrig, aber sie verkniff sich den Milchkaffee und das süße Stückchen. Daran hätte sie vorher denken müssen. Jetzt brannte sie vor Neugier auf den Brief in ihrer Tasche, und sie hatte Sorge, ein Dieb könnte sie dabei beobachtet haben, wie sie die fünftausend Peseten eingesteckt hatte. Wenn man ihr die Tasche entriss, wäre alles fort.

Sie drückte die Tasche an sich und beschleunigte ihren Schritt. Ein Wagen fuhr an ihr vorbei. Aus dem Lautsprecher auf dem Dach tönte eine Stimme, die dazu aufrief, unbedingt Felipe González und die PSOE zu wählen.

»Am 15. Juni entscheiden Sie! Wählen Sie die PSOE! Stimmen Sie für die Veränderung! Für Freiheit, Zukunft und Fortschritt! Wählen Sie Felipe González!«

Ein anderer Wagen, den von oben bis unten das lächelnde Gesicht von Manuel Fraga zierte, fuhr frontal darauf zu, als wollte er ihn rammen.

Die lauten Stimmen vermischten sich.

Virtudes kam es vor wie eine Metapher, sie wusste nur nicht recht wofür.

2

Der Zug fuhr pünktlich von Gleis fünf ab. Virtudes hatte ihn gerade noch erwischt. Kaum war sie eingestiegen und hatte einen Platz gefunden, setzte sich der Zug auch schon in Bewegung. Wenigstens hatte sie einen Platz am Fenster ergattert. Sie hatte sich an den anderen Nachzüglern vorbeigedrängt, die genau wie sie auf den letzten Drücker gekommen waren. Sie klemmte die Tasche zwischen sich und die Wand. Manchmal konnte sie ihre Ungeduld nicht zügeln und öffnete den Brief schon auf der Rückfahrt ins Dorf. Manchmal gelang es ihr, sich zu beherrschen, und sie wartete, bis sie zu Hause in sicheren Gefilden war. Zwanzig Jahre Angst ließen sich nicht einfach auslöschen, auch wenn Franco vor mehr als eineinhalb Jahren gestorben war und der frische demokratische Wind Zuversicht weckte. Die Frau an der Ampel hatte es auf den Punkt gebracht:

»Aber mit dem ändert sich doch nichts. Vor Kurzem hat er noch das blaue Hemd der Falangisten getragen.«

Es änderte sich nichts.

Hatte der Diktator nicht selbst gesagt, dass er alles gut und sicher vertäut hinterließ?

Hatte Arias Navarro nicht mit Händen und Füßen sein Erbe verteidigt, bis er von den Ereignissen und den Freiheitsrufen des neuen Spaniens überrollt wurde?

Das neue Spanien.

Das hörte sich so gut an und gleichzeitig so beängstigend.

Zuckerbrot und Peitsche.

Virtudes betrachtete die Mitreisenden, die auf ihren Holzbänken im Takt des ruckelnden Zuges schaukelten. Ihr gegenüber saß ein Priester, der mehr Knöpfe an seiner Soutane hatte als Haare auf dem Kopf. Knöpfe von oben bis unten. Eine lange Linie aus roten Punkten, hinter der sich das Unbekannte verbarg. Auch sein Gesicht mit den schlaffen Pausbacken war rot. Rot wie das Kreuz, das die linke Seite seiner Brust zierte. Neben ihm saß ein Vertreter des Heeres, in Gestalt eines kränklich aussehenden Rekruten mit Hakennase, hervortretenden Augen und einem ausgeprägten Adamsapfel. Die Uniform war ihm zwei Nummern zu groß, sodass er aussah, als wäre er im Schrumpfen begriffen. Aus einer der Taschen ragte die Zeitschrift *Interviú*, die er sich wohl in Gegenwart des Priesters nicht zu lesen traute. Virtudes hatte von der Zeitschrift gehört, die Kioskbesitzerin im Dorf durfte sie nicht offen auslegen, aber unter den Männern wurde sie heimlich weitergereicht. Neben dem Rekruten saß eine fettleibige Frau, die seinen halben Sitzplatz mit beanspruchte. Ein Bündel lag auf ihren Knien. Sie döste mit geschlossenen Augen vor sich hin, so ging die Fahrt schneller vorbei. Neben Virtudes hatte eine Frau mit ihrem Sohn Platz genommen, die sie nicht genau sehen konnte. Das Kind saß zwischen ihnen und las einen Comic.

Der Priester hatte die aktuelle Ausgabe von *El Alcázar* dabei und begann ebenfalls zu lesen. Auf der Titelseite befand sich, nicht zu übersehen, eine Tirade gegen die Legalisierung der Kommunistischen Partei, die kurz zuvor erfolgt war, am 7. April, mitten in der Karwoche. Im Dorf hatten es einige sogar gewagt, mit roten Fahnen durch die Straßen zu ziehen.

Niemand schenkte Virtudes Beachtung.

Sie dachte nicht lange nach, öffnete die Tasche und zog den Brief von der anderen Seite des Ozeans heraus. Der letzte Brief von Anfang Mai hatte sie beunruhigt. Sie war vielleicht nicht besonders klug, aber sie konnte zwischen den Zeilen lesen. Zwanzig Jahre voller Briefe und Geheimnisse, voller Vertraulichkeiten und Erkenntnisse, und die Zeilen waren immer streng derselben Linie gefolgt, ohne auch nur einmal auf Abwege zu geraten.

Und auf einmal verwendete ihr Bruder dieses Wort.

Wehmut.

Ihre Hand zitterte, als sie das Blatt vor ihre Augen hielt. Mit ernster Miene verdaute der Priester die Nachrichten aus der Zeitung. Reglos wie eine Statue starrte der Rekrut geradeaus. Die fettleibige Frau hatte die Augen geschlossen. Das Kind war in den Comic vertieft, und die Mutter saß zu weit weg, um mitlesen zu können.

Und selbst wenn.

Liebe Virtudes, …

Es war immer dasselbe. Erst überflog ihr Blick die eng beschriebenen Zeilen in der klaren, schönen Handschrift. So rasch, dass kaum etwas hängen blieb, nur das Wichtigste: dass es ihm gut ging und nichts Schlimmes geschehen war. Dann kehrte sie an den Anfang zurück und las konzentriert Wort für Wort, bis sie den Sinn erfasste.

Auch diesmal war es nicht anders.

Bis sie nach den üblichen Begrüßungsfloskeln – *ich hoffe, es geht Dir gut. Anita, Marcela und ich sind wohlauf* – zum zweiten Abschnitt kam.

… Ich glaube, es ist an der Zeit, dass die Wunden der Vergangenheit verheilen …

Virtudes stockte der Atem.

Ihr blieb fast das Herz stehen.

Auf einmal sah der Priester sie an, und auch der Rekrut, die inzwischen aufgewachte Frau, das Kind und seine Mutter. Alle sahen sie an.

Sie ließ die Hände sinken, sie konnte nicht mehr weiterlesen, und die zwei Papierbögen ruhten einen Moment auf ihrem Schoß. Dann fasste sie sich und faltete sie zusammen. Bestimmt war sie leichenblass. Ihre Hände zitterten. Kurz darauf stieg eine Hitzewelle in ihr auf, sie fing an zu schwitzen und fühlte sich kraftlos, ihre Finger waren wie tot. Ihr Magen krampfte sich zusammen, und beinahe hätte sie sich übergeben. Nicht weil ihr übel war, sondern vor Schwindel. Ihr Blutdruck war in die Höhe geschossen und …

Sie blickte aus dem Fenster.

Wie lange dauerte es noch, bis sie wieder im Dorf war?

Eine Stunde?

Nein, keiner beobachtete sie. Das hatte sie sich nur eingebildet.

Trotzdem steckte sie den Brief wieder ein.

Wenn sie ein Paket erhielt, öffnete sie es immer, bevor sie in den Zug stieg, und die Verpackung blieb in irgendeinem Papierkorb von Madrid zurück. Sie hinterließ nicht die geringste Spur. Die Briefe und die Umschläge bewahrte sie sicher zu Hause auf.

Und wenn sie sich verlesen hatte?

Wenn das alles ihren blank liegenden Nerven geschuldet war?

»Rogelio …« Sie seufzte leise.

Der Zug wurde langsamer und fuhr in den nächsten Bahnhof ein. Der Rekrut stand auf und verließ den Waggon.

Als der Zug im Bahnhof stand, blickte Virtudes weiter aus dem Fenster. Doch der Rekrut stieg nicht aus.

3

Es war ein herrlicher, milder Nachmittag, als sie den Baum umsäumten stillen Weg vom Bahnhof hinunter ins Dorf ging. Die Sonne ließ sich hinter dem dichten Vorhang aus Baumkronen lediglich erahnen. Virtudes war nicht als Einzige ausgestiegen, hatte sich aber trotz der inneren Unruhe Zeit gelassen.

In der Stille, die lediglich durch das leise Schlurfen ihrer Schritte durchbrochen wurde, kam es ihr vor, als ob der Brief laut schrie.

Virtudes beschleunigte ihren Schritt. Sie war aufgeregt.

Am liebsten wäre sie gerannt, doch das hätte Aufsehen erregt, und sie hatte ja auch schon ein gewisses Alter.

»Wieder mal in Madrid gewesen, Virtu?«

Der Romualda entging nichts. Sie hatte Ohren wie ein Luchs. Beim kleinsten Geräusch stand sie in der Tür. An ihrem Haus kam man auf dem Weg vom Bahnhof zwangsläufig als Erstes vorbei. Würde sie Buch führen, könnte man nachverfolgen, wer wann welchen Zug genommen hatte.

»Ja, ich hatte was zu erledigen.«

»Wie jeden Monat.«

»Genau.«

»Du hast doch nicht etwa einen Verehrer?«

»Ich bitte dich!«

»Die Genara hat noch mit weit über sechzig den aus Cádiz geheiratet.«

»Das ist doch was ganz anderes.«

»Hast du's eilig?«

»Es ist schon spät.«

»Verstehe, der Fernseher ruft!«

Virtudes war einfach weitergegangen und hatte sie stehen lassen. Nach wenigen Metern bog sie links in die erste Straße ab. Dort gab es keine Bäume mehr. Kopfsteinpflaster und Asphalt markierten die Grenze zum sogenannten *barrio viejo*, dem ältesten Teil des Dorfes. Am anderen Ende, zum Fluss hin, und auch auf der anderen Uferseite wuchs das Dorf immer näher an die Fabrik heran, die schon bald hinter Häusern verschwinden würde.

In den Dörfern beklagte man, dass die jungen Leute fortzogen, angelockt vom Glanz der Städte. Hier war es nicht anders. Aber ein paar waren geblieben. Solange es Arbeit gab …

Virtudes schwirrte der Kopf. Ein Gedanke jagte den nächsten. Immer wieder der Brief, Rogelios Stimme.

Eine vergessene Stimme, die sie zuletzt 1936 gehört hatte.

Da half auch kein Telefon.

Angst, Angst, Angst, auch wenn der verfluchte Diktator an jenem gesegneten 20. November vor neunzehn Monaten gestorben war.

Zum Glück konnte Virtudes ihren Weg bis nach Hause unbehelligt fortsetzen. Sie schloss die marode Holztür hinter sich und ließ sich in ihren Sessel fallen. Nicht einmal das dünne Jäckchen legte sie ab. Sie stellte die Tasche auf ihre Knie und öffnete sie. Sie versuchte, Ruhe zu bewahren.

Es gelang ihr nicht.

Noch einmal las sie die Worte in der schönen, bedächtig ausgeführten Handschrift. Bei jeder Zeile musste sie die Tränen zurückdrängen. Sie bemühte sich, den Inhalt zu erfassen und sich von ihrem wild pochenden Herzen nicht unterkriegen zu lassen.

Liebe Virtudes,

ich hoffe, Du erfreust Dich bester Gesundheit, wenn Du diese Zeilen liest, und es geht Dir gut. Anita, Marcela und ich sind wohlauf. Es geht uns gut, und wir sind glücklich. Dieser Brief wird anders als die anderen. Ich hoffe, Du sitzt beim Lesen und fällst nicht gleich in Ohnmacht, denn in Deinen Worten schwingt immer so eine Unruhe und Sorge mit, dass ich mich frage, wie Du das tagtäglich aushältst.
Meine Schwester, seit etwa einem Monat, wahrscheinlich aber schon länger – seit sie die Wahlen angekündigt haben, kreisen meine Gedanken darum –, ist in mir ein Plan herangereift, von dem Du in meinem letzten Brief vielleicht schon etwas geahnt hast. Jetzt ist es Gewissheit. Ich habe mir die Entscheidung nicht leicht gemacht, sondern lange darüber nachgedacht und es mit meiner Frau und meiner Tochter besprochen. In wenigen Tagen finden die lang herbeigesehnten Wahlen statt, das Land wird sich rasant verändern, wenn es nicht schon dabei ist, zumindest kann man das den Nachrichten hier entnehmen. Franco ist Vergangenheit. Seine Person, sein Werk, alles, was er getan hat, wird noch für Jahre, für ein oder zwei Generationen in Spaniens kollektivem Gedächtnis bleiben. Doch die Zukunft lässt sich nicht aufhalten, und kein Übel währt ein ganzes Jahrhundert. Ich glaube, es ist an der Zeit, dass die Wunden der Vergangenheit verheilen.
Virtudes, ich komme zurück nach Hause, ins Dorf.
Überrascht? Wieso denn? Aufgeregt? Dann beruhige Dich! Und wenn Du weinst, dann nur vor Glück. Es wird Zeit. Ich will mich nicht wieder im Dorf niederlassen, denn Medellín ist jetzt mein Zuhause, hier habe ich meine Familie, mein Leben. Aber ich möchte nicht eines Tages auf dem Sterbebett liegen und mich ärgern, dass ich diesen Schritt nicht getan habe, Dich nicht wiedergesehen, Dich nicht umarmt habe, dass ich nicht noch einmal in

den alten Erinnerungen und Gerüchen des Ortes geschwelgt habe, an dem ich geboren wurde und den ich nie vergessen habe. Ich weiß, was das für Dich und für das ganze Dorf bedeutet, zumindest für die, die von 36 noch übrig sind, aber es ist mein Zuhause, Du lebst dort, und es sind so viele Jahre vergangen. Ich bin 61, und Du bist 59. Als wir uns zuletzt gesehen haben, war ich zwanzig und Du achtzehn, unvorstellbar, nicht wahr? Dass man uns fast das ganze Leben geraubt hat, heißt nicht, dass wir auch auf den Rest verzichten müssen. Es bleibt immer ein Funken Hoffnung, und es ist an der Zeit, ihn zu entfachen. Wenn Du diesen Brief in den Händen hältst, ist es nicht mehr lange hin bis zu unserem Wiedersehen. Das nenne ich mal eine Überraschung, nicht wahr? Ich werde nicht der Erste und auch nicht der Letzte sein, der nach so langer Zeit nach Hause zurückkehrt. Ich weiß, dass viele sich endlich wieder in Sicherheit wähnen und nach all den Jahren wieder aus ihren Höhlen kriechen, so wie du es von Florencio berichtet hast. Unfassbar. Unfassbar, Virtudes! Im Grunde wird mir gerade klar, was ich doch für ein Glück hatte. Die letzten zwanzig Jahre haben alles aufgewogen, was ich damals durchmachen musste, das Leid, den Krieg, das Flüchtlingslager, den anderen Krieg, das Vernichtungslager …
Jetzt lächle doch mal.
Ich möchte, dass Du Anita und Marcela kennenlernst. Du sollst wissen, dass Du eine echte Familie hast, nicht nur das Echo der Briefe und Fotos von der anderen Seite des Ozeans. Du hattest immer Angst, nach Kolumbien zu fliegen. Nun, ich habe keine Angst mehr, nach Spanien zurückzukehren. Und Du weißt nicht, was das bedeutet. Ohne Angst zu leben, Virtudes. Ohne Angst, nach all den Jahren, nachdem der verfluchte Tyrann endlich das Zeitliche gesegnet hat, und auch noch in seinem eigenen Bett, dieser Mistkerl …

Sie ließ den Brief sinken. Ein paar Zeilen fehlten ihr noch, aber das Wichtigste wusste sie jetzt.

»Rogelio«, seufzte sie.

Sie küsste die Blätter und legte sie beiseite, damit sie von ihren Tränen nicht nass wurden.

Wann hatte sie zuletzt vor Glück geweint?

Vor zwanzig Jahren, als der erste Brief gekommen war, als Rogelio aus dem Grab gestiegen war wie ein Gespenst?

Ja, genau.

Das war zwanzig Jahre her, fast schon einundzwanzig.

Der Brief, den jener Mann ihr damals heimlich zugesteckt hatte. Der Brief, mit dem Rogelio ins Leben zurückgekehrt war. Er hatte auch Anweisungen für den Kontakt, für das Postfach in Madrid und das Bankkonto enthalten, damit er ihr unauffällig Geld überweisen konnte, nicht zu viel, damit sie auch nicht zu viel ausgab und die anderen misstrauisch wurden.

Virtudes versuchte, gleichmäßig zu atmen. Dann las sie die letzten Zeilen und in aller Ruhe noch einmal den ganzen Brief. Sie nahm allen Mut zusammen, der in den langen Jahren der Einsamkeit immer wieder auf die Probe gestellt worden war. Die Zeit stand für sie still, während draußen das Abendlicht allmählich erlosch, bis es Nacht wurde. Die Tage waren lang, und erst ihr knurrender Magen machte ihr bewusst, wie spät es schon war. Sie hob den Kopf und blickte sich um.

Es war dasselbe Haus.

Und doch war alles anders.

Als wären ihr Vater, ihre Mutter, Rogelio und Carlos auf einmal wieder da …

Was würde geschehen, wenn Rogelio zurückkehrte?

Der Mann, den alle für tot hielten.

Tot und in den Bergen begraben, wo man ihn im Morgengrauen des 20. Juli 1936 erschossen zu haben glaubte.

Virtudes atmete tief ein und stand auf. Die Tasche ließ sie auf dem Tisch liegen. Das Jäckchen behielt sie an. Sie fror mit einem Mal. Es fühlte sich an wie ein Weckruf des Lebens, wie der Klaps für ein Neugeborenes, damit es zu schreien und selbständig zu atmen beginnt. Sie steckte den Brief in den Umschlag zurück und ging in die Küche. Sie öffnete die Tür zur Speisekammer, machte Licht, schloss die Tür und räumte die Konservendosen aus dem Regal, um es beiseiteschieben zu können. Dahinter befand sich der Hohlraum.

Und darin die Briefe, die Fotos, das sorgsam gehütete Geheimnis.

Zwanzig Jahre, ein Brief pro Monat, zweihundertfünfzig Folgen eines Lebens auf Raten.

Virtudes legte den letzten Brief auf die anderen und verschloss das Versteck wieder.

Als sie ins Esszimmer zurückkam, zitterte sie nicht mehr. Die innere Unruhe war noch da, aber das Zittern hatte aufgehört. Der nächste Schritt war klar.

Blanca.

Und dann …

Sie blickte zum Telefon, verwarf den Gedanken aber sogleich wieder. Besser, sie sagte es ihr persönlich. Dem Telefon hatte sie noch nie getraut. In einem Dorf gab es überall Ohren. Sie wusste nicht einmal, warum sie sich eins angeschafft hatte. Vielleicht, um den Arzt zu rufen, wenn sie im Sterben lag.

Marotten einer alten Frau.

Sie verließ das Haus ohne ihre Tasche und ohne abzuschließen. Wozu auch? Bis zu Blancas Haus waren es nur drei Minuten.

4

Als sie die Tür öffnete, hörte sie als Erstes das Lied. *Sperber oder Taube*. Das wurde im Radio rauf und runter gespielt.

Virtudes fühlte sich wie eine Taube, dabei war jetzt mehr denn je der Sperber gefragt.

Sie holte tief Luft und betrat beherzt das Esszimmer. Dort traf sie lediglich auf ihre Tante Teodora, die wie immer reglos wie eine Statue in ihrem Schaukelstuhl thronte, das Radio weniger als einen Meter von ihrem Kopf entfernt. Ihre Wangen wirkten mit jedem Mal schlaffer, und ihr Gesicht hatte etwas von einem Basset, was durch die kleinen, alterstrüben Augen verstärkt wurde, über denen stets der Schleier der Schlaftrunkenheit lag.

Als sie Virtudes erkannte, öffnete sie leicht die Augen. Sonst rührte sie sich nicht.

»Ah, Virtu.«

»Hallo, Tante. Wo ist Blanca?« Virtudes reckte den Hals und spähte Richtung Küche.

»Sie ist noch mal kurz zum Lebensmittelladen, um zu sehen, ob er noch aufhat, ständig vergisst sie irgendwas. Irgendwann verliert sie noch ihre Unterhose.«

»Ach, Tante …«

»Was denn? Mein Gott, sie weiß nicht, wo sie ihren Kopf hat.« Ihr Blick wurde bitter und hart. »Aber warum sage ich dir das, ihr steht euch in nichts nach.«

Virtudes schwieg.

Die Übellaunigkeit schritt unaufhaltsam fort wie eine unheilbare Krankheit. Es war ein Kreuz. Sie konnte sich nicht daran erinnern, Tante Teodora je lachen gesehen zu haben. Und es wurde von Tag zu Tag schlimmer. Die ganze Welt bestand für sie aus Unsinn, schlechten Menschen und Fehl und Tadel, über die sie sich das Maul zerriss. Nichts war vor ihrem Spott sicher. Die Verbitterung war ein Sumpf, in dem sie mit jedem Tag mehr versank und alles mitzog, was sich in ihrer Nähe befand.

Wie ihre Cousine Blanca.

Virtudes wollte schon kehrtmachen, als Eustaquio hereinkam, der Ehemann ihrer Cousine.

»Tag, Virtu.«

»Tag.«

Er setzte sich wortlos auf einen Stuhl und nahm ein Buch in die Hand. Er las unermüdlich. Verschlang ein Buch nach dem anderen. Es war ihm egal, ob das Radio dröhnte oder ob um ihn herum geschrien wurde. Er schottete sich ab von der Welt, und vor allem von seiner Schwiegermutter.

Vielleicht auch von ihr.

Eustaquio sagte kein Wort.

»Ich schaue mal, ob ich Blanca auf dem Weg treffe.« Virtudes wollte schon wieder gehen.

»Warst du in Madrid?« Die Stimme ihrer Tante hielt sie zurück.

»Ja.«

»Ich möchte mal wissen, was du dort zu suchen hast.« Sie spuckte jedes Wort förmlich aus.

»Nichts.« Sie ließ sich nicht aus der Ruhe bringen. »Du weißt ja, einmal im Monat fahre ich gern dorthin, spaziere im Park, gönne mir eine heiße Schokolade, gehe ins Kino oder ins Museum …«

»Allein?«

»Ja, allein.«

»Soso. Es wird geredet.«

»Und wer redet?«

»Das weißt du genau.«

»Nein, das weiß ich nicht, Tante.« Sie hob müde die Schultern. »Soll ich etwa das Haus nicht mehr verlassen?«

Pablo Abraira hörte auf zu singen. Es folgte Miguel Bosé mit *Linda*, Platz eins der Hitparade, wie der Sprecher verkündete.

Virtudes wollte nur noch weg, von ihrer Tante, vom Radio und dem wortkargen Eustaquio.

»Wenn du so gern nach Madrid fährst, dann könntest du ja mal Fina und Miguel besuchen.« So leicht entließ Teodora sie nicht aus ihren Fängen.

»Die haben ihr eigenes Leben, was soll ich dort?«

»Da gebe ich dir ausnahmsweise recht. Ja, sie haben ihr eigenes Leben.« Wieder spuckte sie jedes Wort förmlich aus. »Und ihre Mutter und Großmutter haben sie vergessen ... Sie halten sich jetzt für was Besseres. Miguel mit seiner blond gefärbten Friseuse, die aussieht wie ein Flittchen, und Fina mit diesem Versager ...«

Virtudes blickte zu Eustaquio.

Er verteidigte seine Kinder nicht.

Nicht mehr.

Er blätterte eine Seite um und las weiter, während Miguel Bosé im Radio den Namen der Heldin seines Liedes schmachtend wiederholte.

»Ich verschwinde.« Ein neuer Versuch.

»Willst du nicht hier auf sie warten?«

»Nein, die Musik ist so laut, da muss man ja schreien.«

»Geheimnisse?«

»Quatsch!«

Sie gab ihr keine weitere Chance, sondern verließ das Esszimmer. Als Letztes nahm sie mit einem Seitenblick das fast schon erloschene Funkeln in Eustaquios Blick wahr. Erloschen wie er selbst.

Schweigsam, still, weit weg.

Das war seit dreißig Jahren so, seit seiner Entlassung aus dem Gefängnis.

Als einer der letzten Gefangenen, die aus Francos Kerkern frei gelassen wurden.

Auf dem Weg zur Tür dachte Virtudes an Eustaquios Worte ein paar Monate zuvor, in der Weihnachtszeit. Teodora hatte sich, ihrer Meinung nach, beim Nachbarssohn mit der Grippe angesteckt, weil dieser angeblich den ganzen Tag in Richtung ihres Fensters gehustet hatte.

»Wir müssen sie mit dem Gesicht nach unten beerdigen.«

Sie beerdigen.

Wahrscheinlich brachte sie vorher alle anderen unter die Erde.

Vor der Tür stieß Virtudes beinahe mit Blanca zusammen. Sie hatte eine Einkaufstasche dabei und wirkte bedrückt.

»Ich muss mit dir reden.« Den Gruß sparte sie sich.

»Komm rein.«

»Nein, unter vier Augen.«

»Ist was passiert?« Blanca schien zu spüren, dass etwas nicht stimmte.

»Komm mit, ich erzähl's dir.«

»Besser morgen.« Blanca verzog das Gesicht. »Heute ist sie noch unerträglicher als sonst, und außerdem kommt heute im Fernsehen …«

»Blanca, bitte!«

Das Flehen in ihrer Stimme, der Glanz in ihrem Blick, die Hand an ihrem Arm überzeugten Blanca. Sie kannten sich ein ganzes Leben. Es war unmöglich, ihr etwas vorzumachen.

»Du machst mir Angst.«

»Ach was, komm einfach.«

»Also gut.« Blanca blickte zur Tür. »Ich komme nach dem Abendessen bei dir vorbei.«

»Danke.«

Sie trennten sich.

Die eine machte sich auf den Heimweg. Die andere öffnete die Haustür und sah ihr nach. Die Melodie von *Freiheit ohne Zorn* schwebte durch die Luft, und mit ihr drang der Text aus dem Inneren des Hauses.

Die Alten sagen, es gab einen Krieg in diesem Land,
und es gibt zwei Spanien, die noch immer
den Groll der alten Schuld in sich tragen.
Die Alten sagen, das Land brauche
Zucht und Ordnung, um das Schlimmste zu verhindern.

Doch ich habe nur Menschen gesehen, die schweigend leiden,
Schmerz und Angst.
Menschen, die nur ihr Brot wollen,
Wein, Weib und Gesang.

Freiheit, Freiheit ohne Zorn, Freiheit.
Lass Angst und Zorn fahren,
denn es gibt Freiheit, ohne Zorn Freiheit,
wenn nicht jetzt, irgendwann bestimmt.
Freiheit, Freiheit ohne Zorn, Freiheit.
Lass Angst und Zorn fahren,
denn es gibt Freiheit, ohne Zorn Freiheit,
wenn nicht jetzt, irgendwann bestimmt.

Die Tür fiel ins Schloss, und das Lied, seine letzten Zeilen, blieben im Haus gefangen. Doch Virtudes kannte den Text auswendig, so oft hatte sie das Lied gehört.

Die Alten sagen, wir tun, was uns gefällt.
Und so ist es unmöglich
für eine Regierung, zu regieren.

Die Alten sagen, man müsse uns zügeln,
wir alle seien
gewaltbereit.

Sie fragte sich, ob Rogelio das Lied im fernen Kolumbien auch gehört hatte.

5

Wieder zu Hause schaltete Virtudes weder den Fernseher noch das Radio ein, ihr war die Stille lieber.

Auch wenn die Stille manchmal noch lauter tönte.

Sie würde das Geheimnis, *ihr* Geheimnis teilen. Nach mehr als zwanzig Jahren würde sie es lüften. Wahrscheinlich würde Blanca wütend auf sie sein. Rogelio war schließlich ihr Cousin.

Einer der wenigen, die von der Familie noch übrig waren.

Aber Blanca hatte ja ihre Mutter am Hals.

Verwirrt setzte sie sich auf einen Stuhl. Worüber wunderte sie sich? In den letzten zwei Monaten, seit der Legalisierung der Kommunistischen Partei, waren, wie man sich erzählte, viele nach Spanien zurückgekehrt. Jeder mit seiner eigenen Geschichte, reich, arm, triumphierend, gedemütigt, besiegt … Zurück in die Heimat, um auf der eigenen Scholle weiterzuleben oder zu sterben.

Wenn es regnete, schossen binnen kurzer Zeit Pilze aus dem Boden.

Die Rückkehrer waren wie diese Pilze.

Und Spanien der Heimatboden, der sich öffnete, um seine verlorenen Söhne wieder aufzunehmen.

Auf dem Stuhl hielt sie es nicht lange aus. Sie stand auf und blickte aus dem Fenster. Im Westen waren noch die letzten Lichtstrahlen zu sehen. In den Straßen brannten schon ein paar Laternen, matt wie seit jeher. Dasselbe Bild wie jeden Tag, und doch kam es ihr jetzt anders vor.

Ein anderes Dorf.

Anders?

Nein, wohl kaum. Es würde immer dasselbe bleiben.

Wie 1936.

Trotz der Fabrik, der neuen Häuser, den Plänen für ein neues Viertel oder vielleicht auch einer neuen Fabrik – die Gerüchte blieben immer vage.

Ein geteiltes Dorf, erst zwischen Rechten und Linken und jetzt zwischen dem alten und dem neuen Teil.

Wo wären sie ohne die Wurstfabrik? Auch wenn trotzdem viele weggezogen waren, wie Fina und Miguel, aber was wäre mit den anderen?

Virtudes öffnete das Fenster, um frische Luft hereinzulassen, und stützte die Ellbogen auf das Fensterbrett. Das bedauerte sie sofort, denn wie aus dem Nichts tauchte plötzlich Esperanza auf.

Ausgerechnet.

»Guten Abend.«

»Guten Abend.«

Sie schloss den Kiosk immer erst sehr spät und kam sonst nie auf dem Heimweg bei ihr vorbei.

Was würde Esperanza sagen, wenn sie wüsste, dass er noch lebte?

Virtudes zuckte zusammen und entfernte sich vom Fenster. Rogelios Rückkehr würde alles aufwühlen. Das ein oder andere Leben und Gewissen. Eine Rückkehr wie ein Paukenschlag: Er lebte, seine Leiche befand sich nicht im Massengrab auf dem Berg.

Das Grab, das nur die Mörder kannten.

Von denen kaum noch einer da war.

Sie hatte Angst, obwohl sie sich eigentlich freuen sollte. Sie presste die Hände aneinander, bis die Knöchel weiß wurden. Ihr Herz schlug wild.

Vierzig Jahre Angst verschwanden nicht in ein paar Monaten Wandel.

Die Erinnerungen, die Gespenster würden zurückkehren …

Wie Florencio, nachdem er mehr als fünfunddreißig Jahre im Verborgenen hinter einer Wand in seinem Haus gesessen hatte, während alle glaubten, er sei am Ebro gefallen.

Mechanisch machte Virtudes den Fernseher an, um sich die Zeit zu vertreiben. Sie wartete, bis das Bild richtig da war, und nahm die Fernsehzeitschrift zur Hand, die sie immer kaufte, um auf dem Laufenden zu sein. Im Ersten ging gerade *Teresa* zu Ende, nach dem Roman von Rosa Chacel. Es folgten die Neun-Uhr-Nachrichten. Im Zweiten würde bald *Redacción de noche* beginnen, ebenfalls eine Nachrichtensendung. Im Ersten kam nach den Nachrichten eine Dokumentation über den Júcar-Fluss und um Viertel nach zehn die Quizshow *Un, dos, tres …* mit Narciso Ibáñez Serrador, wie jeden Freitag. Im Zweiten ein Drama. Fahrig las sie, worum es dabei ging. *Jacques, ein Unterseeforscher, stirbt bei einem Tauchgang. Sein Kollege Claude, der sich außerhalb des Schiffes befand, hat nichts getan, um ihn zu retten. Kommissar Vaillant …*

Und? Sie sah nie das Zweite. Der Sender war so modern geworden. Und ebenso befremdlich. Der Beweis dafür war, dass sie am frühen Abend immer ausländische Musik spielten. Irgendwas Englisches wie *In the Court of the Crimson King* von einem Sänger, der genauso hieß wie sein Lied, nur in umgekehrter Reihenfolge: King Crimson.

Wenn das die neuen Zeiten sein sollten …

Virtudes klappte die Programmzeitschrift zu und stand auf, um die Antenne zu richten. Es wollte ihr nicht recht gelingen, das Schwarz-Weiß-Bild scharf zu stellen.

Was würde Blanca sehen wollen? Sicher nicht die Doku über den Júcar. Was hatte sie mit diesem Fluss zu schaffen? Nein, natürlich *Un, dos, tres …* wie das ganze Land.

Das schaute wirklich jeder, auch wenn die Show erst um halb zwölf zu Ende war und einem trotz des hochemotionalen Finales schon die Augen zufielen.

Virtudes hatte keinen Appetit, sie hatte auf nichts Lust. Sie war nicht wirklich bei sich, die Gedanken überschlugen sich in ihrem Kopf und lösten Panik in ihr aus. Das Lied von Jarcha hämmerte auf den letzten Rest Verstand ein.

»Die Alten sagen …«

Virtudes murmelte den Refrain, der zu einer Hymne der neuen Zeiten geworden war.

»Freiheit …«

Wann hatte es in Spanien je Freiheit gegeben?

In dem Moment tauchte Blanca in der Tür auf.

6

Blanca brannte vor Neugier. Kaum hatte sie die Tür hinter sich geschlossen, bestürmte sie ihre Cousine auch schon mit Fragen.

»Was ist denn los, Virtu?«

»Nichts, reg dich nicht auf.«

»Was heißt hier, reg dich nicht auf? Meine Güte, wenn nichts wäre, hättest du mich doch nicht um diese Zeit hierher bestellt.«

»Jetzt setz dich doch erst mal, ich bin sowieso schon so nervös.«

»Ach ja? Und was glaubst du, wie es mir geht? Und zu allem Überfluss noch meine Mutter, die keine Ruhe gibt und mir Löcher in den Bauch fragt.«

»Willst du dich nicht setzen?«

Blanca seufzte matt.

»Beruhige dich. Tu mir den Gefallen.«

Blanca setzte sich. »Du hast Krebs.« Das war keine Frage, sondern eine Feststellung.

»Nein. Immer diese Schwarzseherei!«

»Was dann?«

»Blanca.« Virtudes setzte sich ihr gegenüber und fasste ihre Hände. »Es geht um etwas, das ich dir vor zwanzig Jahren verschwiegen habe, das ist alles, und jetzt …«

»Vor zwanzig Jahren?« Sie riss die Augen auf.

»Ja.«

»Hat es mit den monatlichen Ausflügen nach Madrid zu tun, die du partout immer allein machen willst?«

»Ja.«

»Du hast einen verheirateten Liebhaber.«

Virtudes hätte schallend gelacht, wäre die Angelegenheit nicht so ernst gewesen. Blanca und ihre Hirngespinste. Blanca und ihr unruhiger Geist. Blanca, gestraft mit einer Mutter, der sie manchmal allzu ähnlich war.

»Ich bin neunundfünfzig!«, rief sie ihr in Erinnerung.

»Denk an die Genara.«

Romualda hatte dasselbe gesagt, als sie vom Bahnhof gekommen war.

Die eine wie die andere.

Sie wollte Blanca nicht länger auf die Folter spannen, sie musste reden. Sie drückte noch einmal ihre Hände, und dann sagte sie geradeheraus:

»Rogelio lebt.«

Blanca verschlug es die Sprache.

Das Schweigen hüllte sie ein wie eine unsichtbare, schützende Decke.

»Hast du gehört, was ich gesagt habe?«, fragte sie, da ihre Cousine keine Regung zeigte.

»Rogelio ist in den Bergen begraben, mit deinem Vater und deinem Bruder Carlos, Virtu.«

»Er ist nicht tot.«

»Er wurde 36 erschossen.«

»Er konnte fliehen.«

Blanca runzelte die Stirn. Es war, wie wenn man versuchte, noch ein weiteres Kleidungsstück in einen übervollen Koffer zu quetschen.

»Ist alles in Ordnung mit dir, Virtu?«

»Er konnte fliehen«, wiederholte sie und betonte dabei jede einzelne Silbe. »Er liegt nicht in dem Massengrab.«

»Aber … wie das?«

»Rogelio hat unseren Vater gestützt, der sich nicht mehr auf den Beinen halten konnte. Carlos konnte ihm nicht helfen, weil er beide Arme gebrochen hatte …«

»Woher weißt du das?«

»Lässt du mich vielleicht mal ausreden? Ich erzähle es dir doch gerade.«

Blancas Mund öffnete sich und schloss sich wieder. Sie schluckte die Worte herunter.

»Wie gesagt, Roglio hat Vater gestützt. Das Erschießungskommando postierte sich vor ihnen. Es war stockfinster. Schüsse hallten, und sie fielen nach hinten in die Grube wie ein Knäuel aus Menschen. Doch Rogelio wurde nicht durch einen Schuss niedergestreckt, sondern von Vater mit in die Grube gerissen. Dort stellte er fest, dass er nicht mal einen Kratzer hatte.«

»Meine Güte, sie haben sie alle getötet und das Grab zugeschüttet.«

»Nicht sofort«, erklärte Virtudes ruhig, um Blancas, aber auch um ihrer selbst willen. Sie sprach das alles zum ersten Mal laut aus, nachdem sie es so oft in dem Brief von damals gelesen hatte. »Die Soldaten haben erst mal eine geraucht, und dann hat einer von ihnen das Grab zugeschaufelt. Es war mucksmäuschenstill, also sahen sie keine Notwendigkeit, noch mal zum Gewehr zu greifen. Wenn einer überlebt hatte, würde er lebendig begraben. Aber als das Grab zugeschüttet wurde, war Rogelio schon fort. Er war aus der Grube gekrochen und hatte sich hinter dem erstbesten Baum versteckt. Es war stockfinster, keiner hat was gemerkt, keiner hat die Leichen gezählt. Was machte es schon aus, ob neun oder zehn da lagen, einer über dem anderen? Rogelio kann sich immer noch nicht erklären, was damals passiert ist. Seit einundvierzig Jahren fragt er sich das. War es ein Wunder? Glück? Jemand hatte sie alle verraten, und dann verfehlte der Schuss, der für ihn bestimmt war, sein Ziel. Und jetzt …«

»Du veräppelst mich nicht, oder?«

»Wieso sollte ich dich veräppeln!«

»Warum ist er in all den Jahren nicht zurückgekehrt?«

»Damit er ihnen erneut in die Hände fällt?«

»Stattdessen …«

»Ist er abgehauen, Blanca. Was hätte er denn tun können? Er ist so schnell und so weit wie möglich fortgegangen, bis er republikanisches Gebiet erreichte. Dort kämpfte er gegen die Aufständischen. Er hat mir nicht geschrieben, weil er sich selbst nicht verraten und mich nicht in die Bredouille bringen wollte. Als der Krieg verloren war, musste er das Land verlassen.«

»Wo war er denn die ganze Zeit?«

»Das ist eine lange Geschichte.« Virtudes ließ den Kopf sinken und gab die Hände ihrer Cousine frei. Sie lehnte sich zurück. »Nach Francos Sieg ist er ins Exil gegangen, nach Frankreich. Er war monatelang in einem Flüchtlingslager und hat um sein Überleben gekämpft, wie viele andere auch. Um dort rauszukommen, hat er sich bei irgendwelchen Brigaden oder so ähnlich gemeldet, an den genauen Namen kann ich mich nicht mehr erinnern. Leute, die im Zweiten Weltkrieg gegen Hitler gekämpft haben. Das ging wieder schief, die Geschichte hat sich wiederholt, er geriet in Gefangenschaft und fand sich in einem anderen Lager wieder, ein Vernichtungslager diesmal.«

»Wo auch die Juden waren?«

»Ja. Und er hat überlebt. Als der Krieg zu Ende war, ist es ihm gelungen, nach Südamerika auszuwandern. Er war in Mexiko, Argentinien … was weiß ich. Er ist viel rumgekommen, bis er schließlich in Kolumbien Fuß gefasst hat, in einer Stadt namens Medellín. Dort hat er sein Glück gefunden. Erinnerst du dich, dass er sich gut mit Blumen auskannte? Er hat in einem Gartenbauunternehmen angefangen und sich hochgearbeitet, der Chef hat ihn ins Herz geschlossen, er hat die Tochter geheiratet, ist Vater geworden …«

»Jesses, Maria und Josef.« Blanca bekreuzigte sich.

»Vor etwas mehr als zwanzig Jahren hat er mir einen Brief geschickt. Nicht mit der Post, über einen Boten. Er hat nichts und niemandem vertraut. Kannst du dir vorstellen, was passiert wäre, wenn Tobias mir einen Brief aus Kolumbien gebracht hätte, selbst wenn er keinen Absender gehabt hätte? Am nächsten Tag hätte es das ganze Dorf gewusst. Wenn er nicht sogar auf den Gedanken gekommen wäre, ihn über Dampf zu öffnen.« Sie legte sich eine Hand auf die Brust. »Ein Freund, der in Spanien Station machte, hat ihm den Gefallen getan. In dem Brief hat er mir alles erzählt und mir Anweisungen gegeben, was ich tun soll: nach Madrid fahren, ein Bankkonto eröffnen, damit er mir Geld schicken kann, kleinere Beträge, damit die Finanzbehörden und solche Leute keinen Verdacht schöpfen. Ich sollte auch ein Postfach mieten, damit er mir problemlos jeden Monat schreiben kann.«

»Und seit zwanzig Jahren ...«

»Ja.«

»Jesses, Maria und Josef«, wiederholte Blanca. Sie bekam den Mund gar nicht mehr zu.

»Ich durfte niemandem etwas sagen, auch der Familie nicht. Es tut mir leid. Wirklich. Aber wenn du dich vor deiner Mutter versehentlich verplappert hättest, wären wir geliefert gewesen, verstehst du?«

»Ich hätte mich nicht verplappert.« Blanca wurde ernst.

»Ich habe nur getan, worum er mich gebeten hat. Erinnere dich, wie man mit den Kindern und Angehörigen von Kommunisten in der Nachkriegszeit umgegangen ist. Als hätten wir die Krätze, oder als würden wir stinken wie die Pest. Und nicht nur in der Nachkriegszeit. So viel Hass, so viel Verachtung. Sogar der Priester in seiner frommen, heuchlerischen Nachsichtigkeit sprach von ›Vergebung‹, als hätten wir etwas Schlimmes getan.« Virtudes zuckte mit den Schultern und senkte den Blick. »Ich wollte mich schützen, das ist alles. Aber er hat geschrieben, wenn ihr irgendetwas braucht, würde er es euch zukommen lassen. Er hat immer nach euch gefragt, und ich habe ihm von euch berichtet. Ich habe nie über meine Verhältnisse gelebt, um keinen Verdacht zu erregen.«

»Hin und wieder hast du dir doch was Besonderes gegönnt, und ich habe mich gefragt, wie du dir das leisten kannst.«

»Du hast mir nie was davon gesagt.«

»Weil ich diskret bin.«

»Du und diskret?« Virtudes musste schmunzeln.

»Aber ja.«

Sie sahen sich lange an, bis sie beide lachen mussten.

Sie schwiegen eine Weile einvernehmlich, dann sagte Blanca:

»Rogelio ist am Leben.«

»Und glücklich obendrein. Er hat eine bildhübsche Frau und eine wunderbare Tochter.«

»Und er ist reich.«

»Ja«, seufzte Virtudes.

»Sehr?«

Sie wusste nicht, was sie darauf antworten sollte. Das war auch nicht nötig.

Und so sagte Blanca zum dritten Mal an diesem Abend, mit noch mehr Inbrunst als vorher:

»Jesses, Maria und Josef.« Und fügte dann hinzu: »Erst das mit Eloísas Mann, der fünfunddreißig Jahre lang keinen Fuß vor die Tür seines Hauses gesetzt hat und von einem Tag auf den anderen wieder auftaucht, und jetzt das!«

»Unglaublich, in der Tat.«

»Der verdammte Krieg.« Blanca schluckte.

Wieder kehrte Schweigen ein. Blanca dachte an Eustaquio. Virtudes an ihren Bruder, der überlebt hatte, und an ihren Vater und ihren anderen Bruder, die beide tot waren, verscharrt in einem Grab, von dem keiner wusste, wo es sich befand, weil die Mörder dichtgehalten hatten.

Die Geheimnisse des Berges.

»Virtu«, sagte Blanca unvermittelt.

»Ja?«

»Warum hattest du es auf einmal so eilig, mir das alles zu erzählen?«

Das war die Frage, auf die sie die ganze Zeit gewartet hatte.

Vor der sie am meisten Angst hatte.

Und obwohl es in ihr brodelte, sagte sie wie selbstverständlich:

»Rogelio kommt zurück ins Dorf, Blanca. Deswegen.«

7

Blanca war wie vom Donner gerührt.

»Wie, er kommt ins Dorf?«

»Er will mich besuchen, ein paar Tage hier verbringen, die alten Zeiten noch einmal aufleben lassen … keine Ahnung. Das tun doch alle, oder nicht? Franco ist tot, am Mittwoch sind Wahlen, die Dinge haben sich geändert.«

»Glaubst du das wirklich?«

»Aber ja.«

»Wann haben sich in diesem Land die Dinge je geändert?«, schimpfte Blanca. »Hast du schon vergessen, was Großmutter uns erzählt hat?«

»Ach du wieder …«

»Nichts, ach du wieder. Mal sehen, ob jetzt alle zurückkommen, und wenn sie hier sind …«

»Ach, hör doch auf!«

»Hast du sie denn immer noch nicht durchschaut? Sie haben 36 den Krieg angezettelt und vierzig Jahre regiert, und nur weil der Alte das Zeitliche gesegnet hat, werden sie nicht von heute auf morgen verschwinden, sie sind immer noch da, im Verborgenen, geduckt, auf der Lauer. Auch wenn sie in eine andere Jacke schlüpfen, ihr Herz bleibt schwarz.« Blancas Ton wurde düster. »Im Moment bleibt ihnen nichts anderes übrig, als den Mund zu halten, zumindest nach außen hin. Aber wenn wir nicht auf der Hut sind … Demokratie? Denk doch an das Säbelrasseln wegen der Legalisierung der Kommunistischen Partei. Wenn Suárez das nicht mitten in der Karwoche durchgezogen hätte … Sobald einer aus der Rolle fällt, gibt es einen neuen Staatsstreich, und diesmal kommt keiner ungeschoren davon, du wirst schon sehen.«

»Rogelio hat nicht vor, zu bleiben.«

»Und warum nicht? Vielleicht ändert er seine Meinung, wenn er erst mal hier ist. Er ist einundsechzig, oder?«

»Ja.«

»Jeder möchte zu Hause sterben, im Kreis seiner Familie.«

»Ich denke, er kommt jetzt oder nie. Er hat sich entschieden, und das war's. Vielleicht hat er einen Plan.«

Ihre Blicke trafen sich. Wieder dieser Schwindel. Blanca erholte sich allmählich von der Hiobsbotschaft, auch wenn sie immer noch leichenblass war. Je mehr sie die Nachricht verinnerlichte, desto mehr wurde ihr bewusst, was für Folgen sie haben würde.

»Ach, Virtu, das Dorf wird …«

»Tja.«

»Gelinde gesagt, kopfstehen.«

»Jetzt übertreib mal nicht! Nach der Sache mit Florencio kann die Leute wohl nichts mehr erschrecken.«

»Bist du wirklich so naiv?« Blanca schüttelte den Kopf. »Du hast keine Ahnung, was hier los sein wird.«

»Warum?«

»Du hast es doch selbst gesagt! Er weiß nicht, wer sie damals verraten hat und warum er von den Kugeln verschont blieb. Er wird Fragen stellen, und das ist immer schlecht, vor allem, wenn keiner darauf antworten will, selbst wenn er könnte.« Sie legte eine Hand auf ihre Brust, als hätte sie Schmerzen. »Er weiß, wer bei der Erschießung dabei war. Und mit Sicherheit lebt der ein oder andere von denen noch.«

»Ja, das stimmt.«

»Woher weißt du das?«, fragte Blanca entsetzt.

»In einem der ersten Briefe hat er mich nach einer Reihe von Namen gefragt, und im Verlauf der Jahre immer wieder.«

»Und?«

»Zwei von ihnen erfreuen sich bester Gesundheit.«

Blanca traute sich kaum, die nächste Frage zu stellen. Denn Virtudes kannte die Antwort.

»Wer ist es?«, fragte sie mit brüchiger Stimme.

»Blas und Nazario Estrada.«

»Blas?« Blancas Miene erstarrte. »Dein Blas?«

»Er war nicht mein Blas!«, widersprach Virtudes zornig.

»Das ist doch egal. *Der* Blas?«

»Ja.«

»Wie konnte er nur? Sie waren doch Freunde!«

»Freunde? In der damaligen Zeit? Sei nicht so blauäugig.«

»Und der andere ist unser früherer Bürgermeister, der Vater des jetzigen.«

»Ja, auch wenn er seit dem Schlaganfall mehr tot als lebendig ist.«

»Und du hast das all die Jahre gewusst und stillschweigend zugesehen, wie sie gemeinsam durchs Dorf spazieren oder auf den Balkon des Rathauses hinaustreten?«

»Ja, das habe ich.« Virtudes kämpfte sichtlich mit den Tränen. »Was hätte ich denn tun sollen? Sie umbringen? Und wie bitte schön?«

Auf einmal schienen auch ihre Augen jegliche Farbe verloren zu haben. Ihre Unterlippe zitterte, aber mehr noch die Hände, ihre Nerven mussten zum Zerreißen gespannt sein.

»Dann wird er es tun«, sagte Blanca leise.

»Nein!«

»Wie kannst du dir so sicher sein?«

»Weil er mit seiner Frau und seiner neunzehnjährigen Tochter kommt! Deswegen. Hältst du ihn für so verrückt?«

»Sie haben seinen Vater und seinen Bruder getötet, und auch wenn er mit dem Leben davongekommen ist, wer weiß, was das mit ihm gemacht hat!«

»Es sind einundvierzig Jahre vergangen!«

»Hast du es vergessen? Ich nicht, Virtu! Ich nicht! Nicht, was damals passiert ist, und auch nicht, was sie uns später angetan haben.«

»Es herrschte Krieg, wir waren alle außer Kontrolle!«

»Das heißt, du hast ihnen verziehen?«

»Nein.«

»Was du nicht sagst.« Blanca war so erregt, dass sie jeden Moment zu explodieren drohte. »Außer Kontrolle? Außer Kontrolle, sagst du? Es gab Gesetze, und die haben sie mit Füßen getreten. Man hat uns abgeknallt wie tollwütige Hunde! Und dann wurden wir verfolgt, als hätten wir die Pest!«

»Und wenn wir gesiegt hätten und nicht sie?«

»Sie haben rebelliert!«

»Wir hätten sie ebenfalls getötet.«

»Natürlich hätten wir sie getötet! Ich sag's noch einmal: Sie haben rebelliert!«

»Geht das auch leiser?«, fragte Virtudes, die bemerkt hatte, dass das Fenster immer noch offen war. Sie vergewisserte sich, dass niemand draußen stand, und schloss es. Dann setzte sie sich wieder.

Schweigen.

Schließlich ergriff Blanca wieder das Wort:

»Was hast du vor?«

»Was meinst du?«

»Gütiger Gott, wie blöd kann man sein! Das ist doch klar, oder?«

»Ich weiß es doch nicht, deswegen wollte ich ja mit dir sprechen.«

»Sagt Rogelio in seinem Brief was dazu?«

»Nein.«

»Das heißt also, du hältst den Mund, und wenn er kommt …«

Erschöpft ließ Virtudes den Kopf sinken.

»Du musst es ihnen sagen«, meinte Blanca.

»Ich soll also in den Lebensmittelladen oder in die Bäckerei gehen und sichergehen, dass es jeder mitbekommt.« Virtudes tat, als ob sie mit jemandem spräche. »Heute kaufe ich für zwei ein, mein Bruder ist von den Toten auferstanden und kommt ins Dorf. – Welcher Bruder? – Na Rogelio, ja, genau der, der 1936 hier erschossen wurde.«

»Spar dir den Sarkasmus, das passt nicht zu dir.«

»Was soll ich dann tun? Am Sonntag auf die Kanzel steigen und es dort verkünden?«

»Ich weiß nur, das ist eine Bombe, und wenn sie einfach so explodiert … Verstehst du denn nicht, dass wir sie kontrolliert hochgehen lassen müssen?«

»Ach, Blanca! Das Dorf ist mir egal, verstehst du? Mein Bruder lebt und kommt mich besuchen. Punkt. Er hat Schlimmes erlebt, aber jetzt ist er reich und glücklich, er hat eine wunderbare Frau und eine wunderbare Tochter, er hat sich verändert, er ist … ein anderer geworden. Ich weiß es, weil ich seit zwanzig Jahren seine Briefe lese. Vergiss den Rogelio, den du kanntest.«

»Hast du ein Foto?«

»Ja.«

»Darf ich vielleicht …?«

Virtudes stand auf. Die Briefe hatte sie sicher versteckt. Mit den Fotos war sie nicht ganz so vorsichtig gewesen, denn darauf war nichts anderes zu sehen als ein eleganter, in die Kamera lächelnder Mann in Begleitung seiner jungen Frau und seiner bildschönen Tochter, die ihrer Mutter wie aus dem Gesicht geschnitten war. Sie öffnete eine Schublade der Anrichte und zog die Bilder heraus, die zuunterst lagen.

Sie reichte sie ihrer Cousine und setzte sich wieder.

Blanca sah sich die Bilder in aller Ruhe an.

»Wie alt ist sie?«

»Anita? Vierzig.«

»Und das Mädchen neunzehn?«

»Ja. Sie heißt Marcela.«

»Er hat spät geheiratet, aber er hat eine gute Wahl getroffen, so eine hübsche …«

»Rogelio war schon immer sehr attraktiv«, unterbrach Virtudes ihre Cousine. »Die beiden Kriege und das Konzentrationslager haben dem wohl keinen Abbruch getan. Sieh nur, was für ein stattlicher Mann! Auch mit einundsechzig sieht er noch fantastisch aus. Viel besser als unsereins.«

Blanca warf ihr einen eisigen Blick zu. Die Fotos lagen immer noch in ihrem Schoß.

»Ich werde es meiner Mutter sagen.« Sie seufzte.

»Sie wird Zeter und Mordio schreien.«

»Genau das ist meine Absicht.«

»Warum?«

»So wird es das ganze Dorf erfahren, ohne dass du es erzählen musst«, sagte Blanca entschieden.

Jede Widerrede war zwecklos. Vielleicht hatte Virtudes es deswegen so eilig gehabt, ihrer Cousine alles zu erzählen. Sie brauchte jemanden, der es in alle Winde posaunte.

Aber Blanca gab sich noch nicht zufrieden. Zum Teufel mit dem freitäglichen Fernsehprogramm.

»Weiß er, dass Esperanza José María geheiratet hat?«

»Ja.«

»Und das mit Florencio?«

»Auch.«

Ihre Cousine nickte. »Das heißt, Rogelio weiß alles.«

»Ja.«

Stillschweigen. Schließlich schaute Blanca auf die Uhr, als wäre sie gerade aus einem lähmenden Traum erwacht. Sie rührte sich nicht. Sie schnaubte nur, überwältigt von der Flut der Gedanken.

»Dein Bruder, mein Mann, Florencio …«

»Sie haben Widerstand geleistet, Blanca. Das ist alles.«

»Eustaquio nicht.«

»Auch Eustaquio.«

»Er ist immer noch ein Gefangener, Virtu. Er hat das Gefängnis nicht verlassen. Sein Körper vielleicht, aber sein Geist nicht.«

Wieder schwiegen sie.

Blanca ließ die Fotos durch ihre Finger gleiten und fuhr mit der Fingerspitze über die Ränder. Es waren Schwarz-Weiß-Bilder und Farbaufnahmen. Die letzte war gerade mal zwei Monate alt.

»Diese Anita ist ja schon hübsch, aber das Mädchen …«, sagte Blanca. »Mein Gott, Virtu, das ist das schönste Mädchen, das ich je in meinem Leben gesehen habe.«

Kapitel 2

Dienstag, 14. Juni 1977

8

Die beiden Kundinnen plapperten munter weiter.

Doch Esperanza Martínez hörte nicht mehr zu.

Nur ihr Sohn Ezequiel bemerkte es.

Seine Mutter war leichenblass, zwischen zwei endlosen Sekunden erstarrt, die Hände auf die Theke des Kiosks gestützt, als würde sie sonst zu Boden stürzen. Ihr Blick war leer.

»Mama?«

Die Frauen redeten immer noch.

»Aber wie ist das möglich?«

»Wer weiß. Im Krieg ist alles Mögliche passiert.«

»Ja, aber so etwas … Man hat mir erzählt, man hätte ihn für tot gehalten, erschossen.«

»Na, so tot kann er nicht gewesen sein.«

»Das ist gemein.«

»Na ja.«

»Und wieso kommt er jetzt hierher zurück?«

»Er hat ja noch Familie hier. Das ist doch normal, oder?«

»Und dann erzählen sie immer, Franco habe sie im Krieg alle vernichtet. Und jetzt kriechen sie wieder aus ihren Löchern!«

»Es sind jetzt andere Zeiten.«

»Also, das mit der Demokratie … Wie soll ich sagen? Das Land funktioniert besser, wenn einer mit harter Hand regiert, das sagt mein Federico immer, und der kennt sich aus, dafür hat er studiert. Man muss sich ja nur ansehen, was sie in den vier Tagen nach Francos Tod angerichtet haben.«

»Da gebe ich Ihnen recht, jetzt wird im Dreck gewühlt und das Kriegsbeil ausgegraben und die ganzen Politiker …«

»Wen wählen Sie denn morgen?«

»Das verrät man nicht! Wahlgeheimnis!«

»Oho, werden Sie etwa rot?«

»Lassen Sie's gut sein!«

Die beiden Frauen lachten, die eine steckte ihre Briefmarken ein und die andere die Schachtel Zigaretten.

»Ich geh dann mal, nicht dass meinem Federico der Tabak ausgeht, dann wird er unleidlich.«

»Ja, ich muss mich auch sputen.«

Sie sahen die Kioskbesitzerin an.

»Auf Wiedersehen, Señora Esperanza«, sagte die mit den Zigaretten.

»Tschüss, Ezequiel.« Die mit den Briefmarken sah ihn liebevoll an. »Man hat dich ja ewig nicht gesehen. Gehst du wieder fort zum Studium, oder bleibst du hier?«

»Ich weiß noch nicht.«

»Klar, es ist ja bald Sommer, nicht?«

Das war's. Sie verließen den Kiosk und entschwanden in der frühen Morgensonne in unterschiedliche Richtungen. Esperanza und ihr Sohn blieben allein zurück.

Allein in dem kleinen Raum, der auf einmal wie eine Gefängniszelle wirkte.

»Was ist mit dir los, Mama?«

»Nichts.« Sie versuchte, sich zusammenzureißen.

»Was heißt hier nichts? Du bist leichenblass.« Ezequiel legte eine Hand auf ihren Arm. »Wer ist dieser Rogelio?«

Sie gab ihm keine Antwort. Ihr Blick schien sich in unendlichen Tiefen zu verlieren.

»Mama …«, bohrte Ezequiel nach.

»Ein Freund.«

»Kanntest du ihn gut?«

»Ja.«

»Und man hat ihn für tot erklärt?«

»Wir alle haben geglaubt, er …« Es fiel ihr schwer zu sprechen. Der Kloß in ihrem Hals wurde größer, und das Gewicht in ihrer Brust nahm ihr die Luft. »Wir haben geglaubt, er sei bei Kriegsbeginn erschossen worden.«

»Na endlich. Jetzt ist es raus.«

Esperanza versuchte, ihren Blick auf ihn zu konzentrieren.

»Was ist raus?«

»Das Wort *Krieg*.«

»Warum sagst du das?«

»Weil keiner darüber spricht. Es ist ein Tabuthema.« Er bildete mit den Zeigefingern ein Kreuz. »Zum ersten Mal höre ich das Wort aus deinem Mund.«

»Warum sollten wir darüber sprechen?«

»Keine Ahnung. Um zu erfahren, was los war, würd ich mal sagen.«

»Manchmal ist es besser, zu schweigen.«

»Nein, schweigen ist nie besser. Unwissen ist nie besser. Egal, was geschieht.«

»Junge, dieses Dorf hat sehr gelitten.«

»Und deswegen muss man uns *schützen?*« Er betonte das Wort *schützen* übertrieben.

Esperanza kämpfte mit den Tränen. Sie wollte vor ihrem Sohn nicht weinen und versuchte, den Schwindel zu vertreiben. Sie strich ihm mit der Hand über die Wange. Nachdem sie zwei Kinder hintereinander verloren hatten, war Ezequiel ein Segen gewesen. Ein neuer Pakt mit dem Leben.

Das war dreiundzwanzig Jahre her.

»Es hat dich getroffen.« Er seufzte.

»Ja, natürlich.«

»Nach all den Jahren?«

»Vor dem Krieg war hier alles viel kleiner, es gab die Fabrik und das alles noch nicht, jeder kannte jeden. Ich …« Sie senkte den Blick, sie konnte nicht länger Ruhe vorschützen und die

Starre verbergen, die sogar ihre Seele erfasst hatte. »Kannst du eine Weile auf den Laden aufpassen?«

»Tue ich das nicht immer, wenn ich im Dorf bin?«

»Ja, klar. Bitte …«

»Wo gehst du hin?«

Die Antwort war ein sanftes diskretes Lächeln, aus dem Mutterliebe, aber auch Bitterkeit sprach.

Esperanza Martínez verließ den Kiosk ohne Eile, nicht, als würde sie flüchten und Frieden in Einsamkeit und Stille suchen, sondern als hätte sie beim Einkauf im Lebensmittelgeschäft etwas vergessen.

9

Die letzten Stangen frisch gebackenen Brotes kamen auf noch warmen Blechen aus der Backstube. Sie hatten kaum Zeit, in den Körben oder in der Auslage abzukühlen, denn die Kundinnen der Bäckerei gaben sich die Klinke in die Hand. Bei den einen waren die Einkaufskörbe schon voll, bei den anderen würden sie während der täglichen Besorgungen erst noch gefüllt werden. Der einzige Mann verließ gerade den Laden, als sie eintrat.

Martina Velasco war kurzzeitig versucht, noch mal wegzugehen und später zurückzukehren. Doch sie entschied sich anders.

»Wer ist die Letzte in der Schlange?«

»Ich, mein Kind«, sagte eine der Bekannten ihrer Mutter.

Für einige Frauen war sie trotz ihrer zweiundvierzig Jahre immer noch »Eloísas Kleine«.

Martina verschränkte die Arme vor der Brust und wartete.

Señora Remedios verteilte das Brot, schnitt passende Stücke ab, kassierte und redete, und das alles gleichzeitig. Als hätte sie vier Hände.

Und zehn Zungen.

»Das macht siebzehn Peseten.«

»Siebzehn für das mittelgroße?«

»Ja, genau wie gestern«, sagte sie kurz angebunden.

»Mal sehen, wie lange es dauert, bis alles teurer wird«, protestierte die Kundin und reichte ihr vier Fünf-Peseten-Münzen.

»Na und? Das sind die neuen Zeiten. Die Demokratie kostet Geld.«

»Klar, dass man …« Mit trauriger Miene nahm die Kundin ihre drei Peseten Wechselgeld entgegen.

Die Frau, die in der kurzen Schlange vor Martina stand, wandte sich ihr wieder zu.

»Und dein Bruder?«

Sie versuchte, ihren Ärger herunterzuschlucken. Sie war sowieso schon als wortkarg und spröde verschrien.

»Alles bestens.«

»Aber er ist doch noch in Barcelona, oder?«

»Ja.«

»Hat er noch mal Nachwuchs bekommen?«

»Nein.«

»Na ja, vier Racker, das ist ja schon was.«

»Genau.«

»Und jetzt, wo dein Vater wieder draußen ist, kommt er da nicht öfter?«

Draußen.

»Ich weiß nicht. Vielleicht im Sommer.« Sie zwang sich, höflich zu sein. »Er hat viel zu tun.«

»Deinem Vater täte das gut. Man sieht ihn ja kaum. Als wäre er immer noch zu Hause eingesperrt.«

»Er ist es leid, dass alle Welt ihn darauf anspricht. Selbst nach all den Monaten löchern sie ihn noch.« Martina sah sie eindringlich an.

Eine weitere Frau verließ den Laden. Jetzt waren noch zwei vor ihnen.

»Dass sie uns extra noch einen Tag zum Nachdenken geben, ist doch ein Witz«, meldete sich Señora Remedios zu Wort.

»Es will gut bedacht sein, wen man wählt.«

»Aber das ist doch jedem längst klar.«

»Mein Bruder ist noch unentschlossen.«

»Kein Wunder, der weiß ja nicht mal, ob er nach rechts oder nach links gehen soll, wenn er das Haus verlässt.« Die Verkäuferin gab der Kundin keine Möglichkeit, ihn zu verteidigen, und sagte, während sie ihren neugierigen Blick über die restliche

Kundschaft schweifen ließ: »Apropos Bruder, ich vermute mal, ihr wisst von der Geschichte mit Virtudes' Bruder, oder?«

»Virtudes hat einen Bruder?«, fragte eine Frau verwundert.

»Was für ein Bruder? Die sind doch beide 1936 gemeinsam mit dem Vater erschossen worden«, verkündete eine andere, die offenbar Bescheid wusste.

Da ließ Señora Remedios die Bombe platzen.

»Einer von ihnen ist nicht tot, er lebt. Der jüngere, Rogelio.«

Es wurde totenstill in der Bäckerei.

Es war, als ob man das ofenwarme Brot knistern hörte.

Die Stille hielt nicht lange an.

»Wie, er ist nicht gestorben?« Martina beteiligte sich zu ihrem Leidwesen an der Gerüchteküche.

»Ja, hab ich doch gesagt. Er konnte entkommen und ist nach Amerika ausgewandert.«

»Wer sagt das?«

»Teodora, Virtudes' Tante. Sie hat es mir gestern Abend erzählt. Wie's aussieht, hat Rogelio seit Jahren heimlich Briefe mit seiner Schwester ausgetauscht.«

»Und sie hat kein Wort darüber verloren«, meinte wütend die Frau, die die Vorgeschichte kannte.

»Unglaublich, nicht wahr?«

»Nach all der Zeit …«

»Der Nächste.«

Beide schielten verhohlen zu Martina.

»Und warum offenbart er sich jetzt?«, fragte die Erste wieder.

»Weil er reich geworden ist und ins Dorf zurückkommt«, erklärte die Bäckerin.

Genauso gut hätte man den Frauen erklären können, dass es die Heiligen Drei Könige tatsächlich gab und dass sie dem Dorf einen Besuch abstatten wollten. Die einen machten große Augen, die anderen tauschten vielsagende Blicke.

Martina schluckte.

Über die Erschießungen von 1936 wurde nicht gesprochen. Niemals. Unter keinen Umständen. Und auf einmal …

»Erst taucht dein Vater wieder auf, nachdem alle ihn für tot gehalten haben, und jetzt dieser Mann … Oh mein Gott …« Die Frau vor ihr seufzte. »Ist das nicht unglaublich?«

»Heilige Jungfrau Maria!«, pflichtete die andere ihr bei.

Jetzt sahen sie Martina direkt an.

Es waren zu viele, die gegen sie waren.

Auf einmal hielt sie es nicht mehr aus.

»Ich komme später wieder«, sagte sie unvermittelt.

Keiner hielt sie zurück.

Sie war noch nicht ganz durch die Ladentür verschwunden, da sagte Señora Remedios:

»Die Arme …«

Jetzt gab es kein Halten mehr.

»Das kann man wohl sagen«, seufzte die erste Frau.

»Was es für sie bedeuten muss, dass ihr Vater wieder aus dem Loch gekrochen ist …«, meinte die zweite melodramatisch.

»Noch dazu bei dem Charakter.«

»Die bleibt sitzen.«

»Als alte Jungfrau, ja. Eine Schande. Und dabei hat sie in ihrer Jugend nicht schlecht ausgesehen.«

»Sie ist immer noch …«

»Mit über vierzig? Die ist doch schon drüber, oder? Wenn sie nicht bald zusieht, dass sie einen abbekommt …«

»Sagt man nicht, je oller, desto doller?«

Sie brachen alle in Gelächter aus.

Aber nur kurz. Die Angelegenheit war zu ernst.

»Und was sagt Virtudes?«, kam die erste in der Reihe auf die große Nachricht zurück, nachdem sie ihre Bestellung aufgegeben hatte.

10

José María Torralba griff mit der rechten Hand nach seinem Jackett und zog es mit der Übung von fast vierzig Jahren mit nur einem Arm an. Dann betrachtete er sich im Spiegel.

Es war brütend heiß, aber selbst mitten im Sommer zog er immer etwas über. Etwas, womit er kaschieren konnte, dass sein linker Arm oberhalb des Ellbogens amputiert war. Das nackte Fleisch hatte immer etwas Verstörendes. Ein Jackenärmel, dessen untere Hälfte nach oben geklappt und mit einer Sicherheitsnadel befestigt war, war da deutlich diskreter.

Er hatte sich gekämmt, auch wenn es nicht so aussah. Er hatte sich rasiert, auch wenn es nicht so aussah. Er hatte sich die Zähne geputzt, aber der gelbe Belag vom Tabak war immer noch da, für immer in seine Zähne eingebrannt, ebenso wie in die Finger seiner rechten Hand. Der Buckel wurde auch immer ausgeprägter.

Er betrachtete sein Spiegelbild länger als sonst.

War das er?

War das wirklich er?

Wann war die Zeit über ihn hinweggefegt? An welchem Punkt des Weges war er alt geworden? Sich alt fühlen, das tat er schon eine ganze Weile, aber es auch tatsächlich zu werden, das war bitter.

Esperanza war immer noch eine attraktive Frau, wohingegen er …

»Mein Gott«, murmelte er dumpf.

Er ging zur Tür und öffnete sie. Die Morgensonne schlug ihm direkt ins Gesicht, denn sie stand genau gegenüber. Er blinzelte und beschirmte die Augen mit der Hand. Noch bevor er auf die Straße hinaustrat, kam sein Nachbar Benito vorbei und grüßte.

»Hallo, Chema!«

Er war einer der wenigen, die ihn so nannten. Er mochte es nicht. Es hörte sich so gewöhnlich an. Er war José María. Das war wenigstens ein anständiger Name. Aber Benito war das nicht begreiflich zu machen.

»Guten Tag.«

»Du lässt es dir gutgehen«, erwiderte Benito spöttisch. »Du bist bestimmt gerade erst aufgestanden. Ich bin schon seit fünf Stunden auf den Beinen.«

»Ich hatte noch was zu erledigen«, erwiderte er.

Seine Frau war die Kioskbesitzerin, eine Ehre und eine Anerkennung, die sie sich hart erarbeitet hatte, und er ein Kriegsheld, ein Veteran. Früher hatte das noch gezählt.

Auf einmal hatte es keine Bedeutung mehr.

»Hast du schon einen Blick in die Zeitung geworfen?« Benito wedelte mit einer Ausgabe von *ABC* vor ihm herum.

»Nein, warum?«

»Die haben sie doch nicht mehr alle. Sie haben sogar ein Einsatzkommando mit dem Namen *Ariete* ins Leben gerufen.«

»Ach, ja?«

»Bei dem Aufruhr …« Er zeigte ihm die Titelseite der Zeitung, auf der man einen LKW zwischen Stahlsäulen und anderen Gerätschaften eines Elektrizitätswerks sah. »Überall Mitglieder des Heeres, ein Riesenaufmarsch.« Er legte den Finger auf die Titelseite, um seine Worte zu untermauern. »Das ist in Aluche. Und so ist es überall.«

José Marías Blick fiel auf das Kästchen rechts oben.

Anleitung für die Wahl.

Das halbe Land wusste nicht, wie eine Wahl funktionierte.

»Wenn das die Neuigkeit ist. Es wird schon nichts passieren, mach dir keine Gedanken.« Er wollte ihn so schnell wie möglich abschütteln.

»Du hast immer die Ruhe weg.«

»Ja und?«

»Wieso bist du dir so sicher?«

»Wenn jemand etwas hätte unternehmen wollen, hätte er schon vor zwei Monaten zugeschlagen, bei der Sache mit der Kommunistischen Partei. Aber jetzt? Wir schreiten treu und brav wie die Lämmer zur Wahlurne, wie es uns befohlen wurde, und in zwei Tagen …«

»Was ist in zwei Tagen?«

»Hat sich auch nichts geändert, das hier bekommt doch keiner mehr in den Griff, die Geschichte wiederholt sich immer wieder.«

»Du bist vielleicht einer.« Sein Nachbar schüttelte den Kopf.

»Und du? Glaubst du an Märchen?«

»Bist du dir sicher, dass die Bombe dir nicht auch den halben Verstand weggeblasen hat?«

»Die Eier.« José María lächelte gezwungen.

»Gut, dann geh morgen zur Wahl, ich bin Beisitzer, und wer nicht zur Wahl geht …«

»Du bist Beisitzer?«

»Ja.« Benito streckte die Brust heraus.

»Gütiger Himmel, es lebe die Demokratie«, spottete José María weiter.

Benito lachte. Er faltete die Zeitung zusammen und schob sie sich unter den Arm. Ihre Unterhaltungen waren meist nur kurz.

»Schön, wir sehen uns«, verabschiedete er sich.

Von wegen »wir sehen uns«. Sie waren Nachbarn und sonst nichts. José María hatte nicht umsonst den Ruf, ungesellig zu sein.

Und?

Benito zog ab, und er wollte sich auch auf den Weg machen.

Aber dazu kam es nicht.

Esperanza kam auf ihn zugerannt.

Seine Esperanza.

José María runzelte die Stirn. Erstens sollte seine Frau im Kiosk sein. Und zweitens rannte sie nie, schon gar nicht, seit sie sich vor einem Jahr den Knöchel verstaucht hatte. Seitdem hatte sie Angst hinzufallen. Drittens machte ihr Gesichtsausdruck ihm Angst. Das Entsetzen, die geröteten Augen, der weggetretene Blick.

»Was ist denn?«, fragte er, noch bevor sie vor ihm stand.

»Du weißt es schon?«

»Was?«

Esperanza rang um Fassung. Sie seufzte tief und schloss die Augen. Als sie die Hand auf seinen gesunden Arm legte, spürte er, dass sie zitterte.

»Jetzt spann mich nicht auf die Folter«, sagte er.

»Rogelio lebt.«

Es war wie ein Schuss, ohne Vorwarnung.

Aber er traf das Ziel nicht.

Vielleicht weil es unmöglich war.

»Welcher Rogelio?«

»José María, bitte! Welcher Rogelio? Wie viele Rogelios haben wir denn kennengelernt?«

Diesmal war es ein Treffer.

Ein Volltreffer.

José María hob die Augenbrauen, ihm stockte der Atem. Die Hand seiner Frau zitterte noch mehr. Doch noch erschütternder war ihr Blick, halb bestürzt, halb voller Schmerz, halb …

Wie viele Hälften konnte es geben?

»Es ist kein Gerücht«, erklärte Esperanza. »Ich habe mich auf dem Weg hierher umgehört. Er hat sich seit Jahren mit seiner Schwester Virtudes Briefe geschrieben. Sie hat es natürlich aus Angst verschwiegen. Und aufgrund der neuesten Entwicklungen hat er sich entschlossen, zurückzukehren.«

»Hierher?«

»Ja.«

Die Ungläubigkeit verwandelte sich in Bestürzung.

»Rogelio lebt und … kommt ins Dorf zurück?«

»So ist es, José María.«

»Aber wie hat er es geschafft …?«

»Ich weiß es nicht!« Sie fing fast an zu weinen. »Er lebt, und Punkt! Es ist, als ob all die Jahre …«

»Was?«

Unerwartet warf sie sich in seine Arme. Ihr ganzer Körper zuckte und bebte.

»Beruhige dich doch!«

»Wie soll ich mich beruhigen? Was sollen wir denn tun?«

»Tun?« Er schob sie ein Stück von sich weg, um ihr ins Gesicht sehen zu können. »Was willst du damit sagen?«

»Ich war seine Verlobte und du sein bester Freund.« Jedes einzelne Wort war in Schmerz gehüllt.

»Meinst du das ernst?«

»Ja!«

»Verdammt, Esperanza! Du hast es gesagt: Du *warst* seine Verlobte! Es sind mehr als vierzig Jahre vergangen. Wenn wir uns heute auf der Straße begegneten, würden wir uns nicht mehr erkennen. Damals war damals, und heute ist heute. Ich verstehe auch nicht …«

»Das Dorf hat ihn erschossen!«

»Was glaubst du? Dass er kommt und uns alle abknallt?«

»Ich weiß es nicht, José María. Ich weiß es nicht.« Sie schlang die Arme um ihren Körper und war nicht zu beruhigen.

»Und das ist wirklich kein geschmackloser Scherz?«

Sie schüttelte den Kopf.

»Er hat vierzig Jahre gewartet?«

»Er wollte seine Schwester nicht in Schwierigkeiten bringen.«

»Das ist unglaublich«, befand José María nach kurzem Schweigen.

Sie sahen sich an, und in ihren Blicken lag eine Unzahl von Gefühlen.

»Du weiß doch, wie das ist«, sagte sie. »Es wird über nichts anderes mehr gesprochen werden, und wenn er kommt …«

Stille.

José María merkte gar nicht mehr, dass die Sonne sein Gesicht verbrannte.

»Aber wie konnte er lebend entkommen und fliehen?«, fragte er mit einem Seufzen.

11

Den Blick auf den Boden gesenkt, ging Martina Velasco mit trüben Gedanken ihres Weges.

Warum hatte sie fluchtartig die Bäckerei verlassen? Hatte es sie so sehr gestört, Zielscheibe der Neugier und der bösen Zungen des Dorfes zu sein? Was machte das schon?

Sie hatte einen Vater gewonnen.

»Nein, du hast ihn nicht gewonnen, er war die ganze Zeit da. Nur die anderen wussten nichts davon«, murmelte sie vor sich hin.

Sie sprach immer öfter mit sich selbst.

Sie hob den Blick und sah in der Ferne ihr Haus. Das letzte auf dieser Seite des Dorfes, mit der grünen Mauer des Waldes im Rücken lag es geborgen unter der felsigen Anhöhe. Auf der Straße war kein Mensch. Und doch fühlte sie sich von den Gesichtern der Kandidaten auf den Plakaten an den Wänden beobachtet. Hunderte, Tausende Augen, die auf sie gerichtet waren. Augen, die die lächelnden Gesichter beherrschten.

Wähl mich.

Für die Veränderung.

Für Spanien.

All die Jahre voller Hass, der sich tief in die Seele eingefressen hatte, waren nur schwer zu überwinden.

Martina öffnete die Haustür und war dankbar für die Kühle zwischen den dicken alten Steinmauern. Es war nichts zu hören, und so trat sie in den Patio hinaus. Mit Sorgfalt und Geduld, fast schon zärtlich, hängte ihre Mutter die Wäsche so auf, dass die Kleidungsstücke sich nicht berührten und die Klammern keine unnötigen Beulen oder Falten erzeugten, die später kaum noch rauszubekommen waren, auch wenn man noch so gründlich bügelte. Eloísa trug kein Schwarz mehr, aber auch keine bunten Farben. Ein karierter Kittel schützte die weiße Bluse und den grauen Rock.

»Mama.«

»Das ging aber schnell.«

Nein, sie trug kein Schwarz mehr. Sie gab nicht länger die Witwe für die anderen.

»Wo ist Papa?«

»Keine Ahnung. In seinem Versteck vermutlich.«

Eine glühende Woge stieg in Martina auf.

»Was um Himmels willen macht er da?«

»Ich weiß es nicht. Das musst du ihn selbst fragen.«

»Er hat sein halbes Leben dort verbracht, und anstatt es abzuschließen oder es zu zerstören … macht er immer weiter. Es ist zum Verrücktwerden!«

Ihre Mutter warf ihr einen eisigen Blick zu und hängte weiter Wäsche auf. Wenn sie sprach, benutzte sie mehr die Augen als den Mund. Mimik und Gestik sagten mehr als Worte.

Martina empfand große Bewunderung für sie. Die einzige Erinnerung, die ihr vom Krieg geblieben war, waren die Tränen ihrer Mutter, als er zu Ende war. Damals war sie vier gewesen.

Die letzten Tränen vor dem langen Schweigen.

»Ich muss euch etwas sagen.«

»Was denn?«

»Euch beiden.«

»Ah«, sagte Eloísa emotionslos und strich sanft ein Laken glatt.

Martina ging zur Tür, die den Patio mit dem Haus verband.

»Papa!«

»Du weißt doch, dass er dich nicht hört. Hol ihn.«

»Auf keinen Fall.«

»Kind …«

»Ich gehe da nicht rein!« Sie schauderte. »Da bekomme ich … keine Ahnung, ich habe das Gefühl, da drin zu ersticken.«

»Ich geh ja schon«, sagte ihre Mutter ohne weitere Diskussion.

Sie ließ das letzte Wäschestück im Korb liegen und ging ins Haus. Ihre Hände rieb sie an der Schürze trocken. Martina folgte ihr durch das Wohnzimmer mit den unzähligen Schwarz-Weiß-Fotografien, die so alt waren wie das Gemäuer. Ziel war das andere Ende des Hauses, das an den Felshügel grenzte. Martina blieb als Erste stehen, als sie zu dem Loch in der Wand kamen, hinter dem sich ihr Vater so viele Jahre versteckt gehalten hatte.

Das Möbelstück, das davorgestanden hatte, war nicht mehr da. Das machte das Loch noch unheimlicher.

»Florencio!«, rief die Mutter.

Keine Antwort.

»Florencio!«

»Was ist?«, bellte seine raue Stimme aus der Tiefe des Verstecks.

»Komm raus, Martina will uns was sagen!«

»Muss das jetzt sein?«

»Natürlich jetzt! Was treibst du denn?«

»Nichts!«

»Dann komm raus, verdammt noch mal!«

Kurz darauf erschien Florencio Velascos Kopf: weißes, schütteres Haar, tiefliegende Augen, vorstehende Wangenknochen, der Adamsapfel wie eine zweite Hakennase in der Kehle, das Gesicht von Falten zerfurcht, die Ohren abstehend, als wollte er jeden Moment abheben.

»Du gehst mir auf den Wecker, Eloísa«, brummte er.

»Ich? Sag das deiner Tochter.«

In einer Cordhose, einem Hemd mit aufgekrempelten Ärmeln und seinen alten Leinenschuhen stand er vor ihnen. Er war klein, aber er strahlte eine gewisse Stärke aus. Sein Gesicht war wie in Stein gemeißelt.

»Was ist los?«, fragte er. Und bevor Martina etwas sagen konnte, fügte er hinzu: »Wenn es um die Sache mit dem Fernsehen geht, das kannst du dir sparen, ja?«

»Darum geht es nicht, Papa.«

»Sie können sich ihr Geld, ihre Werbung und ihren Ruhm in den Hintern schieben! Sie sollen mich in Ruhe lassen, verdammt! Nicht mal mehr Würde wird einem heute zugestanden!«

»Papa, ich habe dir doch gesagt, darum geht es nicht!«

»Ach nein?« Er war überrascht.

»Du hörst einfach nicht zu«, warf sie ihm vor. »Du weißt, was ich von deiner Starrköpfigkeit halte, dazu sage ich nichts mehr.«

»Wenn ich nicht so starrköpfig wäre, wäre ich nicht mehr am Leben.« Er fuchtelte mit seinem Zeigefinger vor ihr herum. »Ich habe euch geschworen, dass ich diesen Mistkerl unter die Erde bringe, und das habe ich getan!«

»Ja, Papa, das hast du, ist gut«, sagte Martina.

Es war der Lieblingssatz ihres Vaters seit Francos Tod am 20. November 1975 und das Motto seiner Rückkehr in die Welt der Lebenden vor ein paar Monaten.

Seine wahre Stärke.

»Jetzt hört auf zu streiten«, klagte Eloísa.

»Ich streite nicht, Mama.«

»Worüber willst du mit uns sprechen?«, fragte Florencio.

»Über den Mann, den du erwähnt hast, einen von denen, die sie im Gebirge erschossen habe, Rogelio …«

»Rogelio Castro?«

»Er lebt, Papa. Sie haben ihn nicht getötet, wie du glaubst. Er ist so lebendig, dass er in ein paar Tagen ins Dorf zurückkehrt. Alle reden darüber«, sagte Martina langsam, damit ihre Eltern das Ganze verdauen konnten.

Und das taten sie. Ihr ungläubiges Schweigen lag schwer im Raum.

12

Von seinem Büro im Rathaus aus betrachtete Ricardo Estrada die Plaza Mayor des Dorfes, auf der wie immer viele alte Menschen auf den Bänken saßen, in der Sonne oder im Schutz der wenigen Bäume, die noch nicht abgestorben waren. Der Platz war in den letzten Tagen besser besucht als sonst, und man hörte viele Stimmen, die leidenschaftlich und frei über die Politik des Landes diskutierten – das wäre vor zwei Jahren noch undenkbar gewesen. Sein Blick fiel auf die Kirche, die seit dem plötzlichen Tod des Priesters vor einem Monat geschlossen war. In der Ferne sah er die Umrisse des Fabrikgebäudes, das sich von der Ebene und der Flussschleife abhob und dessen Schornstein einen feinen weißen Rauch ausstieß, der sich in der Luft auflöste wie eine Wolke.

Er hatte alles im Blick.

So nah und zugleich so fern.

Es gehörte ihm.

Oder fast.

Hinter ihm wurde das Räuspern vernehmlicher. Er drehte sich nicht um. Er konnte das Spiegelbild von Gonzalo Muro mit seiner glänzenden Glatze, seiner Unruhe und dem nach einer Antwort gierenden Blick in der Scheibe sehen.

»Und morgen die verfluchten Wahlen!«, stieß der Bürgermeister wütend aus.

Stille.

Ein zweites Räuspern.

»Ich weiß nicht, wo das hinführen soll!«

»Señor Estrada …«

Der Fabrikdirektor hielt mitten im Satz inne, als er sich umdrehte. Estrada schien die Information verdaut zu haben. Jetzt musste er nur noch die Reaktion abwarten. Ricardo Estrada konnte eiskalt sein.

»Sind Sie sich mit alldem sicher, Gonzalo?«

»Ja.« Er nickte. »Es sind keine Gerüchte. Der Schwager von Señor Miralles höchstpersönlich hat es mir bestätigt. Er ist bereit zu verkaufen und hat schon mit den Verhandlungen begonnen.«

»Mit wem?«

»Investoren …« Er zuckte mit den Schultern. »Señor Miralles war schon immer sehr verschlossen. Nur weil ich der Direktor der Fabrik bin, heißt das noch lange nicht, dass ich ihn gut kenne. Hätte ich nicht den Draht zu Ernesto Pons …«

»Aber mit der Fabrik geht es weiter, oder?«

Gonzalo Muro hatte nichts weiter zu sagen.

Da zeigte Ricardo Estrada endlich eine Reaktion.

»Verfluchter Mistkerl!« Er ballte die Fäuste. »Verdammter Mist, Gonzalo, wenn sie die Fabrik schließen, geht das ganze Dorf den Bach runter!«

»Warum sollten sie sie schließen, wenn es ein rentables Geschäft ist?«

»Was weiß denn ich! Das können dir die sagen, die das Geld verwalten! Vielleicht bauen sie die Fabrik woanders neu.«

»Señor Miralles …«

»Señor Miralles wird verkaufen, und fertig! Oder glauben Sie, er wird Bedingungen an den Verkauf knüpfen?« Er sah Gonzalo Muro an, als wollte er ihn töten. Als ob es seine Schuld wäre. »Sind Sie sicher, dass die Fabrik immer noch rentabel ist?«

»Ja.«

»Und es ist alles sauber?«

»Ja.«

»Qualität, Hygiene und Gesundheit … alles garantiert?«

»Ja, ja, ja.«

»Und die Gewinne sind nicht gesunken, oder gibt es Hinweise auf …?«

»Der Gewinn ist sogar gestiegen, alles läuft bestens.« Der Direktor machte deutlich, wie sehr das Gespräch ihn ermüdete. »Die Erweiterungen vor fünf Jahren waren wichtig. Da ist nichts zu befürchten. Es ist alles transparent und nachvollziehbar.«

Ricardo Estrada schüttelte den Kopf, gab sich aber nicht zufrieden.

»Was will der dämliche alte Sack mit dem Geld, wenn er doch schon mehr als genug davon hat?«

»Entweder ist das Angebot so verlockend, oder er ist es leid, dass seine Kinder, seine Schwestern und Schwäger sich in die Geschäfte einmischen. Soll ich Ihnen etwas verraten, ganz im Vertrauen? Ich hatte Angst, er könnte überraschend sterben und sein Sohn würde den Laden übernehmen. Das wäre eine Katastrophe, denn Mariano ist nichts anderes als ein feiner Pinkel aus Madrid. Der will ein angenehmes Leben führen, nichts dahinter, kein Funken Verstand. Mit Mariano Miralles würden wir keine drei Monate überleben. Er hätte die Firma ebenso verkauft, sogar zu noch schlechteren Bedingungen. Und Señor Miralles hat schon das ein oder andere Mal davon gesprochen, sich aus dem Geschäft zurückzuziehen …«

»Ja, so ist das mit den Männern, die zum zweiten Mal heiraten, und dann auch noch deutlich jüngere Frauen. Sie fangen an zu spinnen.«

»So jung ist Señora Miralles auch wieder nicht!«

»Immerhin zwölf Jahre jünger. Er hatte sie bestimmt schon in der Hinterhand, als seine Frau an Krebs erkrankt war.« Estrada ging zu seinem Schreibtisch und setzte sich auf den Rand, ein Bein in der Luft und das andere auf dem Boden. Er schnalzte mit der Zunge.

»Es wird Veränderungen geben, Gonzalo. Das ist so sicher wie das Amen in der Kirche.«

»Solange der Laden läuft.«

»Der Käufer wird als Erstes einen Direktor einsetzen, der ihm behagt und dem er vertraut, der den Laden in seinem Sinne führt.«

Das hatte gesessen. Gonzalo Muro wurde blass um die Nase.

»Ich bin beunruhigt, aber es macht mir keine Angst«, gestand er. »Wissen Sie, was die mir zahlen müssten, wenn sie mich entlassen?«

»Das zahlen reiche Leute doch aus der Portokasse. Wie lange sind Sie hier?«

»Fünfzehn Jahre. Seit 1962.«

»Dann wissen Sie ja, wie das Dorf funktioniert, was die Fabrik für das Dorf bedeutet.«

»Klar.«

»Haben Sie einen Vorschlag? Können wir irgendwas tun?«

Das Schweigen, die bedrückende Stimmung waren plötzlich wieder da.

»Ich dachte nur, Sie sollten es wissen«, sagte Gonzalo Muro.

»Und dafür bin ich Ihnen dankbar«, erwiderte der Bürgermeister.

»Die Sache liegt jetzt bei den Anwälten, die führen die Verhandlungen, aber sobald ich mehr erfahre …«

Estrada nickte.

Ein Klopfen an der Tür riss sie aus ihren Überlegungen. Ohne auf die Erlaubnis zu warten, ging die Tür auf, und der perfekt frisierte Kopf von Graciela, der Sekretärin, erschien.

»Verzeihung, Herr Bürgermeister.« Sie siezte ihn immer mit größtem Respekt. »José María Torralba ist da, er sagt, er müsse Sie dringend sprechen.«

Ricardo Estrada hob die Augenbrauen.

»José María Torralba?«

»Ja.«

»Hat er denn gesagt, was so dringlich ist?«

»Nein, aber er wirkt sehr nervös.«

Er überlegte. José María vor seiner Tür, und nervös.

»Ich wollte ohnehin gerade gehen.« Der Fabrikdirektor stand auf.

»Sagen Sie ihm, er soll warten, ich empfange ihn gleich.«

Gracielas Kopf verschwand, und sie waren wieder allein.

Gonzalo Muro reichte ihm die Hand.

Durch das Fenster drang eine erbitterte Diskussion zwischen zwei alten Männern herein.

»Und das schimpft sich Tag zum Nachdenken«, murrte der Bürgermeister, während er die Hand seines Besuchers drückte.

13

Blas Ibáñez betrat den Kiosk und rieb sich die Augen, um sich an die veränderten Lichtverhältnisse zu gewöhnen. Das gleißende Sonnenlicht draußen stand im Kontrast zu dem schummrigen Licht in dem kleinen Raum, der bis zum Rand voll war mit Zigarettenschachteln aller Marken, Tabak, Packpapier und Dosen mit Knabberzeug. Es gab sogar ein Regal mit Pfeifen, Feuerzeugen und Aschenbechern mit den Wappen der großen Fußballvereine.

Er war überrascht, Ezequiel hinter der Verkaufstheke anzutreffen.

»Hallo, wie geht's denn so?«, grüßte er ihn.

»Gut, alles bestens.«

»Und das Studium?«

»Läuft.«

»Du warst immer schon ein schlaues Kerlchen. Bleibst du den ganzen Sommer über?«

»Weiß ich noch nicht.« Ezequiel machte eine vage Geste. »Hab ich noch nicht drüber nachgedacht. Ich würde gerne ein paar Tage an den Strand fahren, Sie wissen schon.«

»Und ob. Mit den Ausländerinnen anbändeln.« Blas zwinkerte ihm zu.

»Ich? Lust hätte ich schon.«

»Sie kommen hierher wie ausgehungerte Wölfinnen.« Er lachte. »Die aus dem Norden essen wie die Spatzen im Winter. Die Männer arbeiten ständig. Und deshalb kommen sie hierher, um sich mal richtig satt zu essen.«

»Woher wissen Sie das?«

»Weil ich viel lese. Und weil ich nicht blöd bin, Junge. Man sieht es ihnen an, wenn sie auf der Straße unterwegs sind, völlig verloren, und nach dem Weg fragen. Also wenn ich heute noch mal jung wäre …«

»Würden Sie nichts anbrennen lassen.«

»Mit Sicherheit nicht.«

Sie lachten. Ezequiel mit der Selbstsicherheit der Jugend und Blas mit der Wehmut des Alters. Vielleicht auch mit ein wenig Neid.

»Dasselbe wie immer«, verlangte Blas dann.

»Immer noch zwei Päckchen Celtas täglich?«

»Ja.«

»Sie bleiben sich treu, was?«

»Wenn du deiner Zigarettenmarke nicht treu bleibst, wem dann? Celtas ist die Chester der Arbeiter. Bisontes sind was für Weicheier …«

»Sie sollten sich 'ne Freundin zulegen.«

»Was hat Mist mit Klatschmohn zu tun?«

»Dann wären Sie beschäftigt.«

»Du kriegst gleich eine Kopfnuss.«

Die beiden Zigarettenschachteln landeten auf der Theke. Blas zählte die Peseten und die Céntimos einzeln auf die Glasfläche ab.

»Gestern standen da noch zwei Aschenbecher vom FC Barcelona, heute ist's nur noch einer«, meinte er.

»Ah, hab ich gar nicht gesehen. Hat meine Mutter bestimmt an einen Fan verkauft.«

»Oder an einen von Real Madrid.«

»Warum?«

»Wenn ich Fan von einer Mannschaft wäre, würde ich mir den Aschenbecher vom Gegner kaufen, dann könnte ich die glühenden Stummel auf dem Wappen des Rivalen ausdrücken.«

Ezequiel lachte, bis ihm aufging, dass es ernst gemeint war.

Blas Ibáñez hatte einen wachen Blick, eine große Nase, füllige Lippen, einen schlecht rasierten Bart und einen runden Kopf mit einer zerzausten, immer noch üppigen Mähne. Seine etwas über sechzig Jahre sah man ihm nicht an, denn er war groß und kräftig, widerstandsfähig wie die Erde.

»Wo ist deine Mutter?«, fragte er, als er mit dem Abzählen der Münzen fertig war.

»Keine Ahnung. Sie ist vor einer Weile fortgegangen und nicht mehr wiedergekommen.«

»Ist was passiert?« Er nahm die beiden Schachteln und schob sie in die Jackentasche.

»Einer, den sie damals im Krieg für tot gehalten haben, lebt noch. Und der will jetzt wohl ins Dorf zurückkehren.«

Blas' Hand zitterte. Seine Augen flatterten, und sein Adamsapfel hüpfte auf und ab.

Ezequiel grübelte.

»An den Namen kann ich mich nicht erinnern«, sagte er.

»Rogelio.«

Das war keine Frage und kein Schuss ins Blaue. Das war eine Aussage.

»Ja!« Ezequiel riss die Augen auf. »Woher wissen Sie das?«

Er bekam keine Antwort. Blas' Blick war nicht zu deuten. Die Erschütterung war ihm anzumerken.

»Haben Sie ihn gekannt?«, fragte Ezequiel.

Er musste sich zusammenreißen. Erst mal all die versprengten Teile zusammenfügen, die nach der Explosion durch seinen Kopf schwirrten. Dann tief durchatmen und Gelassenheit vorschützen.

»Ja, wir haben als Kinder zusammen gespielt«, sagte er mit tonloser Stimme. »Auch wenn ich zwei Jahre älter bin. Ich hätte fast seine Schwester geheiratet, wäre da nicht der Krieg gewesen.«

»Aber hallo, zweimal an einem Tag.«

»Zweimal was?«

»Dass das Wort *Krieg* ausgesprochen wird. Das sonst keiner in den Mund nimmt. Auch meine Mutter hat es verwendet.«

»Man muss nicht über den Krieg sprechen, mein Junge. Einige

von uns tragen ihn noch in sich.« Er überlegte einen Moment, bevor er fortfuhr: »Es wundert mich nicht, dass deine Mutter davongerannt ist.«

»Warum?«

Blas sah ihn durchdringend an.

»Wie alt bist du, Ezequiel?«

»Dreiundzwanzig.«

»Du hast Zeit.«

»Und was heißt das?«

»Dass du keine Eile hast. Das Leben weist uns unseren Platz zu.«

»Wovon sprechen Sie?« Er hob fragend die Arme in die Luft. »Man fragt sich, warum der auf einmal zurückkommt.«

Blas war schon an der Tür.

Er wollte nicht fliehen.

Aber er musste allein sein.

Mehr denn je.

»Auf Wiedersehen, mein Junge«, sagte er und verschwand durch die Tür ins Sonnenlicht.

Kapitel 3

Dienstag, 14. Juni 1977

14

Esperanza Martínez wurde zum ersten Mal bewusst, wie klein ihre Wohnung war.

Sie konnte kaum ein paar Schritte tun, ständig stand sie vor einer Wand. Sie blickte aus dem Fenster und wäre am liebsten fortgelaufen. Einfach nach draußen gesprungen und gelaufen, bis sie nicht mehr konnte. Auf einmal war alles eine einzige Last. Plötzlich begannen die Fotos der Toten zu reden, und die der Lebenden lachten. Die Wände waren voller Stimmen, Echos, die in ihrem Kopf widerhallten. Sie ging ins Schlafzimmer, in dem sie ihre fünf Kinder zur Welt gebracht hatte, und musste gleich wieder kehrtmachen, erschrocken über die unerwarteten Gefühle, die sie übermannten. Sie betrat das Badezimmer, und obwohl es längst umgestaltet war, sah sie sich blutüberströmt in der Badewanne sitzen. Sie ging ins Esszimmer, wo die Stille sie schmerzte. Die Stille des Augenblicks, so allein in der Wohnung, und die Stille all der Nächte neben José María, ohne die drei Kinder. Sie ging ins Wohnzimmer und fühlte sich erdrückt von all den Büchern, die sie nicht gelesen hatte und die als schmückende Farbtupfer mit den Andenken und den Figürchen auf den Regalbrettern wetteiferten.

Andenken und Figürchen.

Die Giralda von Sevilla, die sie auf der Hochzeitsreise gekauft hatten. Der Pokal, den Vicente mit neun bei einem Wettrennen gewonnen und nach seiner Heirat dagelassen hatte, weil er ihr doch so gut gefiel. Das Bild von Weihnachten 53, das Rosa gemacht hatte, eingerahmt von sentimentalen Motiven.

Wo war José María hingegangen?

Warum hatte er sie allein gelassen?

Aber, was noch schwerer wog: Warum holte sie nach einundvierzig Jahren die Vergangenheit ein und verhöhnte sie?

Rogelio lebte.

Das war nicht nur eine Überraschung. Das war sehr viel mehr.

Manchmal sah sie ihn in ihren Träumen vor sich, wie er damals ausgesehen hatte und wie sie ihn für immer in Erinnerung behalten würde, zwanzig Jahre alt, mit dem offenen, charmanten Lächeln, das ihm so gut stand. Zwanzig Jahre und so viel Liebe, Zärtlichkeit, Frieden. In den Träumen passierte eigentlich nichts. Keine Küsse, keine Zärtlichkeiten, kein heimlicher Sex, denn den hatte es für sie nicht gegeben. In den Träumen gingen sie einfach nur Hand in Hand spazieren. Wie in einer Endlosschleife. Aber das genügte Esperanza. Ihre Empfindungen beim Aufwachen waren widersprüchlich: das Glücksgefühl, mit ihm zusammen gewesen zu sein, wenn auch nur in einer Traumwelt, und die bittere Erkenntnis einer Realität, die sie zwang, den nicht enden wollenden Schmerz seiner Abwesenheit zurückzudrängen.

Was war von dem Rogelio von 1936 noch übrig?

Wie sah der Rogelio von 1977 aus? Wie war er? Würde er sich an sie erinnern? Würden sie sich treffen?

Und wenn … Was sollte sie tun? Worüber sollte sie mit ihm sprechen? Wie sollte sie sich verhalten, ohne sich zu verraten?

Sie betrachtete sich im Dielenspiegel und erkannte sich nicht wieder. Denn die Esperanza in ihren Träumen strahlte die Schönheit und das Glücksgefühl des neunzehn Jahre alten Mädchens der Vergangenheit aus.

Im Spiegel hingegen sah sie eine Frau von sechzig Jahren, immer noch stark, immer noch drahtig, immer noch schön, auch wenn sie ein paar Kilo zugelegt und ihre Kurven eingebüßt hatte. Die Spuren des Alters waren nicht zu übersehen.

Und der traurige Blick.

Den hatte sie seit jenen Ereignissen im Juli 1936.

Sie musste in den Kiosk zurück. Sich sammeln. Sich wie eine gestandene Frau benehmen, eine verheiratete Frau, die Kinder hatte, Enkel. Sie musste sich selbst gegenüber gerecht sein, um es anderen gegenüber sein zu können. Die anderen hatten mit ihrem Kummer nichts zu tun, das ging nur sie etwas an.

Und natürlich José María.

Wo steckte er nur?

Die Braut und der beste Freund.

Weshalb fühlten sie sich schuldig?

Sie wollte zur Tür, doch ihre Schritte strebten auf die kleine Treppe zu, die zum Speicher führte. Auf einmal schienen ihr Geist und ihre Beine unterschiedlichen Befehlen zu gehorchen. Sie stieg zwei Stufen hinauf, öffnete die Holztür, machte das Licht an und befand sich an dem Ort, an dem sie manchmal, äußerst selten, Zuflucht suchte. José María kam nie hier herauf.

Vielleicht weil es hier oben nichts von ihm gab.

Die Sonne brannte auf das Schieferdach, aber unten war es noch wärmer. Der Speicher war nicht sehr groß, aber angefüllt mit ihrer Vergangenheit. Sie ging zu den alten Möbeln ihrer Eltern, aus ihrer Kinder- und Jugendzeit, zu dem abgebauten Bett, der Kommode mit dem kaputten Spiegel, dem Schrank mit den ausgeleierten Türen. Sie setzte sich auf einen der Stühle mit geflochtener Lehne und soliden Holzbeinen.

Sie zog die untere Schublade der Kommode auf.

Dort befand sich der Karton.

Ihre Vergangenheit.

Ihr Leben in einem einfachen Schuhkarton.

Als sie den Deckel öffnete, sah sie als Erstes die Fotos. Sie kannte die Motive auswendig. Unzählige Male hatten ihre Finger über die zerknitterten Ränder gestrichen oder waren über die schwarz-weißen Oberflächen gefahren, als könnten sie ein Relief ertasten oder wie eine Blinde mit den Fingern lesen. Rogelio und sie, auf dem letzten Foto, Weihnachten 35, kurz nach ihrer Verlobung. Rogelio war so unglaublich gutaussehend und sie so blutjung. Sie erkannte sich kaum wieder. Er hingegen war der aus den Träumen, immer gleich. Das Foto hatte ihr Onkel aufgenommen, ein Fotograf, der auf der Suche nach Schnappschüssen ebenfalls im Krieg umgekommen war.

Es gab noch mehr Rogelios, etwa zwei Dutzend, die meisten im Alter zwischen sechzehn und neunzehn. Momentaufnahmen prall gefüllt mit Leben. Sie erinnerte sich an jeden einzelnen Moment, jeden einzelnen Tag. Mit den Jahren hatten sie sich in Schreie verwandelt. Schreie der Stille. Jedes Bild hielt Lachen und Gedanken fest, die Sekunde, in der sie für immer festgehalten worden waren.

Obwohl, was hieß das schon, für immer?

Was würden ihre Kinder nach ihrem Tod mit all den Dingen hier machen?

Esperanza legte die Fotos beiseite und nahm die Gedichte in die Hand, Rogelios Gefühle gebannt in die Träumereien jugendlicher Verse. Worte der Liebe. Sie waren mit der Hand geschrieben, auf Blättern aus Notizheften oder auf Fetzen von Zeitungspapier oder Prospekten. Sie kannte jedes Gedicht auswendig, am besten das letzte vom 7. Juli 1936.

Gefangener
deines Feuers und deines Himmels.
Gekettet
an deine Liebe und Qual.
Ich lebe
wie der Regen und der Wind.
Liebhaber
deiner zeitlosen Tage.

Liebe,
Liebe so vieler Stunden,
rastloser Tage,
verletzter Augenblicke,
Schreie und Leidenschaften,
Wahn aus Küssen,
feuchten Berührungen,
voller Wollust und Hoffnung.
Liebe,
Liebe aus Inseln und Meeren,
Sonnen und warmen Gewässern,
Raunen und Stöhnen,
mit verschwiegenen Blicken,
Tränen aus Träumen,
friedvoller Stille,
Begehren und Ewigkeit.

Gefangener
deines Horizontes und deines Lebens.
Gekettet
an deinen Atem und Geschmack.
Ich lebe,
um deiner Seele und deines Körpers willen.
Ein Liebender,
an deiner Seite für immer.

Manche Worte gingen ihr noch immer durch Mark und Bein. Worte wie *Gefangener, Gekettet, Liebender* und vor allem *immer.*

Sie erinnerte sich noch an Rogelios Stimme, wenn er ihr die Gedichte vorgelesen hatte. Und daran, wie sie errötete oder er als Preis einen Kuss verlangte.

Esperanza hatte weder bei den Fotografien noch bei den Gedichten geweint, aber als sie nun das Kästchen mit dem Ring in die Hand nahm, konnte sie nicht anders.

Ihr Verlobungsring.

Der Ring, den sie nach dem Tod ihres Verlobten abgelegt und nie wieder getragen hatte.

Jetzt bekam sie ihn nicht einmal mehr über den Finger.

Es war der Ring eines hoffnungsfrohen jungen Mädchens, nicht der einer Frau, die an der Schwelle zum Alter stand.

Sie schob den Karton beiseite, damit ihre Tränen nicht auf die Fotos oder Gedichte fielen, aber den Ring hielt sie fest. Sie hatte die Hand zur Faust geballt und drückte zu, bis sich der Stein schmerzhaft in ihre Haut bohrte.

Der Schmerz erinnerte sie daran, dass sie noch lebte.

15

Ricardo Estrada blickte erneut aus dem Fenster. Er war unfähig, sich zu konzentrieren.

Die Plaza, die alten Herren, die Kirche, in der Ferne die Fabrik, das Dorf.

Sein Dorf.

Was ging hier vor?

Waren die Leute auf einmal verrückt geworden?

Florencio Velasco, ein erklärter Kommunist und Verräter, war aus seiner Höhle gekrochen, nachdem er fünfunddreißig Jahre im Verborgenen gelebt hatte, begraben hinter einer Wand, und war über Nacht geradezu zum Helden geworden. Jemand wollte die Fabrik kaufen, von der mehr als die Hälfte der Dorfbevölkerung abhing, und wenn die Nachricht sich verbreitete, würden ihm viele vorwerfen, nicht genügend über die Interessen des Dorfes gewacht zu haben. Am nächsten Tag würde Spanien ein demokratisches Parlament wählen. Dreiundzwanzig Millionen Wahlberechtigte unterschiedlichster Gruppierungen und Überzeugungen – nach vier Jahrzehnten mehrheitlich des Franquismus überdrüssig oder im Bann der neuen Sirenengesänge – könnten alte kommunistische Mörder wie Santiago Carrillo und seine rote Kohorte wieder zu rechtmäßigen Volksvertretern machen.

Und nun erstanden auch noch die Toten wieder auf.

Rogelio Castro.

Ausgerechnet.

Wenn sein Vater einen lichten Moment hätte, würde er sich vielleicht das Gewehr schnappen und auf die Straße hinausrennen und um sich schießen, wie damals 36.

Sein Vater.

Ricardo Estrada betrachtete das Bild an der Wand, in dem Büro, in dem sein Vater so viele Jahre gearbeitet hatte, während des Krieges und danach.

»Du wirst mir schon sagen, was ich tun soll«, schnaubte er.

Das Porträt zeigte Nazario Estrada im Alter von fünfzig Jahren, mit durchdringendem Blick, einem für die Zeit typischen Schnäuzer, schlank, eine Furche über der Oberlippe, im tadellosen Anzug mit Joch und Pfeilen am Revers, die Hände vor dem Bauch verschränkt.

Die Hände seines Vaters.

All die Schläge. Seine ganze Autorität.

»Die Prügel von heute erspart dir künftige Tränen«, pflegte er zu sagen.

Wenn Ricardo geweint hatte, kam es noch schlimmer.

Er wandte sich von dem Bild ab. Er hatte es nicht abnehmen können. Die von den Roten aus der Zeit vor dem Krieg schon. Aber die aus der Zeit nach dem ruhmreichen Kreuzzug nicht. Auch sein Porträt würde hier hängen, wenn er abtrat.

Die Fotos auf seinem Tisch oder im Regal waren etwas anderes.

Er mit Franco. Mit Carrero Blanco. Mit Arias Navarro. Mit Fraga.

Und mit dem König.

Man musste alles bedenken, auf allen Hochzeiten tanzen. Man wusste ja nie. Auch wenn er womöglich von heute auf morgen weg vom Fenster war, wenn die Militärs die Abschlachterei, die ETA, all die Gewalt eines Tages satthaben würden, saß er doch im Moment noch auf seinem Thron, und seine Besucher waren fasziniert von seiner Nähe zur Macht.

Ein einfacher Dorfbürgermeister auf einem Foto mit dem König.

Ricardo Estrada ließ sich in seinen Sessel fallen. Seit José

María Torralba gegangen war, konnte er keinen vernünftigen Gedanken fassen. Ständig kreiste der Name in seinem Kopf: *Rogelio Castro*. Der Name und die neuen Tatsachen. Der Name und die Bilder jener Nacht.

Wer kam denn nach vierzig Jahren einfach so nach Hause, nachdem man ihn erschossen hatte und …?

»Graciela!«

Die Sekretärin erschien im Türrahmen und wartete auf eine Anweisung oder die Aufforderung einzutreten.

»Rufen Sie den Sergeanten her.«

»Wann?«

»Er soll vorbeikommen, verdammt! Muss man vielleicht erst um Audienz bitten, wenn sie den lieben langen Tag ohnehin nur ihre Eier schaukeln? Morgen sind Wahlen! Er soll seinen Hintern hierher bewegen, und zwar ein bisschen plötzlich.«

Graciela zog sich wortlos zurück, und er starrte weiter die Tür an, als wäre sie aus Glas und er könnte die Sekretärin durch sie hindurch beobachten, wie aus dem Ei gepellt, höflich, effizient.

Sie mochte es gar nicht, wenn man ihr gegenüber laut wurde, und es war ihr durchaus zuzutrauen, dass sie ihm später die Leviten las.

Ricardo Estrada schloss die Augen. Er hatte José María noch nie so besorgt erlebt. Regelrecht eingeschüchtert hatte er gewirkt. Immer wieder hatte er gefragt, was denn jetzt passieren würde.

Ja, was würde jetzt geschehen?

Ein Rachefeldzug?

Gegen alle, die noch lebten?

»Was willst du bloß hier, du Scheißkerl?«, murmelte er.

Die Tür ging auf. Er blickte auf, direkt in Gracielas ernstes Gesicht.

»Er ist unterwegs, er kommt gleich.« Die Wut in ihrer Stimme war nicht zu überhören.

Ricardo Estrada gab ihr keine Antwort.

Graciela schloss die Tür, und er war wieder allein, seinen Gedanken überlassen.

Es gärte in ihm.

Er geriet mehr und mehr in Rage.

Er war bei klarem Verstand, deswegen konnte er sich nicht einfach das Gewehr schnappen, auf die Straße hinausgehen und um sich schießen.

16

Eustaquio Monsolis erhob sich von der Bank auf der Plaza und machte sich auf den Heimweg. Er war kein Mann der großen Worte und schon gar kein Freund von Diskussionen. Er saß am liebsten da und hörte zu.

Wenn er angesprochen wurde, zuckte er mit den Schultern und tat so, als ob er keine Ahnung hätte oder als ob es ihm am Arsch vorbeiginge, wie die jungen Leute heutzutage sagen würden.

»Was geht mich das an.«

»Mensch, Eustaquio, und ob dich das was angeht! Es ist doch nicht egal, wer das Sagen hat!«

»Doch, denn es wird sich nichts ändern, und uns Rentnern …«

»Du wirst schon sehen, keine Rentenerhöhungen, Kürzungen im Gesundheitswesen … Was auch immer ihnen einfällt!«

»Was soll's …«

»Kaum zu glauben, dass du den Krieg mitgemacht hast und zehn Jahre in Gefangenschaft warst!«

Der Krieg.

Zehn Jahre Gefangenschaft.

Jetzt war er mit fünfundsechzig im vorzeitigen Ruhestand, wegen seiner kaputten Beine, seiner Lunge.

Wegen seinem Kopf.

Nein, sein Kopf war in Ordnung, auch wenn sie das Gegenteil glaubten.

Umso besser.

Er ging langsam, stützte sich sorgsam auf den Stock und suchte den Schatten, auch wenn das einen kleinen Umweg bedeutete. Er trug seine Mütze, aber die erste Frühlingssonne war manchmal stärker als die im August. Vielleicht hatte man sich im August auch einfach nur schon an ihre Unbarmherzigkeit gewöhnt. Der Eifer und das Geschrei der Debattierenden lagen hinter ihm. Eine Zeitlang hatte er das Haus kaum verlassen. Aber dann war ihm klar geworden, dass ihm nichts anderes übrig blieb, wenn er Teil der Lebenden sein wollte. Der Arzt hatte ihm Spaziergänge empfohlen, um die Beine zu kräftigen.

Das Schlimme war, dass er sich noch einsamer fühlte, seit Fina und Miguel der Arbeit wegen nach Madrid gezogen waren. Einsam, an der Seite von Blanca und ihrer Mutter.

Eustaquio Monsolis stieß einen kehligen Laut aus und spuckte auf den Boden.

»Verdammt«, brummte er.

Er spuckte und fluchte. Ein kindisches und zweckloses Aufbegehren. Zehn Jahre zuvor hatte man in den Straßenbahnen noch den Spruch lesen können: *Worte wie »unanständig« u.a. sind verboten*. Und alle Kinder hatten den ganzen Tag unablässig gemurmelt: »Unanständig, unanständig, unanständig«.

Unterwegs wurde er von niemandem behelligt. Zehn Minuten. Auf der Plaza setzte er sich immer so, dass er das Rathaus und die Kirche im Rücken hatte. Er wollte keines von beidem sehen. Kurz zuvor hatte Damián zu ihm gesagt:

»Da oben am Fenster ist der Bürgermeister.«

Er hatte ausgespuckt und dasselbe gesagt wie vorhin: »Verdammt.«

Ricardo Estrada, dieser Hurensohn, machte sich bestimmt vor Angst in die Hose.

Schade, dass der weit größere Hurensohn, sein Vater, nicht mehr richtig im Kopf und halb gelähmt war.

Er bog um die letzte Ecke und steuerte auf das Ende der Straße zu, in der prallen Sonne. Als er die Haustür aufschloss, fühlte er sich sicher. Er nahm die Mütze ab und hängte sie auf den Garderobenständer. Er stellte auch den Stock ab. Seine Schwiegermutter war offenbar nicht zu Hause, denn es liefen weder der Fernseher noch das Radio. Seine Schwiegermutter hörte alles übertrieben laut. Die Stille war ein Segen, den er immer mehr zu schätzen wusste. Der Lärm störte ihn. Der Lärm und ihr unangenehmes Organ, die ewigen Krankheiten, die ständige Wut, die tiefe Verachtung gegenüber allem und jedem.

Ihre miese Laune.

»Blanca?«

»Ich bin hier.«

Er ging zum Schlafzimmer. Seine Frau machte gerade das Bett und drapierte liebevoll die Kissen, wie sie es immer tat. Die Matratze war in der Mitte schon so eingesunken, dass sie bald eine neue kaufen müssten. Viele Nächte lagen sie viel zu nah beieinander. Er schnarchte, sie stöhnte im Schlaf. Vielleicht wäre es besser, zwei schmale Betten zu kaufen.

Obwohl es ihm immer noch gefiel, wenn sie ihn von hinten umarmte.

»Hallo.« Er lehnte sich an den Türrahmen.

»Hallo.«

»Ich komme gerade von der Plaza.«

»Aha.«

»Die Gemüter sind …«

»Klar.«

Ihre Gespräche verliefen immer so, gleichförmig, reine Gewohnheit, manchmal redeten sie nur, um den Klang ihrer Stimmen zu hören, um sich wieder bewusst zu machen, dass sie noch lebten und folglich gezwungen waren, weiterzumachen. Nicht umsonst hatte er den Ruf des schweigsamen, unergründlichen, verschlossenen Mannes.

Wenigstens unterstützte Blanca ihn in allem. Seine Blanca.

Eustaquio schaute auf das gemachte Bett und erinnerte sich

an die Nächte, in denen sie sich lautlos geliebt hatten, ohne zu reden, ohne zu schreien, auch wenn der Orgasmus gewaltig war, damit Teodora sie nicht hörte.

Liebe und Sex.

Er verspürte Lust, am liebsten hätte er Blanca aufs Bett geworfen. Sie ausgezogen, sie genommen.

Stattdessen fragte er:

»Wie geht's dir?«

Blanca richtete sich auf. Die Ärmel der Bluse waren aufgekrempelt, die üppigen Brüste schoben sich aus dem Ausschnitt, sie hatte Schweißperlen auf der Stirn. Sie sah hübsch aus mit dem zerzausten Haar und den in die Stirn fallenden Strähnen. Hübscher als viele andere. Man sah ihr die fünfundfünfzig Jahre nicht an. Sie wirkte zehn Jahre jünger.

Er hingegen sah mit seinen fünfundsechzig aus wie fünfundsiebzig.

»Warum fragst du?«

»Na ja, wir haben nicht viel geredet in den letzten Tagen.«

»Meine Mutter redet schon genug. Die kriegt sich gar nicht mehr ein.«

»Die verdreht doch alles, das ist für sie das gefundene Fressen.«

»Als wäre es das Drama ihres Lebens. Dabei ist er nicht einmal ihr Sohn.«

»Die macht doch aus allem ein Drama. Und es geht immerhin um ihren Neffen.«

»Hör doch auf, Eustaquio.« Sie winkte ab. »Sie war Virtudes gegenüber schon immer voreingenommen.«

»Familie.«

»Das wird's sein.«

»Rogelio lebt und ist steinreich. Was sagt man dazu?«

Blanca schob sich an ihm vorbei und verließ das Zimmer. Für eine Sekunde umfing ihn der Geruch ihres straffen, wohlgeformten Körpers. Er war versucht, sie am Arm zu packen, ihre Brüste zu küssen, seine Hand in ihren feuchten Slip zu schieben. Aus irgendeinem seltsamen Grund hatte ihn ihr Anblick … wie sollte er sagen? Erregt?

Eustaquio folgte ihr hinkend in die Küche, denn er hatte seinen Stock nicht bei sich.

»Das Essen ist gleich fertig«, sagte Blanca.

Er setzte sich rittlings, Lehne nach vorn, auf den Stuhl, um sich abstützen zu können. Blanca machte sich am Herd zu schaffen.

Er ließ sich Zeit, bevor er es aussprach.

»Ich frage mich, wer von uns mehr Glück hatte.«

»Wen meinst mit ›uns‹?«

»Florencio, Rogelio, mich …«

»Da kann man doch nicht von Glück reden.«

»Wie soll ich sagen. Wir sind alle drei am Leben, wenn auch auf ganz unterschiedliche Weise.«

»Seit wann sprichst du von Glück? Bist du jetzt von einem Tag auf den anderen ein Optimist geworden?«

»Du wieder …«

»Du hast zehn Jahre im Gefängnis verbracht, zweimal hat man die Todesstrafe umgewandelt, einmal in der letzten Sekunde, schon an der Erschießungsmauer. Und das nennst du Glück?«

»Und Florencio hat eingemauert in seinem Haus gelebt, und wer weiß, was Rogelio zu berichten hat, er war mit Sicherheit nicht immer auf Rosen gebettet. Aber, schau uns an, wir sind da.«

»Nun, der hat eine gute Partie gemacht mit seiner jungen schönen Frau.«

Diesmal ließ sie das Wort »reich« weg.

»Vielleicht hat sie ihm das Leben gerettet, so wie du mir.«

Blanca hielt inne und sah ihn irritiert an.

»Wirst du jetzt etwa sentimental?«

»Ist das verboten?«

»Hör auf.« Sie machte sich weiter am Herd zu schaffen.

»Du weißt, dass es so ist. Wärst du nicht gewesen, als ich rauskam …«

»Jeder hat sich mit den Umständen arrangiert.«

»Wir haben uns nicht ›arrangiert‹.« Das Wort missfiel ihm. »Ich habe dich schon geliebt, als du noch ein kleines Mädchen warst, auch wenn ich mich nicht getraut habe, es dir zu sagen. Als ich zurückkam und du vor mir standest, das war …« Seine Augen strahlten. »Und du siehst immer noch so aus wie damals.«

»Hast du getrunken?«

»Nein. Komm her.«

»Wozu?«

»Komm einfach.«

»Eustaquio, ich koche. Was willst du?«

Er stand auf. Er nahm sie in den Arm und küsste sie. Als er sie losließ, schimmerten Tränen in seinen Augen.

»Klar …« Sie beschlich das Gefühl, dass er sich über sie lustig machte.

»Ich bin ein alter Mann, aber du …«

»Jetzt tu nicht so, als ob du mein Vater wärst, du bist gerade mal zehn Jahre älter.«

Wieder küsste er sie.

»Was ist denn mit dir los?«, fragte Blanca.

»Darf ich dir keinen Kuss geben?«

»Kommt ja nicht jeden Tag vor.«

»Aber manchmal schon.«

»Jetzt lass, meine Mutter kommt gleich, und wenn das Essen nicht auf dem Tisch steht, meckert sie wieder und fragt, was ich denn den lieben langen Tag mache.«

Eustaquio seufzte. Sie löste sich aus der Umarmung. Er besann sich und kehrte zum Stuhl zurück. Er war erregt, in der Tat.

»Das Dorf steht kopf wegen Rogelios Rückkehr. Also die, die ihn kannten.« Er wandte den Blick vom Körper seiner Frau ab.

»Und das ist erst der Anfang.«

»Hat Virtudes noch mehr gesagt?«

»Wie meinst du das?«

»Na, wieso er herkommt.«

»Er will sie besuchen und an den Ort der Erinnerung zurückkehren, was sonst?«

»Und wenn es um mehr geht?«

»Was denn?«

In dem Moment ging die Haustür auf, und Teodoras Stimme fegte wie ein eiskalter Wind durchs Haus.

»Ich bin wieder da!«

»Rache«, sagte Eustaquio.

»Sag doch nicht so was!« Sie erschauderte.

Die matronenhafte Gestalt ihrer Mutter tauchte in der Küche auf und keifte:

»Blanca! Ist das Essen noch nicht fertig? Weißt du, wie viel Uhr es ist?«

17

Saturnino García saß mit dem Dreispitz auf den Knien vor dem mit Papieren übersäten Schreibtisch und stellte die erwartete Frage.

»Rogelio Castro? Wer ist das, Herr Bürgermeister?«

Ricardo Estrada ließ sich Zeit mit der Antwort. Als erfahrener Politiker, wenn auch nur im Bürgermeisteramt, kannte er den Wert der Pausen und des Schweigens. Er sah den Sergeanten der Guardia Civil, der höchsten uniformierten Autorität in vielen Kilometern Umkreis, durchdringend an. Sein Blick war wie eine stählerne Klinge, er konnte seine Wut kaum zügeln.

»Ein echter Hurensohn, Sergeant. Das ist dieser Rogelio Castro.«

»Sie haben gesagt, er kehre ins Dorf zurück, aber ... Woher? Ich wohne schon eine ganze Weile hier, aber den Namen höre ich zum ersten Mal.«

Estrada schwieg. Er musste erst mal seine Gedanken ordnen. Er legte die Fingerspitzen aufeinander, und sein Atem beruhigte sich.

Seine Augen wurden zu Schlitzen.

»Rogelio Castro wurde zu Beginn des Krieges erschossen«, hob er an. »Oder zumindest dachten wir das alle. Eine Gruppe von Roten, Kommunisten und Verrätern hatte versucht zu fliehen, als sie die Kontrolle über das Dorf verloren hatten, aber Dank des entschlossenen Einsatzes meines Vaters, dem damaligen Bürgermeister, war das Abenteuer schnell beendet. Sie wurden gefangen genommen und erschossen. Oder auch nicht. Er hat offenbar überlebt und kehrt nach vierzig Jahren hierher zurück.«

»Wo wurden sie erschossen?«

»Oben, in den Bergen.«

»Wo genau?«

»Daran erinnert sich keiner mehr. Den genauen Ort kennen nur die, die an der Aktion beteiligt waren, und von denen leben nur noch ein oder zwei. Man spricht nicht darüber, und es werden auch keine Fragen gestellt, das ist alles schon so ewig her.« Er winkte ab. »Sicher scheint nur, dass man ihn für tot gehalten hat und dass dies ein Irrtum war. Er konnte in der Dunkelheit aus dem Massengrab fliehen, womöglich verletzt, aber nicht lebensgefährlich … Wer weiß!« Sein Gesichtsausdruck wurde wieder zornig. »Man munkelt, er habe seiner Schwester geschrieben und angekündigt, dass er zurückkommt.«

»Wie viele Männer wurden in jener Nacht erschossen?«

»Was tut das zur Sache?«

»Wenn es viele waren, ist es nicht weiter verwunderlich, dass sein Verschwinden nicht auffiel.«

Estrada zögerte, bevor er antwortete.

»Zehn«, sagte er.

»Zehn?«

Saturnino García erstarrte.

»Weiß man, was aus ihm geworden ist?«

»Er soll in Kolumbien gelebt haben und ein reicher Mann sein.«

Der Sergeant riss die Augen auf.

»Reich?«

»Und ob.« Er ließ sich die Worte auf der Zunge zergehen. »Auch das noch.«

»Und warum haben Sie mich hierher bestellt?«

Jetzt war es der Bürgermeister, die die Augen aufriss.

»Fragen Sie das im Ernst?«

»Ja.«

»Da taucht ein dreckiges Kommunistenschwein auf, und

Sie fragen mich allen Ernstes, warum ich Sie hierher bestellt habe?«

»Hat er einen Mord begangen oder was?«

»Habe ich nicht gesagt, dass er ein Roter, ein Kommunist, war?«

»Das hat doch heute nichts mehr zu sagen. Es herrschen andere Zeiten, das wissen Sie doch.«

»Ich scheiß auf die neuen Zeiten!« Er wurde lauter. »Sie werden schon sehen, wie schnell diese ›neuen Zeiten‹ vorbei sind. Begreifen Sie nicht, dass dieser Mann äußerst gefährlich werden kann?«

»Glauben Sie, er sinnt auf Rache?«

»Wieso nicht? Er weiß, wer damals bei dem Erschießungskommando dabei war. Es reicht schon, wenn noch einer von denen lebt.«

»Waren Sie dabei?«

»Ich war der Sohn des Bürgermeisters!«

»Ja, aber waren Sie dabei?«

»Nein, auf dem Berg nicht.« Estrada schien das zu bedauern. »Ich war die ganze Zeit an der Seite meines Vaters, aber er wollte nicht, dass ich mitgehe, als er auf den Berg hinauf ist, um ihn zu erschießen.«

»Hat Rogelio Castro noch Angehörige hier?«

»Eine Schwester, eine Tante und eine Cousine. Das war's.«

»Vielleicht kommt er nur, um seine Schwester und sein altes Zuhause wiederzusehen?«

»Warum sollte ein reicher Mann, der in Kolumbien lebt, diese Strapazen auf sich nehmen?«

»Das ist doch logisch.«

»Kommen Sie mir nicht mit Logik, Sergeant. Die geht diesen Schweinen vollkommen ab. Ein Kommunist wie Carrillo bewegt sich auf dem politischen Parkett in Madrid, ohne dass einer über seine Verbrechen spricht. Und Tarradellas, die linke Bazille, soll aus dem französischen Exil kommen und Präsident der Generalitat in Katalonien werden. Merken Sie was? Sind wir beide dafür in den Krieg gezogen?«

»Ich nicht. Ich bin erst zweiundvierzig.«

»Sie tragen eine heilige Uniform. Die ist sehr wohl in den Krieg gezogen und hat vom ersten Moment an die ›nationale Erhebung‹ unterstützt. Oder etwa nicht?«

»Was ist hier 1936 passiert?« Saturnino García rutschte unbehaglich auf dem Stuhl hin und her und kam auf das Thema zurück.

»Na was schon? Mein Vater hat die Macht im Dorf übernommen und sich gegen die Republik ausgesprochen, wie jeder gute Spanier und Christ.«

»Was war dieser Rogelio Castro damals für ein Mensch?«

»Ich erinnere mich nicht mehr. Er und ich, wir waren damals alle so um die zwanzig. Sein Vater und sein Bruder, das waren die eigentlichen Verbrecher. An die kann ich mich gut erinnern. Rogelio folgte ihnen, um des lieben Friedens willen. Aber vierzig Jahre sind eine lange Zeit, um den Hass zu nähren, der ihn umtreibt, das kann ich Ihnen versichern. Viele von denen, die jetzt aus dem Exil zurückkehren oder aus ihren Löchern gekrochen kommen, hat dieser Hass am Leben erhalten, so viel ist klar. Und dann wird immer behauptet, wir hätten sie alle vernichtet!« Er schnaubte verächtlich. »Wir waren einfach zu gutmütig und tolerant. Wenn wir sie tatsächlich alle umgebracht hätten, blieben uns die ganzen Geschichten und das Geschwätz erspart. Meine Güte!« Er schnalzte mit der Zunge. »Als ich die Heerscharen von roten Fahnen in ganz Spanien gesehen habe, und das in der Karwoche …«

Saturnino fuhr mit dem Finger über den blitzblanken Dreispitz.

»Was soll ich tun?«, fragte er noch einmal.

»Ihn überwachen.« Das kam wie aus der Pistole geschossen.

»Ihn nur überwachen?«

»Und beim geringsten …«

»Soll ich ihn verhaften?«

»Genau.«

»Das ist nicht gerade demokratisch, Herr Bürgermeister.«

»Haben Sie mir nicht zugehört?«

»Doch, schon. Aber dieses Land …«

»Sie etwa auch?«, fuhr Estrada ihm in die Parade.

»Was, ich auch?« García war verunsichert.

»Dieses Land heißt Spanien.« Estrada beugte sich vor und wiederholte »*Spa-ni-en*. Was ist das für eine Unsitte, den Namen nicht auszusprechen?«

»Verzeihung.«

»Die Katalanen und die Basken, die Arschlöcher, sprechen nur vom ›spanischen Staat‹. Da fehlt es noch, dass wir ›dieses Land‹ sagen. Und ausgerechnet Sie, der Sie eine ruhmreiche Uniform tragen, eine Standarte, mit der viele unserer Werte verbunden sind.«

»Darf ich Sie etwas fragen?«

»Nur zu.«

»Was hat die Guardia Civil während des Aufstands getan?«

»Was soll sie schon getan haben« – was für eine absurde Frage – »sie hat sich auf die Seite der Aufständischen gestellt und natürlich meinen Vater unterstützt, wie es ihre Pflicht war.«

»Ihre Pflicht war es, die Republik zu verteidigen. In vielen Teilen des Landes stand die Guardia Civil treu auf der Seite des Gesetzes.«

»Auf der Seite des Gesetzes?« Die Worte schwebten spannungsgeladen im Raum.

Saturnino García hielt den Dreispitz fest umklammert. Ricardo Estrada atmete vernehmlich ein.

»Sergeant, auf welcher Seite stehen Sie eigentlich?«, fragte er bedächtig.

»Auf der Seite des jetzt geltenden Gesetzes, Herr Bürgermeister.« García erhob sich, er hielt es nicht länger aus. »Und ich verspreche Ihnen, wenn dieser Mann irgendwas tut, was gegen die Regeln verstößt, werde ich ihn verhaften. Mehr gibt es dazu nicht zu sagen. Wenn Sie erlauben … Ich habe einen Polizeiposten an der Landstraße verlassen, um zu Ihnen zu eilen, und ich muss zurück, in Anbetracht des morgigen Tages gibt es viel zu tun.«

Mit der linken Hand setzte er den Dreispitz auf und die rechte hob er zum militärischen Gruß. Der Bürgermeister reagierte zu spät. Da hatte der Offizier der Guardia Civil das Büro längst verlassen.

18

Der hölzerne Kolben des Jagdgewehrs war warm und der Lauf kalt. Das lag daran, dass die Sonne durch das vorhanglose Fenster direkt auf den Kolben schien. Und so hatte er in beiden Händen unterschiedliche Empfindungen, als er es von der Wand nahm.

Feuer und Eis.

Es war wie bei allem, Kopf oder Zahl, Yin und Yang, rechts oder links.

Blas Ibáñez betrachtete das Gewehr. Wie lange hatte er es schon nicht mehr benutzt, es gereinigt oder einfach nur in der Hand gehalten, so wie jetzt.

Und es war geladen.

Es war gesichert, aber geladen.

Warum?

Er legte es an, schloss ein Auge und zielte durch das Fenster nach draußen.

Es ging niemand vorbei. Die Leute aßen zu Mittag oder hielten Siesta. Man sah lediglich die Plakate mit den lächelnden Spitzenkandidaten Adolfo Suárez und Felipe González.

Blas zielte wechselweise auf den einen und den anderen.

»Bumm!«, sagte er leise.

Er legte das Gewehr auf den Tisch und setzte sich auf einen der Stühle. Er blickte es weiter an. Es war nicht dasselbe wie damals 1936. Er hatte es in den sechziger Jahren gekauft, als die Wildschweine aufgetaucht waren. Er hatte fünf von ihnen erlegt.

»Du bist immer noch ein guter Schütze«, hatte einer gesagt.

»Das Tier war mehr als dreißig Meter entfernt«, hatte ein anderer bewundernd gemeint.

»Dir möchte man nicht vor die Flinte geraten«, hatte ein anderer gescherzt.

Seit dem Tag nannten ihn alle Buffalo Bill. Ein dämlicher Witz.

Er hatte keinen Appetit. Der war mit einem Mal verflogen. Er hätte sich am liebsten betrunken, aber er wollte nicht die Kontrolle verlieren. Jetzt nicht. Das Einzige, was er brauchte, hatte er nicht zur Hand. Vielleicht am Abend. Seit ein paar Tagen verhielt sie sich seltsam, abweisend.

Das Dorf stand kopf wegen Rogelio.

Rogelio, Rogelio, Rogelio.

Blas Ibañez ballte die Fäuste und schloss die Augen.

Von wem stammte der Spruch, dass einen die Vergangenheit immer einholt?

Bestimmt von einem Schriftsteller. Die waren schlau, die Mistkerle. Er hatte das Lesen schon seit Jahren aufgegeben. Er wollte lieber eigenständig denken.

Er blieb noch ein paar Sekunden mit geschlossenen Augen, den Kopf voller Bilder, reglos sitzen, bis es auf einmal unerwartet an der Tür klopfte.

Er stand nicht auf. Er wollte niemanden sehen. Er wollte mit niemandem sprechen.

Zu dumm, dass das Fenster offen stand. Wenn der Eindringling ums Haus ging, würde er ihn dort sitzen sehen.

Aber vielleicht war es ja auch sie.

Nein, bestimmt nicht. Am helllichten Tag in seinem Haus?

»Mach auf, Blas!«

Er war nicht überrascht, José María Torralbas Stimme zu hören. Er hatte fast schon damit gerechnet. Bei ihm konnte er unmöglich so tun, als ob er nicht zu Hause wäre.

Wieder klopfte es.

»Ich komme!« Er hatte keine Wahl.

Er stand auf, nahm das Gewehr und hängte es an seinen Platz

an der Wand wie ein Gemälde. Alle, die im Dorf ein Jagdgewehr besaßen, machten das, damit sie nicht in Kinderhände gerieten. Nur dass er es jetzt andersherum aufhängte, damit die Sonne auf den Lauf schien. Dann ging er zur Tür. Er zählte bis drei, bevor er öffnete.

Das verschlossene Gesicht seines Freundes zeichnete sich vor dem hellen Sonnenlicht ab.

Sie sahen sich an.

»Tag, Blas.«

»Tag.«

»Darf ich eintreten?«

»Klar.«

Er ließ ihn vorbei, und bevor er die Tür schloss, vergewisserte er sich, dass keine unliebsamen Zeugen das Ganze beobachteten. Die Straße war nach wie vor menschenleer.

José María war bereits im Esszimmer. Ohne die Aufforderung des Hausherrn abzuwarten, setzte er sich. Er war leger gekleidet, hatte den rechten Ärmel nicht aufgekrempelt, die Hand zur Faust geballt, der linke war wie immer hochgeklappt und mit einer Sicherheitsnadel festgesteckt. Der Altersunterschied von zwei Jahren zwischen ihnen beiden fiel kaum auf.

Blas blieb erst mal stehen.

»Möchtest du ein Glas Wasser?«

»Nein.«

»Wein?«

»Nein, danke.«

Er setzte sich auf den Platz gegenüber und legte die Hände aufeinander. Die Hand seines Besuchers ruhte im Schoß. Seine Miene war verdrossen, das Gesicht von Furchen durchzogen wie ein Acker.

Blas wartete. Geduldig. Bis José María als Erster aufgab.

»Was sagst du dazu?«, fragte er.

Schulterzucken.

»Ich weiß nicht«, sagte Blas.
»Du musst doch irgendwas denken.«
»Ich muss das erst mal verarbeiten.« Das war nicht gelogen.
»Ach ja?« José María runzelte die Stirn.
»Das ist ziemlich starker Tobak. Das ist alles.«
»Ich glaub dir kein Wort.«
»Dann lässt du's eben.«
»Ich bitte dich, Blas, wir wissen doch beide, worum es hier geht.«
»Du hast seine Verlobte geheiratet.«
»Und du warst bei dem Erschießungskommando dabei.«
Blas senkte für einen kurzen Moment den Blick und schwieg.
»Wie konnte er sich retten?«, fragte José María.
»Glück, vermutlich.« Blas sah ihn immer noch nicht an.
»Hast du gesehen, wie er fiel?«
»Ja. Ich habe geweint, aber ich habe ihn fallen sehen.«
»Wir waren Freunde.«
»Und wie schnell hatten wir das vergessen«, erwiderte er spöttisch.
»Wer weiß sonst noch, dass du …?«
»Keiner, glaube ich. Alle, die damals dabei waren, sind inzwischen tot.«
»Und Virtudes?«
»Nein.«
»Sie hast du auch verloren.«
Er nickte stumm, seine Lider flatterten. Er hatte Durst, aber er stand nicht auf, um sich ein Glas Wasser zu holen. Er blieb vor seinem Besucher sitzen.
»Warum bist du gekommen, José María?«
»Ich weiß es nicht.« Das war aufrichtig.
»Willst du freigesprochen werden, egal von wem? Deine Angst teilen?«
»Ich weiß es nicht. Ich musste mit jemandem reden.«

»Du warst sein bester Freund.«

»Wir waren ein Kopf und ein Arsch.«

»Aber er sympathisierte mit der Linken und du …«

»Wir.«

»Ich wurde da reingezogen. Ich wollte mein Leben retten. Aber du hast daran geglaubt.«

»Jetzt erzähl doch keinen Mist, Blas.«

»Entschuldigung, ich wollte dich nicht beleidigen.« Er machte eine wegwerfende Handbewegung. »Lassen wir das Thema. Wir haben vierzig Jahre nicht darüber gesprochen.«

»Erstaunlich, wie schnell die Zeit vergeht.«

»Du weißt schon, was wir sind, oder?«

»Nein.«

»Überlebende.«

»Mag sein.«

»Überlebende einer Zeit, die einige vergessen haben oder vergessen wollen, die von anderen totgeschwiegen oder für ihre Zwecke ausgenutzt wurde, und von der die meisten nicht wissen, wie sie damit umgehen sollen.«

»Wir haben den Krieg gewonnen.«

»Und unsere Seele verloren.«

»Jetzt werd' nicht philosophisch, das passt nicht zu dir.«

»José María, es kommt die Demokratie«, erinnerte er ihn. »Glaubst du, es wird jetzt einfach mit einem Federstrich alles weggewischt, Schwamm drüber, auf ein Neues, lasst die Vergangenheit ruhen, Friede, Freude, Eierkuchen?« Er tippte mit dem Zeigefinger auf den Tisch, um seinen Worten mehr Nachdruck zu verleihen. »Man wird Gräber öffnen, auf Wiedergutmachung pochen, Antworten auf Fragen verlangen, von denen keiner geglaubt hat, dass sie je gestellt würden …«

»Ein neuer Krieg?«

»Nein, es sei denn die Militärs werden übermütig.«

»Bei so vielen Toten, all den Entführungen und Attentaten

würde mich das nicht wundern. Du wirst sehen, Carrillo wird viele Stimme bekommen und Aufrufe im Parlament starten.«

Sie schwiegen. Die Kirchenglocke ertönte. Als der letzte Glockenschlag verhallt war, warteten beide darauf, dass der andere als Erster das Wort ergriff.

Blas stand auf und ging in die Küche. Er kehrte mit einer Karaffe Wasser und zwei Gläsern zurück.

»Und der Krug?«, fragte José María.

»Der ist kaputt.«

»Mist …«

Sie tranken. Sahen sich an. Beruhigten sich.

Sie leerten ihre Gläser.

»Man hat mir erzählt, dein Sohn macht Karriere in der Fabrik«, wechselte Blas das Thema.

»Ja, Vicente ist ein schlauer Bursche. Und mit Maribel läuft es gut. Aber ich mache mir Sorgen um Ezequiel. Ich weiß nicht, ob er weiß, was er will. Er studiert und studiert …«

»Er ist jung.«

»Dreiundzwanzig. In dem Alter …«

»In dem Alter haben wir im Krieg gekämpft, schon klar.«

»Das hab ich nicht gemeint.«

»Und Esperanza?«

José María verzog den Mund. Auf einmal kenterte sein Blick in ruhiger See.

»Keine Ahnung.«

»Sie war das schönste Mädchen im Dorf. Dir hat der Krieg Vorteile gebracht.«

»Du kannst manchmal wirklich brutal sein.«

»Willst du den ganzen Nachmittag hierbleiben?«

»Ist das ein Rausschmiss?«

»Nein, ich will es nur wissen«, sagte Blas ungerührt.

»Ich gehe ja schon.« Verärgert stand José María auf.

»Das sollte kein Rauswurf sein.«

»Ist ohnehin egal. Ich finde keine Ruhe, seit die Nachricht im Umlauf ist, ich fühle mich wie ein Tiger im Käfig.«

»Warst du schon bei Ricardo?«

»Ja.«

»Und?«

»Nichts. Besorgt.«

»Nur besorgt? Er?«

»Na ja, ängstlich, wütend.« Er schnaubte lustlos. »Was soll's. So wie wir ihn seit Ewigkeiten kennen.«

»Ricardo Estrada ist ein Schwein, José María.«

»Er ist der Bürgermeister.«

»Der Scheißbürgermeister, Sohn des Scheißbürgermeisters, der 1936 den ganzen Schlamassel angezettelt hat.«

José María Torralba ging zur Tür. Blas blieb sitzen.

»Was wirst du tun, wenn Rogelio kommt?«, fragte er, bevor José María entschwand.

»Nichts.«

»Nichts?«

»Das hängt von ihm ab.« Er zuckte die Achseln. »Vielleicht will er alles vergessen, die Dinge auf sich beruhen lassen. Oder vielleicht will er uns sehen, in der Vergangenheit wühlen. Wie auch immer …«

»Was?«

»Nichts. Wie gesagt. Es hängt von ihm ab.«

Sie wechselten einen letzten Blick.

Wortlos verließ José María das Haus.

19

Vicente Torralba ließ sich auf seine Seite des Bettes neben Maribel gleiten. Er war schweißgebadet, und sein Herz lief wegen der Anstrengung immer noch auf Hochtouren. Auf dem Rücken liegend versuchte er, wieder zu Atem zu kommen, den Blick auf die Zimmerdecke gerichtet, wo sich die Balken wie dunkle Striche im Halbdunkel abzeichneten.

Sieben Balken.

Ein altes Haus.

»Du schreist zwar nicht, aber immerhin keuchst du, mein Schatz.« Als wollte er sich über sie lustig machen.

»Das musst du gerade sagen.«

»Irgendwann wachen wir auf, und sie stehen mitten im Zimmer, anstatt nach uns zu rufen.«

»So lernen sie's.«

»Jetzt sei nicht so brutal.«

»Was soll ich denn machen? Ich habe mein ganzes Leben geschrien.«

»Das musst du mir nicht sagen. Ich bin ja nicht taub.«

»Du stöhnst immer nur leise.«

»Ich bin eben ein wohlerzogenes Mädchen.«

Er drehte den Kopf und betrachtete ihr Profil, den Glanz in ihren Augen und auf seiner schweißnassen Haut, und dann begannen sie beide gleichzeitig zu lachen.

Maribel kuschelte sich an ihn.

»Ich bin klitschnass.«

»Das ist mir egal. Ich mag deinen Geruch, vor allem in Momenten rasender Lust.«

»Rasender Lust, mein lieber Scholli!«

»Nimm mich in den Arm, Blödmann.«

Er schob einen Arm unter ihren Kopf, und sie legte die Hand auf seine Brust und schmiegte sich noch enger an ihn. Vicente küsste sie auf die Stirn.

»Wenigstens unterbrechen sie uns dabei nicht mehr ständig«, meinte Vicente. »Es gab mal eine Zeit …«

An die konnten sie sich noch gut erinnern. Marta hatte sich einigermaßen benommen. Nicht so Ismael. In den ersten Jahren war kaum Raum für Intimität geblieben. Nach seinem dritten Geburtstag war es besser geworden. Seit einer Weile schliefen beide Kinder durch, ein Wunder. Doch Marta wurde bald sieben, und die Jahre würden im Nu vergehen. Auch Ismael würde schnell heranwachsen. Das Haus war nicht sehr groß. Und hellhörig.

Eine Weile lagen sie schweigend da.

»War es schön für dich?«, fragte Maribel.

»Ja, warum?«

»Ich weiß nicht, du warst so heiß …«

»War ich zu hastig?«

»Das wollte ich damit nicht sagen. Es war nur so, du bist in mich eingedrungen und gib ihm!«

»Du hast recht, verzeih.«

»Ist ja nicht schlimm. Ich habe es auch genossen, ehrlich. Ich meine nur, wenn du nervös oder besorgt bist, dann hat man den Eindruck, du … na ja, du weißt schon.«

»Ich habe immer Lust auf dich, Liebling.« Er küsste sie wieder auf die Stirn.

»Aber heute konnte es dir nicht schnell genug gehen.«

»Das muss an der Hitze liegen.«

»Das ganze Dorf ist in Aufruhr wegen dieses Heimkehrers …«

»Du auch?«

»Was, ich auch?«

»Sie sprechen von nichts anderem.«

»Das ist eben ein Nest, Vicente. Dass plötzlich einer auftaucht, den man für tot gehalten hat, ist eine Sensation. Heute auf dem Markt haben mich zwei Frauen nach deiner Mutter gefragt, ganz geheimnistuerisch, ohne Grund, das haben sie vorher noch nie gemacht. Vielleicht hat sie ihn gekannt.«

»Kann sein.«

»Was soll das heißen, kann sein?«

»Meine Eltern sprechen nicht über den Krieg.« Er seufzte. »Ich vermute, er nicht wegen seines Arms, und sie nicht, weil ... Ja, du hast recht. Sie hat ihn gekannt.«

Maribel stützte sich auf die Ellbogen und sah ihm ins Gesicht. Das Licht, das durch die Tür des kleinen Ankleidezimmers hereinfiel, umfing ihre nackten, entspannten Körper. Vicente starrte immer noch an die Decke.

»Sie hat ihn gekannt? Ich fasse es nicht. Und wann wolltest du mir davon erzählen?«

»Das tue ich ja gerade.«

»Aber erst mal vögeln.«

»Oh, jetzt komm mir nicht mit Feminismus.«

»Über Feminismus und Machogehabe reden wir später. Jetzt erzähl schon.«

Er wich ihrem Blick nicht länger aus.

»Meine Mutter war mit diesem Mann zusammen«, gestand er. »Sie wollten heiraten, und dann brach der Krieg aus.«

»Was?« Ihre Augen blitzten, dass es selbst im Halbdunkel noch zu erkennen war. »Ist das dein Ernst?«

»Ja.«

»Warum hast du mir das nicht schon früher erzählt?«

»Keine Ahnung, es gibt viele Verflossene. Und wenn man den Ex seit vierzig Jahren für tot hält ...«

»Aber du hast gerade gesagt, sie wollten heiraten!«

»Sie waren verlobt, ja.«

»Deswegen haben die beiden Klatschbasen nach ihr gefragt!«

»Wenn sie in ihrem Alter waren, bestimmt.«

»Und woher weißt du das? Hat sie es dir erzählt?«

»Meine Mutter? Gott bewahre. Als meine Schwester und ich klein waren, haben wir eines Tages eine Kiste entdeckt. Darin befanden sich Fotos, Gedichte … Es war reiner Zufall. Wir haben niemandem davon erzählt. Aber den Namen habe ich nie vergessen: Rogelio Castro. Das ist ewig her. Ezequiel war damals gerade mal ein paar Monate alt. Wir haben ihn gehütet wie einen Augapfel, denn wir hatten Angst, er könnte sterben, wie die beiden anderen vorher.«

»Hast du sie nie darauf angesprochen?«

»Verdammt, Maribel, wer stellt seiner Mutter schon solche Fragen? Wenn sie Rogelio geheiratet hätte, gäb's uns gar nicht. Weder mich noch Rosa noch Ezequiel.«

»Ach, sei still!« Sie küsste ihn flüchtig auf den Mund.

»Eltern bleiben für ihre Kinder immer ein großes Geheimnis.«

»Ob das mit den Narben zu tun hat?«

»Das weiß ich auch nicht.«

Maribel legte ihren Kopf wieder in seinen Schoß. Ihre Hand streichelte mechanisch seine Brust.

»Kannst du dir das vorstellen?«, flüsterte sie. »Vierundvierzig Jahre, und auf einmal stellt sich raus, dass er nicht nur am Leben ist, sondern sogar zurückkommt.«

»Er war auch der beste Freund meines Vaters.«

»Dann wird der sich auch freuen.«

»Das weiß ich nicht. Rogelio Castro wurde erschossen, weil er für ein Lager kämpfte, und mein Vater kämpfte auf der anderen Seite.«

Maribel dachte nach.

»Was es nicht alles gibt.«

»Der verdammte Krieg …«

»Der ist jetzt seit achtunddreißig Jahren vorbei, und es ist als ob …«

»Die Leute erinnern sich.«

Ihre Hand spielte mit seinem Brusthaar. Ihre gepflegten Fingernägel fuhren über seine Haut, weiter nach unten, am Nabel vorbei, doch dann machten sie kehrt und begaben sich in gefahrlose Zonen. Am Ende lag ihre Hand wieder auf seiner Brust.

»Ich bin wirklich baff.«

»Warten wir ab, bis er kommt«, erwiderte Vicente.

»Jetzt sind wir bei dem Mann hängengeblieben, dabei wollte ich dich nach den Gerüchten fragen.«

»Im Moment sind es einfach nur Gerüchte, nicht mehr.«

»Ja, aber in jedem Gerücht steckt auch ein Körnchen Wahrheit … Und wenn sie sich bestätigen sollten? Ausgerechnet jetzt, wo es dir so gut geht mit der neuen Stelle …«

»Liebling, die Tatsache, dass jemand anderer die Fabrik übernimmt, wenn es überhaupt dazu kommt, heißt ja nicht, dass sie geschlossen wird. Die Fabrik wirft Geld ab. Sie ist rentabel. Keiner schließt ein rentables Unternehmen, im Gegenteil. Gewöhnlich laufen die Geschäfte nach einem Wechsel besser, und es bieten sich noch mehr Chancen.«

»Du mit deinem Optimismus.«

»Du mit deiner Angst.«

»Meine Güte, Marta und Ismael sind doch noch so klein Wenn etwas passiert …«

»Kommst du jetzt wieder mit der Leier, dass wir nach Madrid zu meiner Schwester und ihrem Mann ziehen sollen?«

»Ich hätte nichts dagegen, das weißt du. Das Geschäft läuft gut, sie wünschen sich, dass wir kommen. Und deinen Eltern fehlt es hier an nichts. Vielleicht bleibt Ezequiel ja hier.«

»Ezequiel?«

»Warum nicht?«

»Der muss erst mal sein Leben auf die Reihe bringen«, erwiderte Vicente. »Ich kenne ihn gut, ich sehe ihn nicht hier im Dorf.«

»Aber dich?«

»Ich habe einen guten Posten in der Fabrik, das hast du selbst gesagt. Und es geht uns doch gut, oder?«

»Ja, schon.«

»Das klingt nicht sehr überzeugt.«

»Doch, ja, aber das ist ein Dorf, und Madrid ist eben Madrid.«

»Oh ja, die große Stadt!«

»Lach nicht! Ich würde bestimmt keins von diesen Weibern im Pelzmantel werden.«

»Nackt gefällst du mir besser.« Er streichelte ihre Brust.

»Lass, sie sind sehr empfindlich.« Sie schob seine Hand weg. »Bestimmt bekomme ich demnächst meine Tage.«

»Denk an Ismael und Marta. Sie sind hier glücklich.«

»An sie denke ich ja gerade. Irgendwann gehen sie fort zum Studium, wie Ezequiel, und sie kommen garantiert nicht zurück. Und wir bleiben allein, denn dann ist es zu spät.«

»Komm mal her.« Er wollte sie in seine Arme schließen.

»Küsschen hier, Küsschen da, ein paar nette Worte und auf Nimmerwiedersehen.«

Vicente küsste sie auf den Mund. Er schob seine Zunge zwischen ihre Lippen. Er wollte sie näher an sich heranziehen, um sie zu spüren, Haut an Haut, da ging plötzlich die Tür auf und Ismael stand im Zimmer.

Sie lösten sich sofort aus der Umarmung.

»Spielt ihr Mama und Papa?«, fragte der Kleine. Und noch bevor die beiden antworten konnten, sagte er: »Ich hab Durst.«

20

Ezequiel las mit dem Rücken zur Wand, das Licht der kleinen Lampe fiel direkt auf das Buch, der Rest des Raumes lag im Dunkeln. Er war so in den Roman vertieft, dass er erschrak, als er das Trommeln an der Scheibe hörte.

Er drehte sich um, und da stand sie.

Elvira.

Im ersten Moment wusste er nicht, was er tun, was er davon halten sollte. Er hatte das Gefühl, einen zentnerschweren Stein in der Brust zu haben.

Sie gab ihm von draußen ein Zeichen.

Er reagierte. Ohne die Seite zu markieren, wo er mit Lesen aufgehört hatte, stand er auf und ging zum Fenster. Es war schon ziemlich heiß, selbst in der Nacht, aber er hielt das Fenster geschlossen, damit keine Insekten ins Haus kamen. Es störte ihn, wenn sie immerzu surrend um die Lampe herumflogen.

Er öffnete die beiden Fensterflügel.

»Hallo.« Er traute sich nicht zu fragen, was sie wollte.

»Kann ich reinkommen?«, fragte sie sehr direkt.

»Nein.« Er hinderte sie daran, über die Fensterbank zu klettern. »Meine Mutter ist wach und hat Ohren wie ein Luchs. Sie hatte Streit mit meinem Vater. Es fehlt noch, dass sie ins Zimmer kommt, und …«

»Weshalb haben sie sich gestritten? War es wegen diesem Mann?«

»Ich glaube ja. Zumindest habe ich seinen Namen gehört. Es ist, als ob sie alle durchdrehen.«

»Nun ja, das ist ja auch ein Hammer, oder?«

Ezequiel drehte sich um. Seine Mutter gehörte nicht zu den Menschen, die groß anklopfen und fragen, ob sie eintreten dürfen. Sie platzte einfach herein, und wenn er nackt war, Pech gehabt. Er tat ja nichts Unanständiges. Er unterhielt sich lediglich mit Elvira. Aber er hatte keine Lust auf all die Fragen.

Elvira, Elvira, Elvira.

»Dann komm du raus«, drängte sie ihn, als er nichts sagte.

Er zögerte, und seine Körperhaltung drückte Unsicherheit aus.

»Was hast du?« Sie wurde ungeduldig.

»Nichts. Es ist schon spät.«

»Ja, und?«

»Nachher sieht uns einer, und es gibt Gerede.«

»Meine Güte, die können mich mal.« Allmählich verzweifelte sie. »Wenn du nicht rauskommst, komme ich rein. Ich bin nicht gekommen, um mir dein langes Gesicht anzusehen und wieder zu verschwinden.«

Er wusste, dass das keine leere Drohung war. Sie würde seine Mutter unschuldig anlächeln, wenn sie zufällig ins Zimmer käme und sie überraschte, auch wenn sie nur redeten. Er schwang ein Bein über die Fensterbank und sprang nach draußen. Die Gasse war menschenleer, trotzdem hatte er das Gefühl, dass ihn aus allen Fenstern Augen anstarrten.

Elvira nahm seine Hand und zog ihn ein paar Meter weiter bis zu den Ruinen des Heuschobers von Onkel Ramiro. Der war schon zehn Jahre tot, und keiner hatte sich um das verfallende Haus gekümmert. Im Schutz der Dunkelheit drehte sie sich zu ihm um, schlang die Arme um ihn und küsste ihn hingebungsvoll.

Ezequiel versuchte sich zu wehren. Halbherzig. Dann gab er nach.

Während er sich mit geschlossenen Augen gehen ließ, spürte er Elviras Hände an seinem Rücken, im Nacken, auf der Brust, auf seinen Wangen. Es war ein Akt der Verzweiflung.

Bis sie sich keuchend von ihm löste.

»Verdammter Mist, Ezequiel …« Sie seufzte angesichts seiner mäßigen Begeisterung.

»Du bist verrückt.«

»Warum kommst du nicht mehr?«

»Nach dem Schreck?«

»Es ist ja nichts passiert, sie kam nur drei Tage später!«

»Tolle drei Tage. Du hast doch schon fest damit gerechnet.«

»Und? Hast du Angst bekommen?«

»Nein, aber wenn wir uns nicht ein wenig zurückhalten, wird es wieder passieren, und vielleicht haben wir dann nicht so viel Glück.«

»Zurückhalten, meinetwegen, aber so … Du hast dich fast eine ganze Woche nicht blicken lassen!«

Er stand mit dem Rücken an der Wand. Wenn er weitermachte, wenn er sich wieder gehen ließ, hätte Elvira gewonnen. Die nötigen Waffen dafür hatte sie. Die nötigen Waffen und den nötigen Willen. Sie war nicht mehr das junge Ding mit seinen neunzehn Lenzen aus dem letzten Sommer. Jetzt war sie eine selbstbewusste Frau.

Voller Leben. Voller Begehren. Voller Lust.

»Hör mal …«

»Nein, ich will nichts hören.« Sie versuchte wieder, ihn zu küssen.

»Jetzt hör mir zu!« Es gelang ihm, ihr Einhalt zu gebieten. »Du kannst gerade nicht klar denken, ich auch nicht.«

»Was gibt es da zu denken?«

»Wir sollten über uns nachdenken!«

»Verdammter Mist, Ezequiel, verdammter Mist!« Sie kreuzte die Arme vor der Brust und warf ihm einen Blick zu, als ob sie ihn töten wollte. »Nachdenken? Was willst du damit sagen? Es gab immer nur dich und mich. Immer. Hier, genau in diesem Heuschober, hast du mir gesagt, dass du mich liebst.«

»Und das sollen wir jetzt den ganzen Sommer so weiterlaufen lassen, bis ich …«

Elvira atmete tief ein. Als wollte sie alles in sich aufsaugen. Ihre Brust hob sich, bis es weiter nicht mehr ging. Sie blieb in der Position, unbeweglich, und nahm so viel Raum ein wie möglich.

»Du gehst fort, nicht wahr?«, hauchte sie.

»Ich weiß es nicht.«

»Ja, du gehst fort.« Es war, als ob sie gleich in Tränen ausbrechen wollte. »Du hast jemanden in Madrid, nicht wahr?«

»Aber nein!«

»Lüg mich nicht an, ich lasse mich nicht für dumm verkaufen!«

»Ich lüge dich nicht an! Ich hatte genug damit zu tun, die Prüfungen zu bestehen. Ich habe einen Arsch voll zu tun, das ist alles!«

»Aber du willst mir nicht wehtun oder so.«

»Es geht hier nicht um dich, sondern um mich! Ich weiß nicht, was ich tun werde. Ich habe keinen Plan, da darf ich nicht auch noch meinen Verstand verlieren!«

»Sprich es doch aus. ›Deinetwegen den Verstand verlieren.‹«

»Elvira«, sagte er zerknirscht. »Die drei Tage waren die Hölle für mich. Ich habe mir geschworen, wenn du nicht schwanger wärst, würde ich das Schicksal nicht mehr herausfordern.«

»Und das war's?« Sie riss die Augen auf. »Aus und vorbei. Wir tun's nie mehr?«

»Ich brauche einfach mal eine Pause.«

»Ich komme mit dir nach Madrid.«

»Dein Vater wird dich umbringen.«

»Verdammt, wir leben doch nicht in den Sechzigern! Wir schreiben das Jahr 1977! Ich bin zwanzig! Schau mal.« Sie schob die Hand in die Tasche ihrer Jeans und zog ein Präservativ heraus. »Siehst du, ich habe ein Kondom. Nichts mit schnell rausziehen und sich dann Sorgen wegen eines einzelnen Tropfens machen. Komm, Ezequiel, du willst es doch auch.«

Er wollte. Aber nicht mehr mit ihr. Er hatte Angst.

Elvira fasste ihm zwischen die Beine, wo die Erregung nicht zu verhehlen war.

»Lass das.« Er trat einen Schritt zurück.

»Ezequiel, ich liebe dich. Außer dir hat mich keiner angefasst, das weißt du. Es ist mir egal, was die Leute reden. Ich bin nicht verrückt, ich bin einfach nur in dich verliebt!«

»Bitte, Elvira …«

Elvira küsste ihn so drängend wie zuvor.

Doch diesmal tat er nichts.

Starr stand er da. Bis sie sich geschockt und zornig abwandte.

»Tu mir das nicht an, Ezequiel«, flehte sie.

Schweigen.

Nicht die geringste Reaktion.

Er hielt sie nicht zurück, als sie ihn von sich fortstieß, ihm das Kondom ins Gesicht warf und davonrannte.

Ezequiel sah sie in der Dunkelheit verschwinden.

Als er sicher war, dass er allein war, ballte er in seiner Verzweiflung die Fäuste.

»Ich bin kein Schwein, ich bin kein Schwein, ich bin kein Schwein«, wiederholte er immer wieder.

Kapitel 4

Montag, 20. Juni 1977

21

Als sich die Straße in Serpentinen zwischen den Felsen emporzuwinden begann, kam ihm die Landschaft zum ersten Mal bekannt vor. Bis zu dem Moment hatte sich dieses Gefühl nicht eingestellt.

»Hier ist es«, sagte er leise.

Anita blickte suchend aus dem Fenster. Marcela hingegen fragte direkt:

»Was?«

»Die Ruinen.«

»Die da?«

»Ja.«

»Vom Krieg?«

»Nein, die sahen schon vorher so aus.«

Sie ließen die Ruinen hinter sich, und das Mädchen blickte wieder nach vorn.

»Dann sind wir also gleich da?«

»Ja.«

Unbewusst fuhr Rogelio langsamer, sein Blick füllte sich mit Erinnerungen, die Landschaft wurde ihm immer vertrauter.

Die Erde, die wenigen Bäume, alles sah anders aus, aber das Gesamtbild war dasselbe wie damals, es hatte ihn sein ganzes Leben begleitet, seit er denken konnte.

Oder zumindest die ersten zwanzig Jahre.

»Soll ich fahren, Schatz?«, fragte Anita.

»Nein, nein.«

»Du bist ja völlig weggetreten. Nicht dass du noch von der Straße abkommst.«

»Keine Sorge, Liebes.«

Anita saß auf der Rückbank. Marcela vorn neben ihrem Vater. Ihre Empfindungen hätten unterschiedlicher nicht sein können. Rogelio war aufgeregt, Anita in Sorge, Marcela voller Vorfreude.

»Ich verstehe nicht, warum wir nicht ein Auto mit Chauffeur gemietet haben«, beschwerte sich Anita.

»Das habe ich dir doch schon erklärt. Ich will mich nicht als Krösus aufspielen. Am liebsten würde ich völlig unbemerkt bleiben.«

»Ich weiß nicht warum.« Sie verschränkte die Arme vor der Brust. »Wenn sie dich tot sehen wollten, ist das doch jetzt der Moment, ihnen zuzurufen, dass du lebst.«

»Nicht alle.«

»Was meinst du mit ›nicht alle‹?«

»Nicht alle wollten mich tot sehen.«

»Ach, Rogelio, manchmal …«

»Du bist ja noch schlimmer als ich«, spottete er.

»Ich bin nicht schlimmer als du«, verteidigte sich Anita. »Aber du machst mir Angst, das weißt du.«

»Wirke ich etwa nervös?«

»Du hast Nerven wie Drahtseile, ich weiß. Aber in deinem Innern …«

»Mama, jetzt setz ihn doch nicht so unter Druck«, protestierte Marcela.

»Immer stellt ihr euch gegen mich.« Sie blickte aus dem Fenster.

Rogelio lächelte. Die nächste Kurve. Geradeaus über die Brücke. Dann ein Stück hinauf und an der Kreuzung …«

»Da, die Abzweigung.«

Der Pfeil mit dem Namen des Dorfes wies nach links. Noch fünf Kilometer. Die Straße war asphaltiert und breit. Zu beiden Seiten sah man einzelne Häuser und kleine Betriebe.

»Früher war das hier noch unbewohnt«, sagte Rogelio.

Wohin man auch blickte, überall hingen Wahlplakate, selbst an den dicken Baumstämmen. Sie hatten nur die Sonntagsausgabe von *El País* vom Vortag dabei. Die erste Zeitung, die er nach seiner Rückkehr gekauft hatte. Es lagen noch keine endgültigen, offiziellen Wahlergebnisse vor, obwohl bereits 99 % der Stimmen ausgezählt waren, weil es bei der Übermittlung der Daten der sechshundert Wahlausschüsse in Madrid eine Verzögerung gegeben hatte, aber der Sieg der Union des Demokratischen Zentrums, UDC, stand fest. Auf der Titelseite und den Hauptseiten, die er ebenso genüsslich wie interessiert verschlungen hatte, wurden einige Fakten besonders hervorgehoben: Die demokratischen Parteien verlangten eine Kontrolle des Fernsehens; das Ultimatum für die Lösegeldzahlung an die ETA für den entführten Unternehmer Javier de Ybarra lief aus; durch den Barre-Plan wurden im Kampf gegen die Arbeitslosigkeit mehr als fünftausend Spanier samt Frauen und Kindern aus Frankreich ausgewiesen; die Pesete würde bald abgewertet, um das Defizit in der Handelsbilanz und die hohe Inflationsrate in Spanien nach der Ölkrise im Oktober 1973 abzufangen.

»Papa, der Mann, der die Wahlen gewonnen hat …«

»Der hat schon vorher die Strippen gezogen, als der König ihn gewählt hat.«

»Glaubst du, dass er gut ist?«

»Keine Ahnung. Vor ein paar Jahren gehörte er noch zu den Blauhemden, aber er hatte den Mut, die Kommunistische Partei zu legalisieren, als er an die Macht kam. Den Mut und die Fähigkeit, dies umzusetzen. Er scheint nicht mehr mit den Nationalisten auf einer Linie zu sein, aber das bleibt abzuwarten.«

»Haben die damals den Krieg gewonnen?«

»Ja.«

»Alles hängt vom König ab«, bemerkte Anita. »Wenn er stark ist …«

»Wir haben bis jetzt noch jeden König vertrieben.« Rogelio

lächelte wieder. »Und dann gönnen sie sich ein Luxusleben im Exil.«

Marcela legte eine Hand auf seinen Arm und drückte ihn liebevoll.

Rogelio beobachtete seine Tochter aus dem Augenwinkel.

»Bist du nervös?«, fragte sie.

War er das? Nein. Zumindest glaubte er das.

Er war bestenfalls unruhig. Das sprichwörtliche Herzklopfen …

Das Auto erreichte den Pass, und in dem Moment hatte er das imposante Bild vor Augen.

Seine Heimat.

Das Dorf.

So wie er es in Erinnerung hatte, auf den ersten Blick zu erkennen, die Ebene, der Fluss, der Glockenturm der Kirche, der alte Kern, und zugleich so fremd, mit den neuen Häusern, der Fabrik, den Wäldern, die vorher nicht da waren und jetzt einiges verhüllten …

Marcelas Hand drückte seinen Arm noch fester.

Anita beugte sich nach vorn.

Rogelio hatte einen Kloß im Hals. Er ließ das Auto in der morgendlichen Stille unter dem weiten blauen Himmel sanft über die Straße gleiten.

22

Das Auto war nicht mehr als ein flüchtiger Schatten in der Sonne. Rogelio wollte nichts erzwingen, den Motor nicht demonstrativ aufheulen lassen. Er fuhr im ersten Gang, höchstens im zweiten. Auf gut Glück bog er in die Straßen ein, an den Kreuzungen hielt er an. Er spürte schon die ersten Blicke.

Er vermied es hinzusehen. Er wollte nicht als Erstes in fremde Augen blicken. Oder mit jemandem reden.

Anita und Marcela schwiegen; sie waren gerührt und ganz auf ihn, seine Mimik, seine Reaktionen konzentriert. Sie hatten sich auf die Reise vorbereitet, auf den besonderen Moment des Wiedersehens, aber auf einmal erschien das nutzlos, alles fiel in sich zusammen wie ein Kartenhaus im Wind.

Rogelio schluckte.

Die letzte Ecke. Die Straße. Das Haus.

In einigen Metern Entfernung hielt er das Auto an. Er nutzte die Gelegenheit, dass keiner auf der Straße war, und betrachtete die Tür.

Letztes Mal war er aus dem Fenster geflohen.

»Alles noch genau wie früher«, murmelte er.

Anita schlang von hinten die Arme um ihn. Mit ihren üppigen, warmen Lippen drückte sie ihm einen Kuss in den Nacken. Marcelas Augen glänzten feucht.

»Ist das das Haus?«, flüsterte Anita ihm ins Ohr.

»Ja.«

»Dann nichts wie los.«

»Warte.«

»Nein. Los. Sonst kommt noch das große Flattern.«

»Mensch, Anita.«

»Entschuldige.« Sie küsste ihn in der Nähe des Ohrs.

Ein paar Sekunden verstrichen. Unmöglich, sie zu zählen. Dann legte er den ersten Gang ein und fuhr die letzten Meter zum Haus.

Beide Türen gingen gleichzeitig auf, die des Hauses und die des Wagens.

Rogelio setzte einen Fuß auf den Bürgersteig, und Virtudes verharrte reglos im Türrahmen. Ein Blick. Das Wiedererkennen. Der Versuch, nach einundvierzig Jahren im Gesicht des anderen zu lesen.

Sie sprachen kein Wort. Virtudes trat auf ihn zu und umarmte ihn mit der Leidenschaft einer Mutter, mit der Leidenschaft all der verpassten Umarmungen, mit der Leidenschaft überbordender Wiedersehensfreude. Sie fing an zu weinen, sie, der Fels in der Brandung, und drückte ihn, sog ihn fast auf, denn Körper, die sich umarmen, durchdringen sich gegenseitig, oder die Umarmung bleibt nur eine zärtliche Geste ohne jede Magie.

Eine Hand auf dem Rücken, die andere im Nacken. Tränen und Schweigen.

Rogelio schloss die Augen.

Er konnte nicht weinen. Er sog ihren Geruch ein, wie der Hund, der seine Welt über den Geruchssinn erkennt.

Anita und Marcela hatten sich bei den Händen gefasst und weinten ebenfalls.

Ob aus einem tiefen Gefühl oder Sentimentalität, wer hatte im von Gewalt gebeutelten Kolumbien nicht schon geweint?

23

Rogelio öffnete die Zimmertür, die er sich bis zum Schluss aufgehoben hatte, vielleicht weil er unsicher war, was er auf der anderen Seite vorfinden würde.

»Das war mein Zimmer«, sagte er zu Marcela.

Aus irgendeinem merkwürdigen Grund hatte er erwartet, sein altes Bett vorzufinden, völlig zerwühlt, so wie er es an jenem Abend verlassen hatte.

Aber nein.

Da war kein Bett. Da war nichts. Vier kahle Wände.

Er wollte seine Irritation vor seiner Tochter verbergen.

»Mir kommt das alles winzig vor«, sagte sie.

»Das ist ein altes Haus, früher hatte man nicht so viel Kram wie heute. Die Leute hatten nur das Nötigste, und dementsprechend wurde gebaut.«

»Ist das das Fenster, durch das du geflohen bist?«

»Ja.«

Marcela schielte zu ihm herüber. Er wirkte aufgeräumt.

»Es ist, als ob es gestern gewesen wäre.« Rogelio seufzte.

Sie hörten Schritte. Anita tauchte hinter ihnen auf.

»Sieh mal, Mama, das ist Papas Zimmer.«

Anita hakte sich bei ihm unter. Sie drückte seinen Arm an sich und schenkte ihm ein warmes, zärtliches Lächeln. Wie sie es jeden Tag tat, seit sie sich kannten.

Schenken.

In Medellín sagte man, auch wenn man etwas haben wollte, nicht »geben Sie mir«, sondern »schenken Sie mir«.

»Wie geht es ihr?«, fragte Rogelio.

»Ich habe ihr einen Kräutertee gemacht.«

»Hat sie sich hingelegt?«

»Erst hat sie sich geweigert, sie wollte unbedingt bei dir sein, aber ich habe nicht lockergelassen, und am Ende hat sie nachgegeben, aus reiner Erschöpfung.«

»Die Arme.«

»Sie wirkt so stark.«

»Ich habe es dir gesagt.«

»Du hättest sie aus Madrid anrufen sollen.«

»Und wenn sie dann in Ohnmacht gefallen wäre, hätte ich nichts tun können.«

Die drei sahen sich an. Im Schlafzimmer seiner Eltern stand das Bett noch, aber Carlos' und seins …

»Ihr wart tot, Papa«, sagte Marcela, als könnte sie Gedanken lesen. »Alles so zu lassen wie in einem Mausoleum wäre schlimmer gewesen.«

»Ja, aber du solltest hier schlafen«, sagte Rogelio. »Für mich hat das symbolische Bedeutung.«

Plötzlich hörten sie Virtudes' Stimme aus dem Flur.

»Ich habe alles in der Abstellkammer aufbewahrt, verzeih. Allein konnte ich es nicht wieder zurücktragen. Ich habe gewartet, dass du kommst.«

»Virtudes! Solltest du dich nicht ausruhen?«

»Ich habe nichts weggeworfen, aber ich konnte die Sachen dort nicht jeden Tag sehen, ohne euch. Nur das Schlafzimmer unserer Eltern habe ich so gelassen, weil …«

Rogelio ging auf sie zu.

»Geh und ruh dich ein Stündchen aus, während ich ihnen das Haus und den Patio zeige und wir die Sachen aus der Abstellkammer holen. Du zitterst ja immer noch am ganzen Leib.«

Virtudes strich ihm übers Gesicht.

»Ach, Rogelio, Rogelio«, murmelte sie.

»Wenn du wieder anfängst zu weinen, verschwinde ich.«

»Wo willst du denn hin, du ungezogener Bengel?« Sie gab ihm eine sanfte Ohrfeige.

»In die Pension von Señora Lola.«

»Die Pension? Die gibt es doch seit Jahren nicht mehr!«

Rogelio zwang sich zu einem Lächeln.

Anita gesellte sich zu ihnen.

»Komm, ich begleite dich.«

»Und wenn ich aufwache und sich herausstellt, dass alles nur ein Traum war?«

Jetzt gab Rogelio ihr eine sanfte Ohrfeige.

»Was fällt dir ein!«

»Hältst du das für einen Traum?«

Sie musste wieder weinen, und Anita führte sie weg. Einerseits hatte die Ankunft ihres Bruders ihr neue Kräfte verliehen. Andererseits hatte sie das Gefühl, eine Riesenlast auf der Seele zu tragen, die eine tiefe Unruhe in ihr auslöste.

Rogelio und Marcela blieben allein zurück.

»Komm«, sagte er.

Sie traten hinaus in den großen Patio mit den leeren Wäscheleinen, der mit allerhand Krimskrams vollgestellt war. Die Erde war völlig verdorrt. Die Abstellkammer war ein Schuppen auf der linken Seite. Als er die Tür aufmachte, war er überwältigt, denn vor ihm breitete sich seine Vergangenheit aus.

Der Schrank, das Unterteil des Bettes, an der Wand aufgestellt, die Kommode, die Truhe. Und ebenso die Sachen seines älteren Bruders. Manche Häuser hatten einen Keller oder Speicher. Ihres nicht. Alles, womit man nichts mehr anfangen konnte, war im Schuppen gelandet.

»Da haben wir ganz schön was zu tun.« Er kämpfte gegen die Rührung an.

»Welches ist deins?«

»Das da. Irgendwo muss mein Name stehen. Mit zwölf oder dreizehn habe ich ihn mit einem Messer eingeritzt.«

Marcela suchte.

Die Kirchenglocke schlug.

Einige Dinge hatten sich nicht verändert.

Am 19. Juli war er dort mit dem Gewehr hinaufgestiegen. Auch wenn er nicht dazu gekommen war zu schießen.

»Komm her, Liebes.«

Das Mädchen gehorchte. Sie war so groß wie er, eine Schönheit mit einem begnadeten Körper, noch hübscher als ihre Mutter, große Augen mit tiefgründigem Blick, sinnliche Lippen, fein geschwungene Nase, seidiges Haar, Hände wie eine Prinzessin …

»Ich hab dich lieb.« Er küsste sie auf die Stirn.

»Ich dich auch.«

»Ich freue mich, dass du hier bist.«

»Hast du geglaubt, ich würde dich auf diesem schweren Gang allein lassen? Außerdem weißt du doch, wie gern ich reise.«

»Und wie gefällt es dir?«

»Bis jetzt gut.«

»Du weißt, du bist das Allerwichtigste in meinem Leben, mein Engel.«

Marcela schmiegte sich an seine Brust.

»Wie kannst du nur so gefasst sein.«

»Ich versuche es …«

»Ich weiß. Du machst so einen beseelten Eindruck, Papa.«

Anita kam zum Schuppen, aber sie wollte die beiden nicht stören. Sie schmunzelte. Rogelio zwinkerte ihr zu.

»Komm!«, forderte er sie auf.

Das ließ sie sich nicht zweimal sagen. Sie umarmten sich.

»Diese Stille«, sagte Anita leise. »Nicht zu vergleichen mit dem Lärm in Medellín.«

24

Virtudes schlug die Augen auf und schwebte mitten im Nirgendwo zwischen Traum und Realität. Sie nahm wahr, dass sie erwachte, aber sie vermochte nicht zu sagen, wo sie sich befand, was los war, ob es Tag oder Nacht war.

Bis sie Marcelas fröhliches Lachen im Haus hörte.

Ihre Nichte.

Sie entspannte sich, es war also doch kein Traum.

In einem ersten Impuls wollte sie aus dem Bett springen. Doch ihre Muskeln gehorchten ihr nicht. Sie war überwältigt vor Glück. Ein paar Minuten blieb sie reglos liegen.

Marcela hatte aufgehört zu lachen.

Ohne den Krieg, ohne Rogelios abenteuerliche Reise durch die halbe Welt, gäbe es das Mädchen nicht.

Alles wäre anders. Besser?

Sie wollte gerade ihren Muskeln befehlen, ihr zu Diensten zu sein, da ging die Tür auf, und das Gesicht ihres Bruders lugte herein.

»Ich bin wach.« Das war eine Aufforderung einzutreten.

Rogelio gehorchte. Er ging zum Bett und setzte sich auf den Rand. Sie streckten beide gleichzeitig ihre Hände aus und ließen sie ineinandergleiten. Nur das Licht vom Flur fiel durch den Türspalt ein. Sein Gesicht war im Halbdunkel. Ihres lag im Lichtkegel, sodass ihre Züge besonders hervortraten.

»Wie spät ist es?«

»Du hast fast drei Stunden geschlafen.«

»Was?« Sie konnte es nicht fassen.

»Das hat dich alles sehr mitgenommen.«

»Ich muss aufstehen.«

»Nein, nur kein unnötiger Eifer.« Er lächelte. »In Kolumbien sagen sie Eifer statt Eile.«

»Eifer klingt viel schöner.«

»Sie haben viele schöne Wörter.«

»Du sagst ›sie‹, als würdest du nicht dazugehören.«

»Ich gehöre dazu. Ich bin Kolumbianer, *antioqueño* genauer gesagt. Aber jetzt bin ich hier, und in manchen Momenten habe ich das Gefühl, ich wäre nie fort gewesen.«

»Ich kann es immer noch nicht glauben.«

»Du weißt doch schon seit zwanzig Jahren, dass ich lebe.«

»Aber ich hätte nicht gedacht, dass du noch mal zurückkommst.« Ihr Kinn bebte. »Sie haben uns vierzig Jahre gestohlen.«

»Nicht ganz.«

»Wie hast du das ausgehalten?«

»Wie du.«

»Das kann man nicht vergleichen. Ich war ja immer hier.«

»Ja, um Scheiße zu fressen, als Überbleibsel der Tragödie, wie alle Kinder, Geschwister und sonstige Verwandten der Roten.« Rogelios Blick hatte sich verfinstert.

»Ist es dir nicht schlimmer ergangen, in den Konzentrationslagern, dem anderen Krieg?«

»Es war derselbe Krieg, Virtudes. Es ist immer derselbe.«

»Wie oft ich deine Briefe gelesen habe …«

»Und ich deine.«

»Anita und Marcela sind bezaubernd. Ich kannte sie ja schon von den Fotos, aber in echt sehen sie noch viel besser aus. Bildschön.«

»Ja, nicht wahr?«

»Du warst schon immer ein Glückspilz.«

»Findest du?«

»Du warst damals schon sehr attraktiv. Und, bei Gott, du hast dich wirklich gut gehalten. Die einundsechzig Jahre sieht man dir nicht an. Wenn die Leute hier Anita sehen … Hier im Dorf gibt es keine Frauen von solchem Format, geschweige denn mit solch einem Körper …«

»Sie hat mir das Leben gerettet.« Die Zärtlichkeit, die ihn umfing, ließ die Worte förmlich durch den Raum schweben. »Sie hat ihm einen Sinn gegeben, sie hat mir den Glauben und die Hoffnung zurückgegeben. Ich habe auf einmal wieder an etwas geglaubt. Bevor ich sie kennenlernte, habe ich mich treiben lassen, nichts war mir wirklich wichtig. Und von einem Tag auf den anderen …«

»Aber sie war sehr jung, als du sie kennengelernt hast, und du warst ja schon vierzig …«

»Sie war in Marcelas Alter, aber solche Dinge haben dort keine Bedeutung.«

»Deine Tochter ist umwerfend.«

»Wie ihre Mutter. Aber manchmal ist da etwas in ihrer Mimik, in ihrem Blick, das mich an Mutter erinnert.«

»Sie ist ihre einzige Enkelin.«

Sie schwiegen. Schwarz-Weiß-Bilder in alten Rahmen, einfachen aus Holz oder vergoldeten, hingen an den Wänden. Die ganze Familie war vertreten. Zumindest bis zum Krieg.

Eltern, Großeltern, Urgroßeltern.

»Rogelio.«

»Ja?«

»Was hast du vor?«

Sie hatten sich immer noch an den Händen gefasst. Er drückte ihre zart.

»Nichts«, sagte er unaufgeregt. »Es ruhig angehen lassen.«

»Was meinst du damit?«

»Ich bin hier auf Besuch, nichts weiter.«

»Du hast ja keine Ahnung, was im Dorf los ist.«

»Bin ich ihnen noch so gut in Erinnerung?«

»Den Alten schon. Seit du von den Toten auferstanden bist, steht alles kopf.«

»Aha.«

»Ich wusste nicht, ob ich was sagen sollte, aber dann dachte ich, wenn sie dich plötzlich hier sehen … Ich weiß nicht, die Vorstellung hat mir Angst gemacht. Also habe ich es Blanca erzählt und die ihrer Mutter. Und binnen zwei Tagen …«

»Das hast du gut gemacht.«

»Wirklich?«

»Ja. Alles bestens. Man hätte mich für ein Gespenst gehalten.«

»Nicht dass …« Sie wurde nervös.

»Psst!« Er drückte ihre Hände. »Kein Grund zur Panik.«

»Du hast meine Frage nicht beantwortet.«

»Ich werde nichts tun, Virtudes.«

»Aber …«

»Es kommt, wie es kommt. Was geschehen soll, wird geschehen. Ich bin einfach nur hier. Das ist mein gutes Recht. Das habe ich mir verdient. Das Schwein ist tot und die Geschichte beendet. Das ist mein Haus und mein Dorf.«

»Aber sie sind immer noch da.«

»Virtudes, ich will keinen weiteren Krieg«, sagte er müde.

»Keiner will weiteren Krieg, aber du hast Fragen.«

»In der Tat.«

»Glaubst du, die Antworten werden von allein kommen?«

»Das werden wir sehen. Warum sich schon im Vorhinein einen Kopf machen.«

»Damals haben wir uns auch keinen Kopf gemacht, und du weißt, was dabei rausgekommen ist!«

»Das ist was anderes.«

»Ist es nicht!« Wut stieg in ihr auf. »Wie kannst du nur so ruhig sein!«

»Das habe ich dir geschrieben.«

»Ich habe dir nicht geglaubt.«

»Warum?«

»Ich dachte, das sagst du nur, um mich zu beruhigen.«

»Tja. Ich kann mich nur wiederholen: Anita hat mein Leben verändert, und seit Marcela auf der Welt ist, ist mein Leben vollkommen. All der Hass, die Beschuldigungen, das angeschlagene Nervenkostüm, die Phasen der Traurigkeit sind aus meinem Leben verschwunden. Ich habe mich nicht länger wie ein Verlierer oder ein vom Pech verfolgtes Opfer gefühlt. Zum Teufel mit dem Faschismus. Er tötet, aber er kann nicht das Leben mit der Wurzel ausrotten. Ich musste zurückkehren, und das habe ich getan, das ist alles.«

»Wann wirst du Teodora und Blanca besuchen?«

»Sie sollen hierherkommen.«

»Warum?«

»Weil ich noch nicht durchs Dorf spazieren will, als wäre nichts geschehen, weil ich nicht von Tausenden Blicken durchbohrt werden oder Leuten begegnen will, an die ich mich nicht mehr erinnere … oder Leuten, an die ich mich besser erinnere, als mir lieb ist. Ich möchte erst mal zwei oder drei Tage zur Ruhe kommen, mal sehen. Wenn ich das Haus verlassen will, nehme ich den Wagen.«

»Das verstehe ich nicht.«

»Virtudes, jetzt sind alle auf der Hut. Ich will nicht, dass sie glauben, ich führte irgendetwas im Schilde. Fragen sind eine Sache, Handeln eine andere. Wenn sie sehen, dass ich mir Zeit lasse, dass von mir keine Gefahr ausgeht, werden sie mich von sich aus aufsuchen und mir geben, was ich will.«

»Und was willst du?«

Er ließ ihre Hände los und stand auf.

»Mit der Sache abschließen«, sagte er. »Abschließen und in Frieden ruhen. Gehen wir zu Anita und Marcela?«

25

Rogelio führte den Löffel an den Mund und schloss die Augen.

Erst der Duft. Dann der Geschmack.

»Jetzt möchte ich doch am liebsten weinen.« Er seufzte. »Du hast dasselbe Talent wie Mutter.«

»Sie hat mir das Kochen beigebracht«, erwiderte Virtudes stolz.

Er schluckte die Suppe herunter und öffnete die Augen.

»Warum vergisst man Gerüche nicht, und warum bleibt einem ein Geschmack wie dieser für alle Zeiten in Erinnerung?«

Anita blickte auf die ordentliche Portion Chorizo auf dem Telller.

»Denk an dein Cholesterin, mein Schatz.«

»Heute nicht.« Er runzelte die Stirn. »Lass es mich genießen. Dann bin ich wieder artig, versprochen.«

»Das sagst du immer«, tadelte sie ihn sanft.

»Hast du's probiert?« Er sah seine Tochter an. »Und, sag schon, wie schmeckt's?«

»Man kann es essen«, witzelte sie.

»Sei still, Frechdachs. Wo gibt es einen Eintopf wie diesen, da kann selbst ein kolumbianischer Klassiker wie die *Bandeja Paisa* nicht mithalten.«

»Da muss ich entschieden widersprechen, Liebling.« Anita schüttelte den Kopf.

Sie lachten. Virtudes' Blick wanderte von ihrem Bruder zu den beiden Frauen und wieder zu ihrem Bruder. Ein geschlossener Kreis voller Leben und Frieden. Als ob die Welt auf der anderen Seite der Tür und der Fenster nicht existierte. Oder es nur ein Paradies voller Liebe und Frieden gäbe, wo friedfertige, freundliche Menschen lebten. Eine vollkommene Welt.

»Wie habt ihr euch kennengelernt?«, fragte sie.

»Wie oft denn noch?«, protestierte Rogelio. »Das hab ich dir doch alles schon in meinen Briefen geschrieben.«

»Ich möchte es aus ihrem Mund hören.« Sie sah Anita an.

»Er hat in einem Unternehmen meines Vaters angefangen. Einer bedeutenden Textilfabrik. Medellín wird auch das Manchester Lateinamerikas genannt. Aber mein Vater hatte noch andere Firmen. Dazu gehörte auch eine kleine Blumenplantage, denn das Klima und die Höhe sind bestens dafür geeignet. Es gibt ein Orchideenfestival und das berühmte Blumenfest im August und vieles mehr.« Es machte ihr sichtlich Freude, davon zu erzählen. »Rogelio kannte sich mit Blumen aus, er hatte Ideen, sah die geschäftlichen Perspektiven und suchte meinen Vater auf. Er überzeugte ihn, schnell einige Neuerungen einzuführen …«

»Er hat die Blumenplantage zu einem großen Unternehmen gemacht«, sagte Marcela. »Er hat sogar eine neue Rosensorte gezüchtet, die richtig eingeschlagen ist. Sie wurde auf einem Festival prämiert, und Großvater war stolz wie Oskar.«

»Das habe ich ja nicht allein gemacht«, versuchte Rogelio das Ganze herunterzuspielen.

»Alle sprachen auf einmal von dem ›Spanier‹, und mein Vater fand Gefallen an ihm, umso mehr, als er von seiner Geschichte, seinem politischen Engagement hörte«, fuhr Anita fort. »Er lud ihn zu uns nach Hause zum Abendessen ein, und dort lernte ich ihn kennen. Es war Liebe auf den ersten Blick.«

»War er nicht zu alt für dich?«

»Virtudes!«, protestierte Rogelio.

»In Kolumbien ist das anders.« Anita lächelte. »Die Jungs in meinem Alter interessierten mich nicht. Rogelio war der erste richtige Mann, dem ich begegnet war. Er sah in mir auch nicht die Tochter des allmächtigen Señor Jaramillo, er verhielt sich sehr schüchtern und nervös in meiner Gegenwart. Also musste ich die Initiative ergreifen.«

»Gütiger Gott!« Virtudes kam aus dem Staunen nicht mehr heraus.

»Am Ende hat er meinem Werben nachgegeben«, erklärte Anita stolz.

»Wie auch nicht«, meinte Rogelio. »Sie war unwiderstehlich.«

»War?«

»Das bist du immer noch, Liebling.« Er griff nach ihrer Hand auf dem Tisch, um ihrem Protest zuvorzukommen.

»Ich bin die einzige Tochter von Camilo Jaramillo.« Man konnte einen Hauch von Resignation heraushören. »Es war nicht immer einfach, die Erbin eines kleinen Imperiums zu sein. Viele umschwärmten mich wegen des Geldes.« Zärtlich blickte sie ihren Mann an. »Nicht so Rogelio. Er wollte keine Macht, keine Prokura, keinen Chefsessel in einer der Firmen meines Vaters. Erst nach seinem Tod, vor drei Jahren, hat er die Verantwortung übernommen.«

»Meine große Leidenschaft sind immer noch die Blumen«, sagte Rogelio. »Die Wirtschaftskrise der 70-Jahre hat der kolumbianischen Textilindustrie sehr geschadet, wir mussten eine Fabrik schließen. Aber mit den Blumen geht es aufwärts. Antioquia ist der zweitgrößte Blumenproduzent in Kolumbien, und das Land ist mit zehn Prozent der zweitgrößte Produzent weltweit, nach Holland. Wir haben Rosen, Nelken, Dahlien, Chrysanthemen, Hortensien, Gerbera, Callas, Farne, Hainblumen, Astern und viele mehr im Sortiment. Wir exportieren in die halbe Welt, auch nach Spanien, und wir wollen weiter expandieren.«

»Womöglich wären wir ohne die Blumen schon ruiniert«, sagte Anita.

»Du hattest schon immer einen grünen Daumen«, meinte Virtudes. »Aber ich hätte nie gedacht, dass man es mit dem Verkauf von Blumen so weit bringen kann.«

»Du müsstest die Felder sehen, die Plantagen an der Straße nach Rionegro. Wir bauen in zwei Dutzend Bezirken im Osten, Südwesten, Nordosten und Westen an.«

»Du hast erzählt, dein Schwiegervater sei an einem Herzinfarkt gestorben, wegen der Probleme mit der Guerilla.«

Die drei schwiegen.

»Was ist denn?«, fragte Virtudes besorgt.

»Wir reden nicht gern darüber«, sagte Marcela.

»Tut mir leid.«

»Muss es nicht.« Rogelio war ernst geworden. »Wir haben große Probleme mit der Sicherheit, ja. Die Gewalt ist Teil des kolumbianischen Lebens. Die Menschen sind liebenswert und fleißig, vor allem in unserer Gegend, in Antioquia, aber die Guerilla auf der einen und die Paramilitärs auf der anderen Seite und als Krönung noch die Verbrechen durch den Drogenhandel … Es gibt immer mehr Probleme, da darf man sich nichts vormachen.«

»Großvater wollte nicht zahlen«, sagte Marcela.

»Sie haben gedroht, ihn zu entführen oder uns etwas anzutun, und das hat sein Herz in Mitleidenschaft gezogen.« Anita senkte die Stimme.

»Und jetzt hast du diese Rolle übernommen?«, fragte Virtudes ensetzt.

»Das kann man nicht vergleichen«, wich er aus. »Wir haben viel Sicherheitspersonal.«

»Es muss hart sein, ständig in Angst zu leben.«

»Hast du seit Kriegsende nicht auch in ständiger Angst gelebt?«, fragte Rogelio.

Blitzartig Schweigen.

Neue Wunden, die alten Narben.

Vielleicht war es auch umgekehrt.

»Die kolumbianische Gesellschaft ist auf der Suche nach ihrer Identität jenseits von Drogenhandel, Guerilla und der Gewalt, die Teil der kolumbianischen Geschichte zu sein scheint«, erklärte

Rogelio ruhig. »Die Kirche war gegen jede Form von Modernität, und das hat zu einem unvorstellbaren Entwicklungsrückstand geführt. In Medellín haben wir vor zwei Jahren zum ersten Mal eine Frau zur Bürgermeisterin gewählt, und das war eine Revolution. Letztes Jahr haben sie Pablo Escobar, den mächtigsten Drogenboss, mit dreißig Kilo Kokain geschnappt. Der Mann entwickelt sich zu einem König. Als ich Mitte der fünfziger Jahre nach Kolumbien kam, war Diktator Gustavo Rojas an der Macht, aber er wurde 1957 gestürzt, das Jahr, in dem Anita und ich geheiratet haben. Das und die Tatsache, dass sich in dem Land für mich alles gut anließ, brachte mich dazu, mein zielloses Wanderleben aufzugeben und sesshaft zu werden. In den sechziger Jahren gab es in Antioquia und der Hauptstadt Medellín die größten Mafias, aber andererseits auch die meisten Verhaftungen wegen Straftaten und kriminellem Verhalten. Kolumbien war immer schon ein Land der Gegensätze.«

»Jetzt macht sich die Guerilla auf dem Land breit, die Bürgerwehren nehmen zu, und die Drogenhändler erobern die großen Städte wie Medellín oder Cali«, sagte Anita.

»Aber es gibt eine starke Studentenbewegung, die Druck macht«, sagte Marcela mit Verve. »Die Zeichen stehen auf Veränderung, ihr werdet sehen.«

»Der öffentliche Protest steht unter Strafe, vergiss das nicht«, erinnerte sie Anita, bevor sie sich wieder Virtudes zuwandte. »Der politische Aktivist wird unglücklicherweise mit dem gemeinen Verbrecher gleichgesetzt. Es herrscht eine Doktrin der nationalen Sicherheit vor, die von den Vereinigten Staaten propagiert wird, um den Kommunismus zurückzudrängen.«

»Mein Gott, wie in den dreißiger Jahren in Spanien.« Virtudes schüttelte den Kopf.

»Wollen wir jetzt die ganze Zeit über Politik reden?«, fragte Rogelio verdrossen. »Es ist doch überall dasselbe. Warum sprechen wir nicht darüber, dass wir in der Stadt des ewigen Frühlings leben? Macht das Medellín nicht zu einem Paradies?« Er nahm den letzten Löffel Suppe zu sich und wechselte das Thema.

»Wie geht es Blanca?«

»Gut«, erwiderte Virtudes.

»Und Eustaquio?«

»Er spricht nur wenig, und lachen sieht man ihn nie. Möchtest du noch was?«

»Bei dem vielen Fleisch und dem Milchreis, den es noch zum Nachtisch gibt? Das schaffe ich nicht. Ist er immer noch so in sich gekehrt?«

»Die zehn Jahre Gefängnis sind nicht spurlos an ihm vorübergegangen. Das habe ich dir schon geschrieben. Auch wenn es schon dreißig Jahre her ist. Manchmal glaube ich, er hat das Gefängnis nie wirklich verlassen. Ich weiß nicht, warum Blanca ihn nach seiner Rückkehr geheiratet hat. Er ist zehn Jahre älter als sie.« Sie blickte irritiert zu Anita. »Was soll's.« Sie zuckte die Achseln. »Jedes Land ist anders, und die persönlichen Lebensumstände sind es auch.«

»Männer waren rar, Virtudes«, fuhr Rogelio fort. »Wie alt war Blanca am Ende des Krieges? Achtzehn?«

»Siebzehn.«

»Als Eustaquio zurückkam, war sie schon siebenundzwanzig und immer noch unverheiratet.« Er machte eine eindeutige Geste. »Eustaquio war schon in sie verliebt, als sie noch ein Teenager war, und genau aus diesem Grund hat er nicht um sie geworben, weil sie erst vierzehn oder fünfzehn war.«

»Wer wirklich unerträglich ist, das ist die Tante. Ein echtes Biest … Und sie redet und redet …« Sie hob die Augen zum Himmel.

Unter Anitas kritischem Blick nahm Rogelio sich von dem Fleisch. Als der Teller gefüllt war, trank er einen Schluck Rotwein.

»Papa …«

»Jetzt hört auf zu nerven.«

»Du wirst schlecht schlafen.«

Er beachtete sie nicht weiter und wandte sich wieder an seine Schwester. Sein Gesichtsausdruck war ernst, aber entspannt.

»Ich muss mit dir über was reden.«

»Über was?« Virtudes sah ihn fragend an.

»Über etwas, das ich in meinen Briefen nie erwähnt habe.«

»Was Schlimmes?«

»Nein. Warum muss immer alles negativ oder schlimm sein?« Er klang ungehalten. »Kennst du die Felder, die sich vom neuen Teil des Dorfs bis zur Landstraße erstrecken?«

»Klar.«

»Die habe ich vor einem Jahr gekauft.«

»Du warst das?« Sie war baff.

»Was weiß man im Ort darüber?«

»Na ja … keine Ahnung, dass sie von einer Gesellschaft gekauft wurden, aber keiner weiß was Konkretes, warum sie gekauft wurden oder …«

»Das erledigen die Anwälte.«

»Warum hast du das getan?«

»Geschäfte, Investitionen … Das Land eignet sich hervorragend für Blumen.« Er zuckte die Achseln. »Im Moment soll das noch keiner wissen, es bleibt also unser Geheimnis.«

»Klar, das verstehe ich, aber warum hast du mir nichts davon geschrieben?«

»Aus Vorsicht, aus Taktgefühl … Ich werde auch die Fabrik kaufen.«

Es war, als ob mitten im Esszimmer eine leise Bombe detoniert wäre.

»Rogelio …«, entfuhr es ihr.

»Es ist mein Dorf«, erwiderte er lakonisch.

»Du bist hier geboren, aber es ist schon lange nicht mehr dein Dorf«, erinnerte sie ihn, und ihre Verbitterung war nicht zu überhören.

»Doch.« In dem Punkt war er kategorisch. »Du bist hier, Mutter, Vater, Carlos … Sie sind tot, aber sie sind immer noch da.«

»In einem verlorenen Grab.«

»Es ist nicht verloren.«

Virtudes' Gesichtsausdruck veränderte sich. Sie wurde blass, und ihr Unterkiefer klappte nach unten.

»Weißt du, wo im Gebirge …«, stammelte sie.

»Ja, das weiß ich.«

Tränen stiegen ihr in die Augen.

»Mein Gott, Rogelio …«

Anita fasste ihre Hand und drückte sie.

»In einem Brief hast du mir geschrieben, dass es dich immer schmerzt, den Wald anzuschauen, weil du weißt, dass irgendwo dort das Grab sein muss«, sagte Rogelio. »Ich konnte dir keine Hinweise geben, die dich zu ihm führen, denn es gibt keine, außerdem hätte das alles noch schlimmer gemacht. Aber ich weiß, wo ich es finde, da bin ich mir sicher. Wie könnte man den Ort vergessen, an dem man getötet wurde?«

»Ich möchte Vater und Carlos Blumen bringen.« Tränen kullerten über ihre Wangen. Eine landete auf dem Teller.

»Keine Sorge, wir werden ihnen die Blumen bringen.« Von dieser Überzeugung konnte ihn keiner abbringen.

»Keiner hat je darüber gesprochen, als ob sie nicht …«

»Beruhige dich«, sagte Anita.

Virtudes warf ihm einen zornigen Blick zu.

»Wie kannst du nur so reden?«

»Wie rede ich denn?«

»Du wirkst so, wie soll ich sagen … entspannt.« Sie schien das passende Wort gefunden zu haben.

»Ich hatte genug Zeit, alles Revue passieren zu lassen, nachzudenken, zu hassen.« Bedächtig schnitt er ein Stück Fleisch ab. »Als ich feststellte, dass man mit Hass nicht leben kann, war das wie eine Erleuchtung. Alles Übrige hat Anita mich gelehrt.«

»Das heißt, wir werden zu ihnen gehen?«

»Ja, aber jetzt iss und denk nicht weiter darüber nach, einverstanden? Ich möchte jetzt nicht darüber reden.«

»Und was hast du mit der Fabrik vor?« Sie respektierte seinen Wunsch, aber das hielt sie nicht davon ab, die nächste Frage zu stellen.

Rogelio hob die Schultern und ließ sie wieder sinken, während er das Stück Fleisch in den Mund schob und genüsslich kaute.

»Du sagst, du willst dich nicht am Dorf rächen, aber du tust es.« Virtudes presste die Lippen aufeinander. »Du tust es auf deine Art.«

»Es ist keine Rache, die Fabrik oder Ländereien zu kaufen.«

»Doch. Warum reißt du das alles an dich?«

»Nenn es Respekt, Würde, Stolz.« Er trank einen Schluck Wein. »Wir haben den Krieg verloren, sie haben uns mit Füßen getreten, wir haben anonyme, aber unvergessene Gräber in den Bergen, sie haben versucht, uns auszulöschen, uns unsere Identität zu nehmen, sie haben uns gedemütigt. Uns hat man vertrieben und getötet, weil wir Linke waren, und euch, die ihr geblieben seid, hat man gedemütigt, weil ihr überlebt habt. Und jetzt kehren wir hoch erhobenen Hauptes zurück. Wir haben zwar den Krieg nicht gewonnen, aber …«

»Rogelio, du bist Kolumbianer. Du wirst dorthin zurückkehren, in dein Haus, und niemals mehr einen Fuß in dieses Dorf setzen. Wenn Marcela sich nicht eines Tages um alles kümmern wird, werden unsere einzigen Familienangehörigen, Blancas Kinder, das alles erben. Fina und Miguel, die du nicht mal kennst, die dir nichts bedeuten.«

»Leben sie immer noch in Madrid?«

»Ja, sie hassen das alles hier, und sie machen keinen Hehl daraus. Nun ja, sie können ihre Großmutter auch nicht ertragen. Keiner kann sie ertragen. Sie ist bösartig, verbittert, aber vor allem bösartig. Sie haben beide Partner, aber weil sie ohne Trauschein mit denen zusammenleben, spuckt die Tante Gift und Galle. Sie bezeichnet Miguels Freundin als Flittchen, weil sie Friseuse ist und gefärbte Haare hat und moderne Klamotten trägt, in bunten Farben und so. Und gegen Fina wettert sie, weil ihr Freund, der Arme, nichts auf der Naht hat, obwohl man ehrlich sagen muss, dass Fina in Beziehungsdingen einfach kein Händchen hat. Sie kommt vom Regen in die Traufe. Als würden sich alle Taugenichtse bei ihr ein Stelldichein geben.«

»Weißt du was?« Er legte das Besteck neben den Teller und verschränkte die Hände. Er wollte nichts mehr hören. »Manchmal ist es nicht gut, alles planen zu wollen. Das Bauchgefühl zählt, und ich habe mich immer von ihm leiten lassen.« Er atmete tief ein und aus. »Die Zeit wird es zeigen, Virtudes, die Zeit wird es zeigen.«

»Du hast offenbar zu viel Geld.«

»Man kann nie zu viel Geld haben, es ist immer für etwas nützlich.«

Wieder Schweigen, länger diesmal, bis Marcela es brach:

»Tante, kannst du mir das Brot reichen?«

Bei dem Wort »Tante« erschauderte Virtudes. Und sie begann wieder zu weinen.

26

Das Bett war alt und die Matratze weich, sehr weich, sodass ihre Körper tief einsanken und nur hier und da Teile wie Schösslinge hervorschauten. Wenn sie sich ansehen wollten, mussten sie mit den Händen die Ränder der hohen Kissen fassen, dann waren ihre Gesichter nah beieinander.

Rogelio wurde es nicht müde, sie zu betrachten. Zwanzig Jahre, hundert oder tausend, was hatte die Zeit schon für eine Bedeutung?

Er lächelte. Anita tat es ihm gleich.

Die Stille, der Frieden, das spärliche Licht, in dem sich ihre Körper unter den Laken abzeichneten, wurden zu Verbündeten ihrer verschworenen Gemeinschaft und Liebe.

»Wie geht es dir?«, fragte sie.

»Gut.«

»Du wirkst so ruhig.«

»Das bin ich auch.«

»Das ist unmöglich, Liebling.«

»Aber es ist so, wirklich. Was habt ihr denn alle?« Er bemühte sich, überzeugend zu klingen. »Du kennst mich doch. Ich habe mich lange darauf vorbereitet. Meine Schwester weint schon genug.«

»Ja, aber …«

»Nichts aber. Seit Langem habe ich auf diesen Tag gewartet, ihn mir vorgestellt und mich gefragt, ob ich mit alldem umgehen kann. Und jetzt freue ich mich darüber, dass ich mich so fühle, wie ich mich fühle.« Er strich ihr über die Wange. »Soll ich melodramatisch werden oder zusammenbrechen?«

»Bitte, sag so was nicht!«

»Eben.«

»Die Dinge laufen nicht immer nach Plan, deswegen habe ich gefragt. Es ist, als ob du ein anderer Mensch wärst, so viel Selbstsicherheit ist doch nicht normal.«

»Red doch keinen Blödsinn. Hast du auf der Reise von Medellín hierher etwa die ganze Zeit gelitten?«

»Gelitten nicht, aber ich war besorgt.«

»Bist du glücklich?«

»Ich bin glücklich, wenn du es bist.«

»Ich bin es wegen Marcela.« Seine Augen strahlten. »Ihre erste Reise nach Europa, nach Spanien. Man kann es nicht unbedingt Ferien nennen, ich weiß, dass sie die ganze Zeit ein Auge auf mich hat, aber sie hat alle Zeit der Welt, und ich weiß, das wird ihr nutzen.«

»Sie würde liebend gern nach London fahren, wegen der Musik. Und dann nach Prag, Venedig, Rom.«

»Den ein oder anderen Ort können wir ja besuchen, bevor wir wieder nach Hause fliegen.«

»Wirklich?«

»Ja.«

Anita rutschte näher an ihn heran, bis sie nur noch wenige Zentimeter getrennt waren, und küsste ihn.

»Es gefällt mir, wenn du von ›Zuhause‹ sprichst.«

»Was hätte ich denn sonst sagen sollen?«

»Eigentlich bist du ja hier zu Hause.«

»Nein, mein Zuhause ist da, wo ihr seid.«

Der nächste Kuss war länger, intensiver.

»Und du willst wirklich noch ein paar Tage Urlaub dranhängen?« Sie musste noch einmal nachfragen.

»Wieso denn nicht? Das haben wir uns verdient. Es bricht ja nicht gleich alles zusammen, wenn wir nicht da sind.«

»Aber fast.«

»Man könnte denken, dein Vater spricht aus deinem Mund.«

»Das sagt der Richtige.«

Für eine Weile ließen sie die Blicke sprechen.

Aber der letzte Kuss war noch nicht gegeben.

»Ich verstehe auch nicht, warum du das Land und jetzt noch die Fabrik gekauft hast«, warf Anita ein.

»Das Land, um Blumen anzubauen. Und die Fabrik, um den Leuten Arbeitsmöglichkeiten zu geben, um meine Leute zu entschädigen. Was ist daran so schwer zu verstehen?«

»Seit wann …«

»Gib mir Zeit. Lass uns abwarten, was in den nächsten Tagen geschieht.«

»Warum hast du das deiner Schwester nicht erzählt?«

»Ich weiß es nicht.« Das war aufrichtig. »Ich wollte erst mit Marcela und mir dir reden. Vielleicht bin ich verrückt.«

»Du bist impulsiv, aber nicht verrückt.«

»In ein paar Jahren wird das alles Marcela gehören.«

»Das ist noch lange hin.«

»Ich bin ein Auslaufmodell.«

»Aber kein alter Mann.«

Anita strich ihm über die Wange und ein paar Strähnen aus dem Gesicht. Sie dachten beide an ihre Tochter.

»Ich hoffe, Marcela ist wohlauf«, sagte er beklommen. »Das Dorf des Vaters zu besuchen, in dem man ihn vor vielen Jahren hingerichtet hat … Hoffentlich findet sie das nicht abstoßend. Sie ist so voller Leben und Liebe.«

»Und so hübsch.«

»Ehe wir uns versehen, wird man sie uns wegnehmen.«

»Keiner wird sie uns wegnehmen, Liebling. Sie wird nur fortgehen.«

»Sie ist in dem Alter, als du …«

»Als du mir den Kopf verdreht hast.«

»Der war schon verdreht.«

Sie schmiegte sich an ihn. Jetzt. Ihre Lippen waren warm. Vom ersten Tag an hatte er das Gefühl, sie würde ihn mit ihren leidenschaftlichen Küssen verschlingen. Rogelio legte einen Arm um ihren Hals und schob den anderen unter ihre Taille. Es war heiß, und sie war nackt. Als er ins Bett gekommen war, war sie schon unter das Laken geschlüpft, und so bemerkte er es erst jetzt. Er fand das erregend. Er fuhr über ihren Po, den Schenkel, packte ihn und schob die Hand wieder hoch zur Hüfte. In einem sanften Schwung führte der Weg wie durch ein Tal hinab zu ihrem Geschlecht. Anita spreizte leicht die Beine und tastete nach seinem Glied.

»Warum musst du immer im Pyjama schlafen?«

»Damit du mich ausziehst.«

»Dann komm her.«

Sie küssten sich ohne Hast und ließen die Müdigkeit und die Aufregung des Tages hinter sich.

»Du brauchst es, nicht wahr?«, raunte sie.

»Ja.«

»Ich auch, Schatz.«

»Ich begehre dich.«

»Ich weiß, mein Herz. Das tust du immer, aber umso mehr, wenn jemand gestorben ist, du was zu feiern hast, oder wenn du angespannt bist.«

Rogelio schloss die Augen.

Die innere Unruhe legte sich, als seine Frau sein Geschlecht berührte.

Kapitel 5

Dienstag, 21. Juni 1977

27

Die Stimmen hallten durchs Haus, kaum dass die Bagage einen Fuß über die Schwelle gesetzt hatte: Teodora mit Blanca und Eustaquio im Schlepptau.

»Dann wollen wir doch mal sehen! Wenn der Herr sich nicht bequemt, zu uns zu kommen, müssen wir zu ihm kommen. Ich bin immerhin seine Tante, und das ist seine Cousine. Wo steckt er? Rogelio!«

Virtudes versuchte, ihr Einhalt zu gebieten.

»Tante Teodora, bitte, nicht so laut, er schläft noch!«

»Er schläft noch? Um diese Zeit? Nicht zu fassen, er soll gefälligst aufstehen! Gütiger Gott, es ist schon nach neun! Ein zweites Mal komme ich nicht hierher! Immerhin habe ich meinen Hintern bewegt. Ist er sich nach vierzig Jahren zu fein für einen Besuch?«

Rogelio war gerade fertig mit Anziehen.

»Sie hört sich an wie eine Furie«, sagte Anita.

»Hör gar nicht hin«, riet er ihr. »Sie glaubt, alle Menschen aus Lateinamerika seien Indios mit Federbüschen. Sie ist imstande, irgendwas Abfälliges zu sagen, wenn du ihr gegenübertrittst.«

»Ich ziehe mich rasch an und komme nach.«

»Keine Eile. Überlass die erste Schlacht ruhig mir.« Er stand auf und machte seinen Gürtel zu.

Wieder hörte man Teodora kreischen: »Rogelio!«

Und darauf Virtudes: »Teodora!«

In Hemdsärmeln verließ Rogelio den Raum und begab sich zum Esszimmer. Dort bot sich ihm folgendes Bild: In der Mitte stand Teodora, die Arme in die Hüften gestemmt, klein, aber kämpferisch, flankiert von Blanca und Virtudes. Und Eustaquio diskret im Hintergrund.

Das Gesicht seiner Tante war finster wie dunkler Stein, Blancas weiß und weich wie Baumwolle und das ihres Mannes …

»Hallo.« Er lächelte ihnen zu. Es war, als hätte man einen Stier in die Arena gelassen.

»Rogelio, mein Junge!«

Wie eine verzweifelte Mutter stürzte Teodora sich auf ihn, und während sie ihn unter Geschrei nach Luft ringend in die Arme schloss, schossen ihr die Tränen in die Augen. Rogelio erwiderte die Umarmung und versuchte, sie zu beruhigen. Was ihm nicht gelang. Sie konnte sich gar nicht mehr einkriegen.

»Meine Güte! Gott im Himmel! Jesses, Maria und Josef!«

»Mama, du bekommst noch einen Herzinfarkt!«

»Jetzt beruhige dich doch, Tante.«

Nur Eustaquio stand da, als ginge ihn das alles gar nichts an.

»Komm, setz dich.« Virtudes zog einen Stuhl heran.

»Nein, jetzt lasst mich ihn doch erst mal umarmen!« Sie überhäufte ihn mit Küssen und Streicheleinheiten. »Ach, wenn meine arme Schwester dich jetzt sehen könnte! Ach!«

Nach ein paar Minuten gelang es ihnen, sie auf dem Stuhl zu platzieren, bevor sie einen Ohnmachtsanfall bekam. Sie mussten sie förmlich von ihm wegzerren. Von den Tränen ging sie zu einem unerwarteten, zornigen »Natürlich …!« über.

Rogelio umarmte Blanca. Schweigend. Vielleicht zwanzig oder dreißig Sekunden.

Und zuletzt ihn.

»Hallo Eustaquio.«

»Mensch, Rogelio.«

Sie klopften sich auf die Schulter, kraftvoll, wie im prallen Leben. Rogelio mit beiden Händen. Eustaquio nur mit einer, denn mit der anderen stützte er sich auf seinen Stock. Als die Männer die Umarmung lösten, nahmen sie zwar Gefühle wahr, aber auch eine gewisse Distanz.

Ihre Vergangenheit war ihr Schutzpanzer, aber sie hinderte sie auch daran, aus sich herauszugehen.

»Du bist alt geworden«, warf Teodora ein.

»Das sagt die Richtige«, konterte Virtudes, als müsste sie ihren Bruder verteidigen.

»Ich habe ein paar Jahrzehnte auf dem Buckel, aber er.«

»Ich auch.«

Und ohne dass einer der Anwesenden verstand, was sie meinte, wiederholte sie: »Natürlich …«

»Brummelig wie immer«, scherzte Rogelio frei heraus.

»Soll ich dir eine runterhauen? Für mich bist du immer noch der kleine Rogelito von Asun, ja!« Sie holte Luft und ging zum Angriff über: »Was fällt dir ein, so lange nichts von dir hören zu lassen? Hatten wir kein Recht darauf zu wissen, dass du lebst?«

»Franco war noch an der Macht, was hätte ich tun sollen? Vorsicht ist besser als Nachsicht.«

»Franco, Franco, Franco«, maulte sie, »als hätte er tausend Augen und hunderttausend Hände.«

»Jetzt erzähl mir nicht, du bist eine Anhängerin des Regimes geworden!« Rogelio zog die Augenbrauen hoch.

»Ich? Nein! Weder von Franco noch von sonst wem. Die Machthaber sind doch alle gleich, ob Könige oder Generäle! Uns Arme rettet keiner vor dem Tod!«

Die Blicke der Anwesenden wanderten nacheinander von ihr zur Tür. Als Erster hatte Eustaquio Anita bemerkt, die alte Dame als Letzte, weil sie von Rogelio verdeckt wurde.

Anita trug eine enganliegende weiße Bluse, die ihre Kurven betonte, dazu einen leicht glockenförmigen Rock, und das Haar fiel locker auf ihre Schultern. Und sie hatte keine Schuhe an.

»Tante, das ist Anita, meine Frau«, stellte Rogelio sie vor.

Anita wartete nicht, bis Teodora das Wort an sie richtete,

und sie ließ ihr auch keine Zeit, sie lange zu betrachten. Sie ging schnurstracks auf sie zu, drückte ihr einen Kuss auf die Wange und umarmte sie herzlich.

»Tante Teodora«, sagte sie ihr leise ins Ohr. »Ich konnte es kaum erwarten, dich kennenzulernen.«

Als Anita sich aus der Umarmung löste, war Teodora nicht mehr zu bremsen.

»Was zum Teufel macht ein alter Sack wie du mit so einer jungen Frau? Wie hast du sie rumgekriegt?«

»Mama!«

»Er hat mich nicht rumgekriegt.« Anita lachte. »Das war umgekehrt.« Dann ging sie direkt auf Blanca und ihren Mann zu.

Für jeden eine Umarmung und ein Kuss.

»In Kolumbien gibt man sich nur einen einzigen Kuss auf die Wange«, erklärte Rogelio.

Teodora nahm Anita genau unter die Lupe. Ihr Haar, ihr Gesicht, ihre Lippen, ihren Körper, ihre Beine, die nackten Füße.

Überrascht, ein wenig schockiert.

Es fehlte noch jemand. In dem Moment trat Marcela durch die Tür.

Es wurde still im Raum. Als hätte ein Lichtstrahl alle weggefegt.

»Das ist unsere Tochter«, sagte Rogelio nach ein paar Sekunden.

»Gütiger Himmel!« Teodora legte die Hand auf den Mund. »Sie ist Asun wie aus dem Gesicht geschnitten. Mich trifft gleich der Schlag!«

Wieder mal war es ihr gelungen, sich in den Mittelpunkt zu rücken.

»Gehen wir, Mama?«

Anita gab ihr keine Antwort und streckte stattdessen die Arme aus.

»Komm her, meine Kleine.«

Wieder gab es Tränen, Seufzer, Umarmungen und überbordende Gefühle. Blanca kümmerte sich um ihre Mutter. Virtudes hatte die Arme vor der Brust verschränkt und ließ ein wenig genervt alles über sich ergehen. Die Einzige, die lächelte, war Anita, selbstbewusst, nicht aus der Ruhe zu bringen. Rogelio und Eustaquio tauschten Blicke.

So viele Fragen.

»Du bist wunderschön!«, seufzte Teodora, als es Marcela gelang, sich aus ihrem Würgegriff zu befreien. »Allein deinetwegen könnte ich deinem Vater verzeihen, was er all die Jahre getan hat.«

»Bitte, Tante Teodora.«

»Halt den Mund, du Flegel!«

»Wollen wir uns nicht setzen?«, schlug Virtudes vor. »Möchtest du ein Glas Wasser, Teodora?«

»Ich möchte dem da eine Ohrfeige verpassen!« Sie fuchtelte mit der Hand vor ihrem Neffen herum. »All die Zeit, die wir um dich geweint haben, und um deinen Vater und deinen Bruder, und der Herr …« Nachdem die erste Wut verraucht war, kam sie auf den Boden der Tatsachen zurück. »Willst du mir jetzt endlich erzählen, was du gemacht hast und wieso du am Leben bist? Ich bete jeden Tag zu Gott, aber Wunder …«

Sie waren seine Familie, und sie hatten ein Recht, die Wahrheit zu erfahren. Auch wenn es ihm schwerfiel.

Rogelio wandte sich an seine Tochter: »Marcela, Liebes, du hast das schon tausend Mal gehört, also möchte ich dir das ersparen.« Er nahm ihre Hand und küsste sie. »Geh ein wenig spazieren, sieh dir das Dorf an. Orte muss man mit eigenen Augen entdecken und allein erspüren.«

»Nein, ich bleibe, Papa.«

»Marcela«, mahnte ihre Mutter.

»Okay.« Das reichte.

»Bring mir Zigaretten mit«, bat Anita.

»Gut, Mama.«

»Du rauchst?«, donnerte Teodoras Stimme durch den Raum, als wäre es eine Sünde.

»Ach, Mama, bitte!« Blanca verdrehte die Augen.

Rogelio tat das Einzige, was er tun konnte. Lachen. Und diesmal aus vollem Herzen.

28

Saturnino García beobachtete von Weitem das Haus von Virtudes Castro, scheinbar zufällig, als würde er in seinem Streifenwagen der Guardia Civil im Schatten einer Hauswand nur ein kleines Nickerchen machen, bevor die Morgensonne sich überall breitmachte. Mateo Sosa neben ihm auf dem Beifahrersitz nahm es gelassen. Er war erst seit fünf Monaten im Dorf, und es war sein erster Einsatzort. Es mangelte ihm mehr an Tatkraft als an Erfahrung. Nicht, weil der Sergeant ein harter Knochen war, wie seine Ausbilder an der Polizeischule, sein Befehlshaber war der netteste Kerl in Uniform, der ihm je begegnet war. Aber er blieb auf Distanz und versuchte, alles im Blick zu haben und in sich aufzusaugen, bereit, sich wie ein anständiger Polizist zu benehmen, nichts weiter.

Saturnino García war nicht sehr gesprächig. Mateo Sosa wusste lediglich, dass ein alter Kommunist aufgetaucht war, aus der Zeit des Krieges, von den Toten auferstanden und steinreich.

»Wie ist Ihr Dorf, Sosa?«, fragte ihn sein Vorgesetzter unvermittelt.

»Na ja …« – er wusste nicht genau, worauf er hinauswollte – »mehr oder weniger so wie hier.«

»Meinen Sie die Größe oder die Art der Leute?«

»Beides.«

»Aber im Süden sind die Leute fröhlicher. Hier ist es eher dröge.«

»Stimmt.«

»Es wundert mich nicht, dass Sie zur Guardia Civil gegangen sind. Bei fünf Schwestern …«

»Nicht mal die Uniform kann sie beeindrucken.«

»Und alle älter als Sie.«

»Und drei von ihnen unverheiratet.«

Sie tauschten einen vielsagenden Blick.

Dann konzentrierte sich García wieder auf das Haus mit dem geparkten Auto davor. Eine teure Luxuskarosse, kein Seat Seiscientos.

»Kennen Sie den Bürgermeister?«

»Nun ja, ich habe ihn ein paar Mal gegrüßt, aber kennen …«

»Haben Sie eine Meinung über ihn?«

»Nein, nein.« Er richtete sich ein wenig mehr auf.

»Sollten Sie aber«, sagte Saturnino García. »Ein guter Polizist sollte etwas von Psychologie verstehen, auch wenn man das nicht auf der Polizeischule lernt. Man muss die Menschen einschätzen können, auf diese Weise ist man vorbereitet.«

»Auf was vorbereitet?«

»Was auch immer. Dafür sind wir da.«

»Das ist doch ein verschlafenes Nest, Sergeant.« Mateo blickte nach draußen. »In fünf Monaten ist so gut wie nichts passiert. Einer ist von der Straße abgekommen, der falsche Alarm wegen des getürmten ETA-Terroristen, der am Ende hundert Kilometer weit weg war, letzte Woche der Betrunkene und ein Paar, das sich gegenseitig verprügelt hat.«

»Man muss in den Augen der Menschen lesen können.«

»Mein Ausbilder hat immer gesagt, Augen lügen.«

»Im Gegenteil. Die Augen spiegeln die innere Wahrheit wider. Wir sind dazu da, die Lügen in der Wahrheit zu finden, die für sie so real ist. Vor allem wenn es um Verbrecher geht oder Leute, die mit Vorsicht zu genießen sind.«

Mateo betrachtete das Haus in der Ferne.

»Sagen Sie das wegen dem da?«

»Ich meine damit alle Menschen.« Er zuckte die Achseln.

»Diesen Rogelio Castro habe ich nicht mal von Weitem gesehen, ich weiß nur, dass er gestern angekommen ist.«

»Halten Sie ihn für gefährlich?«

Er gab ihm keine Antwort.

Er hatte keine.

Er wusste nur, dass der Bürgermeister, sein Bürgermeister, unter Verfolgungswahn litt.

Neue Zeiten, alte Sitten.

»Glauben Sie an die Demokratie, Sosa?«

Der Jungspund schluckte.

»Ja, also, ich meine …«

»War Ihr Vater im Krieg?«

»Ja.«

»Hat er ihn gewonnen?«

»Ja.«

»Hat er Ihnen davon erzählt?«

»Ja, sehr viel.«

»Weil er ihn gewonnen hat. Hätte er ihn verloren, hätte er Ihnen nichts gesagt. Hat er aus Überzeugung gekämpft, oder war er einfach bei Kriegsbeginn in dem Lager?«

»Nun ja …«

»Kommen Sie schon, das ist doch keine mündliche Prüfung.«

»Er war blutjung damals. Man hat ihm ein Gewehr in die Hand gedrückt. Aber dann hat er tapfer gekämpft, so viel steht fest.«

»In Ordnung.«

Zwei Frauen gingen an dem Polizeiwagen vorbei. Eine warf ihm einen Blick zu, die andere nicht. Mehr noch, sie gab sich sogar alle Mühe so zu tun, als ob sie ihn nicht sähe. Sie entfernten sich mit ihren Einkaufskörben. Sie trugen Alpargatas und hatten stämmige Beine. Bäuerinnenbeine.

»Sosa, das ist ein Wendepunkt in der Geschichte, und er wird uns für immer prägen. Ein oder zwei Generationen werden davon abhängen, was jetzt geschieht, denken Sie an meine Worte.«

»Ja, Sergeant.«

»Haben Sie sich mit der Geschichte Spaniens beschäftigt?«

»Ein wenig.« Mateo wollte sich nicht zu weit aus dem Fenster lehnen.

»Geh'n Sie's noch mal durch. Das kann uns nicht schaden. Das Land vergisst nicht. Keiner tut das. Wir haben stets mehr voller Groll in die Vergangenheit geblickt als hoffnungsfroh in die Zukunft, und so entschwindet sie uns. Nehmen Sie nur mal uns.«

»Uns?«

»Die Guardia Civil, ja.« Er betonte jedes Wort »Die Leute glauben, wir identifizieren uns mit einer bestimmten Ideologie, einige spenden uns Beifall, und die anderen fürchten uns. Die Uniform zählt, als wären wir unter dem Dreispitz alle gleich.«

»Aber das sind wir doch im Dienst des …«

»Der Dienst ist eine Sache. Wir sind die Guten und kämpfen gegen die Bösen, vereinfacht gesagt. Aber was ein jeder hier drin hat« – er tippte sich an die Stirn – »das gehört nur ihm, das gibt keiner auf. Wissen Sie, dass mein Vater und mein Großvater im Krieg gestorben sind?«

»Nein, das wusste ich nicht, Sergeant.«

»Sie haben als treue Anhänger der Republik das Gesetz verteidigt und haben dafür ihr Leben gegeben. Sie wurden von ihren eigenen Kameraden erschossen. Mein Vater war Hauptmann. Mein Vater Sergeant, wie ich.«

Mateo Sosa wusste nicht, was er sagen sollte.

»In ein paar Jahren haben wir den Franquismus hinter uns gelassen, es wird linke Regierungen geben, und wenn man das nicht endlich als etwas Normales, als etwas Natürliches ansieht, werden wir schnell wieder in alte Gewohnheiten verfallen.« Er blickte ihn von der Seite an und fügte hinzu: »Und wenn Sie mich jetzt für einen Kommunisten halten, irren Sie sich. Ich bin keiner.

Ich glaube nicht an totalitäre Systeme. Es geht sogar noch weiter, ich glaube, dass der Kommunismus heutzutage unhaltbar ist. Früher gab es Stalin. Jetzt gibt es nur noch zwei Maulhelden und ihren Kalten Krieg.«

Mateo Sosa hörte sich alles schweigend an. Saturnino García wollte ihn fragen, ob er wüsste, wer Stalin sei, aber er zog es vor, ihn nicht in Verlegenheit zu bringen. Er wusste selbst nicht, warum er dem Jungen diese Suada vorsetzte. Aus Wut vielleicht? Wut, seit er mit dem Bürgermeister gesprochen hatte?

Nur weil ein Mann ins Dorf zurückkehrte und die Obrigkeit am Rad drehte? Wer war der arme Teufel?

Er wollte das Auto starten und wegfahren, aber er wurde daran gehindert.

Die Haustür ging auf, und ein bildschönes, hochgewachsenes Mädchen trat auf die Straße. Sie schien aus einem der Filme entsprungen zu sein, die auf die Kirchenwand projiziert wurden, und die der Priester, sofern einer vor Ort war, mit aller Macht zu unterbrechen versuchte, bevor die jungen Männer völlig aus dem Häuschen gerieten.

»Lecko mio, wer ist das denn?«, entfuhr es Mateo Sosa.

Die junge Frau ging anmutig mit einem unwiderstehlichen Hüftschwung in die entgegengesetzte Richtung. Sie verschwand aus ihrem Blickfeld, ohne dass Saturnino García den Motor gestartet hätte. Er war genauso hin und weg wie sein Begleiter.

Und so sagte der Jungspund noch einmal:

»Lecko mio.«

29

Es war schon spät. Das wurde ihr klar, als José María plötzlich das Zimmer betrat und sich zu ihr aufs Bett setzte.

Sie öffnete die Augen und versuchte, den Blick zu fokussieren.

»Esperanza …«

»Ich bin eingeschlafen, tut mir leid.«

»Macht doch nichts. Wieder der Kopf?«

»Ja.«

»Hast du starke Schmerzen?«

»Es geht schon wieder. Ich steh gleich auf.«

»Quatsch. Ich werde Maribel anrufen, damit sie dir ein wenig zur Hand geht.«

»Sie hat doch schon genug mit den Kindern zu tun.«

»Dann soll sie kommen, wie sie kann.«

»Mir fehlt nichts.«

»Die Nerven.«

Er sagte es ganz natürlich, ohne vorwurfsvollen Unterton.

»Ja.«

»Das ist normal.« Er strich ihr eine Haarsträhne aus dem Gesicht und danach über ihre Wange.

Im Halbdunkel des Zimmers suchte sie nach seinen Augen. Sie waren immer so klein, so traurig, als hätte die Bombe ihm nicht nur den Arm, sondern auch das Licht aus ihnen genommen.

»José María«, sagte sie leise.

»Was ist?«

»Komm her.«

»Ich bin doch da.«

»Näher.«

Er beugte sich über seine Frau, und sie schlang ihre Arme um ihn. Eine sanfte Umarmung, kraftlos, kein Zeugnis unbändiger Liebe. Es ging lediglich darum, einen Seufzer zu teilen.

»Verzeih mir«, sagte sie leise.

»Ach was.«

»Es wäre besser gewesen ...«

»Ich weiß, aber das spielt jetzt keine Rolle mehr. Die Dinge sind, wie sie sind.«

»Die Dinge geschehen nur einmal, aber sie sollten für immer sein und sich nicht plötzlich ändern.«

José María richtete sich auf. Er wollte den Blick auf ihre Handgelenke vermeiden, auf die vierzig Jahre alten Narben, die Male, die sich in zarte rosafarbene Linien verwandelt hatte, mit denen er lebte, seit er aus dem Krieg zurückgekehrt war. Aber er scheiterte, so wie er immer scheiterte, nachts, wenn er ihr zusah, wie sie friedlich schlief, oder im Bad, wenn sie die Augen schloss und das Wasser aus der Dusche sie einhüllte. Ein alltägliches, aber vernehmliches Scheitern, denn Esperanza hatte es bemerkt. In all den Ehejahren hatten sie Antennen füreinander entwickelt, aber sie waren wie Seiten eines aufgeschlagenen Buches, das man tausend Mal gelesen und immer noch nicht ganz verstanden hatte.

»Quäl dich nicht«, raunte Esperanza.

»Ich?«

»Ja, du.«

»Du hast Kopfschmerzen und machst dir Sorgen um mich?«

»Ich habe deinetwegen Kopfschmerzen.«

»Dann vergiss es. Es geht mir gut.«

»Aber wir müssen ihn treffen.«

»Ich weiß, obwohl ...«

»Was?«

»Triff du dich allein mit ihm.«

»Warum?« Sie erschauderte.

»Rede es dir von der Seele, sprich darüber, und gut ist.«

»Und du?«

»Ich werde mich später mit ihm treffen.«

»Er war dein bester Freund.«

»Esperanza, bitte.« Er verzog das Gesicht. »Ich habe auf der Seite Francos gekämpft, seine Verlobte geheiratet, Virtudes wird ihm schon alles berichtet haben. Was willst du denn noch?«

»Mut.«

»Den habe ich. Und was ist mit dir?«

»Aber du willst ihn nicht gemeinsam mit mir treffen.«

»Nein.«

»José María, du hast meine Einzelteile aufgesammelt, du hast mich mit deiner Liebe und deiner Zuwendung gerettet. Ich … Du weißt, ich hätte es wieder versucht, wenn du nicht gewesen wärst.«

»Das hättest du nicht.«

»Warum bist du dir so sicher?«

»Du hättest es den ganzen Krieg über tun können.«

»Im Krieg wollte ich Widerstand leisten. Als er vorbei war … war alles anders. Dann bist du aufgetaucht.«

»Da haben wir was gemeinsam«, versuchte er zu scherzen.

»Idiot.« Sie sah ihn an, und in ihrem Blick lag ein Hauch von Müdigkeit.

»Was wirst du tun?«

»Aufstehen.«

»Nein, ich meine mit Rogelio. Willst du ihn aufsuchen, oder willst du warten, bis er zu dir kommt?«

Sie schwieg. Was hätte sie auch darauf sagen sollen.

»Bleib noch ein Weilchen im Bett, oder den ganzen Morgen, von mir aus den ganzen Tag. Ich rufe Maribel an.«

»Kümmert sich Ezequiel um den Kiosk?«

»Ja, keine Sorge. Sonst hätte ich's gemacht. Und jetzt schlaf, du musst hübsch aussehen.«

»Wozu?«

»Soll Rogelio dich in dem Zustand sehen?« Eigentlich war ihm nicht nach Scherzen zumute. »Nach vierzig Jahren hat er doch zumindest dieses kleine Geschenk verdient.«

»Ein tolles Geschenk.«

Der Spiegel im Zimmer zeigte ihm einen einarmigen Greis mit zerknitterter Hose und traurigem Gesicht.

Auch er müsste sich anständig zurechtmachen.

Man erzählte sich, Rogelio sei sehr stattlich, sehr gut aussehend, ein Ausbund an allem. Die Reichen konnten sich immer was einbilden. Dazu noch die bildschöne Frau und das entzückende Töchterlein.

Rogelio, der Verlierer des Krieges, den er, José María, gewonnen hatte.

»Ich vertrete mir ein wenig die Beine«, verabschiedete er sich.

»Gut.«

»Ich bin bald zurück.«

Diesmal sparte sie sich die Antwort.

Als José María die Tür zumachte, schloss sie die Augen. Sie wollte nichts sehen. Aber es half nichts. Denn es war alles immer noch da. In ihrem Kopf. Und diesmal sah sie bewusst hin.

30

Als sie den Kiosk betrat, war niemand sonst da.

Und Ezequiel stockte der Atem.

Das war das allerschönste Mädchen, das ihm je begegnet war. Hübsch, exotisch, verführerisch. Ein Fleisch gewordener Engel, groß gewachsen, ein Körper mit Kurven, schlank und durchtrainiert, eindringlicher Blick, ausdrucksvoller Mund, eine üppige schwarze Mähne, endlos lange Finger …

Er erstarrte.

Die Erscheinung blieb vor der Theke stehen, eingehüllt vom Morgenlicht wie von einer Aureole, und er befand sich immer noch in Schockstarre. Er wollte sich sein dummes Gesicht lieber nicht ausmalen.

»Tag.«

»Tag.«

»Haben Sie Piel Roja?«

Sie hatte eine melodiöse Stimme.

»Was?«

»Piel Roja.«

Der erste Lidschlag holte ihn in die Wirklichkeit zurück.

»Was soll das sein?«

»Das ist doch ein Kiosk hier, oder?«

»Das ist ein Kiosk, ja.«

Sie sah sich um.

»Bei uns sehen die etwas anders aus. Dort werden noch andere Sachen verkauft, Schnaps und so.«

»Und was hat es mit Piel Roja auf sich?«

»Eine Zigarettenmarke.«

»Heißt die so?«

»Ja, es ist die beliebteste Marke in meinem Land.«

»Das sind hier die Celtas.«

»Wie sind die?«

Er schaffte es, sich zu rühren, nahm ein Päckchen und reichte es ihr. Seine Augen schmerzten, weil er so bemüht war, sie offen zu halten, vor lauter Angst, sie könnte beim nächsten Lidschlag verschwunden sein. Er war wie weggetreten.

Ihre Stimme war ausgesprochen weich.

»Schwarzer Tabak«, meinte sie.

»Ja.«

»Gut.« Sie überlegte. »Ich nehme ein Päckchen mit, dann kann sie sie probieren.«

»Sie sind nicht für dich?«

»Nein, für meine Mutter.«

»Ich weiß nicht, ob das was für sie ist. Hier rauchen die Frauen Marlboro, Lucky Strike … Blonder Tabak, mit Filter …«

»Meine Mutter hat es nicht so mit dem amerikanischen Zeug …«

Als sie lächelte, sah man ihre schneeweißen Zähne und die Grübchen.

»Ich kann dir nicht mehr sagen. Ich bin Nichtraucher«, sagte Ezequiel. »Ich weiß nicht, wie sie schmecken.«

»Du verkaufst Tabak und rauchst nicht?«

»So ist es.« Er errötete.

»Ich auch nicht.« Sie verzog angewidert das Gesicht. »Meine Freundinnen rauchen alle nicht.«

»Wo kommst du her?«, wagte er sich vor.

»Aus Kolumbien.«

»Ach, klar.«

»Wieso ist das ›klar‹?«

»Du bist die Tochter von dem Mann, über den alle reden.«

Sie lächelte müde, sagte aber nichts. Sie trug eine Bluse, die an der Brust eng anlag und ihre Taille betonte, und einen knielangen Rock. Aus einer Tasche der Jacke, die sie in der Hand trug, zog sie einen Tausend-Peseten-Schein und legte ihn auf die Theke.

»Hast du es nicht kleiner?«

»Mal sehen.«

»Das ist ein großer Schein für ein Päckchen Zigaretten. Ich kann dir nicht rausgeben.«

»Warte.«

Sie kramte in den Taschen und förderte ein paar Münzen und einen kleineren Geldschein zutage und streckte ihm die Hand hin, damit er sich nahm, was sie ihm schuldete. Dabei streiften seine Finger ihre Hand. Ein Schauer lief ihr über den Rücken.

»Wenn sie ihr schmecken, komme ich Nachschub holen«, sagte sie.

»Das ist der einzige Kiosk im Dorf. Wenn sie raucht, kommst du auf jeden Fall wieder, ob sie ihr schmecken oder nicht.«

»Bist du immer hier?«

»Nein. Meine Mutter ist heute krank.«

»Ah.«

Sie schickte sich an zu gehen. Er versuchte, sie zurückzuhalten.

»Ich heiße Ezequiel.« Er streckte ihr die Hand hin.

»Und ich Marcela.« Sie fasste seine Hand.

»Meine Eltern waren mit deinem Vater vor dem Krieg befreundet.«

»Wirklich?« Ihre Augenbrauen hoben sich.

»Zumindest habe ich das gehört, na ja, es ist viele Jahre her. Wann seid ihr angekommen?«

»Gestern.«

Er nahm allen Mut zusammen.

»Du kennst wohl niemanden hier.«

»So ist es.«

»Ich könnte dich ein wenig herumführen, dir das Dorf zeigen.«

»Du?«

»Es gibt ein paar sehenswerte Orte. Die Flussbiegung, die Ruinen der alten Mühle, den Donnersberg, die Teufelsschlucht …«

Marcela fing an zu lachen. Das war's. Ezequiel spürte kalten Schweiß an seinen Handflächen, ein Kribbeln im Kopf, und er bekam weiche Knie.

»Das erfindest du doch gerade!«, sagte sie.

»Was? Nein! Du kannst die Leute im Dorf fragen.«

Marcela hielt seinem Blick stand. Egal ob in Medellín oder in einem spanischen Dorf. Die Jungen waren überall gleich. Das wusste sie, seit sie mit vierzehn oder fünfzehn zur Frau geworden war.

»Du willst also mit mir ausgehen?« Kokett legte sie den Kopf ein wenig schräg.

»Na ja, ich weiß nicht, wie das in Kolumbien ist« – er kämpfte gegen die weiter aufsteigende Schamesröte an – »aber hier gebietet es die Höflichkeit, das gehört sich so für einen Gastgeber.«

»Und du opferst dich freiwillig?«

»Ja.«

»Bei uns sagt man ›mit Vergnügen‹.«

»Na dann, mit Vergnügen.«

»Ich werde über dein Angebot nachdenken.« Sie machte einen Schritt Richtung Ausgang.

»Wenn ich nicht im Kiosk bin …«

»Das ist doch ein kleiner Ort, oder? Dann werden wir uns bestimmt über den Weg laufen.«

»Ja, bestimmt.«

Sie erreichte die Tür und schenkte ihm ein letztes Lächeln.

»Auf Wiedersehen.«

Ezequiel hob die Hand, und als sie verschwand, blieb nur ein strahlend helles Rechteck im Türrahmen zurück. Das Vorzeichen eines heißen Tages.

»Auf Wiedersehen, Marcela«, hauchte er.

Das Leben kann sich in ein paar Sekunden von Grund auf ändern. Oder sogar in Millisekunden.

Er war verliebt.

31

Ricardo Estrada band vor dem Spiegel den Knoten seiner Krawatte und betrachtete sein müdes Gesicht, die Augenringe, die Folge einer quälenden Nacht, und seine altersmüden Wangen, die noch schlaffer herunterhingen als sonst. Er würde spät ins Rathaus kommen, zu spät für das, was ihn erwartete, aber in gewisser Weise war ihm das egal. Seine Bewegungen waren bedächtiger als üblich; seine Gesten wie ferngesteuert, fast wie in Zeitlupe.

Leonor, seine Frau, steckte den Kopf zur Tür herein.

»Du bist immer noch da?«

»Ja.«

»Das wundert mich nicht.«

»Warum?«

»Du bist die ganze Nacht herumgetigert.«

»Jaja.«

»Du und die Politik.«

Sie zog sich zurück und ließ ihm keine Zeit zu antworten.

»Blöde Kuh«, murrte er.

Ein letzter prüfender Blick. Der Krawattenknoten saß korrekt, er sah aus, wie es sich für einen Bürgermeister geziemte, auch wenn es nur ein Dorf war. Wenn den Leuten nun auch noch die guten Manieren abhandenkamen, würde Spanien unversehens in Barbarei verfallen. Wenn er die Horden von Bärtigen im Fernsehen sah, mit freiem Oberkörper, primitiv, im Schlamperlook, mit Schlaghosen, grellen Farben …

T-Shirts mit dem Bild von Che Guevara.

Er nahm das Jackett und verließ den Raum. Die Küche ließ er links liegen, denn er hatte keinen Hunger. Er würde im Rathaus einen Kaffee trinken. Charo, die sich seit dem Schlaganfall um seinen Vater kümmerte, saß draußen im Garten und las, sein Vater im Rollstuhl befand sich in ihrer Nähe.

Sie war eine kräftige Frau, sein Vater war nur noch Haut und Knochen.

Leise trat er auf sie zu.

»Oh, guten Tag, Señor«, sagte sie, als sie ihn bemerkte.

»Guten Tag, Charo. Alles klar?«

»Wie immer, ja. Kein Problem.«

Ricardo Estrada betrachtete seinen Vater.

Er hatte nur noch ein paar wenige Haare oben auf dem Kopf, aber vor allem hatte er merklich an Kraft und Fähigkeiten eingebüßt. Seit dem Schlaganfall war er zu achtzig Prozent eingeschränkt. An manchen Tagen konnte er noch ein wenig klar denken. An den anderen war er nur noch ein Schatten seiner selbst, man erkannte den autoritären und starken Mann von einst nicht mehr wieder. Mit dem Buckel, der spitzen Nase, dem Sabber in den Mundwinkeln und dem verlorenen Blick war er ein Sinnbild der Verzweiflung.

Geradezu ein Spiegel. Denn in gewisser Weise erkannte Ricardo sich in ihm wieder. Und sollte es ihm eines Tages genauso ergehen, wäre er lieber tot.

Leonor war imstande, ihn am Tisch festzunageln und zu foltern, indem sie ohne Unterlass Tag und Nacht auf ihn einredete, wie die Frau des Toten in dem grausigen Roman *Fünf Stunden mit Mario*. Er verstand nicht, warum das Buch so erfolgreich war und warum Fraga den verflixten Miguel Delibes nicht ins Gefängnis geworfen hatte, denn in den Sechzigern hätten die Gesetze das noch hergegeben.

Damals noch.

»Lass uns allein, Charo.«

»Ja, Señor.«

Er sah ihr nach, bis ihre träge Masse verschwunden war, dann schob er den Rollstuhl näher an die Bank und setzte sich seinem Vater gegenüber. Der alte Nazaro Estrada Mirandés, oder was von ihm noch übrig war. Siebenundachtzig Jahre. Ein engagiertes Leben, bis sein Verstand gesagt hatte: »Es reicht.« Ein beständiges, leidvolles Leben. Er erinnerte sich noch an den Tag, an dem er den Lederriemen aus der Hose gezogen hatte, um seinen Rücken abzumessen. Der Tag, an dem er sich mit gerade mal zwölf Jahren erlaubt hatte zu sagen, vielleicht sei der Kommunismus gut.

Danach war ihm die Lust vergangen, unbedachtes Zeug zu reden.

»Papa ...«

Der alte Mann zeigte keine Regung. Sein Blick war auf irgendeinen Punkt am Boden oder in seinem Inneren gerichtet, die von Altersflecken übersäten Hände ruhten starr in seinem Schoß.

»Papa, ich bin's, Ricardo.«

Er wartete. Nichts.

Er legte eine Hand auf seine Schulter und drückte ihn leicht nach hinten, damit er nicht nach unten, sondern geradeaus schaute. Mit verlorenem Blick.

»Komm schon, Papa.«

Ein Leuchten. Ein Blitzen. Er hatte ihn erkannt.

»Hallo«, sagte er leise zu ihm.

»Ri...cardo...«

Er wusste, dass es sinnlos war, aber er versuchte es trotzdem.

»Papa, erinnerst du dich an die Castros, damals 36?«

»Die Castros«, wiederholte er mehr oder weniger unbeteiligt.

»Ja. Du hast sie exekutieren lassen.«

Es folgte ein langes Schweigen, während der Geist des Kranken einen Weg zurück in die Vergangenheit zu den verborgenen Erinnerungen suchte.

Ein quälender Weg.

»36«, sagte er.

»Hier, im Dorf, als der Kreuzzug begann. Du hast die Castros erschießen lassen, Lázaro, Rogelio und Carlos.«

Nazario Estradas Gesicht verfinsterte sich.

»Kommunisten«, stieß er aus.

»Ja, Kommunisten, Papa.«

»Feige Kommunisten.« Seine Miene verhärtete sich.

»Alles Kommunisten und Feiglinge, ja.«

Nazario Estrada sah seinen Sohn an. Er hatte kleine, durchscheinende, feuchte Pupillen. Aber sein Ton wurde härter, schneidender.

Der Hass stieg in ihm auf.

»Wir haben gewonnen.«

»Ja, Papa. Wir haben gewonnen.«

»Gut.«

»Erinnerst du dich an jenen Abend?«

Keine Antwort.

»Papa, erinnerst du dich an den Abend der Erschießung?«

Hartnäckiges Schweigen. Doch so schnell gab Ricardo Estrada nicht auf.

»Du hast sie aus dem Gefängnis geholt und in die Berge gebracht. Die Castros und sieben andere. Dort habt ihr sie erschossen. Erinnerst du dich?«

»Kommunisten.«

»Papa …«

»Feige Kommunisten.« Er steigerte sich weiter hinein.

»Wie ist es möglich, dass einer überlebt hat?« Estrada legte seine Hände auf die seines Vaters, damit er nicht herumzufuchteln begann. »Was ist an dem Abend passiert? Du warst doch dort.«

»Bumm!«, sagte er.

»Kommunist, Kommunist, Kommunist.«

»Ja, Papa, ein feiger Kommunist, jetzt hör mir doch mal zu …«

Es war unmöglich. Wenn er sich aufregte, begann eine Spirale, die in einen Zornesausbruch, aber ebenso gut in einen Weinkrampf münden konnte.

»Kommunist, Kommunist, Kommunist, Feigling, Feigling, Feigling …«

»Wer war bei dem Erschießungskommando dabei, Papa? Du hast alles organisiert. Mich hast du außen vor gelassen, falls etwas schiefgehen sollte. Du hast nie darüber gesprochen, und jetzt …«

»Kommunist, Kommunist, Kommunist, Feigling, Feigling, Feigling!«

»Papa!«

Er schüttelte ihn. Einmal. Zweimal.

Nazario Estrada hörte auf zu schreien. Ein letzter Rest Verstand blitzte in seinem durchbohrenden Blick auf. Er erlosch langsam. Wie eine Flamme.

»Nimm es nicht mit ins Grab, bitte!«, flehte Ricardo ihn an.

Sein Vater fiel in sich zusammen. Als würde etwas in seinem Inneren ihn schrumpfen lassen.

Er sagte drei Worte. Eine Welt. Seine Welt.

»Es lebe Spanien!«

32

Florencio Velasco hatte die Ellbogen auf die Fensterbank gestützt und schaute aus dem Fenster. Die Straße, die Häuser, die Stille, die Sonne, und in der Ferne die Berge, die Welt, das Leben.

Das Leben, das er sich zurückerobert hatte.

Deswegen war er, als er das Loch verlassen hatte, als Erstes auf die Straße hinausgetreten und hatte in die Sonne geblickt, deren Strahlen ihn nicht mehr berührt hatten, seit er das Haus zum ersten Mal wieder betreten und es fünfunddreißig Jahre nicht verlassen hatte.

So viele Nächte, so viele Monde.

Die Angst, entdeckt zu werden, die Angst, Eloísa könnte schwanger werden, die Angst, jemand könnte etwas im Abfall finden, die Angst, schwer zu erkranken und keinen Arzt rufen zu können, die Angst, dass sich die ein oder andere Marktfrau wundern könnte, warum seine Frau und seine Tochter so viel aßen.

Angst, Angst, Angst.

Und Wut.

An dem Tag, an dem die Bestie gestorben war, war er sich vorgekommen wie in einem Traum.

Endlich, das Warten hatte ein Ende.

Er hatte geglaubt, es sei das letzte Mal gewesen, aber es hörte nicht auf. Er starrte weiter auf die leere Straße.

»Er wird nicht kommen«, hörte er Eloísa hinter sich sagen.

Sie waren so lange verheiratet, dass sie sein Schweigen und sogar seine Gedanken und Gefühle zu lesen verstand.

»Sei still.«

»Meinetwegen, aber er wird nicht kommen.«

Unwirsch sah er sie an. Sie stand in der Tür, die Arme vor der noch verbliebenen Brust gekreuzt, mit dem miesepetrigen, ernsten, von frühzeitigen Falten durchzogenen Gesicht.

»Er muss kommen«, sagte er.

»Was bist du für ein Narr.« Sie schüttelte bedauernd den Kopf. »Ein Narr und naiv. Mein Gott, er ist gekommen, um seine Schwester zu treffen! Er weiß nicht mal, dass wir existieren! Wieso sollte er! Es interessiert ihn nicht, das hat für ihn keine Bedeutung. Und selbst wenn er es weiß. Er ist reich. Und die Reichen vergessen üble Momente schnell. Was sollte es ihm bringen, den ganzen Dreck wieder aufzuwühlen?«

»Das ist kein Dreck, Eloísa.«

»Ach nein? Und als was würdest du dein Leben in all den Jahren bezeichnen?«

»Als Überleben.«

»Und was ist mit mir?«

»Wir haben beide überlebt.«

»Und um welchen Preis? Wir sind alt, wir haben eine verbitterte Tochter, die keinen abbekommt, und einen Sohn, den wir alle Jubeljahre mal zu Gesicht kriegen!«

Florencio verließ seinen Posten am Fenster und ging auf seine Frau zu, aber er bekam sie nicht zu fassen. Er wusste, dass sie zurückweichen würde. Wenn sie stritten, konnte sie seine Berührung nicht ertragen.

»Was ist mit dir?«, fragte er traurig.

»Nichts!«

»Warum bist du dann so schlecht gelaunt?«

»Was weiß ich!«

»Ist es, weil Rogelio reich und glücklich zurückgekehrt ist?«

»Ach, zum Teufel mit ihm, seinem Geld und seinem Glück! Erinnerst du dich nicht mehr an die Zeit vor dem Krieg? Ich fand ihn immer schon dümmlich und eingebildet, und Menschen ändern sich nicht.«

»Und ob. In vierzig Jahren verändern wir uns alle.«

»Esperanza und er, das perfekte Paar«, kartete sie nach. »Jetzt hat er wohl eine angeschleppt, die …«

»Ist sie hübsch?«

»Was weiß denn ich.«

»Ich will nicht, dass du hier bist, wenn er kommt.«

»Er kommt nicht, Florencio, kapier das endlich! Es heißt, er würde das Haus nicht verlassen und sich nirgends zeigen!«

»Er ist doch erst gestern angekommen. Er wird vieles mit seiner Schwester zu bereden haben. Und danach …«

»Warum bist du dir so sicher, dass er kommt?«

»Weil er bestimmt von meiner Geschichte gehört hat und weil er mir das schuldig ist.«

»Dann geh du doch zu ihm.«

»Nein.«

»Du bist immer noch in deinem Loch eingesperrt, Florencio!« Sie deutete auf die Wand, hinter der er so lange gelebt hatte.

»Darum geht es nicht. Es ist eine Frage der Würde.«

»Welche Würde denn, um Himmels willen?« Es fehlte nicht mehr viel, und sie würde in Tränen ausbrechen.

Florencio gab ihr keine Antwort. Er hörte hinter sich ein Geräusch. Er drehte sich um und sah, wie Martina mit dem Einkaufskorb das Haus betrat. Ihre Mutter eilte ihr zu Hilfe.

»Im Dorf ist die Hölle los«, waren ihre ersten Worte. »Was man sich nicht alles erzählt. Die Gerüchteküche brodelt.«

Der Korb hatte schon den Besitzer gewechselt, aber keiner der drei rührte sich von der Stelle.

»Was für Gerüchte?«, fragte Eloísa.

»Er sei gekommen, um hier zu sterben, weil er krank ist, er wolle nur seine bildhübsche Frau und seine Tochter vorführen, um uns neidisch zu machen, er sei gekommen, um uns unter die Nase zu reiben, dass er sich nach seiner Flucht eine goldene Nase verdient hat, er sei gekommen, um sich zu rächen …«

»Sich zu rächen?«, fragte Eloísa alarmiert.

»An denen, die seinen Vater und seinen Bruder erschossen und ihn für tot erklärt haben.«

Eloísa sah ihren Mann an.

»Wenn er hier ist, um sich zu rächen, wird er umso schneller bei mir auftauchen.«

»Florencio!«

Er ignorierte den Ausbruch seiner Frau. Er drehte ihr den Rücken zu und bezog wieder seinen Posten am Fenster, weit weg von dem Sturm, der zwischen den beiden Frauen tobte.

Frauen hatten einfach keine Ahnung. Sie litten und weinten.

»Mist«, spuckte er auf die Straße.

33

Virtudes machte mit Anita die Betten. Die tat, was sie konnte. Auch wenn sich in Kolumbien häufig selbst Eltern und Kinder siezten, waren sie gleich zum Du übergegangen.

»Bei dir zu Hause gibt es natürlich Hausmädchen.«

»Ja, aber …«

»Das soll keine Kritik sein«, stellte sie sofort klar. »Das käme mir gut zupass, ich pfeife schon aus dem letzten Loch.«

»Na ja, ich denke, du hast dich in all den Jahren nicht getraut, viel Geld auszugeben, damit niemand Verdacht schöpft, und aus demselben Grund hat er dir auch keine größeren Beträge geschickt, nur das Nötigste, damit du über die Runden kommst. Aber jetzt gibt es keinen Grund mehr, sich zu bescheiden. Rogelio wird dir alles geben, was du willst, und mehr. Du kannst leben wie eine Königin.«

»Und warum sollte ich wie eine Königin leben wollen?«

»Wir haben alle nur das Beste verdient. Du hast viel erdulden müssen, zu viel. Es ist an der Zeit, dass sich das ändert. Rogelio wird nicht zulassen, dass du so weiterlebst.«

»Das ist mein Haus und mein Dorf.«

»Du kannst dir ein anderes kaufen oder das hier so herrichten, dass es bequemer ist, wie auch immer. Und du kannst auch eine Zeit zu uns nach Medellín kommen, etwas Neues kennenlernen, das Leben genießen. Mit dem Flugzeug ist man schnell da. Und danach wirst du so glücklich sein.« Sie breitete die Arme aus. »Ich weiß, das ist dein Haus, aber ein bisschen mehr Komfort … Und überleg mal, wie glücklich es ihn machen wird, wenn er dir helfen kann.«

»Er ist schon glücklich, das merkt man ihm an.« Virtudes ging auf das Thema mit der Flugreise gar nicht erst ein.

»Danke.«

»Ich erkenne ihn kaum wieder.« Sie setzte sich auf das frisch gemachte Bett. Anita setzte sich neben sie.

»Er ist der gütigste Mensch, der mir je begegnet ist«, sagte sie. »Und das nach allem, was man ihm angetan hat. Jeder andere wäre voller Hass, verbittert, Körper und Seele gezeichnet von grabentiefen Narben. Aber er ist unversehrt, verstehst du? Das ist großartig.«

»Großartig«, wiederholte Virtudes.

»Ja.« Anita schmunzelte.

»Du hast ihn nicht gekannt, wie er früher war, vor dem Krieg.« Virtudes senkte den Kopf. »Sogar seine Freunde haben sich über ihn lustig gemacht und ihn für blöd gehalten, weil er ein Träumer und Idealist war.«

»Das ist er immer noch. Und genau das macht ihn so einzigartig und besonders. Nur ein Träumer kann die Blumen erschaffen, die er erschaffen hat, und nur ein Idealist konnte diese Liebe in mir erwecken.«

»Ich habe ihn nicht gefragt, warum er so lange gebraucht hat, mir zu sagen, dass er am Leben ist.«

»Aus Vorsicht, denke ich. Er wollte kein Lebenszeichen von sich geben. Er hat oft über dich gesprochen, über das Haus, das Dorf, das, was an jenem Abend passiert ist. Aber er hatte Angst. Er wusste nicht, ob du noch lebst und ob du das Haus halten konntest. Er hat es gehofft, trotz all der schlimmen Nachrichten über die Repressalien des Franco-Regimes gegenüber den Besiegten. Er wollte lieber im Dunkeln bleiben, bis er dir den ersten Brief über einen persönlichen Kurier schicken konnte. Er wollte nicht, dass man dir etwas antut.«

»Es gab doch längst keine Repressalien mehr.«

»Das wusste er nicht.«

»Hat er dir wirklich von mir und alldem erzählt?« Beklommen sah sie Anita an.

»Du machst dir kein Bild. Die ganze Zeit mit ›In Spanien ist jetzt schon Frühling‹, ›Jetzt ist gerade Dorffest‹, ›Heute hat meine Schwester Geburtstag‹ und solche Sachen. Er trug … trägt es im Herzen. Ich habe ihm den Frieden gegeben, den er nicht hatte finden können, und mit Marcelas Geburt hat sich ein Kreis geschlossen, sie hat sein Leben vollkommen gemacht. Aber bis der Kontakt zu dir hergestellt war, hat er sein Leben nicht auf die Reihe bekommen.«

»Was hat er dir über jenen Abend erzählt?«

»Das, was du auch weißt«, lautete Anitas ehrliche Antwort. »Viel mehr gibt es nicht zu erzählen. All die Jahre hat er sich gefragt, was geschehen ist, warum er am Leben ist.«

»Schicksal.«

»Vielleicht.«

»Was sonst? Glück?«

»In manchen Nächten ist er schreiend und schweißgebadet aufgewacht. Er hat die Erschießung wieder durchlebt, den Sturz in die Grube neben seinen toten Vater. Er hat auch geträumt, dass die Männer keine Zigarettenpause einlegten, bevor sie das Grab zuschaufelten, sodass es kein Entkommen gab.«

»Und jetzt träumt er nicht mehr davon?«

»Nein. Irgendwann hat er mich gebeten, den Krieg nicht mehr zu erwähnen, und daran habe ich mich gehalten. Jetzt ist alles wieder hochgekommen.«

»Und es wird noch mehr hochkommen.« Virtudes erschauderte bei dem Gedanken.

»Wie viele von damals leben denn noch?«

»Genug.«

»Mach mir keine Angst.«

»Das liegt mir fern. Aber alles hängt von ihm ab.«

»Ich werde nicht zulassen, dass er in Schwierigkeiten gerät.«

»Das ist auch besser so, Anita.«

»Dafür ist er nicht mit uns hierhergereist.«

Virtudes betrachtete die Familienporträts an den Wänden. Die ernsten Gesichter in Schwarzweiß, leidenschaftslos, kein Lächeln, das einen Hauch von Glück andeutete.

»Wie ist Medellín?«, fragte sie.

»Schön, schrecklich, hart, eine Stadt mit Zukunft, stetig wachsend ... Wie soll ich sagen. Es ist meine Stadt, und ich liebe sie. Sie und das ganze Land, es besteht ein großer Kontrast zwischen dem, was wir sind und was wir sein wollen, zwischen dem dringend benötigten Frieden und der Gewalt, die uns seit der Unabhängigkeit beherrscht. Es gibt Entführungen, Raubüberfälle und Tote, aber es gibt auch das Leben der normalen, einfachen Leute, die lachen und träumen. Es würde dir gefallen. Da bin ich mir sicher.«

»Ich kann mir nicht vorstellen zu fliegen.«

»Warum nicht? Das ist doch heutzutage alles kein Problem, im Ernst. Medellín liegt auf tausendfünfhundert Metern im Zentrum der Aburrá-Ebene, der Fluss geht mitten durch die Stadt, und es herrscht ein angenehmes Klima. Die Stadt ist umgeben von grünen Bergen, die Wolken sind riesig, und sie gibt uns das Gefühl, dass wir trotz allem über uns hinauswachsen können.«

»Es ist schon merkwürdig, dass er ausgerechnet an einem solchen Ort hängengeblieben ist, wo er doch gerade vor Gewalt, Krieg und den Lagern geflohen war.«

»Aber er hat dort die Blumen entdeckt und gedacht, wenn eine Stadt Blumen züchten und verkaufen kann, dann gibt es Hoffnung.«

Virtudes stand auf.

»Etwas hat Rogelio mir noch nicht gesagt.«

»Was?«

»Wie lange er hierbleiben will.«

»Das hat er mir auch nicht gesagt. Es gibt keinen Plan. Ich vermute mal, so lange wie nötig.«

»Nötig wofür?«

»Um die Erinnerung, die verlorene Zeit zurückzuholen, seinem Vater und seinem Bruder Blumen ans Grab zu bringen …«

Virtudes hob die Hand an den Mund.

Leichenblass.

»Es ist doch an der Zeit, dass die Toten eures Krieges endlich in Frieden ruhen können, oder?«, sagte Anita sanft.

34

José María musste nicht klingeln. Die Tür war nicht abgeschlossen. Wie überall im Dorf. Er drückte die Klinke herunter und stieß die Tür langsam auf.

In der Diele rief er ihren Namen: »Maribel!«

Da sie nicht antwortete, schloss er die Tür hinter sich und ging ins Esszimmer.

»Maribel!«

Er hörte ihre Stimme und die seiner Enkel aus dem Patio.

»Der Opa ist da, lauft!«

Die Kleinen kamen angerannt. Marta voran, die mit ihren sechs Jahren schon ein richtiges kleines Mädchen war. Hinter ihr der dreijährige Ismael, der seiner Schwester nachzueifern versuchte. José María ging in die Hocke, um mit ihnen auf Augenhöhe zu sein. Marta stürzte sich sofort auf ihn. Ismael tat es ihr gleich. In solchen Momenten bedauerte er es besonders, dass er nicht mehr beide Arme hatte.

»Hallo, ihr kleinen Wildfänge.«

»Hallo, Opa.« Marta umarmte ihn mit aller Kraft.

»Hast du uns was mitgebracht?«, fragte Ismael.

Oft brachte er ihnen »Wunderdinge« mit. Einen besonderen Stein, ein außergewöhnliches Blatt, ein Fabeltier oder eine Geschichte, die er am Kiosk an der Plaza gekauft hatte.

»Heute nicht«, entschuldigte er sich. »Und eure Mutter?«

»Sie ist im Patio, komm.« Marta fasste seine Hand und zog.

»Warte, warte, du bringst mich ins Wanken, ich muss mich erst aufrichten.« Er schnaubte.

»Mit einem Arm bist du doch leichter, oder?«

»Sag das mal meinen Beinen.« Er musste über ihre Bemerkung schmunzeln.

Er hatte ihnen unzählige Male erzählen müssen, wie er den anderen Arm verloren hatte.

Er folgte seinen Enkeln durch den Flur bis in den Patio. Die Schule war zu Ende, der Arbeitstag noch nicht. Er blickte auf die Uhr. Jetzt hatte er schon so viel Zeit in der Kneipe vertrödelt, und es war immer noch zu früh, seinen Sohn zu Hause anzutreffen.

»Tag, Vater«, grüßte ihn Maribel und hängte das letzte Wäschestück auf.

»Tag, mein Kind.« Er trat auf sie zu und drückte ihr einen Kuss auf die Wange. »Vicente ist noch nicht da, oder?«

»Nein, das ist noch zu früh.« Sie blickte auf die Uhr. »Außerdem kommt er seit ein paar Tagen immer spät nach Hause.«

»Wieso? Überstunden?«

»Ich glaube, es hat mit den Gerüchten zu tun. Da werden sich alle ins Zeug legen.«

»Vicente ist gut. Ich glaube nicht, dass da was verrutscht. Bei ihm nicht. Ich weiß es, weil man mir viel darüber erzählt, wie er sich so macht in der Fabrik. Er wird sehr geschätzt.«

»Schon.« Maribel nahm den leeren Korb. »Lass uns reingehen. Es ist ziemlich heiß. Ein Glas Wasser?«

»Da sage ich nicht Nein.«

»Kinder!«

»Wir bleiben hier, Mama«, sagte Marta. »Oder, Ismael?«

»Ja«, meinte der Kleine entschieden.

Sie gingen ins Haus. Maribel stellte den Korb in der Küche ab, nahm ein Glas und füllte es mit kaltem Wasser aus dem Kühlschrank. José María war schon im Esszimmer und hatte sich hingesetzt.

»Ist was?«, fragte sie verwundert und stellte das Glas auf den Tisch.

»Esperanza ging es heute Morgen nicht gut.« Er starrte auf das Glas.

»Um Gottes willen, was fehlt ihr denn?«

»Kopfschmerzen. Wenn du später vielleicht kurz vorbeischauen könntest …«

»Klar, warum hast du mir nicht früher Bescheid gegeben?«

»Reine Schusseligkeit.« Er wich ihrem Blick aus und starrte wieder das Glas an.

Er roch nicht nach Wein, aber das war egal. Nach Tabak schon. Wie alle Gäste in Pacos Kneipe.

»Ist sie krank oder …?«

»Nein, es ist nur der Kopf.«

»Und du?«

»Was soll mit mir sein?«

»Ist alles in Ordnung?« Sie musterte ihn.

»Warum denn nicht?«

»Alle Welt spricht von diesem Mann, der gestern quietschlebendig hier aufgetaucht ist, nachdem man ihn all die Jahre für tot gehalten hat. Vicente hat gesagt, er sei ein enger Freund von dir gewesen.«

»Wir sind zusammen aufgewachsen, das ist alles.«

»Ja, aber …«

»Maribel« – er sah ihr in die Augen – »man hat ihn erschossen, weil er Kommunist war, und ich habe auf der Seite der Nationalisten gekämpft. Das hält keine Freundschaft aus.«

»Ach.« Sie winkte ab. »Wenn ihr euch seht, umarmt ihr euch, ihr erinnert euch an die guten Zeiten vor dem Krieg, und dann lacht ihr gemeinsam.«

José María wartete nicht länger. Er nahm das Glas, führte es an die Lippen und trank es mit drei ausgiebigen Schlucken leer. Dann fuhr er sich mit der Hand über den Mund.

»Schön kalt«, sagte er.

»Möchtest du noch?«

»Nein.«

Marta tauchte mit Ismael im Schlepptau wieder auf. Sie hatte etwas in der Hand.

»Sieh mal, Großvater.«

Es war der Flügel eines Schmetterlings. Nur ein Flügel.

»Hübsch«, sagte er, um etwas zu sagen.

»Glaubst du, er kann mit einem Flügel fliegen?«

»Lebe ich nicht auch mit einem Arm?«

»Ja, aber wenn dir ein Bein fehlen würde, bräuchtest du eine Krücke, und für Schmetterlinge gibt es keine Krücken.«

»Wenn mir ein Bein fehlen würde, hätte ich eine Prothese aus Metall.«

»Wirklich?«

»Ja, wie diese Roboter.«

»Und warum hast du dann keinen Metallarm?«, fragte der Kleine.

»Das Bein bräuchte ich zum Laufen, aber den Arm brauche ich nicht, um zu essen, mich anzuziehen oder was auch immer, zum Beispiel euch zu kitzeln.«

Sie wichen einen Schritt zurück und warteten darauf, dass er ihnen nachlaufen würde, wie sonst.

»Lasst Opa in Ruhe, er ist müde. Später besuchen wir die Oma, sie liegt im Bett.«

Ihre Mienen verdüsterten sich.

»Was hat sie?«

»Nichts, ihr tut nur der Kopf weh.«

»Hat sie eine Medizin genommen?«, wollte Ismael wissen.

»Ja, klar.«

Marta hatte den Schmetterlingsflügel noch in der Hand. Sie hielt ihn dem Großvater hin.

»Möchtest du ihn haben?«

»Nein, leg ihn in den Patio, vielleicht kommt der Schmetterling zurück, und ein Medizintier klebt oder näht ihn wieder an.«

»Und wie soll das gehen?«

»Keine Ahnung, aber die Tiere sind schlauer als wir.«

»Ab in den Hof«, rief Maribel.

Sie verschwanden auf der Stelle, gefolgt von José Marías aufmerksamem Blick. Manchmal erschienen die kleinen Wesen ihm wie ein Wunder.

»Vater«, sagte Maribel.

»Ja?«

»Wenn du Hilfe brauchst, du weißt, dass du auf Vicente zählen kannst, nicht wahr?«

»Klar.«

»Ich meine, falls dein Freund …«

»Rogelio, er heißt Rogelio.«

»Also, ich sage das nur, falls etwas sein sollte, egal was. Einverstanden?«

»Was soll denn sein?«

Die Antwort erstarb, bevor sie ausgesprochen war, denn in dem Moment hörten sie die Tür und gleich darauf die Schritte von Vicente.

»Hallo, Liebling«, rief er aus dem Flur.

Kapitel 6

Dienstag, 21. Juni 1977

35

Konstantes, schnelles Klacken auf dem Marmortisch, besonders als die Partie auf ihren Höhepunkt zustrebte. Keinem der vier Kontrahenten wäre es in den Sinn gekommen, den Stein einfach still und leise abzulegen. Angespannte Mienen und Ausrufe begleiteten das Geräusch der Steine auf der weißen, durch viele Jahre Gebrauch ramponierten Marmortischplatte.

»Ich lege sechs!«

»Und ich den Doppel-Sechser!«

»Verdammt, den hattest du aber gut versteckt! Ich passe.«

»Hier kommt die Sechs Drei!«

»Du gewinnst, Mariano!«

Blas legte den letzte Stein an, die Drei Fünf.

»Kruzifix! Siehst du?«

»Was hätte ich denn tun sollen? Ich hatte keinen anderen!«

»Die Dreier vorher setzen, du Idiot!«

»Das musst du gerade sagen, du hast doch selbst erst zwei Partien gewonnen!«

»Drei.«

»Zwei!«

»Er hat drei gewonnen«, sagte Blas, während er das Geld einstrich und die Steine mit der Vorderseite nach unten legte, um sie zu mischen.

»Gut mischen, ja? Ich habe gerade eine Pechsträhne.«

»Pechsträhne heißt das jetzt also, wenn man nicht spielen kann«, spottete Genaro.

»Pah, halt die Klappe, du Dominoexperte!«

Sie hatten Publikum. Fünf Zuschauer. Drei saßen und zwei

standen. Der ein oder andere wartete darauf, dass einer von den vieren aufstand, um seinen Platz einzunehmen, denn es war der beste Tisch und die beste Partie. Blas, Mariano und Genaro spielten auf hohem Niveau. Der Vierte im Bunde war Jacinto Pérez, er war mit unter sechzig der Jüngste.

»Noch Wein?«, fragte Paco über ihre Köpfe gebeugt.

»Meinetwegen«, sagte Mariano.

»Für mich auch«, sagte Genaro.

»Ich passe«, sagte Jacinto.

»Blas?«

»Nein.«

Sie beäugten ihn misstrauisch, während er die Steine in die Mitte des Tischs schob, damit sich jeder sieben nahm. Der Spieleinsatz lag in Form von Münzen am Rand.

»Jacinto hat der Arzt den Wein verboten, aber du bist ziemlich zurückhaltend heute Abend«, stichelte Mariano.

Blas gab ihm keine Antwort. Er nahm einen Spielstein nach dem anderen, begutachtete ihn und sortierte ihn ein.

»Was ist, bist du jetzt arsenent?«, legte der Kumpel nach.

»Erstens hab ich schon drei Gläser intus, und zweitens heißt es nicht arsenent, sondern abstinent, du Dummkopf.«

»Doch, Arsen werde ich dir verpassen, damit du ins Gras beißt und uns nicht länger das Leben schwermachst.«

Alle lachten.

»Ich gehe raus.« Blas legte den ersten Stein auf den Tisch.

»Hoppla … Ich setze aus!«

Jacinto legte an. Mariano auch. Blas fuhr fort:

»Egal mit welchem Stein, mauere den Rivalen ein.«

»Hey, habt ihr schon die umwerfende Frau und die Tochter des Neuankömmlings gesehen?«, fragte Genaro unvermittelt.

Mit einem Schlag Totenstille.

Sie wurde nur von dem Klacken des auf dem Tisch landenden Steins unterbrochen.

»Wann hast du sie denn gesehen?«, fragte Mariano.

»Heute Nachmittag. Sie haben einen Spaziergang gemacht oder so. Gütiger Himmel, eine echte Granate diese Frau. Und Titten hat sie …«

»Pedro hat so was erzählt«, meinte Jacinto. »Er hat auch von den Titten gesprochen, und von ihrem Mund, ein echtes Leckermäulchen«, sagte er augenzwinkernd.

»Für eine solche Granate wäre ich auch bis ans Ende der Welt gereist«, sagte Genaro.

Sie spielten mechanisch, konzentriert, aber ohne laut anzukündigen, welchen Stein sie auf den Tisch legten.

»Kennt jemand den Kerl, der da zurückgekehrt ist?«

Jacinto bekam keine Antwort.

Blas legte eine doppelte Fünf.

»Die Partie gehört mir«, prahlte Mariano. »Ich werde dich um deine Ersparnisse bringen, Blas!«

»Immer mehr Kommunisten kriechen aus ihren Löchern«, hob Jacinto wieder an. »Erinnert ihr euch an die ganzen kommunistischen Fahnen in der Karwoche, als die KP legalisiert wurde? Wo hatten sie die bloß versteckt? Man braucht schon Eier in der Hose, so was all die Jahre bei sich zu Hause aufzubewahren.«

»Wir werden nie dazulernen.« Genaro schlug so heftig auf den Marmortisch, dass die Steine wackelten.

»Da sagst du was«, pflichtete ihm Mariano bei.

»Es wird wieder einen Kampf geben«, sagte Jacinto.

»Mit Sicherheit«, meinte Genaro.

»Das Militär wird nichts durchgehen lassen«, urteilte Mariano.

»Sobald sie von irgendetwas Wind bekommen, ziehen sie sofort wieder die Waffen, und los geht's, alles noch mal von vorn!«, brummte Jacinto.

»Was für ein Land!« Genaro spuckte das Wort »Land« förmlich aus.

Nur die vier redeten, als hätten sie allein das Recht dazu. Die Zuschauer sagten keinen Ton. Sie verfolgten aufmerksam die Partie.

Die Mitspieler sahen Blas an.

»Und was sagst du?«

»Ja, du bist so schweigsam.«

»Mal sehen, ob du rausgehst.«

Blas studierte weiter seine Steine, zählte, was auf dem Tisch lag, und überlegte, wer welche noch fehlenden haben könnte.

»Könnt ihr vielleicht mal den Mund halten? Ihr werdet nicht gewinnen. Lasst mich in Ruhe nachdenken, verdammt.«

»Seit wann denkst du?«, spottete Mariano.

Blas legte seinen vorletzten Stein. Die anderen passten.

»Ich denke, seit ich auf der Welt bin.« Er legte den letzten Stein und stand auf.

»Nicht schon wieder!«, protestierte Genaro.

»Kruzifix, was hast du für ein unverschämtes Glück!«, rief Jacinto.

»Ich hatte den Sieg doch schon in der Tasche, verdammt!« Mariano zeigte seinen letzten Stein.

»Ihr könnt mich mal. Ich verschwinde«, sagte Blas und strich seinen Gewinn ein.

»Wohin?«

»Frische Luft schnappen, was dagegen?«

»Aber es ist doch erst …!«

»Willst du dich etwa vor die dämliche Glotze setzen, oder was?«

»Komm schon!«

Einer der Wartenden nahm seinen Platz ein.

»Was soll's …«, seufzte Genaro.

»Du wirst trotzdem sterben«, meinte Mariano makaber.

Blas gab ihm keine Antwort. Er drehte sich um und marschierte Richtung Ausgang.

Die Tage waren im Frühling viel länger, vor allem im Juni, wenn es auf Johannis zuging.

In dem Moment verschwand die violette Sonne hinter den Bergen.

36

Ein wunderbarer Duft schwebte durch das Haus. Man bekam sofort Appetit.

»Wie war euer Spaziergang?« Rogelio umfasste seine Frau von hinten und verschränkte die Arme auf ihrem Bauch.

»Schön.«

Er küsste sie auf den Hals.

»Hat euch jemand angesprochen?«

»Nein.«

»Komisch angesehen?«

»Ja. Alle.«

»Ihr seid eben eine Sensation.«

»Marcela mit Sicherheit.«

»Du auch.«

Anita drehte sich zu ihm um. Er ließ sie nicht los. Sie strich ihm über die ergrauten Schläfen.

»Es gefällt mir, dass du noch so volles Haar hast.« Sie seufzte. Rogelio sah ihr in die Augen.

»Du siehst müde aus«, sagte er.

»Das ist die Zeitverschiebung. Ich bin immer noch nicht richtig angekommen.«

»Marcela hingegen …«

»Sie ist jung. Sie kann zwei Nächte hintereinander durchmachen und sieht immer noch blendend aus. Sie hat mir gerade gesagt, sie ist überhaupt nicht müde und will noch ausgehen.«

»Am Abend?«

»Ja, warum denn nicht?«

»Ich mag es nicht, wenn sie allein unterwegs ist.«

»Du hast doch selbst gesagt, das ist ein Dorf und dass hier noch nie was passiert ist.«

»Vor unserer Ankunft.«

»Rogelio …«

»Schon gut.« Er wollte nicht streiten. »Wahrscheinlich bin ich einfach nur ein wenig nervös.«

»Das ist doch völlig normal. Und wenn du die Leute triffst, die dich von früher kennen, wird sich das noch verstärken.«

»Sie macht gerade *gachas*.«

»Was ist das?«

»Gemahlene Haferflocken in Milch. Wenn sie dir nicht schmecken, sag trotzdem, dass sie lecker sind. Es ist ihr Lieblingsgericht.«

»Aber sie macht sie für dich.«

»Natürlich. Sie muss mich ein wenig verwöhnen.«

»Du weißt doch, ich esse alles, mach dir keine Gedanken.«

Er küsste sie flüchtig auf den Mund. Sie lösten die innige Umarmung und gingen in die Küche. Dort war der Duft noch viel intensiver.

»Schau mal, Mama. Das nennt sich *gachas*«, erklärte Marcela.

»In fünf Minuten gibt es Essen«, sagte Virtudes.

»Ich decke schon mal den Tisch«, sagte Rogelio.

»Der ist schon gedeckt«, bremste seine Tochter ihn aus.

»Mensch, du wirst ja richtig häuslich«, sagte er erstaunt.

»Ich finde es toll hier!« Sie fiel ihrem Vater um den Hals und küsste ihn auf die Wange.

»Deine Mutter hat gesagt, du willst nach dem Essen noch ausgehen.« Rogelio wollte die Gelegenheit nutzen.

»Ja, warum?«

»Das ist ein Dorf. Da werden abends die Bürgersteige hochgeklappt. Alles ist dunkel und menschenleer, oder, Virtudes?«

»So dunkel auch wieder nicht, wir leben ja nicht mehr in den 30er-Jahren«, erklärte seine Schwester.

»Papa, du weißt, dass ich gerne spazieren gehe, ganz besonders im Dunkeln. Der Himmel hier ist so anders. Kein einziges Wölkchen! Man sieht viel mehr Sterne als in Medellín.«

»Versprich mir, dass du mit niemandem redest.«

»Warum soll ich denn mit niemandem reden?«

»Versprich es mir.«

»Ach, Papa, jetzt hab dich doch nicht so. Was soll das? Soll ich etwa wegrennen, wenn jemand auf mich zukommt?«

Rogelio sah seine Frau an. Anita zuckte die Achseln.

Er stand allein da. Er kam gegen seine Tochter nicht an. Sie war zu erwachsen. Zu ausgebufft. Zu willensstark.

»Und wann willst du mal auf die Straße gehen?«, unterbrach Virtudes die Diskussion.

Er hatte das Haus den ganzen Tag nicht verlassen. Fruchtloses Warten. Von dem Besuch Teodoras samt Anhang mal abgesehen.

»Morgen.«

Damit hatten sie nicht gerechnet. Virtudes sah vom Kochtopf auf.

»Und wo willst du hin?«

Rogelio ging auf sie zu. Sicher ist sicher.

»In die Berge«, sagte er.

Er spürte, wie es seine Schwester durchzuckte, ihr Blick jagte durch den Raum auf der Suche nach einem Fixpunkt, weil ihr gerade der Boden unter den Füßen wegzubrechen schien. Sie zögerte.

»Um …?« Sie konnte es nicht aussprechen.

»Ja.«

»Ich will dich begleiten.«

»Wir gehen alle zusammen, keine Sorge.«

»Rogelio …«

Er nahm sie in den Arm, damit sie nicht zusammenbrach. Damit das Gewicht der vielen Jahre Ungewissheit sie nicht zu

Boden sinken ließ. Anita und Marcela traten hinzu. Wie eine eingeschworene Gemeinschaft standen sie vor dem Haferbrei, der genau in dem Moment fertig war.

37

Ezequiel wartete schon eine Stunde vor dem Haus der Castros, als sie endlich herauskam.

Marcela blieb in der Tür stehen und blickte nach rechts und links die Straße hinunter. Im Licht der einzigen Laterne weit und breit sah es so aus, als ob sie lächelte.

Es könnte nur ein Schatten sein.

Sie schlug die entgegengesetzte Richtung ein.

Er verlor nicht eine Sekunde. Er wollte sie nicht von hinten überfallen und ihr womöglich Angst einjagen und zudem preisgeben, dass er auf sie gewartet hatte. Er rannte um den Block, um wie zufällig ihren Weg zu kreuzen.

Wie zufällig.

Es war kein langer Sprint, aber ein hektischer, nicht dass sie den Rückweg antrat, die Richtung änderte oder zufällig jemand anderen traf. Seine Schritte hallten in der abendlichen Stille wider, bis er an einer Ecke stehen blieb und die Daumen drückte. Er riskierte einen Blick um die Ecke, und tatsächlich: Da war sie. Marcela ging langsam, sehr langsam, als würde sie flanieren. Oder als wüsste sie, dass er da war, und wollte ihm noch etwas Zeit geben.

»Es wird schon klappen«, murmelte er vor sich hin.

Er zählte bis drei, beruhigte seinen durch den Sprint beschleunigten Atem, sprach sich Mut zu und ging los, ebenso langsam wie sie, den Blick auf den Boden gerichtet, als sei er in Gedanken.

In weniger als drei Schritten Entfernung blieben sie voreinander stehen. Überraschte Gesichter.

»Ach, hallo«, sagte Ezequiel.

»Hallo.«

»Wie geht's?«

»Gut.«

Er hatte nichts vorbereitet oder einstudiert, und selbst wenn, hätte es ihn kalt erwischt. Ihr Blick, ihr Lächeln, ihre warme, sanftmütige Ausstrahlung.

»Machst du einen Spaziergang?«

»Ja. Was für ein herrlicher Abend.«

»Hast du keine Probleme mit dem Jetlag?«

»Bei uns ist jetzt Nachmittag, da bin ich nicht müde.«

»Das heißt …«

»Und was machst du?«

»Ich hab auch gerade eine Runde gedreht«, log er, und ihm war klar, dass sie ihn durchschaute.

»Schön.«

Ende des ersten Teils der Begegnung.

Schweigend standen sie einander in der Stille der Dunkelheit gegenüber, die ihre Komplizin war. Zwischen ihnen ein Abgrund.

»Darf ich dich ein Stück begleiten?«, wagte Ezequiel sich vor.

Marcela antwortete nicht gleich. Sie sah ihn eindringlich an.

»Wenn du lieber allein sein möchtest …«

»Warum sollte ich?«, erwiderte sie.

»Nun ja. Manche Menschen sind gern allein. Ich gehe oft allein spazieren. Vielleicht möchtest du nachdenken. Wenn du dort einen Freund hast …«

»Ich habe keinen Freund.«

»Gut.«

Es klang wie ein Seufzer der Erleichterung.

Marcela trat einen Schritt auf ihn zu. Ein kurzer Blick, und jedes weitere Wort war überflüssig. Ezequiel schloss sich ihr an, und sie gingen im Gleichschritt weiter.

Sie sprachen erst mal kein Wort. Er sah sich gezwungen, die Initiative zu ergreifen.

»Wie war dein Tag?«

»Normal. Es ist ja alles neu für mich.«

»Und gefällt es dir?«

»Ja, sehr. Es ist völlig anders als bei mir zu Hause.«

»Und dein Vater?«

»Warum fragst du?«

»Keiner hat ihn bis jetzt gesehen.«

»Stimmt«, lautete ihre einsilbige Antwort.

»Geht es ihm gut?«

»Ja. Er freut sich.«

»Ist er denn nicht neugierig, wie das Dorf nach all den Jahren aussieht?«

»Wir reisen ja nicht gleich morgen wieder ab.«

»Ach, ihr bleibt länger?« Er versuchte, seine Unruhe zu verbergen.

»Keine Ahnung. Es gibt noch keinen Plan. Das Wiedersehen mit seiner Schwester ist jetzt das Wichtigste. Und ein wenig ausruhen ist sicherlich auch nicht schlecht.«

»Es wäre fantastisch, wenn ihr den ganzen Sommer bleiben könntet.« Er ließ sich von seiner Begeisterung hinreißen.

»Wieso?«

»Dann könnte ich dir noch viel mehr als das Dorf und die Umgebung zeigen. Wir könnten Ausflüge machen, nach Madrid fahren …«

»Du und ich?« Sie warf ihm einen Seitenblick zu.

Ezequiel versuchte, die Schamesröte zu unterdrücken. Er legte ein ganz schönes Tempo vor, das wusste er. Eigentlich ging das alles viel zu schnell. Als würde sie am nächsten oder übernächsten Tag abreisen. Wieder weg sein, ehe er sich versah.

»Du kennst ja niemanden hier.« Er zuckte mit den Schultern.

»Und da tust du mir einen Gefallen und spielst den barmherzigen Samariter.«

»Ich habe auch gerade Ferien.«

Marcela musste schmunzeln.

»Du gehst ganz schön ran.«

»Ich? Ach was.«

»Und du, hast du eine Freundin?«

»Nein.«

»Du wirkst viel älter als ich.«

»Ich bin dreiundzwanzig.«

»In Medellín haben viele in dem Alter schon Kinder. Hast du noch Geschwister?«

»Einen fünfunddreißigjährigen Bruder, der lebt mit seiner Frau und seinen beiden Kindern hier im Dorf, und noch eine Schwester, die ist vierunddreißig und lebt in Madrid.«

»Und du bist dreiundzwanzig? Dann bist du also ein Nachkömmling.«

»Meiner Mutter sind zwei Kinder gestorben, bevor ich auf die Welt kam.«

»Tut mir leid.«

Ezequiel machte ein trauriges Gesicht. Wäre seine Mutter nicht so hartnäckig, wäre er nicht auf der Welt. Sie hatte ihr Leben aufs Spiel gesetzt, um ihn zu bekommen.

»Hat dein Vater dir erzählt, was bei Ausbruch des Krieges hier passiert ist?«

»Ja«, erwiderte Marcela.

»Du Glückliche. Meine Eltern haben mir nichts erzählt. Mein Vater hat gekämpft und dabei einen Arm verloren … und das, obwohl er auf der Seite der Guten war.« Er verbesserte sich schnell. »Also, ich meine auf der Seite der Sieger.«

»Mein Vater war ein Linker. Deswegen wollten sie ihn töten.«

»Und du …«

»Ich verstehe nichts von Politik, und von eurer schon gar nicht.«

Sie gingen ein paar Schritte schweigend nebeneinanderher.

»Ich denke mal, es war für alle eine schlimme Zeit, für die einen wie für die anderen«, meinte er vermittelnd.

»Ihr hattet viele Jahre lang einen Diktator.«

»Ich habe in Madrid an Studentenprotesten gegen ihn teilgenommen, das Regime war schon seit Jahren marode.«

»Ah, du bist also mutig.«

»Ich?« Der Gedanke schmeichelte ihm, vor allem weil die Einschätzung von ihr kam. »Ich glaube, wir jungen Leute sind alle mutig, auch wenn unsere Eltern im Bürgerkrieg gekämpft haben. Das ist eine Ewigkeit her. Es ist an der Zeit, ein anderes Land zu schaffen.«

»Mein Vater sagt dasselbe.«

Sie gelangten auf die hell erleuchtete Plaza Mayor mit ihren leeren Bänken. Kein Blatt regte sich in der windstillen Nacht, und die Einsamkeit und Stille muteten unwirklich an.

Sie blieben stehen.

»In Medellín hat jedes Viertel seine Plaza«, sagte Marcela.

»Das ist das Rathaus, die Kirche …«

»Tante Virtudes hat mir erzählt, an der Rückwand der Kirche werden Filme gezeigt.«

»Ja.«

»Ich liebe Kinofilme.«

»Dann hast du hier schlechte Karten. Es sind alte Schinken, zensiert vom Priester … Mal sehen, ob der nächste toleranter ist.«

Marcela stellte sich vor ihn. So nah und zugleich so weit weg.

»Was macht ihr, wenn ihr euch amüsieren wollt?«, fragte sie.

»Unter der Woche, wie heute, nichts. Und am Wochenende … kommt drauf an.«

»Worauf?« Sie wickelte ihn mit ihrem Lächeln ein.

38

Blas betrat den Patio von der Seite des Geheges und sprang unter großer Anstrengung über das Mäuerchen. Er verzog das Gesicht, als er sich das Knie an einem Stein anstieß, und fluchte leise.

Es fiel ihm immer schwerer.

Wenn er erst siebzig oder achtzig wäre …

Na ja, wenn er ein solches Alter erreicht hätte, würde er nichts mehr tun. Vielleicht wäre er dann tot oder gelähmt, oder vielleicht wäre ihm einfach die Lust vergangen.

Aber konnte einem Mann je die Lust vergehen?

Er setzte langsam einen Fuß vor den anderen und achtete sorgsam darauf, wo er hintrat, bis er das Fenster erreicht hatte. Ein zarter Lichtschimmer drang durch die Gardinen und die heruntergelassene Jalousie. Er legte das Ohr an die Scheibe. Dann holte er tief Luft. Schließlich klopfte er.

Offenbar war sie wach. Die Gardine wurde beiseitegeschoben, die Jalousie hochgezogen, und das Fenster ging auf. Im offenen Spalt tauchte Martina im Nachthemd auf, die Brustwarzen ihres wallenden Busens bohrten sich durch den Stoff. Ihre Schultern waren nackt, das Haar war zerzaust, und auf ihren harten Gesichtszügen lag der Schatten der Nacht.

Sie sah ihn an.

»Irgendwann wird dich einer sehen«, sagte sie ungerührt.

»Bis jetzt hat mich noch keiner gesehen. Ich bin vorsichtig.«

»Aber wenn, bin ich als Flittchen verschrien.«

»Wenn einer so was sagt, dem dreh ich den Hals um.«

»Jaja.«

Sie musterten sich gegenseitig, sie blieb ernst, und er fühlte sich plötzlich unbehaglich. Ihre Brust hob und senkte sich mit jedem Atemzug, und in ihrem schnell gehenden Atem lag so etwas wie Widerwille. Bei Blas hingegen strömte das Begehren aus allen Poren, er hätte sich am liebsten auf sie gestürzt, ihr die Kleider vom Leib gerissen und sie überall berührt.

An dem Abend besonders.

»Sollen wir noch lange hier so stehen bleiben?«

»Was willst du?«

»Lass mich rein.«

»Nein.«

»Komm schon, Martina.«

»Meine Eltern sind noch wach.«

»Das stimmt nicht. In ihrem Zimmer brennt kein Licht.«

»Du wirst sie mit deinen Lustschreien aufwecken, immer musst du so schreien.«

»Ich werd's mir verkneifen.«

»Du stellst dich an wie ein Jüngling, der es noch nie gemacht hat.«

»Ach, jetzt komm …«, sagte er genervt.

»Und immer hast du's eilig.«

»Ach was, aber hier draußen …«

»Du willst dich nur austoben, du Mistkerl.«

Allmählich gab er auf.

»Willst du jetzt Zicken machen?«, murrte er.

»Sagen wir mal so.« Martina verschränkte die Arme vor der Brust. »Der Herr kommt nur vorbei, wenn er einen wegstecken will. In meiner schönen warmen Muschi. Eine schnelle Nummer und tschüss bis zum nächsten Mal. Der Mohr hat seine Schuldigkeit getan, der Mohr kann gehen.«

»Dann lass uns doch heiraten.«

»Ich habe dir doch schon gesagt, das kommt nicht in Frage.«

»Du willst nicht heiraten, du maulst, wenn ich vorbeikomme … Verdammt, Martina, wir sind doch keine Kinder mehr.«

»Du bist ein alter Mann und ich eine reife Frau. Das ist ein Unterschied.«

»Kruzifix!«

»Kannst du vielleicht leiser sprechen? Es fehlt noch, dass mein Vater oder meine Mutter uns erwischen! Er macht schon genug durch, weil sie ihn fürs Fernsehen interviewen, wer weiß, was sie alles von ihm wollen.« Sie musterte Blas von oben bis unten, die schlechte Rasur, die verschlissene Kleidung. »Du siehst widerwärtig aus.«

»Auch das noch.«

»Mir wird übel.«

»Komm mir nicht so, dir gefällt es doch auch.«

»Natürlich …«

Blas war das Spiel leid. Er wollte nicht länger bitten. Nicht an dem Abend. Er sah Martina in die Augen und sagte:

»Lässt du mich jetzt rein oder nicht?«

Auch sie war es leid. Noch ein kurzes Zucken, dann ergab sie sich. Sie trat vom Fenster weg und ließ ihn einsteigen. Blas kletterte auf die Fensterbank und landete im Zimmer.

»Zieh die Schuhe aus, du machst mir ja alles dreckig.«

Er tat ihr den Gefallen.

»Mein Gott, wie deine Füße stinken!«

Blas packte sie am Arm und zog sie zu sich heran. Er suchte ihren Mund. Martina drehte das Gesicht weg. Mit der freien Hand fasste er an ihre Brust und drückte zu. Beim ersten Mal stöhnte sie vor Schmerz. Beim zweiten Mal vor Lust. Es genügte, wenn er ihre Brustwarze berührte oder mit der Zunge darüberfuhr. Es war, als ob man ein Auto startete. Sie sprang sofort an. Er suchte wieder ihren Mund, und sie hielt ihm die geöffneten, feuchten Lippen entgegen.

Auch ihre Scham wurde von der Glut erfasst.

»Mach nicht wieder so schnell.«

»Ja.« Seine Hand suchte ihre Scham.

»Ich hab gesagt, du sollst nicht so schnell machen.« Sie hielt seine Hand fest.

»Was hast du denn?«

»Langsam.«

»Warum?«

»Tu so, als ob du mich lieben würdest.«

»Aber ich liebe dich doch, Martina.«

»Ach, du weißt doch.«

»Was weiß ich? Was ist mit dir los?«

»Was mit allen los ist.«

»Rogelio?«

»Was sonst?«

Sein Blutdruck ging in den Keller. Sein Glied wurde schlaff, und in gleichem Maße erschlaffte auch der Druck der Hand auf ihrer Brust, der Kuss auf ihren Lippen. Sie standen einander gegenüber und sahen sich an.

»Du warst immer schon hübsch.« Er seufzte.

»Ich weiß.«

»Ein Vollblutweib.«

»In der Tat.«

»Was für eine Verschwendung.«

»Ich musste hier bei meiner Mutter bleiben. Ich konnte sie mit dem Geheimnis hinter der Wand nicht allein lassen. Wenn ich einen Mann ins Haus gelassen hätte, hätte ich meinen Vater in Gefahr gebracht. Das galt vor allem für dich, du hast doch auf der Seite Francos gekämpft.«

»Das war …«

»Du hast auf der Seite Francos gekämpft. Wenn mein Vater dich hier erwischt, bringt er dich um. Für ihn gibt es kein Verzeihen, keine Versöhnung. So viele Jahre Hass lösen sich nicht über Nacht in Wohlgefallen auf.«

»Ein verlorenes Leben.«

»Nein. Vielleicht ein miserables, aber kein verlorenes.« Sie wusste, dass er sie gemeint hatte.

»Und jetzt taucht dieser Rogelio hier auf …«

»Genau.«

»Das ist eine Sache. Aber was hast du mit der Rückkehr dieses Mannes zu schaffen?«

»Er hat das Dorf aufgewühlt, Blas. Dich auch. Mein Vater kann es kaum erwarten, ihn zu treffen. Er sagt, er würde zu ihm kommen, das sei er ihm schuldig.«

»Was soll er ihm denn schuldig sein?«

»Die fünfunddreißig Jahre hinter dieser Wand, in denen er ausgeharrt hat, während Rogelio in einer anderen Welt gelebt hat und reich geworden ist.«

»Und warum glaubst du, soll er auch mich aufgewühlt haben?«

»Wart ihr nicht alle befreundet?«

Die Erektion war vollends verflogen. Er begehrte sie noch, aber …

»Wir waren alle befreundet, ja.« Er senkte den Kopf. »Dein Vater war der Älteste, ich ein Jahr jünger, und dann kamen Rogelio und José María, der Jüngste.«

»Und Ricardo Estrada?«

»Er wollte sich uns anschließen, aber er war der Sohn des Bürgermeisters.«

»Du meinst, des Dorfkaziken.«

»Von mir aus.«

Martina keuchte.

Er berührte wieder ihre Brust, diesmal mit beiden Händen.

»Aber gleich danach verschwindest du, wie immer.«

»Ich kann auch bleiben.«

»Nein.«

»Das heißt …«

»Wie gesagt, mach es langsam, ohne Eile, liebevoll.«

»Und wenn ich komme?«

»Dann hältst du dich halt zurück, verdammt, du bist doch kein Schuljunge.«

Sie ließ ihn gewähren, als er ihr das Nachthemd auszog. Er hätte ihr gerne ein Negligé aus Seide gekauft, wie sie die Frauen in den Zeitschriften trugen. In rot. Oder weiß. Schneeweiß, damit die Brustwarzen und die Scham hindurchschimmerten. Stattdessen trug sie dasselbe gewöhnliche Nachthemd wie immer, von einer undefinierbaren gelben Farbe und von den vielen Wäschen schon ganz fadenscheinig.

»Er ist schon steif.«

»Aber ich bin noch nicht so weit, ich bin so angespannt, also tu was, sonst tut es mir weh.«

»Wie, du bist noch nicht so weit?«

»Das funktioniert nicht auf Knopfdruck.«

»Aber du bist doch immer …«

»Heute nicht.«

Er kniete nieder und küsste ihren Venushügel.

»Zart wie bei einem jungen Mädchen.«

»Und du hast ein Gemächt wie ein Gaul, in deinem Alter, kaum zu glauben.«

»Alles noch frisch und nahezu ungebraucht.«

»Komm!«

Sie lächelte. Ein gutes Zeichen.

Sie öffnete das Hemd Knopf für Knopf, und er rührte sich nicht.

»Da wäre ganz schön was los, wenn wir heiraten würden«, sagte sie leise.

»Ich wüsste nicht wieso. Nach zwei Tagen wäre alles vergessen.«

»Du würdest den Orden anlegen, den man dir im Krieg verliehen hat, und mein Vater würde einen Herzinfarkt bekommen.«

»Martina, wie lange sind wir beide schon ...«

»Sieben Jahre.«

»Wirklich?« Er war überrascht.

»Sieben Jahre, einen Monat und drei Wochen.«

»Meine Herren ...«

»Tja.«

»Wieso hast du das so genau im Kopf?«

»So was vergisst man nicht. Du hast mich in einem schlechten Moment erwischt.«

»Wie man's nimmt.«

»Doch, Blas.« Sie zog ihm das Hemd aus. »Das war alles ein großer Fehler, und das ist es immer noch. Du warst damals mit deinen vierundfünfzig noch ein stattlicher Mann und ich mit fünfunddreißig zu alt zum Heiraten. Und jetzt ...«

»Es hat sich nicht geändert. Du bist anziehender als je zuvor ...«

Martina fuhr mit der Hand über seine behaarte Brust und ließ sie nach unten zur Hose gleiten. Sie öffnete den Gürtel und die Knöpfe des Hosenstalls, und die Hose fiel zu Boden.

»Gütiger Gott!«, entfuhr es ihr, als sie die Erektion sah.

»Könnten wir nicht mal ...«

»Seit Franco tot ist und ihr euch die unanständigen Filme anseht, denkt ihr nur noch an das eine.«

»Man muss mit der Zeit gehen. Komm schon. Sei ein braves Mädchen.«

Als er ihre Lippen an seinem Geschlecht spürte, schloss er die Augen und stöhnte.

Doch er musste sie sofort wieder öffnen, denn in einer dunklen Ecke seines Verstandes kauerte Rogelio.

39

Auf ihrem Spaziergang hatten sie den alten Kern des Dorfes hinter sich gelassen. Sie gingen den Hügel zum Fluss hinunter. Sie hatten kein festes Ziel, sie ließen sich einfach treiben wie zwei Nachtwandler. Ezequiel bedauerte es, dass er nicht gesehen wurde. Er wollte zu gern einmal Tagesgespräch sein.

Für Marcela war das Schönste die Freiheit. Ohne Angst im Mondlicht spazieren gehen zu können. Ohne dass es eine Rolle spielte, dass sie die Enkelin von Camilo Jaramillo und die Tochter von Rogelio Castro war.

Sie waren eine Weile schweigend nebeneinanderher gegangen, den Blick auf den Boden gerichtet, um nicht in ein Loch zu treten oder über eine Wurzel zu stolpern. Das Rauschen des Wassers drang an ihr Ohr wie ein stetiges, kristallklares Echo. Manchmal berührten sich ihre Arme. Die Sprache der Gesten. Zarte Empfindungen.

In manchen Momenten sprangen sie von einem Thema zum nächsten, vielleicht, um sich besser kennenzulernen, vielleicht aber auch nur, um etwas zu sagen und sich nicht allzu sehr von der Stille einfangen zu lassen.

»Stellst du mir deine Freunde vor?«

»Ich hab keine Freunde«, erwiderte Ezequiel.

»Wie, du hast keine Freunde? Jeder Mensch hat Freunde.«

»Ich nicht.«

»Ach komm!«

»Das ist mein Ernst. Hier im Dorf sind die Leute entweder zu jung oder alt und verheiratet. In der Fabrik arbeiten hauptsächlich Frauen. Mein Bruder ist eine der wenigen Ausnahmen. Außerdem studiere ich in Madrid, und ich komme immer seltener hierher.«

»Oder willst du nicht mit mir gesehen werden?«

»Im Gegenteil. Ich würde zu gern mit dir gesehen werden.«

»Blödmann.«

»Marcela, wenn du länger bleibst, wirst du die Sensation des Dorfes sein. Na ja, das bist du schon. Das seid ihr alle, er auch. Aber deine Mutter und du …«

»Sind die Mädchen hier denn nicht auch hübsch?« Sie fühlte sich so frei, dass sie, vollkommen unschuldig, ein wenig kokettierte.

»Hübsche Mädchen gibt es schon, aber nur wenige. Aber so hübsch wie du natürlich nicht.«

»Ja, das macht das exotische Flair, weil ich aus Kolumbien stamme.«

»Jetzt spiel nicht die Naive.« Er lächelte müde.

»Keineswegs.«

»Wie ich eben sagte, hier gibt es nur ganz Junge und Alte. Das liegt daran, dass alle nach Madrid oder Barcelona gehen, sobald sie können, weil sie sich dort ein besseres Leben erhoffen. Sie gehen unter dem Vorwand zu studieren, und dann …«

»Willst du auch fortgehen?«

»Wahrscheinlich ja.«

»Warum wahrscheinlich? Weißt du es noch nicht?«

»Ich habe mein Studium beendet, ich hab mein Diplom in der Tasche, eigentlich müsste ich mir eine Stelle suchen, aber am liebsten würde ich gerade einfach abhauen, mir eine Auszeit nehmen. Ich werde den Sommer darüber nachdenken.«

»Was hast du studiert?«

»Ingenieurswissenschaften.«

»Und das gefällt dir nicht?«

»Ich bin mir nicht mehr sicher. Ich war kein schlechter Student, aber …«

»Wenn man an einen anderen Ort geht, eröffnen sich immer neue Perspektiven, man wartet darauf, dass etwas passiert, als würde sich das ganze Leben verändern, denkst du nicht?«

»Vermutlich ja.«

»Meine Freundinnen aus Medellín haben mir gesagt, ich würde mich in Spanien verlieben und nicht zurückkehren.«

»Und dein Land, dein Zuhause verlassen?«

»Nein, ich glaube nicht. Mein Vater möchte, dass ich unter seinen Fittichen in die Firma einsteige und mich mit den Geschäften vertraut mache.«

»Würde dir das Spaß machen?«

»Ich weiß nicht.« Sie zuckte mit den Schultern. »Ich bin wie du noch unentschlossen und frage mich, was ich will und wie. Der richtige Zeitpunkt ergibt sich dann von allein.«

Sie betrachteten den dunklen Strom. Aus den Bergen hinabschießende Wassermassen hatten riesige Gesteinsbrocken angeschwemmt, die jetzt herumlagen. Irgendwo quakte ein Frosch. Marcela begann kaum merklich zu zittern und schlang die Arme um ihren Oberkörper.

»Ist dir kalt?«

»Nein, es ist dieses Gefühl von Frieden. Es kommt mir so unwirklich vor.«

»Möchtest du dich auf einen der Steine setzen oder lieber umkehren?«

»Lass uns umkehren. Ich möchte gehen.«

Er bedauerte, dass er die Frage gestellt hatte. Es wäre ihm lieber gewesen, wenn sie sich auf den Stein gesetzt hätten. Eine Woge altmodischer Romantik hatte ihn erfasst, und es war, als ob er jeden Moment festhalten, ihn niemals vergessen wollte.

Sie war so anders. Vollkommen anders.

Sie ließen den Fluss hinter sich und erreichten die ersten Häuser am Ortsrand. Diesmal währte das Schweigen länger. Marcela genoss die Stille. Ezequiel grub in den hintersten Winkeln seines

Gehirns nach neuen Gesprächsthemen. Allzu persönliche Fragen wollte er vermeiden.

Aber dann stellte er doch eine.

»Macht es dir keine Angst, eines Tages ein solches Imperium zu erben?«

»Es ist kein Imperium.«

»Aber es heißt, dein Vater sei steinreich.«

»Darüber denke ich nicht nach.«

»Was macht er denn genau?«

»Vieles, aber am meisten gefällt ihm der Blumenhandel.«

»Ihr verkauft Blumen?«

»Ja. Er züchtet sie, baut sie an, exportiert sie.«

»Wenn ich Geld hätte, würde ich mir eine Auszeit von zwei, drei oder fünf Jahren nehmen und eine Weltreise machen.«

»Gehst du gern auf Reisen?«

»Ich würde gern.«

»Ich reise auch gern«, sagte sie. »Es ist meine erste Reise ins Ausland« – sie ließ den Kopf auf die Brust sinken – »und das erste Mal, dass ich alleine spazieren gehen kann, ohne Bodyguard.«

»Du hast einen Bodyguard?«

»Ja, meine Familie hat Angst vor einer Entführung.«

Ezequiel schluckte.

Die nächste Frage erstarb auf seinen Lippen, denn im Dunkeln entdeckten sie Saturnino García, der an der Ecke, die sie gerade passieren wollten, an seinem Streifenwagen lehnte.

Marcela erschrak fast zu Tode. Ezequiel fasste sie am Arm.

»n' Abend, Saturnino«, sagte er.

»n' Abend.« Der Guardia Civil nickte.

»Das ist Marcela.«

»Señorita.« Er nickte wieder.

»Guten Abend«, murmelte sie.

»Das ist die Tochter von Señor Castro, der gestern angekommen ist, Virtudes' Bruder«, fuhr Ezequiel fort.

»Ich hoffe, Sie genießen unsere Gastfreundschaft.« Saturnino García sprach betont langsam. »Im Moment sind Sie ja in guten Händen.«

Ezequiel zog an Marcelas Arm.

»Bis morgen dann«, verabschiedete er sich.

»Bis morgen.«

Sie spürten seinen bohrenden Blick im Rücken, bis sie um die nächste Ecke gebogen und wieder allein waren.

Ezequiel hatte mit allen möglichen Kommentaren gerechnet, aber nicht mit dem:

»Mein Vater sagt, die hätten sich bei Ausbruch des Krieges auf die Seite Francos geschlagen.«

»Nicht alle.«

»Hier im Dorf schon.«

»Saturnino ist in Ordnung. Eines Abends hat er mich angetrunken erwischt und kein Wort gesagt. Er hat mich sogar nach Hause gebracht.«

»Du trinkst?«

»Nein.«

»Aber wenn du betrunken warst …«

»Es war ein Ausrutscher. Und ich habe angetrunken gesagt, nicht betrunken.«

»Ich hasse Besoffene«, sagte Marcela bestimmt. »Der Vater meiner besten Freundin sitzt im Gefängnis, weil er im Suff seine Frau umgebracht hat. Seine Tochter hat er auch misshandelt.«

Sie gingen ein paar Schritte.

»Du hast bestimmt ein angenehmes Leben.« Er seufzte.

»Meinst du wegen des Geldes?«

»Nein, wegen der Blumen.« Er wirkte ein wenig entrückt. »Es ist doch ein Unterschied, ob man Schrauben oder Konserven herstellt, oder ob man den ganzen Tag von Düften und Farben umgeben ist, oder?«

40

Er hatte nicht geschrien.

Er hatte sich auf die Unterlippe gebissen, er hatte den Körper angespannt, er hatte jedes Stöhnen und jedes Zucken unterdrückt, er hatte die Hände in das Kissen gekrallt und in ihren Körper, aber er hatte nicht geschrien.

Und dabei hätte er es liebend gern getan.

Der Orgasmus war heftig gewesen.

Jetzt, in der Dunkelheit des Zimmers, die nur durch einen sanften Lichtschimmer von draußen erhellt wurde, starrte Blas an die Decke, die er mehr erahnte als sah. Die Holzbalken hoch oben erschienen ihm wie Streben einer Himmelszelle.

Einen Arm hatte er um Martina gelegt, die sich an seinen Oberkörper schmiegte. Der andere ruhte auf ihrer Hand, die auf seiner Brust lag. Ihr Atem hatte sich schon wieder beruhigt.

»Schlaf nicht ein«, sagte sie.

»Ich schlafe nicht ein.«

»Wenn wir nicht aufpassen, wachen wir auf, und es ist schon Tag.«

»Ich schlafe schon nicht ein«, wiederholte er.

»Aber ich sollte schlafen, ich muss morgen früh raus.«

»Weil du das so willst.«

»Sagt der feine Herr.«

»Lass mich noch ein wenig ausruhen. Ich liege gerne so.«

»Na schön.«

»Gefällt es dir nicht?«

Martina gab ihm keine Antwort.

»Sag schon.«

»Ja, es gefällt mir«, gab sie zu.

»Jetzt muss ich mich wieder anziehen und aus dem Fenster steigen …«

»Sollen wir vielleicht in ein Hotel gehen wie die feinen Herrschaften?«

»Ach was.«

»Ich würde mich zu Tode schämen.«

»Aber ich könnte wenigstens nach Lust und Laune schreien.« Er lächelte traurig. »Und du auch.«

»Ich schreie nicht, ich stöhne.«

»Es war schön für dich, oder?«

»Es war okay.«

»Jetzt komm.«

»Soll ich dir Honig um den Bart schmieren?«

»Du hast mehr gestöhnt als sonst, das war unüberhörbar.«

»Wie heißt noch der Kerl, der fliegen kann, der mit dem Umhang?«

»Superman.«

»Genau: Superman.«

»Was sonst …«

Es kehrte Schweigen ein, aber keine Ruhe. Martinas Hand spielte mit seinem Brusthaar. Seine Hand strich durch ihr Haar

Blas drehte sich zu ihr und küsste sie auf die Stirn.

Die Frage kam unvermittelt.

»Was ist an jenem Abend passiert, Blas?«

»An welchem Abend?«

»Na, am 19. Juli.«

»Och, Martina.«

»Nix mit ›och, Martina‹. Was ist passiert?«

»Das weißt du doch.«

»Ich? Es wird viel geredet im Dorf, aber du warst als Einziger da.«

»Und wieso kommst du jetzt damit?«

»Virtus Bruder.« Sie schnalzte mit der Zunge. »Es wird schon einen Grund geben, warum er hier ist. Erschossen, wiederauferstanden, lebendig … Wie ist das möglich?«

»Was willst du? Alle waren außer Rand und Band. Die Hälfte des Dorfes hat für die Republik gekämpft und die andere Hälfte mit den Putschisten. Das ist passiert. Die einen haben verloren und die anderen gewonnen.«

»Du hattest doch mit den Rechten nichts am Hut. Das hast du zumindest gesagt, als das mit uns angefangen hat.«

»Nein, ich war kein Rechter, aber es ging um Leben oder Tod, und ich habe mich für das Leben entschieden.«

»Du hast deine Ideale verraten.«

»Ideale?« Er sah sie an. »Was ist das? Oder besser gesagt, was war das damals? Wir waren dieselben Hungerleider wie eh und je, und wenn Arme Ideale haben, bringt man sie um und begräbt sie mit ihnen. Ideale, Prinzipien, Loyalität … Das sind schöne Worte, bis die mit Geld und Macht kommen, und aus die Maus. Als 36 der Bürgermeister und die Guardia Civil zu den Waffen gegriffen haben, um den Aufstand zu unterstützen, konnte man nichts und niemandem mehr treu bleiben. Die Würfel waren gefallen. Ich musste mich binnen Minuten entscheiden, weißt du, Minuten. Und ich habe mich für das Leben entschieden.«

»Hast du jemanden getötet?«

»Nein.«

»Wer hat die zehn damals erschossen?«

Blas' Hand zog sich zusammen.

»Ich weiß es nicht«, sagte er matt.

»Lüg nicht, das musst du doch wissen.«

»Nein, ich weiß es nicht!«

»Mein Vater sagt, du warst dabei.«

»Verdammt, Martina!« Er war kurz davor, aus dem Bett zu springen. »Was weiß denn dein Vater schon? Er hat sich doch als Erster aus dem Staub gemacht, und sie haben ihn nicht erwischt, deswegen liegt er nicht in diesem Grab. Ich weiß nicht mal, wann er nach dem Krieg zurückgekehrt ist und sich hier im Haus eingemauert hat.«

»Es war nicht nach dem Krieg, sondern früher. Er ist eines Abends aufgetaucht, hat zu meiner Mutter gesagt, es sei alles verloren und …«

»Wann hast du davon erfahren?«

»Als ich alt genug war, es zu verstehen und meinen Mund zu halten.«

»Meine Güte …« Blas schnaubte. »Das hast du mir nie erzählt, aber selbst nach vierzig Jahren reden wir immer noch über dasselbe.«

»Weil die Toten wiederauferstehen. Die einen kehren zurück, und die anderen schreien danach, endlich in Frieden ruhen zu dürfen. Sie wollen aus ihren Gräbern geholt werden, damit ihre Angehörigen ihnen Blumen bringen und für sie beten können.«

»Seit wann betest du?«

»Dass ich nicht bete, heißt ja nicht, dass ich nicht an die anderen denke.«

»Weißt du, wie viele Tote es in Spaniens Bergen und Straßengräben gibt?«

»Trotzdem sind euch auch viele durch die Lappen gegangen, wie dieser Rogelio.«

»Sag nicht ›euch‹. Ich war nicht …«

Er kam nicht dazu, den Satz zu vollenden. Unerwartet setzte sich Martina rittlings auf ihn, beugte sich zu ihm herunter, dass die Brustwarzen wie Speerspitzen auf ihn zielten. Die Hände auf die Matratze gestützt, fragte sie ihn mit funkelndem Blick:

»Sag mir die Wahrheit, Blas, oder du wirst in deinem verdammten Leben nie mehr in diesem Bett liegen!«

»Was für eine Wahrheit? Die habe ich dir doch schon gesagt!«

Sie sah ihn eindringlich an. Dann richtete sie sich auf und packte sein Glied.

»Was machst du da?« Er war kurz davor zu schreien.

»Sag mir die Wahrheit oder ich werde dich kastrieren.«

»Ich weiß nicht, wer bei dem Erschießungstrupp war, mein Gott! Du tust mir weh!«

»Du lügst!« Sie packte noch fester zu.

»Martina, deine Eltern werden noch aufwachen.«

Ihre Augen glühten.

Ihre und seine.

Bis der Druck der Hand nachließ, die Wut verrauchte und es nur mehr eine zärtliche Umklammerung war. Unerwartet wurde der Penis steif.

»Mistkerl!«, sagte sie.

Blas wusste nicht, wie ihm geschah. Er spürte lediglich, wie sein Glied in sie hineinglitt.

»Jetzt bin ich richtig heiß, also gib dir Mühe. Los, und komm mir nicht damit, dass du es gerade erst getan hast, das ist mir egal.«

41

Sie hatten ein ordentliches Stück zurückgelegt, ohne sich irgendwo hinzusetzen. Ezequiel hatte es vorgeschlagen, aber Marcela hatte lieber weitergehen wollen. Sich frei bewegen.

Unversehens hatten sie wieder Virtudes' Haus erreicht, die Zeit war vergangen wie im Flug.

»Bist du müde?«

»Nein, aber es ist schon spät. Ich möchte nicht, dass meine Eltern sich Sorgen machen. Sie denken, dass ich allein unterwegs bin.«

»Sehe ich dich morgen?«

Marcela studierte sein Gesicht, den Glanz in seinem Blick. Sie mochte das leichte Beben in seiner Stimme, die Zärtlichkeit, die sie ausstrahlte. Außerdem sah er ziemlich gut aus. Er war kein Beau, aber attraktiv. Markante Nase, schöner Mund, gut gebauter Körper, große Hände …

»Vermutlich«, sagte sie.

»Na ja …«

»Das ist doch ein Dorf, oder? Ihr müsst euch doch hier dutzend Mal am Tag über den Weg laufen.«

»Das ist übertrieben. Es ist besser, sich zu verabreden.«

»Du willst dich verabreden?«

»Ja, das würde ich gerne.«

»Gut. Um welche Uhrzeit?«

»Gleich morgens?«

»Nein, morgens geht nicht. Wir müssen was erledigen.«

»Dann nach dem Mittagessen.«

»*Listo.*«

Sie lachte, weil er sie nicht verstanden hatte.

»Das sagen wir immer am Ende eines Gesprächs, das ist typisch *paisa* wie viele andere Ausdrücke.«

»Was ist das, *paisa?*«

»Das ist so ein Begriff für das typisch Lokale in Kolumbien. Wir sind *paisa*, die Leute in Antioquia, in Medellín.«

»Bringst du mir ein paar Ausdrücke bei?«

»Wenn du dich revanchierst.«

»Klar.«

Unerwartet ging die Tür auf. Sie erschraken. Ein Lichtstrahl erhellte die Straße. Sie wurden nicht von ihm erfasst, aber ihre Schatten zeichneten sich auf den Pflastersteinen ab.

Rogelio erschien im Türrahmen.

»Hallo, Papa«, sagte Marcela.

»Ach, hallo, mein Kind.«

»Willst du ein wenig frische Luft schnappen?«

»Nein, ich wollte nach dir Ausschau halten.«

»Ich wollte gerade reinkommen.«

Rogelio musterte ihren Begleiter. Seine Gesichtszüge.

»Papa, das ist Ezequiel.«

Rogelio streckte dem Jungen die Hand hin.

»Du schließt ja schnell Freundschaft«, sagte er zu ihr.

»Wir habe uns heute Morgen im Kiosk kennengelernt, als ich für Mama die Zigaretten geholt habe.«

Er wusste alles aus Virtudes' Briefen. Alles. Aber jetzt war er vor Ort.

Und der Junge war Esperanzas Sohn.

Er gab sich gelassen.

»Du siehst deiner Mutter ähnlich«, sagte er.

»Ja, ich weiß. Das sagt jeder, vor allem wie sie in jungen Jahren ausgesehen hat.«

»Sie war neunzehn, als ich fortgegangen bin«, sagte er bedächtig.

»Oh, ja klar.« Ezequiel schluckte.
»Dreiundzwanzig bist du, nicht wahr?«
»Ja.« Er war überrascht, dass Rogelio so gut Bescheid wusste.
Rogelio streckte ihm wieder die Hand hin.
»Gute Nacht, mein Junge.«
»Danke, ebenso.«
Marcela stand schon in der Tür, mitten im Licht.
»Gute Nacht, Ezequiel.«
»Auf Wiedersehen!« Er hatte »bis morgen« sagen wollen, aber ein merkwürdiges Schamgefühl hatte ihn daran gehindert.

Rogelio sah ihm noch nach, wie er sich umdrehte. Dann ging er ins Haus und schloss die Tür. Marcelas Augen glänzten. Und wie.

»Und, wie war der Spaziergang?«
»Schön, sehr schön.«
»Und was ist mit ihm?«
»Ich habe ihn zufällig getroffen, und er hat mir Gesellschaft geleistet. Ich finde ihn sympathisch.«

Rogelio sagte nichts. Er ging auf sie zu und küsste sie auf die Stirn.

»Geh schlafen«, befahl er. »Morgen wird ein harter Tag.«
»Ja, Papa.« Ihre Miene verfinsterte sich.
Rogelio stand immer noch an seinem Platz, als sie schon längst gegangen war. Eine Unmenge widersprüchlicher Gefühle schossen ihm durch Herz und Kopf.

42

Virtudes hatte ihm ein paar alte Familienfotos geschickt, dank derer die Ferne erträglicher geworden war. Fotos von den Eltern, von Carlos, von ihr selbst. Vierzig Jahre, zusammengepresst in ein paar Bildern und Erinnerungen.

Jetzt, da er vor Ort war, wurde er von der Fülle von Fotos und Gefühlen überwältigt.

Er ging die Fotos eines nach dem anderen durch. Seine Augen waren feucht. Seine Hände zitterten. Sein Herz raste. Die einzigen Bilder, um die er Virtudes nicht hatte bitten wollen, und die sie ihm auch nie geschickt hatte, das waren die ganz persönlichen.

Die von Esperanza und ihm.

Jung, strahlend, glücklich, beim Geburtstag seiner Mutter, beim Verlobungsfest, beim Essen an Heiligabend, auf dem letzten Bild vom 7. Juli, zwölf Tage vor dem Ende.

Wie könnte man die erste große Liebe vergessen?

Er war glücklich, sehr glücklich, glücklicher als er es sich je hatte vorstellen können nach all den Jahren Krieg und Gefangenschaft oder bei seiner Wanderschaft durch Lateinamerika, von einem Ort zum anderen, ohne irgendwo Fuß zu fassen, ohne Identität, ohne Zukunft. Aber er hatte Esperanza nie vergessen.

Die warmen, zärtlichen Küsse.

Er hatte nie mit ihr geschlafen. Das waren andere Zeiten damals. Man ging jungfräulich in die Ehe. Alles wurde für die Hochzeitsnacht aufgehoben. Sie beim Baden im Fluss im Badeanzug zu sehen war das höchste der Gefühle. Esperanza war wunderschön, rank und schlank, mit zarten Händen und Füßen. Ein Segen. Bei seinem ersten Mal, mitten im Krieg, bei einer Hure, bei der die

Schlange der wartenden Freier länger war als der Schweif eines Kometen am Himmel, hatte er beim Höhepunkt an Esperanza gedacht und ihren Namen gerufen. Die Hure, eine Andalusierin mit Humor, hatte gesagt: »Ja, mein Junge, *Esperanza*. Hoffnung, das ist genau das, was wir brauchen. Hoffnung und Brot, du bist ja spindeldürr, Süßer.«

Wäre der Krieg nicht gewesen, würde er immer noch im Dorf leben, mit Esperanza.

Ezequiel wäre sein Sohn. Und Vicente und Rosa wären ebenfalls seine Kinder. Er hätte nie gedacht, dass José María …

Es war zwei Uhr früh, er glaubte, er wäre der Einzige, der keinen Schlaf finden konnte, ein Opfer der Zeitumstellung. Als er hinter sich ein Rascheln hörte, erschrak er. Er schob die Fotos mit Esperanza ganz nach unten. Dann drehte er sich um.

»Wieso bist du denn immer noch auf?«, fragte Anita besorgt.

»Ich konnte nicht schlafen.«

»Ich kann auch nicht schlafen, wenn du nicht bei mir bist.«

»Verzeih.«

»Komm ins Bett.«

Er hatte genug. Er war die Bilder immer wieder durchgegangen. Wenn er jetzt nicht ins Bett ging, würde er völlig fertig aufwachen. Morgen galt es ein Grab zu finden.

Vielleicht hatte der Berg sich verändert.

Und wenn er es nicht fand?

»Ich komme.« Er fügte sich.

»Soll ich dir helfen?«

»Nein.« Er legte die Fotos in die Kiste und schloss den Deckel.

»Sieh einer an«, sagte Anita.

»Es geht mir gut.«

»Du wirkst äußerlich ruhig, aber ich kenne dich gut.« Sie nahm seine Hand, damit er keinen Widerstand leistete. »Komm in meine Arme, ich lasse dich alles vergessen.«

»Ich bin nicht hierhergekommen, um zu vergessen, Liebling.«

»Nur für eine Weile.«

Das Bett war noch zerwühlt. Anita schloss die Tür. Sie ließ sich gemeinsam mit ihm auf das Bett fallen und streichelte sein Gesicht.

»Ich liebe dich«, rief sie ihm in Erinnerung.

»Ich weiß«, sagte er.

»Du hast mir das Leben geschenkt.«

»Und du meins gerettet.«

»Dann gehörst du mir.« Sie küsste ihn auf den Mund.

»Jetzt schlaf.«

»Nimm mich in den Arm.«

»Klar.«

Anita machte das Licht aus. Dann schmiegte sie sich an ihn. Nach einer Weile atmeten sie im selben Rhythmus.

Ohne es zu merken, war Rogelio eingeschlafen.

Kapitel 7

Mittwoch, 22. Juni 1977

43

Graciela war überrascht, als sie ihn sah. Sie schielte sogar auf ihre Armbanduhr, um sich zu vergewissern, dass es tatsächlich schon so spät war.

»Verbinden Sie mich mit Matas!«, lautete die Begrüßung.

»Eduardo Matas?« Sie wollte sichergehen.

»Haben wir mehr als einen Matas auf der Telefonliste?«

»Nein, Señor.«

»Na dann.«

Ricardo Estrada ging in sein Büro und knallte die Tür zu. Das Schlimmste an unruhigen Nächten war die geistige Trägheit am nächsten Morgen. Er setzte sich an seinen Schreibtisch und biss sich auf die Unterlippe.

Manchmal reagierte er spät.

Manchmal blickte er nicht über seinen Schreibtischsessel hinaus.

Die Zeiten änderten sich gerade. Und viel zu schnell. Wenn er seinen Hintern nicht hochbekam …

Es vergingen zwei Minuten.

»Graciela!«

Seine Sekretärin tat, was sie immer tat, wenn er lautstark nach ihr rief: Sie schob den Kopf durch den Türspalt, ohne einzutreten.

»Er ist noch nicht im Haus, Herr Bürgermeister«, sagte sie, bevor er nachfragen konnte. »Er kommt immer erst später.«

»Probieren Sie es im Fünf-Minuten-Takt.«

»Ja, Señor.«

In Madrid schaukelten sie ihre Eier. Viel Veränderung, viel

Demokratie, viel Geschichte, aber die Gewohnheiten blieben, als ob nichts geschehen wäre. Zu spät kommen, erst mal einen Kaffee trinken, montags über die Fußballspiele vom Wochenende diskutieren, zweistündige Mittagspausen …

Das Land ging zugrunde, und sie …

Warum zum Teufel kam Eduardo Matas spät zur Arbeit?

Für wen hielt der sich? Für Gott? Für einen Potentaten?

Er hatte den Schreibtisch voll mit Papieren, Unterlagen, Landkarten, Anträgen, Problemen, Verordnungen, aber er nahm nicht ein Blatt in die Hand. Die Zukunft des Dorfs hing über Nacht von zwei Details ab.

Und er war blind. Tappte im Dunkeln.

Fünf Minuten. Zehn. Fünfzehn. Er wollte schon wieder nach der Sekretärin rufen. Er hielt sich zurück, weil er wusste, dass sie effizient arbeitete und seine Befehle strikt befolgte. Sie sorgte auch dafür, dass er nicht gestört wurde. Sie beherrschte ihr Metier aus dem Effeff. Wenn sie nicht wäre, würde nicht alles so reibungslos laufen.

Das Telefon klingelte. Er nahm sofort ab.

»Señor Matas«, hörte er Graciela sagen.

»Gut.«

Ein Knacken, und am anderen Ende hörte man Stimmengewirr.

»Eduardo?«

»Hallo, Champion! Was ist los in deinen Gefilden?«

»Wo bist du?«

»In meinem Büro, wo sonst?«

»Sind Leute bei dir?«

»Ja, wir haben eine kleine Versammlung.«

»Schmeiß sie raus.«

»Mensch, Ricardo.«

»Schmeiß sie raus oder geh an ein anderes Telefon!«

»Schon gut, schon gut, einen Moment.«

Es dauerte eine halbe Minute, bis er wieder am Hörer war. Sein Ton hatte sich verändert. Er klang distanziert, genervt.

»Was ist los? Hat man dich zum Minister ernannt oder was?«

»Lass den Quatsch, Eduardo. Hier ist die Hölle los.«

»Glaubst du, wir geben hier ein Flötenkonzert, Herr Ich-gebe-hier-den-Ton-an?«

»Ich brauche Informationen.« Er redete nicht lange um den heißen Brei herum.

»Über wen?«

»Rogelio Castro, inzwischen kolumbianischer ...«

»Warte, warte, ich schreib's mir auf.«

Ricardo Estrada zählte bis fünf.

»Fertig?«

»Ja, schieß los.«

»Rogelio Castro, inzwischen kolumbianischer Staatsbürger, aber hier in meinem Dorf geboren. Er wurde bei Kriegsbeginn für tot gehalten, erschossen, aber offensichtlich konnte er entkommen. Er kam nach Kolumbien, hat eine reiche Erbin geehelicht, vermutlich eine Geldheirat, und jetzt ist er nicht nur steinreich, sondern auch ins Dorf zurückgekehrt, wozu auch immer.«

»Hab ich notiert. Und was willst du genau?«

»Ich will alles über ihn wissen. Es dürfte nicht schwierig sein, an Informationen zu kommen, da es sich um einen reichen Geschäftsmann handelt. Notfalls rufst du die spanische Botschaft in Kolumbien an oder die kolumbianische hier. Und das Außenministerium. Ich brauche Informationen, alles was du auftreiben kannst, wie viele Unternehmen er hat, ob sie ihm gehören oder ob er Geschäftspartner hat, ob sie legal sind, ob es Scheinfirmen gibt, mit welchen Gesellschaften er in Verbindung steht, Aufsichtsräte, in denen sein Name auftaucht ...«

»Und bis wann brauchen Sie das, Euer Gnaden?«, spottete Matas.

»Hör auf, Eduardo.«

»Was? Soll ich einen Detektiv auf die Sache ansetzen? Weißt du, was du da von mir verlangst?«

»Tu, was in deiner Macht steht, aber beschaff mir irgendwas, dass ich nicht mit leeren Hände da stehe.« Er klammerte sich an den Hörer. »Vielleicht hängt unser Überleben davon ab!«

»Jetzt übertreib mal nicht.«

»Ich weiß, wovon ich spreche.«

»Darf ich dich daran erinnern, dass du Bürgermeister eines Kuhkaffs bist?«

»Jetzt komm mir nicht so hinterfotzig. Nicht du.«

Ein vergiftetes Schweigen trat ein.

»Du weißt, ich tue, was ich kann.«

»Das hoffe ich. Ich hätte dich nicht angerufen, wenn es nicht wichtig wäre.«

»Was macht der Kerl denn?«

»Noch nichts, aber ich traue dem nicht über den Weg. Man kehrt nicht nach vierzig Jahren in sein Dorf zurück, nur um einen Spaziergang zu machen oder eine Schwester zu besuchen, die man viele Jahre aus den Augen verloren hatte.«

»Und warum nicht?«

»Weil das keiner macht, Eduardo, ich sag's dir. Diese Mistkerle kriechen aus ihren Löchern und haben nichts vergessen, sie sinnen auf Rache. Und wenn sie noch dazu Geld haben … dann Nacht zusammen!«

»Okay.« Man hörte einen Seufzer. »Wenn ich was habe, rufe ich dich an.«

»Egal was.«

»Egal was, ja.«

»Und was unsere Sache angeht … Im Moment ist es besser, nicht daran zu rühren und abzuwarten, was passiert.«

»Was soll passieren? Suárez bleibt uns erhalten, oder? Also bleibt alles beim Alten.«

»Aber wie lange?«

»Du bist heute wirklich ausgesprochen defätistisch, Ricardo.«
»Ich gehe lieber auf Nummer sicher.
»Komm schon, Champion.«
»Deinen Humor hätte ich gerne.«
»Man muss nur wollen.« Matas beendete das Gespräch. »Also dann, pass auf dich auf! Ich melde mich!«
»Tu das.«
»Biiitte, Ricardo …« Er zog den ersten Vokal in die Länge.
Dann legte er auf.
Ricardo Estrada saß mit dem Hörer in der Hand da. Er blickte zur Tür, dann auf die Wählscheibe und wählte die nächste Nummer.
Es dauerte ein Weilchen, bis sie abhob. Um die Zeit schlief sie gewöhnlich noch.
»Ja, bitte?« Ihre Stimme hörte sich teigig und verschlafen an.
»Ich bin's, Teresa.«
»Ach, hallo …« Verwirrt hielt sie inne. »Wie spät ist es denn?«
»Hör mal, Schatz, ich kann nicht lange sprechen. Ich wollte dir nur sagen, dass ich diese Woche nicht kommen kann.«
»Nicht einen Tag?«
»Nein.«
»Wieso?«
Es gefiel ihm, dass sie so darauf brannte, ihn zu sehen.
Er stellte sich vor, wie sie im Bett lag, schön, verführerisch, in ihrer Seidenhose und dem Trägerhemdchen. So voller Leben. So eigenwillig.
»Es gibt Probleme hier«, sagte er knapp.
»Und was ist mit mir?«
»Schatz …«
»Nein, Schatz, tu mir das nicht an«, jammerte sie. »Wirklich keinen Tag? Auch nicht nur kurz?«
»Unmöglich.«

»Ich werde mich nicht zu Hause einmauern, das sage ich dir. Es ist momentan so schön in Madrid.«

»Bitte …«

»Probleme, Geschäfte. Für dich ist das einfach.« Ihre Stimme wurde leiser, zarter weiblicher Protest. »Dann gehe ich mit Felipe zum Essen aus.«

»Oh nein.«

»Eifersüchtig?«

»Auf den Schwachkopf ja.«

»Dann sei von mir aus eingeschnappt.«

»Teresa, jetzt mach du mir nicht auch noch das Leben schwer.«

»Mal sehen, ob dir die Augen aufgehen.«

»Meine Zukunft steht auf dem Spiel!«

»Und ich fasse mir an die Muschi, nackt, und vergehe vor Lust, während du in diesem verfluchten Scheißkaff einen auf Politiker machst.«

Er hatte herausgefunden, dass sein Vater zu seinen besten Zeiten zwei Geliebte gleichzeitig hatte. Und die hatten nicht aufgemuckt.

»Sobald ich kann, stehle ich mich davon.« Er musste sich beherrschen.

»Und fährst noch am selben Tag zurück.«

»Teresa.«

»Dein Guthaben ist aufgebraucht, Schatz. Eigentlich weiß ich gar nicht mehr, warum ich dich liebe.«

Sie liebte ihn.

Obwohl, manchmal …

Neunundzwanzig, bildhübsch, ungebunden.

Liebte sie ihn wirklich?

»Schlaf noch ein bisschen«, verabschiedete er sich müde. »Ich rufe dich heute Abend oder morgen früh noch mal an.«

Wenn er sie am Abend anrief und sie nicht zu Hause war, wäre es noch schlimmer.

»Versuch zu kommen, Schatz!«, bat sie.

»Ich versuch's. Küsschen.«

»Na gut.«

Er ließ den Hörer auf die Gabel gleiten. Eine Minute lang starrte er das schwarze Telefon an. Er musste dafür sorgen, dass man ihm ein modernes Tastentelefon in Rot oder Grau hinstellte.

44

Sie stiegen in das Auto und nahmen automatisch ihre Plätze ein, als folgten sie einer Regieanweisung. Rogelio am Steuer, Virtudes auf dem Beifahrersitz. Anita und Marcela auf der Rückbank.

Es herrschte Stille. Zurückhaltung. Obwohl, nicht ganz.

»Ich weiß nicht, warum du nicht willst, dass Blanca mitkommt«, protestierte Virtudes ein letztes Mal.

»Ich sag's noch mal: Weil die Tante dann auch mitkommen will, und das kommt nicht in Frage.« Da war er unerbittlich.

»Wenn wir es ihr nicht sagen, wird sie es nicht erfahren.«

»Das glaubst auch nur du.« Rogelio schnaubte.

Er ließ den Motor an. Im Rückspiegel warf er seiner Frau und seiner Tochter einen Blick zu und fuhr aufgemuntert durch ihr Lächeln los. Langsam kurvte er durch die Gässchen und nahm die prüfenden Blicke der Passanten oder der Neugierigen hinter den Gardinen wahr.

Gesichter und Augen.

Fünf Minuten später hatten sie das Dorf verlassen.

Der Fußweg dauerte etwa zwanzig Minuten. Vielleicht etwas mehr, wenn man berücksichtigte, dass Virtudes und er schon älter waren und es bergauf ging. Mit dem Auto sparte man nicht viel Zeit, aber man umfuhr auf der zehnminütigen Fahrt über die Landstraße den Berg und konnte die Stelle von der Lichtung aus in zehn oder fünfzehn Minuten erreichen.

Er richtete nur einmal das Wort an seine Schwester, um sich zu vergewissern, dass er auf dem richtigen Weg war.

»Hier entlang, nicht?«

»Ja«, erwiderte seine Schwester.

»Diese Abzweigung gab es damals nicht und den Weg da auch nicht.«

»Du bist schon richtig.«

Er war auf dem richtigen Weg.

Wie oft hatte er sich das ausgemalt?

Zuerst im Krieg, dann im Flüchtlingslager in Südfrankreich, im nächsten Krieg, im Vernichtungslager und schließlich in Südamerika.

Bei jedem Gipfel, jedem Berg, ob in Argentinien, Mexiko oder Kolumbien. Eine andere Erde, andere Bäume, aber dieselben Gefühle.

Es war ein schöner, warmer Tag. Das war auch am 18. und 19. und 20. Juli so gewesen, als er auf seiner Flucht gerannt und gerannt war.

Das Leben war schon merkwürdig.

Er fuhr langsam weiter, sehr langsam, als wollte er nicht vor der Zeit ankommen.

Ausgesprochen merkwürdig.

45

José María hatte sich versteckt, als er das Auto herannahen sah.

Das war töricht. Oder auch nicht. Es war nicht der passende Zeitpunkt für ein Zusammentreffen. Und schon gar nicht mitten auf der Straße, der eine im Auto, der andere zu Fuß. Hätte er vielleicht stehen bleiben und mit ihm reden sollen, als wenn nichts wäre, als handelte es sich um ein Wiedersehen von zwei alten Freunden? Dort mitten im Trubel, mit seiner Familie als Zeugen und dem halben Dorf auf der Lauer?

Alles zu seiner Zeit.

Von seinem Schutzwall aus, einem muffigen Hauseingang, wo der Dampf Hunderter Eintöpfe in die Wände eingezogen war und die Stufen von den Tritten Tausender Füße abgenutzt waren, sah er das Auto mit Rogelio am Steuer vorbeifahren.

Die Staubwolke hatte sich längst gelegt, aber er blieb in seinem Versteck.

Er wusste, wo Rogelio hinwollte.

In die Berge, um das Grab seines Vaters und seines Bruders zu suchen. Und das der sieben anderen Toten. Der zehnte war ja wieder aufgetaucht.

Zeit, alte Wunden zu schließen oder neue aufzureißen. Wenn Letzteres der Fall war, dann würde das Dorf verbluten.

Keiner wusste, wo man sie erschossen hatte. Keiner kannte das Grab. Keiner, außer denen, die damals dabei waren. Und wenn keiner von denen in all den Jahren den Mund aufgemacht hatte, würde er es jetzt erst recht nicht tun.

Die Mütter, die Frauen und die Töchter der Getöteten hatten jahrelang erfolglos nach einer Spur gesucht. Zunächst unauffällig, unbemerkt, denn sie waren lange Zeit Repressalien ausgesetzt und konnten es nur im Verborgenen tun. Allein hatten sie im Morgengrauen oder in der anbrechenden Dunkelheit voller Angst mit ihren eigenen Händen überall gegraben, wo ein Hügel oder eine Unebenheit zu sehen war. Manch eine hatte Blumen mitgebracht und sie wahllos irgendwo abgelegt. Das war lange her. Ferne Vergangenheit. Die Mütter waren gestorben, die Ehefrauen waren zu wortkargen alten Frauen geworden, und die Töchter hatten das Dorf längst verlassen.

Plötzlich kehrte das verfluchte Grab ins Leben zurück. Denn Rogelio wusste, wo es lag.

José María trat aus dem Hauseingang und blickte zum Berg. Groß, bewaldet, schweigend.

Mit der Medizin, die er in der Apotheke gekauft hatte, machte er sich wieder auf den Weg, und als er an der Kirchturmuhr sah, wie spät es war, lief er mit schnellen Schritten nach Hause. Esperanza war bereits aufgestanden und angezogen. Sie wollte gerade das Haus verlassen.

»Tut mir leid«, sagte er.

»Du hast lange gebraucht.«

»Ja.« Er reichte ihr die Medizin. »Wie fühlst du dich?«

»Besser. Ich nehme eine Tablette, dann ist es bald vorbei.«

»Wenn du doch Kopfschmerzen hast …«

»Nein, sie sind schon fast weg. Ich gehe zum Kiosk.«

»Gut.«

Er folgte ihr in die Küche. Sie öffnete die Verpackung, nahm ein Tablettenröhrchen raus, ließ eine Tablette in ein Glas Wasser fallen und füllte es mit ein wenig Wasser. Abwesend sahen beide zu, wie die Tablette sich sprudelnd auflöste.

Der Berg schwieg, ja. Aber in den letzten Stunden war das Schweigen in seinem Haus noch größer. Als wäre zwischen ihnen eine Mauer hochgezogen worden. José María hörte die Stimmen in seinem Kopf:

Sie hat dich aus Mitleid geheiratet, sie hat sich deiner erbarmt, weil sonst keiner da war, weil du Rogelio nahestandst und ihm ähnlich warst, sie hat nie aufgehört, ihn zu lieben, sie hat seinetwegen versucht sich umzubringen, sie hat überlebt, aber sie war nur noch ein Schatten ihrer selbst.

Esperanza trank ihre Medizin.

»Was ist los mit dir?«, fragte sie.

»Nichts.«

»Du bist so ernst und blass. Hast du nicht gut geschlafen?«

»Ich habe mir Sorgen um dich gemacht.«

Sie hielt seinem Blick stand.

Sie stellte das Glas in die Spüle. Sie wusch es nicht gleich ab, wie sie es sonst immer tat.

»Es geht mir besser, wirklich.«

»Schön.«

Esperanza ging an ihm vorbei. Sie gab ihm keinen Kuss, sie streichelte ihn nur mit einem friedfertigen Lächeln und ließ den Duft ihres Eau de Cologne als einzige Spur ihrer Anwesenheit zurück.

46

Rogelio hielt das Auto bei der Lichtung an. Von dieser Seite aus erhob sich der Berg mit dem üppigen Frühlingsgrün und den in der Luft schwebenden weißen Samen abrupt aus dem Nichts empor. Er stieg nicht sanft an, sondern reckte sich steil von der Ebene, wo die Landstraße verlief, dem Himmel entgegen. Kein Weg führte zum Gipfel, aber er war nicht unbezwingbar. Man brauchte gutes Schuhwerk, und das hatten sie alle vier. Das Dorf lag auf der anderen Seite.

»Damals haben wir auch hier gehalten«, sagte er.

Virtudes schluckte. Anita legte die Hand auf seinen Arm. Marcela biss sich auf die Unterlippe, sonst wäre sie in Tränen ausgebrochen.

Er ging voran, machte den ersten Schritt. Und er hörte nicht auf zu reden. Er musste den Klang seiner Stimme hören.

»Seid vorsichtig«, sagte er beim ersten Schritt. »Wie schön es hier ist« beim zweiten. »Soll ich dir helfen?«, fragte er als Nächstes und reichte Anita die Hand.

Sie gingen in Serpentinen bergauf. Von einem Felsen aus sahen sie das Dorf zu ihren Füßen.

»Ich kann mich erinnern, dass ich die Lichter sah, und ich dachte, das sei alles nur ein böser Traum.«

»Das scheint dir ja nicht mehr viel auszumachen«, sagte Virtudes vorwurfsvoll.

»Was willst du? So war es nun mal.«

»Um Himmels willen, Rogelio.«

Er beachtete sie nicht und marschierte weiter. Die Vegetation war wild, an manchen Stellen geradezu feindselig. Dornige

Büsche, Netze mit riesigen Spinnen in der Mitte, das Unterholz stellenweise so dicht, dass kein Durchkommen war, umgestürzte Bäume, die ein Passieren unmöglich machten …

Plötzlich blieb Rogelio stehen. In einiger Entfernung, aber deutlich zu erkennen, lag das Dorf. Nach einundvierzig Jahren blendete ihn all das Grün.

Alle Blicke waren erwartungsvoll auf ihn gerichtet.

»Ich habe die Lichter gesehen«, wiederholte er. »Aber diese Felsen sagen mir nichts …«

Er betrachtete die Bäume, die Erde, ging noch ein paar Schritte weiter, blieb wieder stehen.

»Es war dunkel, wie kannst du dir so sicher sein, dass es hier war?«, fragte Virtudes, die zunehmend nervös wurde.

»Wir alle kannten das Gebiet wie unsere Westentasche, sie und wir.«

»Ich war hier, Rogelio«, erklärte seine Schwester. »Und andere auch. Wir haben nichts gefunden.«

»Weil sie sie an einem schwer zugänglichen Ort erschossen haben.« Er sah sich um. »Jemand sagte: ›Wir müssen sie verschwinden lassen, sie dürfen nie wieder auftauchen.‹«

Virtudes legte eine Hand auf den Mund. Anita stützte sie.

»Die Grube war nicht sehr groß.« Rogelio schien mit sich selbst zu sprechen. »Gerade so, dass wir alle hineinpassten. Sonst … Sie standen vielleicht sieben oder acht Meter entfernt, höchstens zehn. Deswegen ist es ja so merkwürdig, dass sie mich nicht getroffen haben.«

Er kämpfte sich ein paar Schritte durch die Büsche, deren Äste und Dornen sich in seiner Hose verfingen und in den groben Stoff bohrten. Ein Hosenbein hatte schon ein Loch. Aber er ließ sich davon nicht aufhalten. Er kletterte auf den nächsten Felsen, die Frauen blieben in seiner Nähe.

»Ich werde das Grab finden!« Er ballte die Hände zu Fäusten. »Und wenn ich die ganzen nächsten Tage weitersuchen muss …«

47

Blas wusste nicht genau, warum er das Fernglas aufgehoben hatte. Es war ein vorsintflutliches Modell, groß und unhandlich, das besser zu einem erfahrenen Jäger gepasst hätte als zu ihm. Er schoss nur noch gelegentlich auf Kaninchen, aber an das letzte Mal konnte er sich schon gar nicht mehr erinnern. Er hatte das Fernglas vor zwanzig Jahren geschenkt bekommen, und er hatte es behalten.

Das letzte Geschenk seines letzten lebenden Verwandten.

Wie oft hatte er schon darüber nachgedacht, es auf dem Flohmarkt in Madrid zu verkaufen und ein bisschen Geld rauszuschlagen.

Aber er hatte es nicht getan, und jetzt beobachtete er Rogelio auf dem vorstehenden Felsen. Rogelio war auf der Suche nach dem Grab.

»Weiter links und weiter oben …«, murmelte er.

Blas traute sich kaum zu atmen, er hatte Angst, ihn aus dem Blickfeld zu verlieren. Zum Glück trug das Mädchen ein knallrotes Oberteil. Sie war sein Orientierungspunkt.

Auch er hatte das Auto vorbeifahren sehen und gewusst, wo sie hinwollten.

Rogelio zögerte, er war sich offenbar nicht sicher.

»Komm schon, jetzt gib nicht auf, verdammt!«, brummte er.

Blas sah, wie Rogelio vom Stein sprang, nach rechts ging, zurückkehrte und links im Dickicht verschwand. Er hielt den Atem an, und sein Herz schlug schneller. Wenn er gekonnt hätte, hätte er laut geschrien, aber dann hätte er oben auf dem Kirchturm ordentlich Aufsehen erregt.

Rogelio tauchte wieder auf. Er kletterte auf die unteren Äste eines Baumes.

»Dort, ja! Direkt vor dir. Schau hin, schau hin! Worauf wartest du? Siehst du das Gestrüpp nicht? Verdammt, Rogelio.«

Seine Hände krallten sich förmlich um das Fernglas.

Er sah Rogelio, es war der 22. Juni 1977, aber zugleich hatte er die frühen Morgenstunden des 20. Juli 1936 vor Augen, das Chaos, sein Gewehr, die zehn Gefangenen, er hörte, wie Nazario Estrada den Schießbefehl gab, den ohrenbetäubenden Lärm …

»Lass uns eine rauchen, und dann begraben wir sie.«

»Und wenn einer noch atmet?«

»Warum noch eine Kugel verschwenden?«

Rogelio wedelte mit den Armen. Die Frauen halfen ihm herunterzuklettern.

»Gut gemacht, mein Freund.« Blas seufzte.

Rogelio hatte das Grab gefunden.

48

Rogelio war tief bewegt.

»Hier ist es! Hier, hundertprozentig! Ich kann mich erinnern, dass ich den Fels angesehen habe. Ich weiß nicht warum, aber ich habe ihn angesehen und mich müde gefühlt, ich wollte mich hinsetzen. Wir waren alle …!«

Der Fels war nicht sehr hoch, vielleicht einen halben Meter, auf der einen Seite spitz und auf der anderen flach. Es war ein wenig unbequem, aber man hätte sich durchaus darauf setzen können. Der Stein war glatt, von Maserungen durchzogen. Virtudes, Anita und Marcela starrten ihn an, als wäre er ein Zeichen auf einer Schatzkarte.

»Ich habe ihn von … von hier gesehen.«

Mit bloßen Händen riss er das Unkraut heraus und zerbrach die Äste. Die vertrockneten brachen von allein mit einem lauten Knacken. Aber die anderen, noch lebenden, sträubten sich dagegen, abgeknickt zu werden. Seine Bewegungen wurden immer hastiger und fahriger. Wie im Fieber.

»Pass auf, Papa!«

»Du wirst dich noch verletzen, Liebling!«

»Virtudes!«

Seine Schwester hatte sich zu ihm gesellt und half. Der erste Schnitt, der erste Stich, nichts konnte sie aufhalten. Und schon bald beteiligte sich auch Marcela an der Freilegung der Grabstelle.

Auf einmal hielt Rogelio inne.

»Es war hier«, sagte er leise. »Die Grube ging von hier … bis da.« Er deutete auf eine Fläche von ungefähr fünf Metern. »Als ich feststellte, dass ich unverwundet war und dass sie noch nicht angefangen hatten, das Grab zuzuschaufeln, bin ich herausgekrochen und habe mich versteckt.« Er suchte nach dem Felsen. »Hinter dem Felsen da habe ich mich kurz versteckt, bevor ich in der Dunkelheit im Wald verschwunden bin. Und sie …« – er wandte sich zu seiner Familie um – »standen dort.«

Marcela trat ein paar Meter zur Seite, als schwebte das Böse immer noch über ihnen.

Virtudes sank auf die Knie und faltete die Hände.

Anita ging zu Rogelio und umarmte ihn, um ihm Mut und Trost zu spenden.

»Ich habe sie gefunden«, sagte Rogelio. »Meinen Vater, meinen Bruder und die anderen. Ich habe sie gefunden, Liebling. Dort sind sie.«

49

Saturnino hatte Rogelio rufen hören: »Hier ist es! Hier, hundertprozentig! Ich kann mich erinnern, dass ich den Fels angesehen habe. Ich weiß nicht warum, aber ich habe ihn angesehen und mich müde gefühlt, ich wollte mich hinsetzen. Wir waren alle …«

Er wollte nicht weiter hinaufklettern. Das genügte. Sie hatten keine Hacken und Schaufeln dabei, also konnten sie die Leichen nicht ausgraben. Das würden sie auch später nicht tun, sie waren schließlich nicht verrückt. Wo sollten sie die Überreste denn hinbringen? Und wie sollten sie herausfinden, zu wem welche Gebeine gehörten? Er wollte auch vermeiden, entdeckt zu werden. Nicht dass er noch stolperte oder dass sich eine der Frauen umdrehte und er ihr direkt in die Arme lief. Was sollte er dann sagen? Dass er einen Spaziergang machte? Der Sergeant der Guardia Civil des Dorfes vertritt sich ausgerechnet an diesem Ort die Beine? Besser er kehrte zum Streifenwagen zurück und verschwand.

Die Toten, mit ihren Angehörigen.

Er hatte seinen Vater und seinen Großvater zu Grabe getragen.

Na ja, eigentlich nicht er. Seine Mutter und seine Großmutter. Er war 1936 gerade mal etwas über ein Jahr alt, als sie getötet wurden.

Wenigstens hatte man ihre Leichen auf der Straße zurückgelassen.

Er machte sich auf den Rückweg.

»Pass auf, Papa!«

»Du wirst dich noch verletzen, Liebling!«

»Virtudes!«

Er beschleunigte seinen Schritt, er wollte so schnell wie möglich weg. Er fühlte sich wie ein Eindringling. Tränen waren eine sehr persönliche Angelegenheit. Lachen tut man gemeinsam. Die Trauer war etwas Ureigenes, selbst wenn man in den Armen eines anderen Trost suchte und über den Schmerz hinweg eine Brücke zu schlagen versuchte.

Die Stimmen von Rogelio Castro und seiner Familie blieben zurück. Als Teil des Berges.

Saturnino García rannte die letzten Meter und sprang über Steine und Gräben, über die Erde und sein Leben.

50

Mit Ruhe und Geduld rodeten sie einen Teil des Bodens und warfen die Pflanzenteile beiseite. Es bestand kein Anlass mehr zur Eile, das hätte nur zu unnötigen Verletzungen geführt. Die Erde war eben, glatt. Man hätte nicht vermutet, dass sich ein oder zwei Meter darunter neun unter Zeit und Stillschweigen begrabene Leichname befanden. Kein Hügel, keine noch so kleine Ausbuchtung. Die Mörder hatten ganze Arbeit geleistet, sie hatten keine Spuren hinterlassen, aus Vorsicht oder um alles unter den Teppich zu kehren, damit die Zeit den Rest erledigte. Das Grab hatte etwa fünfzehn oder zwanzig Meter Durchmesser und war wie eine Art Plateau in den Hügel eingelassen. Von überall sah man in der Entfernung das Dorf.

Das Dorf mit dem hoch aufragenden Kirchturm. Eine der Glocken schien zu glitzern, obwohl Glocken eigentlich nicht glänzen.

Rogelio war schweißgebadet. Virtudes hatte sich wieder hingekniet und betete. Anita und Marcela hatten sich hingesetzt, um sich einen Moment von der Anstrengung auszuruhen. Sie waren sichtlich ergriffen. Auf einmal sagte das Mädchen:

»Wir könnten nach Hause fahren und Hacken und Schaufeln holen.«

Rogelio wurde klar, dass sie ständig über das Grab gesprochen hatten, aber nie darüber, was sie tun wollten, wenn sie es fanden.

»Das geht nicht.«

»Warum nicht?«, fragte Marcela erstaunt.

»Das geht nicht.«

»Aber da liegen dein Vater und dein Bruder!«

»Marcela, da liegen neun unkenntliche Leichen, Skelette. Vielleicht könnte ich Carlos finden, seine Arme waren gebrochen, aber da sind ja noch andere Familien beteiligt. Keiner darf die Toten einfach so ausgraben, Liebes, auch wenn es die eigenen sind. Das ist illegal.«

»Wie kann das illegal sein? Man hat sie ermordet, und jetzt soll es illegal sein, sie zum Friedhof zu bringen? Was sind denn das für Gesetze?«

Rogelio ging auf seine Tochter zu. Virtudes hob den Kopf und sah sie an.

»Tief ein- und ausatmen.«

»Papa …«

»Psst! Atme.«

»Du bist schon wieder so ruhig.«

»Es ist alles vorbei. Ich habe sie gefunden. Der Rest …«

»Das verstehe ich nicht.« Sie schüttelte den Kopf und kämpfte mit den Tränen.

»Marcela, in ganz Spanien gibt es Hunderttausende von Leichen in Gruben, Straßengräben, Gemeinschaftsgräbern auf Friedhöfen.« Er hielt ihr Gesicht und sah ihr in die Augen. »Bei den meisten weiß man nicht, wo sie liegen, weil die, die den Ort kannten, schon tot sind, ob Mörder oder Angehörige. Die Mörder hätten es nie verraten, und die Angehörigen haben vierzig Jahre in Angst gelebt und kannten oft selbst nicht den genauen Ort. Es ist schwer, das zu überwinden. Wir haben Glück gehabt. Das heißt aber nicht, dass wir sie problemlos da rausholen können. Man kann eine Leiche nicht einfach exhumieren. Dafür braucht man eine Genehmigung, man muss gegen die ganzen Widrigkeiten ankämpfen, Richter finden, die einwilligen …«

»Warum sollten sie nicht einwilligen?«

»Franco ist nicht mal zwei Jahre tot. Dass es Wahlen gibt, ist schon unglaublich. Aber die Toten waren Republikaner. Glaubst du, die Gewinner des Krieges wollen, dass ans Licht kommt, was sie getan haben?«

»Heißt das, sie bleiben hier?« Entsetzt blickte Marcela zu der Grabstelle.

»Die Sache ist nicht einfach, vor allem nicht in diesem Land, egal wie schnell alles in den letzten Monaten gegangen ist. Vielleicht in ein paar Jahren.«

»Wie vielen?«

»Ich weiß es nicht.« Er wollte sie nicht belügen. »Vielleicht wenn eines Tages eine linke Partei regiert.«

»Und wenn es nie dazu kommt?«

»Das wird es, früher oder später. Es ist einer der ersten Schritte, die getan werden müssen, um endlich einen Schlusspunkt unter den Krieg und die nationale Versöhnung zu setzen, denn die Kriege hören erst auf, wenn der letzte Tote in Frieden ruht.«

»Das verstehe ich nicht, Papa. Ich verstehe es einfach nicht«, sagte Marcela mutlos.

Sie fing an zu weinen, und ihre Mutter kam und nahm sie in den Arm.

Rogelio und Virtudes sahen sich an.

»Wenigstens haben sie eine schöne Aussicht«, sagte sie.

Kapitel 8

Mittwoch, 22. Juni 1977

51

Sie aßen schweigend, noch immer in ihren Gefühlen gefangen.

Sie hatten den Vormittag auf dem Berg verbracht und das Grab so weit wie möglich freigelegt und durch Steine markiert. Allmählich hatten sich die Gemüter beruhigt. Virtudes hatte gebetet, Marcela konnte das Geschehene immer noch nicht begreifen, Anita hatte ihm beigestanden, und was war mit ihm?

Er wusste nicht genau, was er fühlte. Frieden. Versöhnung, Wut, Wehmut, Rührung …

Wenn die für ihn bestimmte Kugel ihr Ziel nicht verfehlt hätte, läge er jetzt dort unten, und, was noch schlimmer wäre, das Grab wäre nie gefunden worden. Ein weiteres Grab, das dem Vergessen anheimfiel.

Wenn die Kugel ihr Ziel nicht verfehlt hätte.

Auf so kurze Distanz.

»Möchtet ihr noch etwas?«, fragte Virtudes in die Stille hinein.

Alle kehrten aus ihrer Gedankenwelt an den Tisch zurück.

»Ich nicht, danke, Tante.«

Rogelio und Anita schüttelten den Kopf, also konnte die Hausherrin erst mal sitzen bleiben.

Das Schweigen war gebrochen.

»Kann ich es Blanca sagen?«

»Jetzt ja. Erzähl es, wem du willst.«

»Wirklich?«

»Klar. Blanca hat ein Recht darauf. Soll es doch das ganze Dorf wissen. Alle sollen sie erfahren, wo die Männer liegen.«

Virtudes Blick war ernst.

»Na schön«, sagte sie.

»Und wenn jemand auf die Idee kommt sie auszugraben?«, fragte Marcela.

»Das werden sie tunlichst lassen«, erwiderte Rogelio.

»Wie kannst du dir da so sicher sein?«

»Wie ich dir vorhin gesagt habe: Das verbietet das Gesetz.«

»Und wenn der Bürgermeister etwas unternimmt?«, warf Anita ein.

»Was soll der schon tun?«

»Du hast mir gesagt, sein Vater sei der Anstifter der Gräueltat gewesen. Vielleicht will er die Spuren verwischen.«

»Glaubst du, er schickt einen Trupp Arbeiter in die Berge, damit sie die Leichen ausgraben und verschwinden lassen?« Er schnalzte mit der Zunge. »Das ist doch Unsinn, mein Gott.«

»Ja, aber einfach nichts zu tun …«

»Ich habe es euch gesagt. Lasst den Dingen ihren Lauf. Wir wollten wissen, wo sie begraben sind, und das haben wir herausgefunden. Es ist ein Grab wie jedes andere, zu dem man Blumen bringen kann. Am schlimmsten ist immer die Ungewissheit, wenn man völlig im Dunkeln tappt. Das ist jetzt vorbei.«

»Ich wünschte, ich wäre so selbstsicher wie du«, sagte Virtudes.

»Fühlst du dich denn nicht besser, jetzt, da du weißt, wo Carlos und Papa liegen?« Er griff nach ihrer Hand.

»Doch, schon.«

»Na dann …«

Er kam nicht dazu, den Satz zu beenden. Das Telefon klingelte. Virtudes stand auf und nahm ab. Das Gespräch war nur kurz. Sie blickte ihren Bruder an und reichte ihm den Hörer.

»Es ist für dich«, sagte sie.

»Das wird Lucio sein.« Rogelio stand auf.

»Wer ist Lucio?«, fragte Virtudes.

»Mein Rechtsanwalt in Spanien. Ich habe ihm die Nummer gegeben.«

»Du hast einen Anwalt hier?« Sie sah ihn erstaunt an.

Rogelio hatte den Hörer schon in der Hand.

»Ja, das Unternehmen. Ich erzähl's dir später.« Rogelio legte den Hörer ans Ohr und sagte: »Ja?«

Die helle, klare Stimme des Anwalts mit dem kanarischen Akzent drang an sein Ohr.

»Señor Castro? Hier ist Lucio Fernández.«

»Ah, guten Tag. Wie läuft's denn?«

»Gut«, erwiderte er kurz und knapp. »Ich habe, worum Sie mich gebeten haben.«

»Hat alles seine Richtigkeit?«

»Jaja. Kein Problem. Soll ich Ihnen die Papiere mit der Post schicken?«

»Nein« – Rogelio verzog das Gesicht – »nicht mit der Post. Das dauert zwei oder drei Tage. Schicken Sie bitte einen Kurier. Wenn es geht, heute noch, auch wenn er erst spätabends eintrifft. Sonst gleich morgen in der Frühe.«

»Wie Sie meinen.«

»Und gibt es Neuigkeiten in der anderen Sache?«

»Die Ermittlungen sind mehr oder weniger abgeschlossen.«

»Was haben Sie herausgefunden?«

»Sein Privatleben ... Er hat eine Geliebte hier in Madrid. Aus dem Milieu. Vorstrafen wegen Prostitution und Raub. Er hat ihr eine kleine Wohnung spendiert, aber hinter seinem Rücken führt sie ihr Leben weiter. Diskret, versteht sich. Und beruflich bestätigt sich, was wir schon wussten, obwohl wir gerade noch ein paar Dinge ausgraben und das Puzzle zusammenfügen, ein paar Namen hier und da. Die Spur ist eindeutig, als bewegten die Kerle sich im straffreien Raum und als seien sie absolut sicher, dass ihnen nichts passieren könnte. Die Grundstücke, die Sie gekauft haben, hat er selbst neu bewertet, um den Kauf zu beschleunigen, und ein Gutteil des Geldes ist in seine Taschen gewandert, deswegen haben wir die Zahlungen auf verschiedenen Wegen abgewickelt. Der Kerl war regimetreu bis ins Mark und hat ordentlich dabei verdient. Auch vorher hatte er schon ein paar betrügerische Geschäfte abgewickelt, die man ihm schwer nachweisen kann, aber es lohnt sich nachzuforschen. Wenn man da richtig tief gräbt, werden ziemlich viele schmutzige Geschäfte ans Licht kommen, Señor Castro.«

»Das reicht erst mal.« Er seufzte.

»Der Detektiv ist an der Sache dran.«

»Auch wenn es vielleicht reicht, verfolgen Sie's noch ein paar Tage weiter.«

»Wie Sie meinen.«

»Und der Vater?«

»Nach dem Schlaganfall, tote Hose. Er lebt noch, aber er ist nicht mehr bei Verstand.«

»Gute Arbeit, Lucio.«

»Ich sehe zu, dass ich Ihnen das alles heute noch schicken kann.«

»Da wäre ich Ihnen dankbar, aber es geht ja nicht um Leben oder Tod. Sollte es heute nicht klappen, dann eben morgen, nur die Ruhe.«

»Danke, Señor Castro.«

»Auf Wiederhören.«

Rogelio legte auf. Als er sich umdrehte, stellte er fest, dass Virtudes, Anita und Marcela das Gespräch aufmerksam verfolgt hatten.

52

Eustaquio nahm den Stock und zog sich die Mütze tief ins Gesicht, als Schutz gegen die bleierne Sonne am Himmel, und ging Richtung Tür. Er hatte die Hand schon an der Klinke, da hörte er Blancas Stimme:

»Wo gehst du hin?«

»'ne Runde drehen.«

»Jetzt? Nach dem Essen?«

»Hat der Arzt nicht gesagt, ich soll mich jeden Tag ein bisschen bewegen?«

»Um eine vernünftige Uhrzeit, ja.« Sie verzog das Gesicht.

Eustaquios Hand lag immer noch auf der Klinke.

»Warum bist du immer so gallig?«

»Ich?«

»Am Ende wirst du noch wie deine Mutter.«

»Also wirklich …« Sie schüttelte den Kopf und wandte sich ab.

Eustaquio trat auf die Straße hinaus.

An manchen Tagen schmerzte sein Bein, an anderen nicht. Das hing von der Feuchtigkeit ab, und seit Tagen war es ausgesprochen trocken. Juli und August waren die Hölle, der Juni war auch nicht ohne, aber erträglicher. Eustaquio mochte die Sonne. Er spürte gerne ihre Wärme. In Francos Gefängnissen war die Sonne nur eine Chimäre, es sei denn, es wurde wieder mal die schändliche Hymne der Falangisten *Gesicht zur Sonne* gesungen. Die Gefangenen bekamen die Sonne nie zu Gesicht. Manchmal hatten sie nachts Hofgang. Aber nie am Tag.

Nur einmal hatte man sie drei Tage der Sonne ausgesetzt, und ihre schneeweiße Haut, die seit Monaten im dunklen Verlies keinen Sonnenstrahl mehr gesehen hatte, war verbrannt.

Cosme und Adrián waren damals gestorben.

Es war komisch, dass er sich immer noch an sie erinnerte, aber die Namen der Leute, die er jetzt kennenlernte, sofort vergaß.

An der Ecke blickte er sich um. Ebenso an der nächsten. Er glaubte nicht, dass Blanca ihm nachging, aber man konnte nie wissen. Als er sich sicher war, beschleunigte er seinen Schritt und begab sich zu seinem Ziel.

Die Wege waren kurz, vor allem im alten Teil des Dorfs.

Virtudes machte ihm auf. Sie war nicht überrascht, ihn zu sehen, und ließ ihn eintreten. Danach schloss sie sofort die Tür, damit die Hitze nicht ins Haus eindrang. Eustaquio nahm die Mütze ab.

»Tag, Virtu, störe ich?«

»Überhaupt nicht.«

»Ist Rogelio da?«

»Er macht gerade seinen Mittagsschlaf.«

»Dann warte ich.«

Sie wollten gerade ins Esszimmer gehen, da ertönte Rogelios Stimme.

»Tag, Eustaquio. Ich habe dich gehört. Ich habe nicht geschlafen.«

»Ich kann ja später wiederkommen.«

»Nein, ich habe nur ein wenig geruht. Wir machen in Kolumbien keine Siesta, ich bin nicht daran gewöhnt. Aber Anita schläft tief und fest.«

»Danke.« Er senkte die Stimme.

Virtudes war in null Komma nichts verschwunden. Die Männer gaben sich die Hand und gingen gemeinsam ins Esszimmer. Eustaquio lehnte den Stock gegen den Tisch und ließ sich auf den nächstbesten Stuhl fallen.

»Das Haus war schon immer angenehm kühl.«

Rogelio deutete auf sein Bein.

»Hast du Schmerzen?«

»Nein.« Eustaquio winkte ab.

»Bei so manch einem von uns geht die Seele am Stock. Man sieht es nicht, aber … Möchtest du ein Glas Wasser?«

»Danke. Ich habe zu Hause was getrunken.«

Sie sahen sich an. Rogelio wartete, dass sein Gegenüber das Gespräch begann. Eustaquios Gesicht verfinsterte sich noch mehr. Die Falten wirkten mit einem Mal noch tiefer. Sein Blick war wie versteinert.

Er holte tief Luft und fragte:

»Was machst du hier, Rogelio?«

»Meine Schwester besuchen.« Er hob die Hände.

»Ich meine, hier, in deinem Haus, ohne einen Fuß vor die Tür zu setzen.«

»Ich warte«, erwiderte Rogelio knapp.

»Worauf?«

»Dass was passiert. Weißt du, was ein Katalysator ist?«

»Nein.«

»Nun, ein Faktor, der nicht direkt an einer Reaktion beteiligt ist, sie aber auslöst. Oder so ähnlich.«

»Du bist also gekommen, um Unruhe im Dorf zu stiften.«

»Hier ist schon seit Jahren Ruhe eingekehrt. Ich bin eher gekommen, um die alten Gespenster aufzuscheuchen.«

»Du stellst dir auch Fragen, nicht wahr?«

»Die ganze Zeit über.«

»An erster Stelle, warum du lebst.«

»Nein, die Frage steht nicht an erster Stelle.«

»Was dann?«

Rogelio füllte die Lunge mit Luft und blies sie langsam aus. Seine Finger trommelten auf den Tisch.

»Willst du es mir nicht sagen?«

»Nein, ich brauche erst ein paar Antworten.«

»Und wenn du sie nicht bekommst?«

»Pech.«

Eustaquio beugte sich über den Tisch, um seinen Worten mehr Nachdruck zu verleihen. Sein Blick wurde flehentlich.

»Rogelio, du weißt, du kannst mir vertrauen.«

»Ja, das weiß ich.«

»Wir haben auf derselben Seite gekämpft. Dich hat man erschossen, mich hat man nach Ende des verfluchten Krieges zehn Jahre ins Gefängnis gesteckt. Man hat uns übel mitgespielt, sehr übel.«

»Glaubst du, ich habe das vergessen?«

»Dann lass mich dir helfen.«

»Wobei?«

»Dich zu rächen.« Er sprach noch leiser.

Rogelio lächelte bitter.

»Ich bin nicht gekommen, um mich zu rächen«, sagte er.

»Man hat dir Schaden zugefügt!«

»Uns allen hat man Schaden zugefügt. Hast du dich vielleicht gerächt?«

»Nachdem ich aus dem Gefängnis kam, wollte ich nur ein wenig Ruhe und Frieden, ich wollte vergessen. Ich war einer der letzten Gefangenen, die freigelassen wurden. Ich kam zurück ins Dorf, Blanca war da, sie hat meinen Antrag angenommen. Ich war zehn Jahre älter als sie, ich war kriegsversehrt, aber sie hat meinen Antrag angenommen. Ich habe mich selbst belogen. Bis jetzt. Seit du hier bist …«

»Du hast Blanca immer noch, und deine Ruhe und deinen Frieden auch.«

»Aber ich habe nicht vergessen«, sagte Eustaquio verbittert. »Und du?«

»Ich auch nicht, dabei ist es mir gut ergangen. Vor allem in den letzten zwanzig Jahren.«

»Können zwanzig Jahre Glück einen für das entschädigen, was wir damals durchmachen mussten?«

»Nein, aber sie wiegen es auf.«

»Für mich haben es meine beiden Kinder aufgewogen, bis sie das Haus verlassen haben. Seitdem sind Blanca und ich wieder allein. Ich habe getan, was man von mir erwartet hat. Aber deine Rückkehr hat mir die Augen geöffnet. Ich bin seit Jahren tot, Rogelio. Seit Jahren. Schweigen und alles schlucken. Vor sich hin vegetieren, jeden Tag aufs Neue. Was auch immer du vorhast, bitte lass mich mitmachen.«

»Eustaquio, ich habe wirklich nichts dergleichen vor.«

»Schade.« Er war verwirrt. »Diese Hurensöhne schalten und walten, wie es ihnen beliebt, angefangen bei unserem Ricardo hier im Dorf.«

»Das ist bald vorbei.«

»Glaubst du?«

»Ja, das glaube ich. Du wirst sehen. In fünf Jahren wirst du dieses Land nicht wiedererkennen.«

»Da bist du aber sehr optimistisch.«

»Ich bin kein Optimist, sondern Realist. Wir können nicht weiter isoliert, abgeschottet von Europa leben, Nabelschau betreiben und uns von der Kirche diktieren lassen, was wir zu tun und zu lassen haben.«

»Du hattest doch auch Geschichte in der Schule, oder?«

»Ja, klar.«

»Immer wenn Spanien an der Heiligen Mutter Kirche rühren wollte, gab es Krieg. Diese Mistkerle auf ihren Kanzeln sind schlimmer als die Generäle.«

Rogelio rang sich ein Lächeln ab.

»Ich glaube, wir sind der Kriege überdrüssig. Der letzte war zu viel. Es sind vierzig Jahre vergangen, und die Wunden sind immer noch nicht verheilt.«

»Und der Wirbel, den du hier im Dorf ausgelöst hast?«

»Wenn das ein oder andere Gewissen aufgewühlt wurde …«

»Was dann?«

»Ich habe lediglich Fragen, aber ich werde sie nicht stellen. Wenn es Antworten gibt, werden sie zu mir kommen, ohne dass ich einen Finger krümmen muss.«

»Deshalb verlässt du das Haus nicht?«

»So ist es.«

»Ich verstehe dich nicht.«

»Gib mir ein paar Tage«, bat er. »Auf jeden Fall danke, dass du gekommen bist.«

»Wie gern würde ich …«

»Lass«, unterbrach er ihn. »Aber du sollst wissen, dass ich sehr bald in einer anderen Sache auf dich zukommen werde.«

»Was meinst du?«

»Geschäfte.«

»In meinem Alter?« Seine Augenbrauen hoben sich.

»Das Alter spielt keine Rolle. Nur das Blut.«

Virtudes streckte den Kopf zu Tür herein und wartete, bis die beiden Männer sich ihr zuwandten.

»Kann ich euch etwas anbieten?«

»Nein danke«, sagte Rogelio.

»Ich gehe zu deiner Frau«, sagte sie zu Eustaquio und wandte sich dann an Rogelio: »Hast du es ihm schon gesagt?«

»Nein, das wollte ich gerade tun.«

»Was willst du mir sagen?« Er runzelte die Stirn.

Virtudes verschwand. Sie hörten nicht, wie sie das Haus verließ.

53

Als Erstes fragte sie Blanca: »Wo können wir reden, ohne dass deine Mutter uns hört?«

Blanca sah sich um, als wäre ihre Mutter allgegenwärtig, als säße sie mit gewetzten Klauen da und hätte ihre Ohren überall.

»Wollen wir einen Spaziergang machen?«

»Bei der Bullenhitze?«

»Dann lass uns in den Patio gehen.«

»Komm.«

»Geh schon mal vor. Ich komme nach. Ich vergewissere mich, dass sie zufrieden und abgelenkt ist.« Zufrieden war nicht möglich. Abgelenkt schon. Der Fernseher dröhnte lautstark, obwohl Teodora um diese Zeit gewöhnlich längst eingenickt war.

Virtudes zog sich in den hinteren Teil des Patios zurück. Blanca ließ nicht lange auf sich warten, sie war gespannt wie ein Flitzebogen. Sie wischte sich die Hände an der Kittelschürze ab, die sie im Haus immer trug.

»Was ist denn los?«, fragte sie leise. »Aber jag mir bloß keine Angst ein! Meine Nerven.«

»Nichts ist los.« Sie legte die Hand auf ihren Arm.

»Warum bist du nur immer so hibbelig? Ich wollte dir bloß was erzählen.«

»Jaja. Das letzte Mal, als du mir bloß was erzählen wolltest, hast du mir eröffnet, dass dein Bruder noch lebt.«

»Hör zu.« Virtudes wollte keine Zeit verlieren, nicht dass Teodora doch plötzlich auftauchte und das Gespräch unterbrach. »Wann kommen deine Kinder das nächste Mal ins Dorf?«

»Meine Kinder? Keine Ahnung … Wieso?«

»Hast du ihnen nicht erzählt, dass Rogelio hier ist?«

»Doch, aber sie kennen ihn ja kaum, und sie haben viel Arbeit.«

»Dann ruf sie an und sag ihnen, sie sollen am Wochenende kommen. Rogelio will sie sehen.«

»Beide?«

»Ja.«

»Aber …«

»Blanca.« Virtudes legte die zweite Hand auf den anderen Arm. »Also, das, was ich dir jetzt verrate, darfst du auf keinen Fall weitersagen. Nicht deiner Mutter und auch sonst keinem. Wenn du nicht den Mund hältst, werden Fina und Miguel leer ausgehen, das sag ich dir.«

»Wovon sprichst du? Bei was sollen sie leer ausgehen?«

»Schwöre, dass du den Mund hältst!«

»Meinetwegen. Ich gehöre nicht zu den Leuten, die dem Erstbesten, der ihnen begegnet, alles auf die Nase binden!«

»Du nicht, aber deine Mutter schon.«

»Ich werde ihr nichts sagen, aber du kennst sie doch, sie ist wie ein Luchs, ihr bleibt nichts verborgen!«

»Bei der Sache bleibt sie außen vor, davon wissen nur wir und deine Kinder, wenn sie kommen. Und bei dem, was es ihnen einbringt, werden sie auch ihren Mund halten, das kann ich dir versichern.«

»Willst du mir jetzt langsam mal verraten, worum es geht?« Blanca wurde ungeduldig.

»Die Dinge hier werden sich ändern.« Virtudes' Augen glänzten. Sie lächelte.

»Hier? Wo?«

»Na, im Dorf! Wo sonst?« Sie spannte ihre Cousine noch einen Moment auf die Folter, bevor sie die Katze aus dem Sack ließ. »Rogelio wird die Fabrik kaufen und auf den Feldern am Fluss eine Blumenplantage errichten.«

Blancas Miene verdüsterte sich.

»Was redest du denn da?«

»Du hast es doch gehört. Die Grundstücke hat er schon gekauft. Und das mit der Fabrik geht diese Woche über die Bühne.«

»Und das heißt?«

»Dass es genug Arbeit für alle gibt. An erster Stelle natürlich für die Familie«, erklärte sie stolz. »Fina und Miguel haben eine Zukunft hier, die Schufterei in Madrid hat ein Ende, und sie hängen nicht länger in der Luft.«

»Na ja, also so …«

»Blanca, Fina hat schon den dritten Anlauf genommen, und Miguel hält es doch nirgendwo länger als einen Monat aus.«

»Sie haben einfach Pech gehabt«, verteidigte Blanca ihre Kinder.

»Wie auch immer, damit ist jetzt Schluss.«

»Woher weißt du das eigentlich?«

»Fina hat mir das ein oder andere erzählt.«

»Was du nicht sagst, und am Ende bin ich an allem schuld. Darf man fragen, was meine Tochter noch so erzählt?«

»Kannst du das jetzt mal beiseitelassen.« Virtudes wurde wütend. »Es ist die Chance ihres Lebens, ihre, unsere, auch deine. Deine Kinder werden zu dir zurückkommen und ein glückliches Leben haben, eine Zukunft! Warum, meinst du, will Rogelio sonst die Fabrik kaufen? Rache? Geld? Nein! Geld hat er genug, und man kann es für vieles nutzen! Er will das Beste für das Dorf, auch wenn er es halbtot verlassen hat! Er liebt das Dorf, und er wird es den Estradas und Konsorten wegnehmen!«

»Wenn das keine Form von Rache ist.«

»Jetzt sei nicht so engstirnig.«

»Mein Gott, sie haben auf ihn geschossen. Sie wollten ihn töten!«

»Er will die Vergangenheit ausradieren. Das hat er mir gesagt, und ich glaube ihm. Er ist ein anderer Mensch geworden, ruhig, besonnen, und die beste Art, die Vergangenheit hinter sich zu lassen, ist, die Dinge zum Positiven zu verändern, etwas Gutes zu hinterlassen. Ich hoffe, Fina und Miguel sind schlau genug, das zu begreifen.«

»Sonst wird ihr Vater ihnen den Kopf abreißen.«

»Und Rogelio auch.«

»Wie kann dein Bruder nur so denken?« Blanca konnte es nicht glauben.

»Ich weiß es nicht, aber ich sehe ihm in die Augen und … Manchmal sehe ich Vater in ihm und manchmal Mutter. Es klebt kein Blut an seinen Händen. Vielleicht hat er sie dafür gehasst, was sie uns angetan haben. Wahrscheinlich hat der Wunsch, sie zu töten, ihn anfangs am Leben erhalten. Aber dann hat er diese Frau kennengelernt, und alles war anders. Ich vermute, das ist die Kraft der Liebe.«

»Sie lieben sich, nicht wahr?«

»Sehr. Man glaubt nicht, dass sie schon zwanzig Jahre zusammen sind. Und das Mädchen ist ein Goldstück, klug, ein wahrer Engel.«

Sie saßen eine Weile schweigend unter dem Sonnenschutz, einem Dach aus Schilfrohr mit einer Bitumenschicht. Im Hintergrund hörte man leise den Fernseher. Ferne, abgehackte Stimmen. Manchmal von Musik untermalt.

»Du hast von mehreren Sachen gesprochen«, erinnerte sie Blanca.

»Ja.« Sie drückte wieder ihre Arme.

»Ach«, seufzte Blanca.

»Wir waren heute auf dem Berg. Rogelio, seine Frau, ihre Tochter und ich.«

»Ich verstehe nicht ganz.«

»Rogelio hat das Grab gefunden.«

Blanca wurde schneeweiß.

»Was?«, sagte sie leise und legte die Hände auf den Mund.

»Wir kennen jetzt den Ort, wo man sie erschossen und begraben hat. Wir haben ihn mit Steinen markiert.«

»Mein Gott, Virtu!« Blanca brach in Tränen aus »Onkel Lázaro, Carlos und die anderen …«

Virtudes nahm sie in den Arm, und dann gab es für Blanca kein Halten mehr.

»Aber wie …?«, stammelte sie.

»Glaubst du, man vergisst den Ort, an dem man getötet wurde?«, flüsterte Virtudes ihr ins Ohr und strich ihr über den Kopf.

54

Blas hatte Esperanza seit Tagen nicht gesehen, Ezequiel hatte sie im Kiosk vertreten, aber nun stand sie wieder hinter der Theke.

Verändert. Dünner, blass, mit Augenringen.

»Tag, Blas.«

»Tag.«

Ohne zu fragen, legte Esperanza zwei Päckchen Celtas auf die Theke und wartete auf das Geld. Als sie die Kasse öffnete, spürte sie, dass Blas' Blick auf ihr ruhte.

Manchmal war jede Frage überflüssig.

Blas stellte sie trotzdem.

»Hast du ihn gesehen?«

Esperanza machte die Kasse zu und legte das Wechselgeld auf die Theke. Sie versuchte, ihre Stimme möglichst normal klingen zu lassen, als sie fragte: »Wen?«

Blas schnaubte.

»Esperanza, bitte.«

»Hast du ihn gesehen?« Ihre Augen blitzten vor Wut.

»Nein.«

»Na also.«

»Aber ich werde ihn sehen.«

»Wenn er bleibt, werden wir ihm zwangsläufig begegnen, oder? Das ist immer noch ein Dorf.«

»Ein Dorf voller Gerüchte, aber nichts Genaues weiß man nicht.«

»Ach, Blas.«

»Weißt du, warum er hier ist?« Er ließ nicht locker.

»Nein.«

»Ich schon.«

»Und warum ist er hier, Blas?«, fragte sie müde.

»Meinetwegen.«

Damit hatte sie nicht gerechnet. Ihr Gesichtsausdruck veränderte sich. Die Niedergeschlagenheit wurde von Zweifel und Unruhe verdrängt.

»Wie meinst du das?«

»Es ist so, Esperanza. Er weiß es noch nicht, aber es ist so.« Er wiederholte es noch einmal, als wollte er sich selbst überzeugen oder seinen Worten mehr Nachdruck verleihen, damit sie ihn verstand. »Es ist so.«

»Ist alles in Ordnung mit dir?«

»Ja.«

Esperanza musterte sein Gesicht, die traurigen Augen, die ernste Miene. Blas gehörte nicht zu den Leuten, die Scherze machen. Noch nie. Und schon gar nicht über ein solches Thema.

»Du ...?« Er wusste nicht, wie er die Frage formulieren sollte, er wusste ja nicht mal recht, was er eigentlich fragen wollte.

»Weißt du, warum er noch lebt?«

»Nein«, gestand sie.

Blas nahm die Zigarettenpäckchen und steckte je eines in seine Jackentaschen. In seinem Innern hörte er seine eigene Stimme sagen:

»Es bin doch nur noch ich übrig, Esperanza. Nur ich, der Jüngste von allen, die damals bei dem Hinrichtungskommando dabei waren. Ich habe mich vor ihn gestellt. Ich wollte ihn retten, ich habe über seinen Kopf hinweggeschossen, wir waren doch Freunde. Er war mein Freund. Ich habe verhindern können, dass dein Verlobter starb, aber später dachte ich, er sei im Krieg gefallen. Bis heute habe ich das gedacht, verstehst du, Esperanza? All die Jahre habe ich mit Rogelios Blick gelebt. Diese Augen ... Seine Augen ...«

»Gib auf dich acht.« Er drehte sich um und ging zur Tür.

Sie wollte ihn zurückrufen.

Sie tat es nicht.

Manchmal hatte sie das Gefühl, ihr würde der Schädel platzen.

Auf der Straße beschleunigte Blas seinen Schritt. Er eilte bis zur nächsten Ecke, und erst als er dahinter verschwunden war, riss er eines der Päckchen auf und gönnte sich eine Zigarette.

Er nahm einen tiefen Zug.

Er hielt den Rauch in seinem Innern fest, er streichelte seine Lunge. Dann stieß er ihn langsam aus.

An die Wand gelehnt, nahm er noch drei ausgiebige Züge, als plötzlich, wie aus dem Nichts, Martina vor ihm auftauchte.

»Was machst du denn hier?«, fragte sie erstaunt.

»Ich rauche.«

»Das sehe ich. Ich will wissen, warum du hier stehst.«

»Einfach so.« Er zuckte die Achseln. »Ich komme gerade aus dem Kiosk und wollte eine rauchen. Ich habe Esperanza gesehen.«

»Ach, und?«

»Wie immer. Und wo gehst du hin?« Damit hatte sie nicht gerechnet.

»Zu Rogelio.«

»Warum?«, fragte er alarmiert.

»Mein Vater will nicht länger warten, er ist völlig außer sich. Er hat den ganzen Morgen gezetert, ich solle zu ihm gehen und ihm sagen, dass er auf keinen Fall zu ihm kommt. Ich hab's dir ja schon erzählt. Jetzt hat er wieder damit angefangen, dass er ihm das schuldig sei und so weiter.«

»Glaubst du, Rogelio geht darauf ein?«

»Keine Ahnung.«

»Na ja.« Er senkte den Kopf. »Wir werden ihm alle früher oder später gegenüberstehen. Da ist es nicht schlecht, wenn er mit deinem Vater anfängt.«

»Und worauf wartest du? Warum gehst du nicht zu ihm?«

»Martina …« Er machte eine abwehrende Handbewegung.

»Sag schon!«

»Warum sollte ich?«

»Sag es mir oder ich schwöre dir, ich …« Sie hielt inne.

Blas blickte nach rechts zur Plaza. Die Insel, auf der alle irgendwie zusammenlebten.

»Auf der Stelle«, drängte sie ihn.

»Es ist wegen Virtudes«, sagte er.

»Verdammt, Blas.« Sie presste die Kiefer aufeinander. »Du hast mir erzählt, du seist vor vierzig Jahren in Virtudes verliebt gewesen, aber jetzt …«

»Darum geht es nicht«, unterbrach er ihren Protest.

»Und worum geht es dann?«

Sein Blick wanderte wieder zur Plaza. Die alten Leute suchten den Schatten der Bäume. Die Kinder spielten. Das Rathaus, die Kirche, das immer gleiche Bild.

Und er eine Million Lichtjahre entfernt.

Er gab auf. Er konnte nicht mehr.

»Weil Virtudes glaubt, ich hätte ihren Vater und ihren Bruder getötet, Martina. Darum geht es.«

»Und warum sollte sie das glauben?« Sie ließ ihn nicht einen Moment verschnaufen.

Blas kämpfte mit den Tränen.

Wann hatte er zum letzten Mal geweint?

»Weil Rogelio es ihr wahrscheinlich gesagt hat«, sagte er leise.

»Blas …«

»Du hattest recht.« Er sah ihr in die Augen, niedergeschlagen, aber auch erleichtert nach all der Zeit. »Als du mich gestern Abend gefragt hast … Du hattest recht, ich war dabei, als sie erschossen wurden. Ich war dabei, aber …«

Die Stimme von vorhin kehrte zurück, nur dass sie nach außen drang.

»Es bin doch nur noch ich übrig, Martina. Nur ich, der Jüngste von allen, die damals bei dem Hinrichtungskommando dabei waren. Ich habe mich vor ihn gestellt. Ich wollte ihn retten, ich habe über seinen Kopf hinweggeschossen, wir waren doch Freunde. Er war mein Freund. Ich habe verhindern können, dass er starb, aber später dachte ich, er sei im Krieg gefallen. Bis heute habe ich das gedacht, verstehst du, Martina? All die Jahre habe ich mit Rogelios Blick gelebt. Diese Augen … Seine Augen …«

55

Rogelio öffnete die letzten Kisten im Schuppen, die meisten staubig und verrostet. Sie waren unter den Betten und alten Brettern begraben gewesen.

Kinderspielzeug, Erinnerungen aus der Jugendzeit, Überreste seiner Vergangenheit.

Virtudes hatte tatsächlich alles aufgehoben.

Vielleicht hatte sie gedacht, wenn sie eines Tages heiraten und Kinder bekommen würde …

Er war allein. Er wollte sich mit den Erinnerungen konfrontieren, ohne dass Anita oder Marcela ihm Fragen stellten. Anita ertrug seinetwegen schon genug, auch wenn es aus Liebe geschah. Und Marcela sollte das Leben genießen. Der Morgen war für alle eine harte Prüfung gewesen.

Mehr konnte er von ihnen nicht verlangen.

Auch wenn sie eine Familie waren.

Die vergammelten Alben mit den Sammelbildern; die halb zerfallenen Comic-Hefte; die handgeschnitzte Pistole; die Uhr seines Großvaters …

Plötzlich hörte er ein Räuspern hinter sich, er hatte Virtudes gar nicht kommen hören.

»Rogelio.«

»Ja.« Er drehte sich um.

»Du hast Besuch.«

»Jetzt? Wer …?«

»Martina, Florencios Tochter.«

»Florencio«, wiederholte er nachdenklich.

»Kommst du, oder soll ich sie zu dir bringen?«

»Nein, ich komme schon.«

Virtudes verschwand. Er legte die Erinnerungen in die Kiste zurück und verschloss sie wieder sorgfältig mit dem Deckel. Als er sich aufrichtete, spürte er einen stechenden Schmerz und die Kühle des Schuppens in den Knochen.

Martina saß im Esszimmer. Allein. Virtudes war von Natur aus nicht neugierig, außerdem war sie mit der Vorbereitung des Abendessens beschäftigt und würde kaum in den Flur huschen, um zu lauschen. Rogelio sah sich einer vierzigjährigen Frau mit harten, groben Gesichtszügen gegenüber, die aber durchaus attraktiv war. Kräftige Hände, weiche Rundungen, straffe Brüste, schöner Mund und willensstarker Blick. Er erinnerte sich, dass Florencio, der Älteste aus der Gruppe, ein Jahr vor dem Krieg Vater geworden war.

Martina stand auf, als sie ihn kommen sah.

»Setz dich doch.« Er duzte sie.

Das tat sie umgekehrt nicht.

»Entschuldigen Sie die Störung.« Sie stand immer noch.

»Du störst nicht, wirklich.« Er lächelte, um sie zu beruhigen, denn sie wirkte äußerst angespannt. »Mein Gott, das letzte Mal, als ich dich gesehen habe, warst du gerade mal so groß.« Mit den ausgestreckten Händen deutete er die Größe eines Säuglings an.

»Ja.« Sie wusste nicht, was sie sagen sollte.

»Wie geht es deinen Eltern?«

»Deshalb bin ich hier.« Sie senkte den Kopf, fast schon unterwürfig. »Ich weiß, Sie sind gerade erst angekommen und Sie haben viel zu tun, Sie wollen Zeit mit Ihrer Schwester verbringen, die verlorene Zeit aufholen, aber … Meinen Eltern geht es gut. Ich weiß nicht, ob Sie wissen, dass mein Vater all die Jahre im Verborgenen gelebt hat.«

»Ja, ich weiß. Es ist unfassbar.«

»Mein Vater schickt mich.«

»Kann ich etwas für ihn tun?«

»Sie sollen ihn besuchen.«

Rogelio blieb gelassen. Er forderte sie nicht noch einmal auf, Platz zu nehmen. Es war klar, dass sie ihm nur die Botschaft überbringen und wieder verschwinden wollte.

»Warum kommt er nicht selbst hierher?«

Auf die Frage war Martina vorbereitet.

»Er sagt, Sie müssen zu ihm kommen, das seien Sie ihm schuldig.«

Er hatte mit allem Möglichen gerechnet, aber nicht damit. Das musste er erst mal verdauen.

»Er ist hiergeblieben, Señor Rogelio«, wollte Martina erklären.

»Und ich bin geflohen, meinst du?«

»Ich glaube nicht, dass es darum geht.« Je länger sie sprach, desto selbstsicherer wurde sie, vielleicht weil ihr Gegenüber so freundlich und gelassen war. »Aber es ist noch nicht lange her, dass er, na ja, sein Loch verlassen hat, und er tut sich immer noch schwer damit, sich auf der Straße zu zeigen. Das Fernsehen lässt ihm keine Ruhe, sie wollen ihn unbedingt interviewen, den Raum filmen, in dem er eingesperrt war, und so weiter. Sie haben ihm sogar Geld geboten.«

»Und er weigert sich.« Rogelio lächelte.

»Genau.«

»Typisch Florencio.« Er lächelte noch breiter. »Stur wie ein Esel.«

»Bitte.«

Die anderen hatten im Krieg auf der Seite Francos gekämpft. Nicht so Florencio.

Ja, er hatte recht: Er war es ihm schuldig.

»Keine Sorge, sag ihm, ich komme. Wahrscheinlich noch heute. Und sag ihm, es tut mir leid, dass er erst jemanden schicken musste.«

»Danke.«

»Nein. Ehrlich, als Virtudes mir das geschrieben hat … du weißt nicht, wie oft ich an ihn gedacht habe.«

Martina seufzte erleichtert. Aber gleich danach biss sie sich auf die Unterlippe.

»Da ist noch jemand, der Sie sehen möchte«, wagte sie sich vor.

»Wer?«

»Blas Ibáñez.«

Den Nachnamen hätte er nicht gebraucht. Er kannte nur einen Blas. Aber sie hatte keine Missverständnisse aufkommen lassen wollen. Oder ihn daran erinnern, dass es noch weitere Überlebende im Dorf gab.

Rogelio verschanzte sich hinter einer Mauer des Schweigens. Diesmal währte sein Schweigen länger und war nicht so leicht zu deuten.

»Er will nicht hierherkommen, wegen Ihrer Schwester, wegen Virtudes.« Sie senkte die Stimme. »Aber ich versichere Ihnen, es ist wichtig, dass Sie ihn treffen. Er hat mir eine Geschichte erzählt …«

»Was für eine Geschichte?«

»Das geht nur Sie und ihn etwas an.« Sie sah ihn eindringlich an. »Aber, glauben Sie mir. Sie müssen ihn treffen, je früher, desto besser. Vielleicht wird Ihnen dann alles klar, sofern das nicht schon geschehen ist.«

»Und wenn mich das nicht interessiert?«

»Die Wahrheit interessiert Sie nicht?«

Die Haustür ging auf. Anita und Marcela kamen von ihrem Spaziergang zurück. Sie waren offenbar zu Fuß losgezogen, denn er hatte kein Motorengeräusch gehört. Sie würden gleich hereinplatzen.

»Wohnt Blas immer noch in seinem Haus?«

»Wo sonst?«, erwiderte Martina, als sei die Frage vollkommen abstrus.

56

Vielleicht wurden sie beobachtet, denn fünf Minuten nachdem Martina gegangen war, klingelte das Telefon.

»Nimm du ab«, bat er Anita.

Sie leistete seiner Bitte Folge, nahm den Hörer und sagte mit ihrer sanften Stimme:

»Hallo?«

Die Stimme am anderen Ende bebte leicht.

»Ist Marcela da?«

»Wer spricht denn da?«

»Ezequiel.«

»Einen Moment, bitte.«

Sie legte die Hand auf die Muschel und blickte zu Rogelio.

»Das ist dieser Junge, Ezequiel. Er fragt nach Marcela.«

Er musste schmunzeln.

»Ja, bloß keine Zeit verlieren.«

»Sie ...?«

»Nein, ich meinte ihn.«

»Was soll ich tun?«

»Na ruf sie ans Telefon.« Was für eine Frage.

Anita verließ das Wohnzimmer. Rogelio starrte das Telefon an. Einen Moment lang überlegte er, ob er sich zurückziehen sollte, damit seine Tochter ungestört telefonieren konnte. Er änderte seine Meinung, als er sie kommen sah. Sie kam nicht direkt angerannt, aber man merkte, dass sie es kaum erwarten konnte. Sie nahm den Hörer, ohne sich daran zu stören, dass er im Raum saß und zuhörte.

»Ezequiel?«

»Hallo.«

»Hallo. Was gibt's?«

»Nichts. Ich wollte nur … na ja, ich wollte dich fragen, ob du heute Abend mit mir essen gehst.«

»Heute Abend?«

»Wenn du noch nichts vorhast …«

»Nein, ich habe nichts vor.«

»Vielleicht willst du ja einen Spaziergang machen, wie gestern.«

»Warte, warte.«

Marcela ließ den Hörer sinken und blickte zu ihrem Vater. Der tat so, als ob er völlig in die Lektüre der Zeitung vertieft wäre. Er beobachtete sie aus den Augenwinkeln. Sie überlegte.

»Also …«

»Ja?«

»Wo soll's denn hingehen?«

»Es gibt hier in der Nähe ein nettes Restaurant, an der Landstraße, vor der Kreuzung. Man isst sehr gut dort, und man hat eine fantastische Aussicht.«

»Hört sich gut an.«

»Klar.« Er wollte sie ermuntern. »Du kennst ja niemanden hier, und ich führe dich ein wenig herum.«

»Aber ich kann abends nicht einfach so ausgehen.«

»Nein?«

»Einen Moment.«

Sie ließ den Hörer wieder sinken und deckte mit der Hand die Muschel ab. Rogelio tat weiter so, als ob er läse.

»Papa?«

»Ja?« Rogelio sah von der Zeitung auf.

»Ezequiel möchte mich heute Abend zum Essen einladen.«

Ezequiel, der Sohn von Esperanza, seiner ehemaligen Braut.

Das Leben hielt seltsame Schläge bereit.

»Du schließt schnell Freundschaft«, meinte er.

»Papa …«

»Jaja, das ist ein Kaff, ich weiß.«

Anita erschien in der Tür und blieb an den Rahmen gelehnt stehen. Sie wirkte amüsiert.

»Ein Rendezvous?«

»Papa denkt drüber nach.«

Anita sah ihren Mann an.

»Du willst sie doch nicht etwa hier einsperren? Sie ist immerhin schon neunzehn.«

»Nein, aber das geht mir alles ein bisschen zu schnell.«

»Kennst du ihn?«

»Ezequiel? Ja, ich weiß, wer er ist.«

»Er ist der Sohn der Kioskbesitzerin«, erklärte Marcela.

Rogelio schwieg. Er sagte nicht, dass er auch der Sohn von José María Torralba war.

Von dem José María Torralba, den er gerade durch das Fenster auf das Haus zukommen sah und den er nach all den Jahren an seinem fehlenden linken Arm erkannte.

Rogelio stand auf.

»Meinetwegen«, sagte er rasch.

»Danke, Papa.« Marcelas Augen leuchteten.

»Anita, mach bitte die Tür auf.« Er deutete auf das Fenster und die Gestalt, die schon fast die Tür erreicht hatte. »Sag ihm, er soll warten, ich möchte allein mit ihm sprechen.«

»Wer ist das?«

Marcelas Stimme vermischte sich mit seiner.

»Ezequiel? Kein Problem. Hol mich heute Abend ab, ja? Ich muss jetzt auflegen.«

»Das ist der Vater von dem Jungen am Telefon«, sagte Rogelio zu Anita.

»Dann ist er …?«

»Ja.«

Marcela hatte aufgelegt. Anita wusste nicht recht, was sie tun sollte. Es klopfte an der Tür.

Rogelio ballte die Hände zu Fäusten und öffnete sie wieder, das war alles.

57

José María wusste nicht, ob Rogelio ihm die Hand reichen würde.

Er streckte sie ihm trotzdem hin.

Und Rogelio drückte sie.

Er wusste nicht, ob Rogelio ihn nicht vielleicht hochkant hinauswerfen würde.

Das tat er nicht.

Die beiden setzten sich ins Esszimmer. Nach einundvierzig Jahren saßen sie einander gegenüber, von Angesicht zu Angesicht.

An einem anderen Ort hätten sie sich nicht wiedererkannt.

Nur dort, im Dorf, wo auf einmal alles möglich war.

José María sprach als Erster.

»Ein komisches Gefühl, dich zu sehen«, sagte er.

»Für mich auch … Und das da …« Er deutete auf den hochgeklappten Ärmel auf der linken Seite.

»Eine Bombe. Na ja, eine Granate. Sie hat ihn mir weggerissen. Aber die beiden neben mir hat's schlimmer erwischt. Dem einen hat sie das ganze Gesicht zerfetzt. Der andere war auf der Stelle tot.«

»Das war hart, oder?«

»Das brauche ich dir doch nicht zu sagen.«

»Aber ihr habt gewonnen.«

Er hatte das ohne einen Anflug von Bitterkeit gesagt, er hatte lediglich eine Tatsache konstatiert. Man konnte die Uhr nicht zurückdrehen.

José María versuchte, seinem Blick standzuhalten.

»Wir haben überlebt.«

»Ist das alles?«

»Ja.« José María zuckte die Achseln.

»Darf ich dich etwas fragen?«

»Was du willst.«

Da war kein Raum für Höflichkeitsfloskeln, für schöne Worte oder dafür, sich etwas vorzumachen. Nicht zwischen ihnen beiden.

»Dann sag mir, warum du die Seiten gewechselt hast«, verlangte Rogelio.

»Um nicht auch im Grab zu enden.«

»Sie haben uns in der Nacht hingerichtet, im Morgengrauen. Du hast die Entscheidung einen Tag vorher getroffen, als die ersten Schüsse fielen. Aber tief in deinem Innern warst du schon immer ein Rechter, wir hatten oft genug darüber diskutiert.«

»Ich wusste, was passieren würde, Rogelio.«

»Warum warst du dir so sicher?«

»Mit Nazario Estrada und der Guardia Civil auf der Seite der Aufständischen? Da brauchte man doch nur zwei und zwei zusammenzuzählen.«

»Und was ist mit der Würde?«

»Die habe ich beiseitegeschoben und mich für das Leben entschieden.«

Rogelio wartete einen Moment ab.

»Heute habe ich es gefunden«, sagte er.

»Bist du deswegen hier? Um das Grab deines Vaters und deines Bruders zu suchen?« Er wusste, wovon er sprach.

»Und um meine Schwester zu besuchen, mein Zuhause. Und um mich zu erinnern und ins Leben zurückzukehren, nach all der langen Zeit.«

»Ja, es ist viel Zeit vergangen, nicht wahr?«

»Zu viel.«

»Wie bist du entkommen?«

»Das ist eine der beiden Fragen, die ich klären möchte.«

»Weißt du das denn nicht?«

»Nein.«

»Mein Gott, sie haben auf dich geschossen!«

»Ich wurde von keiner Kugel getroffen. Ich bin gefallen, weil ich meinen Vater gestützt habe, der sich nicht mehr auf den Beinen halten konnte. Er wurde von zweien in die Brust getroffen. Dann haben sie eine Zigarette geraucht. Ich bin aus der Grube gekrochen und in der Dunkelheit verschwunden, ohne mich auch nur einmal umzudrehen.«

»Aber wie ist das möglich?«

Darauf hatte Rogelio keine Antwort. Er schwieg. José María schien in sich zusammenzusinken, es ging ihm offenbar schlecht. Rogelio konnte seine Eingeweide rumoren hören.

»Du hast gesagt, du willst zwei Fragen klären. Welche noch?«

»Wer uns verraten hat.«

Das Schweigen wurde dicht und kalt wie ein nebliger Morgen nach dem Wintereinbruch.

»Warum glaubst du, dass euch jemand verraten hat?«, fragte José María blass. »Ihr wurdet überrascht ...«

»Nein.« Er sprach bestimmt. »Sie wussten, wo wir waren, und haben uns gezielt geholt. Der Bürgermeister und die anderen.«

»Es wird euch jemand gesehen haben.«

»Wir haben sorgsam darauf geachtet, dass uns bei unserer Flucht keiner beobachtet und dass wir keine Spuren hinterlassen. Ich habe mich nur einem Menschen anvertraut.«

»Wem?« José María wurde noch blasser.

»Esperanza.«

»Aber sie hat doch nicht ...«

»Ich weiß. Ich habe ihr geschworen, dass ich wiederkommen würde.«

»Und du hast dein Versprechen gehalten.«

»Ein wenig spät, aber ich bin gekommen.«

»Vielleicht einer der anderen.«

»Als sie uns eingesperrt haben, vor dem nächtlichen Spaziergang, haben wir darüber gesprochen. Keiner von uns hat etwas verraten. Dafür blieb ja auch kaum Zeit. Ich war der Einzige.«

»Mensch, Rogelio, das ist doch absurd.« Er fuhr sich mit der Hand durchs Gesicht.

»Vielleicht werde ich keine Antworten bekommen. Nach all der Zeit ...«

»Lebt noch einer von dem Hinrichtungskommando?«

»Ja.

José María sah ihn mit großen Augen an.

»Wer?«

»Das geht nur mich was an.«

»Hast du vor, ihn zu töten?«

»Warum glaubt hier jeder, ich sei gekommen, um irgendjemanden zu töten?«

»Weil jeder andere an deiner Stelle genau das tun würde.«

»Ich bin aber nicht jeder.« Er wollte das Thema nicht weiter verfolgen und ging zu einer Gegenfrage über. »Warum bist du gekommen, José María?«

Die Frage traf sein Gegenüber wie ein Schlag.

Ein sanfter Schlag, aber immerhin ein Schlag.

»Ich möchte dich um Verzeihung bitten, denke ich mal.«

»Weil du die Seiten gewechselt hast?«

»Nein, dafür nicht. So war's eben damals. Ich möchte dich um Verzeihung bitten, weil ich Esperanza geheiratet habe.«

»Ich fasse es nicht!«

»Als der Krieg zu Ende war ...«

»Liebst du sie?«

»Ja.«

»Hast du sie damals auch schon geliebt?«

»Sie war allein, hilflos und traurig.«

»Das ist keine Antwort auf meine Frage.«

»Ja, ich habe sie geliebt.«

»Dann ist doch alles gut.« Er machte eine beschwichtigende Geste, sein Ausdruck war nach wie vor gelassen. »Ich weiß, dass du dich um sie gekümmert hast, dass ihr Kinder habt. Ja, es ist alles gut.«

»Hat Virtudes dir das berichtet?«

»Ja.«

»Alles?«

»Ja. Ich weiß, dass ihr nach dem Krieg zusammengefunden habt. Ihr habt fünf Kinder bekommen, zwei sind gestorben, Vicente macht sich gut in der Fabrik und hat eine große Zukunft vor sich, Rosa fühlt sich in Madrid wohl, Ezequiel ist ein guter Junge.«

»Das ist nicht alles, mein Freund.«

Freund.

José María hatte es ohne Bitterkeit gesagt, aber Rogelio stieß es tief in seinem Inneren bitter auf.

»Habe ich was vergessen?«

»Esperanza hat sich die Pulsadern aufgeschnitten, als sie gehört hat, dass du tot bist.«

»Gütiger Gott …«

»Sie wollte nicht mehr leben, verstehst du? Sie ist wahnsinnig geworden. Ihr wolltet heiraten, und sie ist wahnsinnig geworden, als sie dich verloren hat. Zum Glück habe ich sie rechtzeitig gefunden. Ich wollte sie besuchen, um ihr Mut zuzusprechen, als das Gerücht von der Erschießung umging. Sie hatte viel Blut verloren, und ich habe ihr das Leben gerettet. Ihre Eltern haben sie vor den anderen versteckt, und der Arzt, Don Raimundo, ist ein paar Wochen später auch hingerichtet worden. Keiner hat je davon erfahren. Sie hat die Narben immer unter langen Ärmeln oder vielen Armbändern und Schmuck verborgen. Nicht einmal unsere Kinder kennen den wahren Grund. Sie glauben, es war ein Unfall im Krieg. Glasscherben.«

Rogelio rang um Fassung.

Vergebens.

»Verdammt, José María. Dieser Scheißkrieg.«

»Ich war dein bester Freund. Wir waren ein Herz und eine Seele, erinnerst du dich? Ich musste etwas tun und …«

»Ich wusste, dass du etwas für sie empfunden hast.«

»Sie war das schönste Mädchen im Dorf.«

»Ein Engel.«

»Ja, ein Engel«, pflichtete José María ihm bei.

Rogelios Kehle war trocken, aber er wollte nicht aufstehen. Vielleicht konnte er auch nicht. Auch seinem Gast bot er kein Wasser an. Plötzlich war das Gespräch ein gegenseitiges Abtasten. Vergangenheit und Gegenwart. Zwei alte Männer, die sich gegenseitig die Rechnung präsentieren.

»Dir ist es gut ergangen«, sagte José María.

»Ich denke, ja.«

»Du hast überlebt, du hast eine junge, schöne Frau, eine wunderbare Tochter, du bist reich …«

»Vor zwanzig Jahren hätte ich gerne mit dir getauscht.«

»Aber dann hast du sie kennengelernt.«

»Anita, ja. Sie hat mir das Leben gerettet.«

»Das ist hier nicht mehr, was es mal war, Rogelio.« Als wollte er das Kapitel abschließen.

»Doch, ich glaube schon«, widersprach Rogelio. »Sogar der Bürgermeister ist der Sohn des alten. Und dein Freund.«

»Er ist kein schlechter Kerl. Er hat viel für das Dorf getan.«

»Er ist ein korruptes Faschistenschwein, dessen Tage gezählt sind.« Rogelio hatte es langsam gesagt und ihm dabei in die Augen gesehen. »Und sein Vater war noch schlimmer.«

»Woher weißt du das?«

»Ich weiß mehr, als du denkst, José María. Und ich will dir etwas sagen: In einem Punkt hast du recht. Ich bin reich. Geld öffnet viele Türen.«

José María ließ sich zurücksinken.

Der fehlende Arm fiel so noch stärker auf.

»Du verachtest mich, nicht wahr?« Er fuhr sich mit der Hand durchs Gesicht.

»Ich denke eher, du verachtest dich selbst, und du bist hierhergekommen, weil du auf Erlösung hoffst.«

»Ich bin jedenfalls nicht gekommen, um mich von dir beleidigen zu lassen.«

»Ich will dich nicht beleidigen. Ich habe dir immer die Wahrheit gesagt. Dafür waren wir Freunde.«

Es reichte. José María stand auf.

Rogelio nicht.

Der Abstand zwischen den beiden Männern hätte kaum größer sein können.

»Bleibst du länger?«

»Ich weiß es nicht.«

Die erste Frage diente nur der Wegbereitung der zweiten.

»Wirst du Esperanza treffen?«

»Nein, wenn du es nicht willst.«

»Aber sie wird dich sehen wollen.«

»Dann werde ich ihr diesen Wunsch erfüllen.«

»Sag ihr …«

Das Zögern war der Anfang seiner Niederlage.

»Was, José María? Was soll ich ihr sagen, nachdem ich nach vierzig Jahren wiederauferstanden bin?«

José María machte drei Schritte. Er stand in der Esszimmertür.

»Nichts«, sagte er.

Dann ging er, und Rogelio blieb allein zurück.

Kapitel 9

Mittwoch, 22. Juni 1977

58

Er hatte alles erwartet, aber das nicht.

Und so schnell.

»Señor Estrada, Señor Matas ist am Telefon.«

Er gab sich alle Mühe, seine Unruhe zu verbergen, doch kaum hatte Graciela die Tür geschlossen, stürzte er sich auf das Telefon und riss den Hörer von der Gabel. Als Graciela ihn verband und er das Klicken in der Leitung hörte, legte er sofort los:

»Was gibt's?«

»Da kannst du jetzt aber nicht meckern.«

»Hast du was rausgefunden?«

»Kann man so sagen.«

»Verdammt, Eduardo.«

»Gönn mir doch den kleinen Spaß. Es war nicht so schwierig, aber es ist trotzdem eine Meisterleistung. Man muss nur wissen, wen man anrufen muss.«

Ricardo Estrada schloss die Augen.

Manchmal hatte er das Gefühl, das angenehme Leben in Madrid ließ alle verblöden.

»Nun mal raus mit der Sprache.«

»Vorab muss ich dir sagen, dieser Rogelio Castro ist kein undurchsichtiger Kerl. Es ist, als würde er eine Spur hinter sich herziehen, wie eine Schnecke. Viele Gesellschaften, viele Unternehmen, aber keine krummen Geschäfte oder Transaktionen. In Spanien kennt ihn keine selige Sau, obwohl er auch hier Geschäfte macht, aber in Kolumbien kennt ihn jeder. Seine Geschäfte laufen gut, und vor allem das mit den Blumen wirft ordentlich was ab. Er verwaltet ein kleines Imperium.«

»So reich ist er?«

»In der Tat. Er kann tun und lassen, wozu er lustig ist, also …«

»Also was?« Ricardo Estrada erstarrte, als Matas innehielt.

»Ich hab's nicht dabei belassen, im Außenministerium herumzufragen. Ich habe auch bei der Industrie- und Handelskammer angerufen, bei allen, die mit Handel zu tun haben. Damit du hinterher nicht sagst, ich hätte nicht alle Möglichkeiten ausgeschöpft.«

»Und was hast du herausgefunden?«

»An die Geschäfte von vor ein paar Monaten oder Jahren erinnerte sich keiner mehr, aber stell dir vor, wo unser Señor Castro gerade seine Finger drin hat. Er ist zwar Spanier, aber weil das Geld aus Kolumbien kommt, wusste der ein oder andere mit meiner Nachfrage etwas anzufangen. Du weißt ja, wenn Leute aus dem Ausland in Spanien investieren, gehen die Alarmglocken an.«

»Und in was investiert er?«

»Du hast mir doch von diesen Grundstücken erzählt, die du neu bewertet und im Dorf verkauft hast.«

»Ja, und sprich gefälligst leise. Nicht dass dich noch jemand hört.«

»Keine Sorge, ich bin allein.« Matas machte eine Pause. »Die hat er gekauft.«

Ricardo Estrada lief es eiskalt den Rücken runter.

»Bist du dir da sicher? Das wurde doch alles von Anwälten geregelt, für eine Firma namens Proynosa mit Sitz in Madrid.«

»Die gehört ihm. Vielleicht nur Tarnung oder was auch immer, aber sie gehört ihm. Sie wird von einem gewissen Lucio Fernández geleitet, einem dieser modernen Anwälte mit ganz neuen Methoden.«

Ricardo Estrada gefror das Blut in den Adern. Selbst seine Fingerspitzen waren taub.

»Dieser Mistkerl kauft dein Dorf auf, Ricardo.« Damit hatte Matas ihm den Gnadenstoß versetzt.

»Ein paar Grundstücke sind noch nicht das Dorf.«

»Irgendwas wird er damit vorhaben, aber das ist noch nicht das Schlimmste.«

»Und was ist das?«

»Du hast ihm neu bewertete Ländereien zu einem überhöhten Preis verkauft, den er ohne zu murren bezahlt hat. Ein großes Geschäft für dich. Ich hab's dir gesagt. Das Dorf hat seinen Schnitt gemacht und die Gemeindekasse gefüllt, ihr könnt das Schwimmbad bauen, aber du ... Wir haben noch darüber gesprochen, wie blöd die von der Proynosa sind, erinnerst du dich?«

Ricardo Estrada blickte aus dem Fenster. Eine einzelne Wolke verdeckte die Sonne.

»Ricardo?«

»Jaja.«

»Da ist noch etwas.«

Die Hand, die den Hörer umfasst hielt, ballte sich vor Wut zusammen.

Noch etwas?

»Was denn?«, fragte er leise.

»Castro hat mit seinem spanischen Kompagnon noch eine Firma gegründet, die Macrogesa, hinter der, wer hätte es gedacht, die Proynosa steht, und die wird die Fabrik im Dorf kaufen. Wahrscheinlich schon heute oder morgen ...«

»Verdammt, Eduardo.«

Der Ausruf war eigentlich nicht an seinen Gesprächspartner gerichtet. Es war ein Schrei der Verzweiflung.

Und als wäre nicht schon alles klar, fügte Eduardo Matas noch hinzu: »Der Kerl wird sich dein Dorf unter den Nagel reißen, Ricardo. Und ich weiß nicht warum, aber ich habe das Gefühl, er weiß, dass du ihn mit dem Grundstückspreis über den Tisch gezogen hast, und er hat den Obolus mit Freuden an dich gezahlt.«

59

Vicente betrat das Haus und ließ einen seiner Brüller los, die seine Mutter in früherer Zeit immer so verärgert hatten.

»Du bist ein schlechtes Vorbild für deine Geschwister!«, hatte sie immer gesagt.

»Das mache ich nur, damit du weißt, dass ich da bin«, hatte er ihr zur Antwort gegeben.

»Ich weiß, dass du da bist. Ich habe die Tür gehört, ich habe Ohren wie ein Luchs.«

Das war lange her, aber er erinnerte sich gern daran. Manchmal benahm er sich wie ein Teenager und nicht wie ein fünfunddreißigjähriger gestandener Mann.

Doch diesmal kam sie ihm nicht entgegen.

»Mama?« Er ging in den Flur.

»Ich bin hier«, hörte er seinen Bruder Ezequiel sagen.

Die Tür zu seinem Zimmer war angelehnt. Er öffnete sie ein wenig und sah seinen Bruder allein vor dem Spiegel sitzen. Auch wenn er inzwischen dreiundzwanzig war, blieb er für Vicente immer »der Zwerg«, »der Kleine«, der Nachzügler nach dem Tod der beiden Brüder. Im Radio sang Demis Roussos leise *To die next to you my love*.

»Hallo, du Flegel«, begrüßte er ihn.

»Was machst du denn hier um diese Zeit?«

»Nichts, ich wollte nur kurz nach Mutter sehen, bevor ich nach Hause gehe.«

»Sie ist im Kiosk.«

»Geht es ihr besser?«

»Ich glaube schon. Merkwürdig, dass es ihr schlecht geht.«

Ezequiel betrachtete sich erst von der einen dann von der anderen Seite im Profil. Er fuhr sich noch mal mit dem Kamm durchs Haar.

»Du musst dich jetzt um sie kümmern.« Vicente seufzte.

»Wieso?«

»Tu's einfach.«

»Was ist los?« Ezequiel wandte sich vom Spiegel ab.

»Nichts.«

»Geht das schon wieder los?«

»Es ist nichts.«

»Es ist nichts? Mama hat Kopfschmerzen, geht nicht in den Kiosk, du kommst nach der Arbeit hier vorbei, sagst, ich soll mich um sie kümmern, und da soll nichts sein?« Er steigerte sich noch mehr in seine Wut. »Verdammt, es reicht! Wieso sagt ihr mir kein Sterbenswörtchen darüber, was vor sich geht!«

»Schrei nicht rum. Nachher hört sie dich noch, wenn sie zurückkommt.«

»Warum darf ich nicht schreien? Immer diese Geheimniskrämerei, bloß alles schön unter den Teppich kehren! Ich bin doch kein Kind mehr!«

»Doch, das bist du ...«

»Verdammte Sch...!«

Er stürzte sich auf seinen Bruder. Er schlang seine Arme um ihn, schubste ihn aufs Bett und setzte sich auf ihn. Vicente leistete fast keinen Widerstand.

»Siehst du, alter Mann?«, sagte Ezequiel.

»Ich kann dich immer noch locker besiegen.«

»Ach ja?«

»Lass mich los.«

»Nein.«

»Was willst du?«

»Du sagst mir auf der Stelle, was los ist und warum ich mich um Mutter kümmern soll.«

»Ezequiel …«

Er erhöhte den Druck, damit sein Bruder der Umklammerung nicht entkommen konnte.

»Das ist alles wegen dem Neuankömmling, nicht wahr?«

Vicente hielt seinem Blick stand.

Ezequiel hatte recht, er war kein Kind mehr.

»Was weißt du über ihn?« Er gab nach.

»Nichts. Nur das, was im Dorf geredet wird. Dass er im Krieg geflohen und jetzt reich zurückgekehrt ist. Und dass er der Bruder von Señora Virtudes ist.«

»Lass mich los«, wiederholte Vicente.

»Wirst du es mir jetzt endlich erzählen?«

»Ja, geh runter.«

Ezequiel ließ seinen Bruder los und stand auf. Er stellte sich vor ihn. Vicente richtete sich auf, blieb aber auf dem Bett sitzen.

Er suchte nach den passenden Worten.

»Der Mann war Mutters Verlobter. Sie wollten heiraten, aber dann kam der Krieg dazwischen.«

»Was?« Ezequiels Miene verzerrte sich.

»Mutter war am Boden zerstört. Die Narben an den Handgelenken …«

»Hör auf!« Er erschauderte.

»Ja, sie hat es versucht. Wie durch ein Wunder konnte Papa sie retten.«

»Verdammt.« Ezequiel atmete vernehmlich aus.

»Kannst du dir das vorstellen?«, fuhr sein Bruder fort. »Sie hat geglaubt, er sei tot, und dann taucht er von jetzt auf nachher auf, gesund und munter. Ein starkes Stück.«

»Aber da ist nichts mehr …«

Sie sahen sich an, Unsicherheit lag in ihrem Blick.

»Ich weiß nicht. Es sind mehr als vierzig Jahre vergangen.«

»Und woher weißt du das?«, fragte Ezequiel irritiert.

»Ich habe es per Zufall erfahren.« Vicente zuckte mit den

Achseln. »Außerdem bin ich zwölf Jahre älter als du. Denk nicht, dass sie es mir erzählt hätten. Vater war der beste Freund von diesem Rogelio, und du siehst, wie es kommen kann.«

»Aber Vater hat auf der Seite Francos gekämpft und dieser Rogelio auf der anderen Seite.«

»Ja.«

»Scheiße.« Das war Ezequiel so rausgerutscht.

»Jetzt weißt du's, aber es ist ein heikles Thema. Es ist nicht gut, wenn die Kinder die Geheimnisse ihrer Eltern kennen, aber noch schlimmer ist es, wenn die Eltern erfahren, dass die Kinder Bescheid wissen. Verstehst du, was ich damit sagen will?«

»Ja.«

»Gut.« Er stand auf. »Jetzt musst du dich erst mal wieder herrichten.« Er runzelte die Stirn und fragte: »Wo gehst du denn so geschniegelt hin?«

Ezequiel sah ihn abwesend an.

Sein Gesichtsausdruck war ernst.

»Was ist denn?«, fragte Vicente.

»Ich habe ein Rendezvous mit Marcela, seiner Tochter.«

Vicente verschlug es die Sprache.

»Du machst Witze.«

»Nein.«

»Und wie …?«

»Ich habe sie zufällig getroffen, wir sind ein wenig spazieren gegangen, und heute sind wir zum Abendessen verabredet. Das ist alles.«

»Sie soll blendend aussehen.«

»Das ist untertrieben.«

Vicente lehnte sich an die Wand. Ezequiels Anzug hing auf dem Bügel. Und die Krawatte. Seine einzige Krawatte. Das war mehr als eine einfache Verabredung. Er warf sich in Schale wie für eine Gala. Im Radio wurde jetzt *Eres toda una mujer* von Albert Hammond gespielt.

Wie passend. Sie war tatsächlich eine richtige Frau.

»Sei vorsichtig«, war das Einzige, was er ihm als älterer Bruder raten konnte.

Alles andere behielt er für sich.

60

Rogelios Hand hielt den Türklopfer umfasst. Drei Sekunden lang. Lange Sekunden. Dann klopfte er zweimal.

Das Geräusch hallte durchs Haus. Es war immer schon alt gewesen, aber jetzt noch mehr. Dicke Steinwände, kleine Fenster, es wirkte vernachlässigt, ein Zeichen der Lieblosigkeit des Bewohners. Die Tür hatte schon angefangen von unten zu faulen.

Blas öffnete, und die beiden sahen sich an.

Sekunden wurden zur Ewigkeit.

Nur ein Wort.

»Bitte.«

Der kurze Weg zum Esszimmer. Es war unverändert, dieselben Stühle, dieselbe Anrichte wie damals, und die traurige Anmutung eines Hauses, in dem eine weibliche Hand fehlt. Tabakgeruch hing überall in der Luft. Das einzig Neue war der Heizofen, der in der Ecke auf die Kälte von Herbst und Winter wartete.

Rogelio hatte das Gefühl, er wäre durch einen Zeittunnel in die Vergangenheit gereist.

Doch Blas und er waren inzwischen vierzig Jahre älter.

»Setz dich. Wein?«

»Nein, danke.«

»Ich brauche einen.«

Er ließ Rogelio allein zurück, kam aber schon bald zurück. Die Küche war gleich nebenan. Er brachte Rotwein im Tetrapack und zwei Gläser mit, falls Rogelio es sich doch anders überlegte. Bleischwer ließ Blas sich auf den Stuhl fallen.

Er schenkte sich ein halbes Glas von dem Fusel ein und stürzte es auf einmal hinunter.

»Musst du dich betrinken, um mit mir zu reden?«, fragte Rogelio.

»Quatsch.« Er stellte das Glas auf den Tisch.

Der nächste Blickkontakt war entspannter. In jeder Falte ihrer Gesichter und im matten Feuer ihrer Augen funkelten Geheimnisse, Fragen, Zugeständnisse und die Gewissheit, dass vierzig Jahre vergangen waren.

»Die einundsechzig Jahre sieht man dir nicht an«, sagte Blas anerkennend.

»Du hingegen …«

»Ja, ich weiß.«

»Das letzte Mal, als ich dich gesehen habe, hast du mit einem Gewehr auf mich gezielt, da oben.« Er deutete durch das Fenster auf den Berg. »Dann hast du auf mich geschossen.«

Blas lächelte gezwungen.

»Nein«, sagte er.

»Was, nein?«

»Ich habe nicht auf dich geschossen, Rogelio. Wenn ich das getan hätte, wärst du jetzt nicht hier. Vierzig Jahre Ungewissheit, das war eine lange Zeit. Und auf einmal …«

»Du hast also in die Luft geschossen?«

»Ja.«

»Wieso?«

»Das fragst du mich?« Blas' Augen verengten sich zu Schlitzen. »Wir waren Freunde, um Himmels willen.«

»Am 18. Juli war's mit der Freundschaft vorbei.«

»Nein, Rogelio, das stimmt nicht.«

»Es war dein Vater, nicht wahr?«

»Ja«, gestand er.

»Er hat dir die Waffe in die Hand gedrückt.«

»Ich musste mich entscheiden.«

»Auch ich bin meinem Vater gefolgt.«

»Nein, du warst tief in deinem Innern ein Idealist, ein Linker.

Weder Kommunist noch Anarchist … Einfach nur ein Linker. Du hattest Überzeugungen. Ich nicht. Ich hatte einen Vater und große Angst. Es ging um Leben oder Tod. Und ich habe mich für das Leben entschieden.«

»Wir hatten uns entzweit«, sagte Rogelio. »Zwischen uns war ein Abgrund. Auf der einen Seite José María, du, der Mistkerl von Ricardo, klar, bei dem Vater, und auf der anderen Eustaquio, Florencio, ich und …«

»Als ob es gestern gewesen wäre, nicht?«

»Ja.«

Blas goss sich noch ein Glas Wein ein und trank es wieder in einem Zug aus. Er legte dabei den Kopf in den Nacken, damit der Alkohol besser durch die Kehle floss.

»Dann hast du mir also das Leben gerettet«, sagte Rogelio.

Blas antwortete nicht gleich.

Sie hatten keine Eile.

Das Leben bestand aus Kreisen, die sich beständig öffneten und schlossen.

»Als ich an jenem Abend hörte, dass sie dich gemeinsam mit den anderen geschnappt hatten, hatte ich große Angst«, berichtete Blas. »Ich hatte mich gefreut, dass du fliehen konntest, und plötzlich hatte man dich verhaftet. Es gab einen großen Aufruhr, alle schrien wild durcheinander, aber der Wortführer war der Bürgermeister, Nazario, und natürlich die Guardia Civil. Jemand fragte, was denn mit euch passieren solle, ob man euch einsperren solle oder was, und der Bürgermeister sagte, der beste Rote sei immer ein toter Roter, Problem gelöst. Er sagte, man müsse euch erschießen, und da habe ich diesen Schritt getan. Ich habe mich freiwillig für das Erschießungskommando gemeldet, weil mir klar war, das war deine einzige Chance.«

»Du bist ein solches Risiko eingegangen?«

»Das Beste war, dass keiner Verdacht geschöpft hat. Der Hass kam einfach so auf, unter Freunden, unter Geschwistern … Es gab keine Zweifel. Keiner hat irgendetwas in Frage gestellt, es gab nur schwarz oder weiß. Ich wusste, dass es nur eine winzige Chance gab, dich zu retten, und entweder das Glück war auf unserer Seite und ich machte meine Sache gut, oder ... Kannst du dich noch an Details erinnern?«

»Klar. An jeden einzelnen Moment. Wir wurden aus unserer Gefängniszelle geholt, sie haben uns Mützen und Kapuzen übergezogen und uns unter Schlägen und Beschimpfungen in einen LKW bugsiert. Dann mussten wir absteigen und im Dunkeln den Berg hinaufmarschieren, wobei wir immer wieder strauchelten und hinfielen. Ich wusste nicht, wer uns führte, bis man uns die Kopfbedeckungen abnahm. Da habe ich dich gesehen.«

»Du hast kein Wort gesagt.«

»Ich habe dich nur angesehen. Du wirktest so ernst und konzentriert.« Rogelio schluckte. »Du hast mich also nicht verfehlt, weil deine Hand gezittert hat.«

»Nein. Dein Glück war, dass man dir nicht die Hände gefesselt hatte, weil du deinen Vater stützen musstest. Bei den anderen waren sie gefesselt. Das erschien mir wie ein Zeichen, und in dem Moment wusste ich, es könnte klappen. Ich habe mich vor dich gestellt, damit ich derjenige war, der auf deine Brust zielte, und ich dachte, du würdest es verstehen ...«

»In dem Moment konnte ich an nichts anderes denken als daran, dass ich gleich sterben würde.«

»Íñigo, der neben mir stand, hat auf deinen Vater geschossen. Zwei Mal. Ich habe in die Luft gezielt, über deinen Kopf. Dann seid ihr beide nach hinten gefallen.«

»Ja, mein Vater hat mich mitgerissen.«

»Da war ich mir nicht sicher.« Blas war mit einem Mal aufgewühlt. »Es gab viele Möglichkeiten. Dass sie euch einem nach dem anderen den Gnadenschuss versetzen würden, um sicherzugehen. Deswegen habe ich mir was einfallen lassen.«

»Das warst auch du?«

»Ja, ich habe gesagt: Es ist alles totenstill, lasst uns erst mal eine rauchen, um runterzukommen, ich schaufele das Grab dann später zu. Ich war ja auch der Jüngste. Und wenn tatsächlich noch einer schnaufen würde, könnten wir uns die Kugel doch sparen.«

»Und alle haben gelacht.«

»Aber das war der springende Punkt, Rogelio. Du hast alles gut gemacht, du hast dich nicht gerührt, den günstigen Moment und die Dunkelheit genutzt, um … Ich wusste nicht, ob du es begriffen hattest.«

»Ich war halbtot vor Angst. Ich habe meinen Vater losgelassen, mich zu Carlos gebeugt, dessen Gesicht blutüberströmt war, weil man ihm in die Stirn geschossen hatte, und dann habe ich die Tränen und meinen Schmerz runtergeschluckt und über den Rand der Grube gespäht. Ich habe euch dort stehen und reden sehen, als wenn nichts geschehen wäre, und dann bin ich über die andere Seite geflohen. Ich wäre nie auf den Gedanken gekommen, dass du …«

»Nicht einmal in all den Jahren?«

»Manchmal …« Rogelio ließ den Kopf sinken, ohne den Satz zu beenden, und als er wieder aufsah, sagte er: »Jetzt brauche ich doch einen Schluck.«

Blas füllte sein Glas. Doch Rogelio nippte nur.

»Vierzig Jahre lang hast du mich für ein Charakterschwein gehalten.«

»Ja.«

»Verdammt, Rogelio.«

Rogelio hatte feuchte Augen, er war wie gelähmt, gefangen in seinem Körper. Er war mit zwei offenen Fragen in das Dorf gekommen und hatte schon die erste Antwort.

Er trank noch einen kleinen Schluck Wein.

»Warum hast du mich dann nicht gleich nach deiner Ankunft getötet?«, fragte Blas.

»Hör auf. Wusstest du, dass ich überlebt hatte?«

»Als ich das Grab zuschaufelte, habe ich trotz der Dunkelheit gesehen, dass du nicht mehr da warst. Zur Sicherheit habe ich bei euch angefangen. Und das war auch gut so, denn später haben andere geholfen, Pablo Izquierdo, Manuel Soria und Conrado Pujalte, damit es schneller ging. Die Gefallenen waren mucksmäuschenstill. Entweder waren alle tot, oder sie haben sich zusammengerissen, um keinen Gnadenschuss verpasst zu bekommen, auch wenn sie so bei lebendigem Leib begraben wurden. Nazario Estrada wollte so schnell wie möglich zurück ins Dorf, um nichts zu verpassen. Ich erinnere mich, dass er auf euer Grab gespuckt und uns zugerufen hat, wir sollten es gut tarnen, damit es nie gefunden würde. Und falls je einer den Mund auftäte … Ich war nicht mehr bei mir, mein Herz raste. Der Wahnsinn, Rogelio, der helle Wahnsinn. Ich habe mehrfach in Richtung Wald geblickt und dir Glück gewünscht. Als der Krieg vorbei war und ich nichts von dir gehört habe, dachte ich, du wärst vielleicht woanders gefallen.«

»Wie du siehst, war dem nicht so.«

»Du verkaufst Blumen, weil du immer eine im Hintern hattest, und zwar eine richtig große.«

Zum ersten Mal lächelten sie.

»Mensch, Blas.«

»Verdammt, Rogelio.«

Sie standen auf und fielen sich in die Arme. Sie drückten sich fest und klopften sich gegenseitig den Staub vom Rücken.

61

Ein Hupen ließ Marcela aufhorchen, doch da hatte ihre Mutter ihn schon längst draußen erspäht.

»Er ist mit dem Auto gekommen.«

»Ach ja?«

»Und er hat sich in Schale geworfen.« Fast hätte Anita gepfiffen. »Er sieht toll aus mit Anzug und Krawatte.«

»Anzug und Krawatte?« Marcela war sichtlich überrascht.

»Das nenne ich mal ein Rendezvous. Wie es sich gehört.«

»Mein Gott! Und ich in diesem Aufzug!«

»Du siehst sehr hübsch aus, mein Kind.«

»Wer ist da?«, fragte Virtudes, als sie das Esszimmer betrat.

»Ein Junge«, erwiderte Marcela. Sie wandte sich an ihre Mutter: »Was meinst du, soll ich besser was anderes anziehen?«

»Blödsinn. Das ist perfekt!«

»Was für ein Junge?«, fragte Virtudes verwundert. »Du bist doch gerade erst zwei Tage hier.«

»Er heißt Ezequiel Torralba, Tante.«

Virtudes erstarrte.

»Aber …«

Sie kam nicht dazu, ihren Satz zu Ende zu sprechen. Es klingelte an der Tür, und niemand schenkte ihr Beachtung. Sie schob ihren Kummer beiseite.

»Soll ich ihn hereinbitten, oder gehst du raus?«, fragte Anita.

»Nein, nein, ich geh schon.« Marcela graute bei der Vorstellung, dass die beiden ihn musterten und ihre Bemerkungen machten. Das musste sie um jeden Preis vermeiden.

»Viel Spaß!«, sagte Anita.

»Danke. Auf Wiedersehen, Tante.«

Und schon war sie auf dem Weg zur Tür, sie bemerkte weder das Lächeln im Gesicht ihrer Mutter noch die ernste Miene ihrer Tante. Der Junge war nervös. Sie sahen sich an.

»Wow«, sagte er. Er wollte auf keinen Fall dumm rüberkommen.

»Mit Krawatte, alle Achtung.« Sie lächelte.

Sie standen ein wenig beklommen da, und er streckte ihr die Hand hin.

Marcela drückte sie, trat auf ihn zu und drückte ihm einen Kuss auf die Wange. Ihr Blick fiel auf das Auto, ein Seat 600 ohne großen Schnickschnack, aber top gepflegt.

»Und das?«

»Zu Fuß ist es zu weit, und ein Bus fährt um die Uhrzeit nicht mehr.«

»Ist das dein Wagen?«

»Nein, er gehört meiner Mutter. Aber sie fährt so gut wie nie damit.«

»Der ist aber schnuckelig.«

Ezequiel sah das Auto an. Er wäre nicht auf den Gedanken gekommen, es als »schnuckelig« zu bezeichnen. Er öffnete die Beifahrertür für sie, wartete, bis sie Platz genommen hatte, ging um das Auto herum und setzte sich ans Steuer. Die Krawatte schnürte ihm den Hals zu. Das letzte Mal, als er eine Krawatte getragen hatte, war er zu einer Beerdigung gegangen. Und davor zu einer Hochzeit.

Vielleicht hatte er ein wenig übertrieben.

Sie sah toll aus, richtig sexy.

»Erstklassige Frau, erstklassiger Wagen«, sagte er kühn.

»Du siehst völlig verändert aus.« Marcela lachte.

»Das liegt an der Krawatte. Fahren wir?«

»Klar.«

Er ließ den Motor an und legte den ersten Gang ein. Er fuhr

nur selten, deshalb war er ein wenig unsicher. In Madrid nahm er immer die Metro oder den Bus. Das Auto nutzte er nur für Fahrten im Dorf oder in die Umgebung.

Marcela schielte zum Haus hinüber.

Wie sie vermutet hatte, standen ihre Mutter und ihre Tante am Fenster und beobachteten sie.

Das Auto rollte langsam los und nahm Fahrt auf. Marcela lehnte sich entspannt zurück und ließ alles hinter sich. Der Wagen tuckerte durch enge Gässchen, bis sie eine der größeren Straßen erreichten.

»Was für Autos habt ihr denn so?«

»Hauptsächlich amerikanische.«

»Ah, klar.«

Nicht gerade ein aufregendes Gesprächsthema, aber der Anfang war gemacht. Ezequiel fuhr etwas schneller, aber schon zwang eine Ampel ihn anzuhalten.

»Ich hoffe, dass dir das Lokal gefällt.« Er zog die nächste Gesprächskarte.

»Bestimmt.«

»Hast du Hunger?«

»Nicht allzu viel, aber mach dir keine Gedanken, ich werde dich nicht blamieren.«

Ein hübsches Mädchen überquerte die Straße und sah sie erstaunt an. Erst sie beide. Dann konzentrierte sich ihr Blick auf ihn. Sichtlich erzürnt.

Ezequiel schluckte.

Marcela tat so, als ob sie von alldem nichts mitbekäme. Sie drehte den Kopf nach rechts und starrte das marode Haus an, als gäbe es dort irgendetwas zu entdecken.

Das Mädchen auf der Straße zögerte. Einen Moment lang sah es so aus, als wollte sie auf das Auto zukommen. Doch zum Glück schaltete die Ampel auf Grün, und Ezequiel konnte losfahren.

Er betrachtete Elvira im Rückspiegel. Sie stand reglos, wie erstarrt, am Straßenrand und sah ihnen nach.

Marcela biss sich auf die Unterlippe. Aber sie verkniff sich die Frage.

Es lohnte nicht.

62

Jetzt tranken sie beide, völlig im Einklang. Sie hatten sogar auf das Leben angestoßen, die zweiten Chancen, die Hoffnung.

»Ich habe mich schon lange nicht mehr betrunken«, sagte Blas.

»Ich darf nicht«, meinte Rogelio.

»Bekommt es dir nicht?«

»Meiner Frau bekommt es nicht. Das letzte Mal, als ich betrunken nach Hause gekommen bin, hat sie mich nicht hereingelassen. Und am nächsten Morgen hat sie gesagt, wenn das noch mal vorkommt, kann ich meine Sachen packen.«

»Sie hat also die Hosen an.«

»Anita? Ja.«

»Und du hast dich wirklich in sie verliebt?«

»Ja, wieso?«

»Na, eine reiche Erbin …«

»Geld war mir damals völlig egal. Ich war ein Schatten meiner selbst. Ich war jahrelang ziellos herumgeirrt, habe mich mit Leuten angelegt, vermutlich habe ich gehofft, dass mir jemand eine Kugel verpasst.«

»Und die Liebe hat dich gerettet.«

»Auf jeden Fall. Mit den Blumen hatte ich eine Zukunftsperspektive, und als Anita dann in mein Leben trat …« Auf einmal strahlte er vor Glückseligkeit. »Das Leben hält viele Überraschungen bereit, und manchmal sogar angenehme. Wenn ein Mensch das Glück hat, zu lieben und geliebt zu werden, hat er alles und kann alles erreichen.«

»Du bist ein hoffnungsloser Romantiker.«

»Ja und?«

»Das warst du damals schon. Du hast Esperanza Gedichte geschrieben. Es war dir egal, ob die anderen über dich lachen.«

»Du hast Virtudes auch Gedichte geschrieben.«

»Das war nicht dasselbe.«

»Du wolltest sie heiraten, und was ist das Ende vom Lied? Ihr seid beide ledig.«

»Ich habe meinen Preis bezahlt, wie wir alle.« Er fuhr mit dem Finger über den Rand des Weinglases. »Manchmal habe ich gedacht, über all denen, die damals bei dem Erschießungskommando dabei waren, läge ein Fluch.«

»Wie viele davon leben noch?«

»Nazario Estrada und ich, und er ist …«

»Jenseits von Eden.«

»Absolut. Sie erhalten ihn am Leben, weil er reich ist, sonst …«

»Warum hast du nie verraten, wo das Grab ist?«

»Was hätte das gebracht?«

»Hast du nie mit Virtudes gesprochen?«

»Wie soll man mit einer Frau sprechen, wenn man mitgeholfen hat, ihren Vater und ihren Bruder zu ermorden?«

»Du hättest ihr die Wahrheit sagen können, und mit der Zeit …«

»Hör mal, Rogelio, am Ende des Krieges stand ich auf der Seite der Sieger, und sie war allein und verbittert. Und sie stammte aus einer Familie von Roten. Ich weiß nicht, wie sie das ausgehalten hat. Man hat sie auf der Straße angespuckt, sie beschimpft, ihr zugerufen, sie solle verschwinden. Was hätte ich ihr sagen sollen? Ich habe deinen Bruder gerettet? José María hat die Überreste von Esperanza aufgesammelt, Eustaquio hat ein wenig gebraucht, aber dann haben er und Blanca zusammengefunden. Ich hatte nicht die geringste Chance.«

»Du hast allem entsagt.«

»Ja.«

»Und in den ganzen vierzig Jahren hat es niemanden gegeben?«

»Mein ganzes Leben trage ich die Schuld mit mir herum für das, was ich getan habe. Erst jetzt verspüre ich ein wenig Erleichterung, weil ich weiß, dass mein Handeln doch einen Sinn hatte.« Er strich weiter über den Rand des Glases und blickte wechselweise das Glas und Rogelio an. »Aber seit ein paar Jahren gibt es da was.«

»Du meinst, jemanden.«

»Ja.«

»Das ist doch prima.«

»Wir halten es geheim. Es weiß keiner davon.«

»Mein Gott Blas, du vergeudest deine besten Jahre.«

»Meinst du, das weiß ich nicht?« Er nahm das Glas und leerte es mit einem Zug. »Die Zeit ist einfach so schnell vergangen. Erst merkt man es nicht, die Tage gehen ins Land, und plötzlich wirst du dir bewusst, wie die Zeit rast. Außerdem ist sie zwanzig Jahre jünger als ich.«

»Ich bin auch zwanzig Jahre älter als Anita.«

»Das ist nicht dasselbe.«

»Wer ist sie? Kenne ich sie?«

»Klar kennst du sie, vielleicht nicht persönlich. Es ist Florencios Tochter.«

»Martina?« Damit hätte er nicht gerechnet.

»Ja.«

»Sie ist heute Nachmittag vorbeigekommen, um mir zu sagen, ich solle ihren Vater besuchen.«

»Und? Sieht sie nicht toll aus?«

»Allerdings.«

»Florencios Tochter.« Er schnaubte voller Bitterkeit. »Kannst du dir das vorstellen? Er kommt aus seinem Loch und erfährt, dass seine Tochter mit einem von denen liiert ist, die damals gegen ihn gekämpft haben.« Er schnaubte wieder. »Du kennst doch

Florencio. Der war schon damals verrückt. Und stell dir mal vor, wie das jetzt wäre, nachdem er jahrelang eingemauert war.«

»Sprich mit ihm.«

»Würde ich ja, aber sie lässt mich nicht.«

»Weißt du, was mich am meisten erstaunt?« Rogelio schob sein Glas beiseite, um nicht in Versuchung zu geraten. »Ihr lebt seit vierzig Jahren hier zusammen, Sieger und Besiegte, und seht euch jeden Tag. Tut mir leid, aber das will mir einfach nicht in den Kopf.«

»Erinnerst du dich noch an die Sinforosa?«

»Ja.«

»Damián hat seinen Vater umgebracht und ihm die Armbanduhr weggenommen. Er hat sie bis zu seinem Tod getragen, und jetzt trägt sie sein Sohn. Sinforosa hat beide jeden Tag gesehen. Sie und die verdammte Uhr.«

Rogelio schluckte.

»Meinem Vater und meinem Bruder hat man auch alles abgenommen. Na ja, mir auch. Aber ich weiß nicht wer. Während wir gefangen gehalten wurden.«

»Du kommst zu spät, mein Freund. Da ist keiner mehr, an dem du dich rächen könntest.«

»Ich bin nicht gekommen, um mich zu rächen, Blas.«

»Hör doch auf!« Er machte eine wegwerfende Handbewegung.

»Was soll ich denn tun?« Seine Miene verhärtete sich. »Ich kann es noch so hoch und heilig schwören. Am besten ich gebe eine öffentliche Bekanntmachung heraus oder so was.«

»Es glauben eben alle.«

»Ich weiß, und einige sind ganz schön nervös.«

»Ich habe mich gewundert, dass du mit Frau und Tochter gekommen bist.«

»Wenn ich jemanden töten wollte, hätte ich einen Killer geschickt. In Kolumbien findet man die an jeder Straßenecke.«

»Und jetzt, da du die Wahrheit über mich kennst?«

»Eine Frage bleibt.«

»Welche?«

»Als Erstes wollte ich wissen, warum ich noch lebe, ob es reiner Zufall war oder … Und jetzt muss ich noch herausfinden, wer uns damals verraten hat.«

»Was willst du damit sagen?«

»Kurz bevor wir geflohen sind, habe ich Esperanza aufgesucht. Es war ein Risiko, aber ich wollte nicht einfach so verschwinden. Ich bin als Einziger dieses Risiko eingegangen. Ich habe ihr gesagt, wir würden uns in der Schlucht verstecken. Wir haben uns in den Arm genommen, geküsst, und dann bin ich losgerannt. Wir wollten zur republikanischen Zone und uns dem Heer oder irgendeiner Gruppe anschließen, die gegen die verdammten Faschisten kämpften. Wir waren noch keine halbe Stunde in der Schlucht, da waren wir schon von den Aufständischen, von der Guardia Civil und den Leuten des Bürgermeisters, umzingelt. Wie die Tiere sind sie über uns hergefallen.«

»Und du gehst davon aus, dass euch jemand verraten hat?«

»Weil alles so schnell ging, Blas, und weil das die einzig logische Erklärung ist. Das kann kein Zufall gewesen sein. Die übliche Fluchtroute wäre Richtung Osten oder Norden gewesen, aber aus Vorsicht hatten wir den Süden gewählt. Als wir später darüber sprachen, stellte sich heraus, dass keiner der anderen mit jemandem über unsere Pläne gesprochen hatte. Nur ich.«

»Aber du denkst doch nicht, dass Esperanza …?«

»Nein, natürlich nicht.«

»Wer dann?«

Rogelio senkte den Kopf. Ein Anflug von Bitterkeit lag in seiner Stimme, als er sagte:

»Ich denke, das werde ich nie erfahren.«

»Vermutlich nicht.«

Sie sahen sich an.

Der Blick war jedes Mal anders. Ein Aufblitzen der Gefühle.

Zwei nackte Männer. Nicht die Körper, aber die Seelen, die Herzen.

Das war weit mehr als ein Wiedersehen.

»Wann wird das alles endlich vorbei sein?« Blas war von einer traurigen Friedenssehnsucht erfüllt.

»Nicht, solange es Tote in den Bergen gibt.«

»Dann wird man sie irgendwann ausgraben müssen.«

»Irgendwann, ja.« Ein schüchternes Lächeln legte sich über sein Gesicht. »Darf ich dich etwas fragen?«

»Klar.«

»Wovon lebst du?«

»Ich habe in der Fabrik gearbeitet, wie alle, bis ich den Herrschaften in der Chefetage zu sehr auf die Nüsse gegangen bin und sie mich mit einer mickrigen Abfindung vor die Tür gesetzt haben. Ich kenne mich hier aus wie in meiner Westentasche, ich war gut, aber sie haben mich rausgeworfen. Da habe ich eines der Grundstücke verkauft, die mir nach der Enteignung noch geblieben waren.«

»Also von Zinserträgen.«

»So hoch würde ich nicht greifen, aber, ohne angeben zu wollen … bis ich ins Gras beiße, habe ich ausgesorgt.«

»Eustaquio im vorzeitigen Ruhestand wegen seines Beines, José María ein Kriegsheld, Florencio den Katakomben entstiegen und du …«

»Was willst du, wir sind doch alle Dinosaurier, wie die jungen Leute heutzutage sagen.«

Der Moment war gekommen, das Geheimnis zu lüften.

»Es wird ein paar Veränderungen im Dorf geben, mein Freund. Ich freue mich, dass du an meiner Seite bist, denn ich werde dich brauchen.«

Blas hob die Augenbrauen.

»Veränderungen? Was für Veränderungen?«

63

Das Restaurant war, hübsch eingerichtet, und da es ein Wochentag war, waren nur wenige Gäste da. Ein Pärchen mittleren Alters saß an einem Tisch in der einen und zwei Männer unterhielten sich angeregt in der anderen Ecke. Sie setzten sich in die Mitte, mit Blick auf die Terrasse, im Hintergrund die Ebene in der Abenddämmerung mit einem spektakulären Sonnenuntergang.

»Du hattest recht«, sagte Marcela. »Das ist ein wunderbarer Ort.«

»Weißt du, dass morgen die kürzeste Nacht des Jahres ist?«

»Nein.«

»Das Johannisfest. Fast überall in Spanien werden Feuer gemacht und Böller geworfen. Keiner schläft. Es ist die Sommersonnenwende.«

»Das Wort gefällt mir: Sommerson …«

»Sommersonnenwende.«

»Medellín ist die Stadt des ewigen Frühlings.«

»Ich könnte auch gut darauf verzichten, im Winter Schal und Mütze zu tragen.«

Es war nur ein Scherz, aber der Gedanke beflügelte ihn.

Er war eben ein Träumer.

Ein Kellner mit schwarzer Hose, weißem Hemd, Weste und Fliege kam zu ihnen. Zuvor hatte sie eine Kellnerin wortlos zum Tisch geführt. Er hingegen lächelte.

»Alles klar, Ezequiel?«

»Ja, danke.«

Der Kellner vermied es, Marcela anzusehen, vor allem, weil er von oben einen guten Blick in ihren tiefen Ausschnitt hatte.

»Möchtet ihr das Tagesmenü oder die Karte?«

»Die Karte.«

»Kommt sofort. Genießt so lange die Aussicht.«

Er ließ sie für einen Moment allein.

»Hast du viele Mädchen mit hierher gebracht?«, scherzte Marcela.

Ezequiels Miene wurde ernst.

»Nein, nein«, sagte er etwas zu schnell.

»Du scheinst hier gut bekannt zu sein.«

»Ernesto hat früher im Dorf gearbeitet.«

Ernesto kehrte mit zwei großen braunen Speisekarten zurück und reichte die erste der Dame und die zweite Ezequiel.

»Außerdem haben wir noch einen ausgezeichneten Ochsenschwanz und ein köstliches Zicklein aus dem Ofen.«

»Zicklein zum Abendessen?« Ezequiel runzelte die Stirn.

»Und der Ochsenschwanz ist wirklich ...?«, wandte sich Marcela an Ernesto.

»Ein Ochsenschwanz, ja.«

Sie erschauderte bei dem Gedanken.

»Dann muss ich erst schauen.«

Sie vertieften sich in die Speisekarte. Ezequiel klappte seine bald zu. Marcela brauchte noch länger. Ernesto bediente gerade das Paar mittleren Alters, das im Gegensatz zu den redseligen Männern die ganze Zeit schwieg.

Ezequiel wollte das Schweigen an ihrem Tisch vertreiben. Schweigen bekam ihm nicht.

»Wie ist dein Leben in Medellín?«

»Ganz normal eigentlich, in Anbetracht der Umstände.«

»Du meinst, weil deine Eltern wichtige Leute sind?«

»Ja. Und weil es Gewalt, zu viele Morde und Entführungen gibt.«

»Hast du Angst?«

»Nein«, sagte sie entschieden. »Man hat mir beigebracht, immer auf der Hut zu sein, Vorsicht walten zu lassen, niemandem zu vertrauen, und aus demselben Grund hat man mich auch dazu erzogen, keine Angst zu haben. Mit Angst kann man nicht glücklich sein. Leben bedeutet frei zu sein.«

»Und was machst du so?«

»Ich studiere, unternehme was mit meinen Freundinnen, was man als Mädchen eben so macht. Wusstest du, dass man bei uns mit fünfzehn volljährig wird?«

»Nein.«

»Das wird groß gefeiert, mit langem Kleid und so. Meins war wunderschön.«

Ezequiel suchte nach den richtigen Worten für seine Frage.

In dem Moment kam Ernesto an den Tisch.

»Habt ihr gewählt?«

Während er die Bestellung aufnahm, brachte die Kellnerin, die sie zum Tisch geführt hatte, eine kleine Vorspeise: zwei Kroketten, zwei Cracker mit Anchovis und große, knackige Oliven.

»Wein?«

»Nein, danke.«

»Für mich auch nicht.«

Ernesto ließ sie allein.

Eine neue Chance.

»Was hat dir dein Vater über das Dorf erzählt?« Eine gewagte Frage.

»Nicht viel«, sagte sie aufrichtig. »Eigentlich nur von seiner Flucht. Was das Dorf angeht, war er nie sehr gesprächig.«

»Hat er nie über seine Freunde oder über sein Leben vor dem Krieg gesprochen?«

»Schon. Aber er hat hauptsächlich Anekdoten erzählt.«

»Hat er irgendwelche Freundinnen erwähnt?«

»Nein.«

Ezequiels Herz schlug schneller.

»In der damaligen Zeit war es üblich, mit zwanzig eine feste Beziehung zu haben«, sagte er ins Blaue hinein.

»Du bist dreiundzwanzig und hast du eine?«

»Nein.« Er errötete. »Aber heutzutage heiraten die Leute später als vor vierzig Jahren.«

»Ich kann mir meinen Vater nicht mit einer Freundin vorstellen.«

Ezequiel dachte an das, was ihm sein Bruder Vicente vor ein paar Stunden erzählt hatte.

Seine Mutter und der Vater des Mädchens, das ihm gegenübersaß, waren verlobt gewesen.

»Weißt du etwas?«, fragte Marcela.

»Nein, nein, es ist reine Neugier.« Er versuchte, die Glut in seinen Wangen zu bekämpfen, indem er den Sonnenuntergang betrachtete, der die Ebene rosa färbte.

»Und du?«

»Was meinst du?«

»Deine Träume. Du wolltest mir gestern davon erzählen.«

»Ich würde gern irgendwas machen, keine Ahnung. Reisen, fremde Kulturen kennenlernen, mit Menschen reden, die mit alldem hier nichts zu tun haben … Manchmal habe ich das Gefühl, ich laufe und laufe, ohne jemals irgendwo anzukommen. Und ich wüsste gern, wo ich hinlaufe, ich möchte laufen, aber mit einem Ziel vor Augen. Ich weiß nicht, ob ich mich klar ausdrücke.«

»Klar. Du bist ein Romantiker. Du hast Hummeln im Hintern.«

»Millionen.«

»Aber manchmal muss man nicht laufen, um zu sich selbst zu finden. Es genügt, wenn man die Augen aufmacht und sich umsieht.«

»Was gibt es denn hier schon, außer dem Dorf.«

»Ja und? Mir gefällt's.«

»Weil du fremd bist.«

»Weißt du, dass mein Vater …«

»Was?«, fragte Ezequiel, als er merkte, dass sie ins Stocken geriet.

Marcela presste die Kiefer aufeinander.

Es stand ihr nicht zu, etwas auszuplaudern, und schon gar nicht, was die Geschäfte ihres Vaters, seine Pläne mit dem Dorf anging. Sosehr sie dem Jungen auch über ihre exotische Schönheit hinaus imponieren wollte.

»Ach, nichts. Erwachsenenkram. Erzähl mir mehr von deinen Träumen.«

»Ich würde gerne mehr über deine erfahren.«

»Okay, jeder immer fünf Minuten, im Wechsel«, schlug sie vor. »Du fängst an.«

Ernesto kam mit einer Karaffe Wasser.

Von der Sonne waren nur noch ein paar letzte rote Strahlen zu sehen, bevor die Erde auch sie verschluckte.

Kapitel 10

Mittwoch, 22. Juni 1977

64

Florencios Haus sah auch noch genauso aus wie früher, nur deutlich älter. Es war am Rand des alten Teils des Dorfs zum Wald hin gelegen. Martina öffnete Rogelio die Tür, bevor er geklingelt hatte, als hätte sie ihn kommen sehen oder sogar auf ihn gewartet.

»Danke«, sagte sie.

»Keine Ursache.«

»Warten Sie, ich gebe ihm Bescheid.«

»Prima.« Er ließ sie nicht einfach so ziehen. »Ich habe mit Blas gesprochen.«

Martina fuhr herum.

»Das freut mich.« Sie seufzte. »Ich glaube, es war wichtig, dass Sie die Wahrheit erfahren.«

»Er hat mir *alles* erzählt.«

Sie wusste, worauf er anspielte. *Alles.*

Sie hob stolz den Kopf.

»Tja«, sagte sie achselzuckend.

Sie ging fort, und er wartete. Er hörte leise Stimmen. In dem Moment tauchte Eloísa in der Tür auf, die den Flur mit dem Rest des Hauses verband.

Florencio hatte sehr jung geheiratet, als Erster. Martina war ein Jahr nach Kriegsbeginn auf die Welt gekommen. Eloísa war damals ein anmutiges, charmantes Mädchen gewesen, klein und zierlich. Davon konnte keine Rede mehr sein. Man erahnte die mit den Jahren gewachsene Stärke hinter der resoluten Miene, dem festen Blick und den großen Händen, die von Arbeit und Widerstand gestählt waren.

Ihre Augen hatten sich mit Tränen gefüllt.

»Rogelio …«

Sie umarmten sich schweigend und ließen die Gefühle für sich sprechen. Sie brauchten nicht viele Worte zu machen.

»Wie geht es dir?«

»Gut.«

»Und Florencio?«

»Er ist verrückt.« Sie lächelte aufmunternd.

»Das war er doch schon immer.«

»Ja, nicht wahr?«

»Deshalb hast du dich in ihn verliebt.«

Eloísa hob die Hand an die Lippen. Sie konnte nichts mehr sagen, denn in dem Moment kam Martina zurück.

»Treten Sie ein.«

»Ich sehe dich später« verabschiedete sich Rogelio.

»Bleibst du zum Essen?«, fragte Eloísa, die immer noch gegen die Rührung ankämpfte.

»Ich habe nicht gesagt, wann ich nach Hause komme. Es hängt von dem Gespräch mit deinem Mann ab.«

»Ihr redet bestimmt die ganze Nacht.«

Er folgte Martina. Er dachte, Florencio würde ihn im Esszimmer oder in der abendlichen Ruhe des Hinterhofs empfangen. Doch seine Tochter führte ihn zu einem Loch in der Wand eines der Zimmer, die auf den Flur hinausgingen, gegenüber von der Küche.

Hinter dem Loch befand sich ein Raum mit einem Bett, einem Schrank, einem Tisch, Büchern …

Rogelios Herz krampfte sich zusammen.

»Er ist da drinnen«, sagte Martina.

Es fiel ihm schwer weiterzugehen. Er spürte den in seiner Seele kauernden Schrecken.

»Da?«

»Ja.«

»Ich hatte schon immer eine Abneigung gegen geschlossene Räume«, gestand er.

Martina gab ihm keine Antwort. Ihr Blick sagte alles.

»Komm schon rein, Rogelio«, hörte er seinen Freund rufen. »Ich habe meine Zeit nicht gestohlen.«

Spöttisch, spitz, verletzend.

Florencio wie er leibt und lebt.

Rogelio fügte sich. Er beugte sich nach vorn, quetschte sich durch die enge Öffnung und befand sich in einer perfekt angepassten Höhle. Sie war relativ geräumig, hatte eine hohe Decke und eine Art stabiles Mikroklima, weder zu feucht noch zu trocken.

Das perfekte Gefängnis.

Florencio empfing ihn stehend. An dem Tisch befanden sich zwei Stühle, aber er empfing ihn stehend, wie eine Art lebende Mumie, denn das Licht fiel seitlich auf ihn und veränderte seine Gesichtszüge, die nach all den Jahren ohnehin kaum wiederzuerkennen waren. Aber den Glanz in seinen Augen hatte er nicht verloren, und auch sein Blick war immer noch so durchdringend wie damals.

Die Umarmung mit Eustaquio war brüderlich gewesen. Die mit Blas befreiend. Die Umarmung mit Florencio war voll geteilter Bitterkeit.

Sie, die beiden wahren Überlebenden.

Jeder auf einer Seite der Waage.

»Mistkerl …«, flüsterte Florencio ihm ins Ohr.

Die Umarmung dauerte lange. Sehr lange. Als sie sich voneinander lösten, sahen sie sich fest in die Augen und suchten im Blick des anderen nach etwas, das sie nicht zu beschreiben vermochten. Irgendwann ließ Florencio sich auf einen Stuhl sinken und bat Rogelio, auf dem anderen Platz zu nehmen.

Erst mal saßen sie einfach nur da, ohne zu reden.

Bis Rogelio das Wort ergriff.

»Warum hier?«

»Nenn es morbid.«

»Und mich schimpfst du einen Mistkerl?«

»Ich glaube, das hier ist inzwischen mein Zuhause«, sagte Florencio. »Mehr als das Haus da draußen.«

»Das ist schon krass.«

»Ich bin vierundsechzig, und ich habe fast fünfunddreißig Jahre hier drin verbracht. Möchtest du genau wissen, wie viele Monate, Wochen und Tage?«

»Nein.«

»Nicht dass du denkst, ich zeige dir das aus Rache.«

»Du hattest schon immer eine sadistische Ader.«

»Es ist wichtig für mich, dass du hier bist, Rogelio.«

»Ich leide unter Klaustrophobie.«

»Erzähl keinen Quatsch.«

»Warum bist du bei der Amnestie 69 nicht rausgekommen?«

»Ist das dein Ernst?« Angewidert sah er Rogelio an. »Da geht Franco am 31. März 1969, einen Tag vor dem 1. April, dem 30. Jahrestag seines ruhmreichen Sieges und des Endes des Bürgerkrieges, her und erzählt uns, alles sei vorbei und alle Taten verjährt? Dieser gottverdammte Scheißkerl? Glaubst du, ich wäre so blöd gewesen, mich zu stellen, damit sie mich erschießen?«

»Andere haben genau das getan, und es ist ihnen nichts passiert. Was da für Maulwürfe ans Licht kamen! Du bist wahrscheinlich der, der am längsten in seinem Gefängnis ausgeharrt hat. Ich habe von Leuten gehört, die vierunddreißig Jahre abgetaucht waren, aber fast fünfunddreißig …«

»Warum bist du denn damals nicht zurückgekommen?«

»Das kann man nicht vergleichen.«

»Du hattest Angst, wie alle. Bis er krepiert ist und die Demokratie Einzug gehalten hat, die genauso beschissen ist wie alles andere.«

»Ich hatte ein anderes Leben. Aber du warst hier.«

»Ja, aber gebrandmarkt. Ich hatte mich zu weit aus dem Fenster gelehnt. Man konnte mir eine Menge Vergehen anlasten. Außerdem hieß rauskommen noch lange nicht, dass man frei oder am Leben blieb, denn selbst hier im Dorf hätte man mich nach dreißig Jahren noch nachts aus Rache erschießen können, und das war's.« Er holte Luft. »Nein, nein. Ich habe mir gesagt, ich würde mein Versteck erst verlassen, wenn er das Zeitliche segnet. Und so ist es auch gekommen.«

Rogelio atmete tief ein und aus, er kämpfte gegen den Impuls an, davonzurennen.

»Als meine Schwester mir berichtete, dass du wieder aufgetaucht bist, dass du lebst …«

»Stell dir mal vor, wie es mir ging, als ich erfuhr, dass du auch lebst und ins Dorf zurückkehrst.«

»Wie konntest du all die …« Rogelio deutete auf die Höhle.

»Besser so, als in einem Gefängnis des Teufels erschossen zu werden. Denn man hätte mich erschossen, glaub mir, Rogelio. Mich auf jeden Fall. Am Ende des Krieges und auch dreißig Jahre später. Wäre ich nicht fort gewesen, als man euch hier verhaftet und in die Berge gebracht hat, läge ich jetzt mit in dem Grab. Im Grunde genommen habe ich Glück gehabt.«

»Wie bist du hier in diese Höhle gekommen?«

»Ich bin in den letzten Tagen des Kampfs geflohen, als die Schlacht verloren und wir zersprengt waren. Und als ich die Grenze erreichte, nichts. Es war ein langer Marsch, das kannst du mir glauben. Ich habe mich in den Bergen versteckt, wie ein Tier gelebt, halb von Sinnen und ohne die geringste Ahnung, wie es um uns stand. Als ich begriff, was Sache war und dass man nichts mehr tun konnte, bin ich hierhergekommen. Ich habe die Kontrollen vermieden, indem ich meist nachts unterwegs war, in gestohlenen Frauenkleidern. Ich wollte einfach nur Eloísa und meine Kleine wiedersehen, mich von ihnen verabschieden. Aber als ich zu Hause war, wollte ich nicht mehr sterben. Verdammt!

Sollte ich einfach so aufgeben? Ich habe mich ein paar Tage versteckt, halbtot vor Angst, und da habe ich mich entschlossen, mich einzumauern. Das Loch war anfangs viel kleiner, nur ein paar Meter groß. Es passte gerade mal eine Matratze rein, sonst nichts. Über Monate, Jahre habe ich es immer größer und bequemer gemacht.« Er machte eine ausladende Handbewegung. »Eloísa hat jeden Tag einen Korb Erde fortgeschafft. Nachts bin ich raus und habe gelebt, und die übrige Zeit … Das Schlimmste war, dass wir es in den ersten Jahren vor Martina verheimlichen mussten, weil sie noch so klein war. Ich habe ihr stundenlang beim Schlafen zugesehen, mehr war nicht drin.«

»Wie hast du das ausgehalten?«

»Erst verging die Zeit furchtbar langsam, während Franco sein Unwesen trieb, und ich wartete, worauf auch immer … dass der Krieg in Europa zu Ende ging, dass die Alliierten ihn vertreiben würden und so. Du machst dir kein Bild, was meine Frau alles ertragen musste, weil sie mit einem Roten verheiratet war, und meine Tochter, die aufwuchs und mich verachtete, weil man ihr eintrichterte, ihr Vater sei ein schlechter Kerl gewesen und schmore in der Hölle. Sie haben dasselbe mitgemacht wie deine Schwester und deine Cousine. Eloísa hat das durchgestanden, meinetwegen, klar. Mit der Zeit hat man sie in Ruhe gelassen, sodass wir uns mit Mühe und Not über Wasser halten konnten, wir haben von der Hand in den Mund gelebt. Eloísa hat für andere die Wäsche gewaschen und gebügelt, Eier verkauft, was auch immer. Der schönste Tag war, als wir Martina die Wahrheit erzählt haben. Aber das Schlimmste war, mit der Angst zu leben. Hätte man mich verhaftet, hätte man auch sie getötet. Ich durfte auf keinen Fall gesehen werden. Es wurde für zwei eingekauft, aber wir mussten zu dritt davon satt werden. Krank werden? Nicht dran zu denken. Eine ernste Erkrankung wäre mein Todesurteil gewesen. Wenn jemand zu Besuch kam, durfte ich mich nicht räuspern. Bloß nicht rühren, bloß nicht gehört werden. Und so Tag für Tag,

Jahr für Jahr. Mir wurde ein für alle Mal klar, dass nichts geschehen würde, dass Europa und Amerika sich mit Franco arrangiert hatten, dass es so weitergehen würde, und ich habe mich gefügt, aber nicht kapituliert. Ich habe zu Eloísa gesagt, ich würde ihn überleben. Und ich habe Wort gehalten. Das ist eine lange Geschichte.« Er blickte verloren. »Der 20. November 1975 war der glücklichste Tag meines Lebens. Dann stellte sich heraus, dass ich nicht der einzige Verrückte war, wir Maulwürfe waren mehr, als wir dachten. Wirklich unglaublich.«

»Warum hast du deiner Tochter gesagt, ich sei es dir schuldig, bei dir vorbeizukommen?«

»Weil es so ist, Rogelio. Denk doch mal nach. So schlecht es dir zeitweilig ergangen sein mag, aber du warst einundvierzig Jahre weg. Das ist ein ganzes Leben. Das Leben, das ich hier drin verbracht habe.« Er presste die Kiefer zusammen. »Natürlich bist du mir das schuldig. Ich möchte, dass du mir alles erzählst, ich will mit deinen Augen sehen, mit deinen Ohren hören. Alles, absolut alles. Wie du geflohen bist, was du danach gemacht hast, wie du nach Amerika gekommen bist, wie zum Teufel du's geschafft hast reich zu werden, zu allem Überfluss auch das noch!«

»Wie ich entkommen konnte, weiß ich selbst erst seit Kurzem.«

»Ach, tatsächlich?«

»Blas hat mir das Leben gerettet.«

»Blas? Dieser miese Verräter?«

»Wir alle haben Leichen im Keller.«

»Gut für ihn, dass er auf der Seite Francos gekämpft hat. Er, José María …«

»Ich verdanke ihm mein Leben.« Rogelio versuchte, seine Wut zu zügeln. »Er hat sich freiwillig für das Erschießungskommando gemeldet, sich vor mich gestellt und in die Luft geschossen. Es war ein Vabanquespiel, aber es hat funktioniert. Ich bin in die Grube gefallen, meine Hände waren nicht gefesselt, weil ich meinen Vater gestützt habe. Während sie eine geraucht haben, auch das war Blas' Idee, bin ich rausgekrochen und habe mich im Wald versteckt.«

Florencios Lider flatterten.

Und er sagte noch einmal:

»Blas …«

»Florencio, bitte. Einige von uns hatten Ideale. Wir waren bereit für sie zu sterben. Andere mussten sich einfach für eine Seite entscheiden, Kopf oder Zahl. Binnen Minuten oder weniger Stunden. Erinnerst du dich an Blas' Vater?«

»Ein völlig anderes Kaliber.«

»Genau. Blas stand unter seiner Fuchtel, er hat ihn bewundert. Sein Vater hat ihm eine Waffe in die Hand gedrückt, und das war alles. Aber er hat sich seinen Freunden gegenüber loyal verhalten. Wenigstens das.«

»Meinetwegen. Du bist mit dem Leben davongekommen, aber du hast deinen Vater und deinen Bruder sterben sehen.«

»Ja, aber noch mal, ich läge jetzt auch dort oben, wenn Blas nicht gewesen wäre.« Er dachte an Martina und fügte hinzu: »Er ist ein guter Kerl, ehrenwert, und seit Jahren schleppt er das Geheimnis mit sich herum.«

»Und seine Schuld.«

»Auch das, aber findest du nicht, es ist an der Zeit zu vergessen?«

»Sieh dich hier um.« Mit einer ausladenden Bewegung beider Arme deutete er auf die Höhle. »Könntest du das vergessen?«

»Warum lässt du dein Versteck offen? Mauere es zu. Vergiss, dass es existiert. Füll es mit Erde oder was auch immer, aber lösch es aus deiner Erinnerung.«

»Und wenn es wieder einen Putsch gibt?«

»Florencio, jetzt hör aber auf.«

»Glaubst du etwa, das Militär wird die Füße stillhalten? Solange die Rechte den Ton angibt, ganz gleich unter welchem

Namen, wird nichts geschehen, aber sobald sich auch nur die geringste Möglichkeit abzeichnet, dass es eine linke Regierung geben könnte, werden sie mit dem Säbel rasseln! Das ist Spanien, Rogelio, das verfluchte Spanien, das sich niemals ändert!«

»Und was hast du vor? Willst du dich wieder hier verkriechen? Jetzt, wo alle Welt von dem Loch hier weiß?«

Florencio ließ den Kopf sinken.

»Jetzt ist es mir egal«, sagte er.

»Dummes Zeug. Du hast noch viele Jahre vor dir. Da sind deine Frau und deine Tochter. Ausgerechnet jetzt, da wir die Hoffnung auf eine Zukunft haben, wirst du doch nicht aufgeben.«

»Weißt du, was ich gerne tun würde?«

»Was?«

»Ricardo Estrada bei den Eiern packen und ihm einen Schuss verpassen.« Er lächelte kalt. »Für seinen Vater, für ihn, für uns alle. Ihm einen Schuss verpassen oder ihm die Eier abschneiden, damit er niemanden mehr ficken kann.«

»Red' doch nicht so einen Unsinn.«

»Hast du ihn gesehen?«

»Nein.«

»Denk an deinen Vater und an deinen Bruder, wenn du ihn siehst.«

»Es gibt andere Möglichkeiten, sich zu …« Er hielt inne.

Er wollte es ihm noch nicht erzählen.

»Zu was?«

»Ich habe Durst. Kann ich ein wenig Wasser haben?«

»Martina!«

Als hätte sie die ganze Zeit auf der anderen Seite des Lochs gestanden, war sie sofort zur Stelle.

»Bring uns bitte Wasser.«

65

Wortlos stellte Esperanza die Teller mit dem Abendessen auf den Tisch, und ebenso wortlos nahm sie den Platz gegenüber von ihrem Mann ein. Sie mied seinen Blick, als empfände sie eine unerklärliche Scham. Sie aßen fast immer schweigend, sprachen höchstens mal über irgendein Ereignis des Tages, die Kinder oder die Enkel. Aber diesmal war es anders.

Plötzlich saß noch jemand mit am Tisch.

Unsichtbar, aber präsent.

Rogelio.

Nebenbei lief leise der Fernseher. Die Nachricht des Tages war die Ermordung von Javier de Ybarra durch die ETA. Das nächste Opfer. Entführt am 21. Mai und einen Monat und einen Tag später tot. Man hatte seine Leiche in Puerto Barazar gefunden. Eine weitere Herausforderung für die Demokratie. Eine weitere Provokation. Die Neun-Uhr-Nachrichten hatten ausführlich über das Thema berichtet. Jetzt fing die nächste Sendung an, *Tensión*.

»Worum geht's da?«, fragte José María, um das Schweigen zu durchbrechen.

»Keine Ahnung. Aber danach kommt *Raíces*«, sagte sie.

»Die Sendung mit Musik, Tanz und dem Kram?«

»Genau.«

José María sah so gut wie nie fern. Esperanza schon. Jeden Abend. Gewöhnlich schlief sie dabei ein, es sei denn, sie fand das Programm besonders interessant oder sie hatte Spaß wie bei *Un, dos, tres …* am Freitag.

»Gar nicht mal schlecht«, kommentierte José María die laufende Sendung.

Auf dem Bildschirm erschien der Titel auf Englisch: *The next victim*. Eine Stimme aus dem *off* lieferte die passende Übersetzung: »Das nächste Opfer«.

»Und was läuft im Zweiten?«

»Ach, keine Ahnung, José María«, murrte sie.

»Ich dachte, du hättest nachgesehen, was kommt.«

»Da liegt die Zeitung.«

Er streckte die Hand aus und beugte sich vor, ohne aufzustehen. Er bekam die Zeitung zu fassen, legte sie auf den Tisch und schlug die Seite mit dem Fernsehprogramm auf.

»Nachrichten und dann *Live-Jazz*«, las er vor.

»Verschon mich mit weiteren Nachrichten, die berichten bestimmt auch wieder über diesen armen Mann.«

»So arm wird er nicht sein, wenn die ETA ihn entführt.«

»Meine Güte, José María.«

»Ich meine, er muss Geld haben.«

»Du immer mit deinem Geld.«

Er klappte die Zeitung zu.

»*Live-Jazz.*« Er seufzte.

»Gefällt dir Jazz?«

»Nein, aber … *Raíces* muss es nicht sein … Ich bin die Chöre und die Tanzerei leid.«

Sie schwiegen ein oder zwei Minuten. Der Film handelte von einem Geisteskranken, der die Londoner Polizei in Atem hielt, nachdem er mehrere junge Frauen erdrosselt hatte.

»Was für eine verrückte Idee, Prostituierte zu töten, wie Jack the Ripper«, sagte er.

»Von Prostituierten hat keiner was gesagt, es war nur die Rede von jungen Frauen«, erklärte sie.

Jetzt sahen sie sich doch an.

Das war der Auslöser.

Beide spürten die Last, die sie loswerden mussten.

Esperanza legte das Messer und die Gabel auf den Teller, obwohl sie ihr Kartoffelomelette noch nicht aufgegessen hatte, und nahm allen Mut zusammen.

»José María.«

»Ja?«

»Ich werde zu ihm gehen.«

Er ließ die Nachricht auf sich wirken. Er hatte sie erwartet. Seine Antwort fiel dementsprechend knapp aus.

»Gut.«

»Macht es dir was aus?«

»Nein.«

»Ich muss …« Sie rang nach Worten.

»Ich weiß, mach dir keine Gedanken.«

Es war, als hätte er ein Fenster aufgestoßen und auf der anderen Seite schiene die Sonne. Er streckte die Hand nach ihrer aus, und ihre Finger verschlangen sich ineinander. In wenigen Sekunden tauschten sie sich intensiver aus als sonst in Stunden oder Tagen. Vor allem, seit Rogelios Rückkehr Tagesgespräch war.

»Ich liebe dich.« Sie wollte ihn beruhigen.

»Ich weiß.«

»Einerseits freue ich mich, dass er lebt, aber andererseits … Ich weiß nicht, ich denke, nach all den Jahren wäre es besser gewesen, die Vergangenheit ruhen zu lassen.«

»Vermutlich hast du recht.«

»Ich bin es ihm schuldig, José María.«

»Ich hab dir schon gesagt, es ist gut, ich verstehe das.«

Esperanza drückte seine Hand.

»Es ist uns doch nicht schlecht ergangen, oder?« Sie lächelte sanft.

»Nein, das nicht.«

»Wir haben drei wunderbare Kinder, auch wenn mir zwei gestorben sind.«

»Sie sind nicht dir gestorben, Liebes, sondern uns beiden«, stellte er mit einem Anflug von Schmerz klar.

Ihr Blick wanderte zu seinem fehlenden Arm.

Dem Arm und der Hand, die sie nie berührt, nie liebkost hatten.

»Dieser verdammte Krieg«, sagte sie leise.

Manchmal verspürte José María ein Kribbeln an der Stelle. Auch nach all den Jahren noch. Er spürte es. Aber jetzt kribbelte es in seinem Magen und in seinem Kopf.

»Hör mal, Esperanza.« Auch er nahm allen Mut zusammen. »Ich war schon bei ihm.«

»Wann?«, fragte sie überrascht.

»Heute Nachmittag.«

»Warum hast du mir nichts davon gesagt?«

»Ich weiß nicht. Es war … Also, was soll's, ich war da und basta. Was bringt es, Gründe anzuführen?«

»Worüber habt ihr gesprochen?«

»Worüber werden wir wohl nach all den Jahren gesprochen haben? Über die Vergangenheit, über die Zeit … Es war alles so seltsam.« Er deutete ein schüchternes Lächeln an. »Zwei Fremde, die mal enge Freunde waren.«

»Und was macht er für einen Eindruck?«

»Na ja, älter geworden, wie wir alle, aber man merkt, dass es ihm hervorragend ergangen ist und dass er ein gutes Leben geführt hat, zumindest in den letzten Jahren.«

»Das heißt, er hat den Krieg verloren, aber seinen Frieden gefunden.«

»Wie meinst du das?«

»Du hast ihn gewonnen, aber nie deinen Frieden gefunden.«

»Sag doch so was nicht.«

»Ich bin deine Frau, erinnerst du dich?«, sagte sie zärtlich. »Ich kenne dich. Du hast vierzig Jahre lang eine Last mit dir rumgetragen, die ich dir nicht abnehmen konnte.«

»Sei bitte still.«

»Nein. Wir schweigen schon viel zu lange und begnügen uns

mit dem Alltagstrott.« Sie machte eine Pause, um Luft zu holen. Zum ersten Mal sagte sie ihm, was ihr auf der Seele lag. Entschlossen. »Er war dein bester Freund und ich seine Verlobte, aber das war damals.« Sie legte Nachdruck in ihre Worte. »Du bist ein guter Mensch, Schatz. Das bist du wirklich. Du hast mich geliebt, du hast mich respektiert, du warst ein guter Ehemann, ein guter Vater …«

»Ich war verrückt nach dir.«

»Ich weiß.«

»Das Schlimme ist, dass alles seinen Preis hat, Esperanza. Alles.«

»Was es auch immer ist, wir haben dafür bezahlt.«

Der Ausdruck seiner Augen war hart geworden, aber zugleich waren sie tosende Wassermassen, die einen Ozeanriesen zum Sinken brachten.

»Nein, nicht alle«, sagte er. »Einige von uns zahlen immer noch.«

66

Florencio machte es sich auf seinem Stuhl bequem, verschränkte die Arme vor der Brust und durchbohrte ihn mit seinem durchdringenden Blick.

»Erzähl mir alles, haarklein.«

»Was soll ich dir erzählen?«

»Dein Leben nach der Flucht.«

»Du spinnst. Das dauert ewig.«

»Ich habe alle Zeit der Welt.« Er ließ sich noch tiefer in den Stuhl sinken.

»Ich bitte dich …«

»Rogelio …«

Wenn er ihm früher gedroht hatte, war er nicht gegen ihn angekommen. Das lag nicht nur an dem Altersunterschied von drei Jahren. Es lag vor allem an seiner Hartnäckigkeit und Ausdauer. In der Hinsicht hatte er sich überhaupt nicht verändert. Vielleicht hatte er deswegen die lange Zeit in dem Loch überlebt.

»Ich möchte nicht daran denken.«

»Du musst. Um meinetwillen. Ich will wissen, was du getrieben hast, während ich zum Maulwurf im unterirdischen Verlies wurde.«

Rogelio füllte seine Lunge mit Luft. Er wusste nicht, ob er ihm das schuldig war oder nicht, aber das spielte keine Rolle. In vielen Nächten träumte er, dass er sich im Internierungslager Argelès-sur-Mer oder in Mauthausen oder in irgendeinem Schützengraben in Spanien oder im Zweiten Weltkrieg befand. Er träumte davon und wachte schweißgebadet auf. Dann sah er Anita an seiner Seite und sank mit einem Gefühl des Friedens wieder in die

Kissen. Der Frieden der Liebe war der einzige, der seine Ängste besänftigen konnte.

»Wo soll ich beginnen?«

»Am Anfang, als du geflohen bist.«

»Ich bin zwei Tage im Gebirge umhergeirrt und habe mich nicht getraut, in ein Dorf hinabzusteigen, weil ich nicht wusste, wer gewonnen hatte. Ich ging davon aus, dass die Aufständischen mit Unterstützung der Guardia Civil überall siegreich waren.«

»Du warst immer schon ein Pessimist.«

»Ich? Überhaupt nicht.« Rogelio wurde ernst. »Aber mit der Angst in den Knochen und der Trauer darüber, was mit meinem Vater und Carlos geschehen war … Was erwartest du? Hast du vergessen, dass ich gerade mal zwanzig war? Gütiger Gott, ich war ein Kind. Ich wäre noch länger im Gebirge umhergeirrt, wäre ich nicht auf ein Lager des republikanischen Heeres gestoßen. Ich habe die Flagge gesehen und bin hinmarschiert. Ich habe ihnen meine Geschichte erzählt und mich ihnen angeschlossen.«

»Hast du den ganzen Krieg mitgemacht?«

»Ja.«

»Und bist du heil rausgekommen?«

»Ohne einen Kratzer. Teruel, die Schlacht am Ebro … Möchtest du einen ausführlichen Tagebuchbericht?«

»Wie viele Faschisten hast du getötet?«

»Was weiß ich! Aus den Schützengräben haben wir einfach draufgehalten. Ich habe nie direkt auf einen Menschen gezielt. Wenn ich einen getroffen habe, dann nur durch Zufall.«

»Du bist mir ein Held.«

»Wer hat behauptet, dass ich ein Held war?«

»Du hättest dir eine Legende schaffen können.«

»Leck mich«, brummte er.

»Nun erzähl schon weiter.«

»Als alles zu Ende war, befand ich mich in Barcelona, völlig erschöpft, halbtot vor Hunger und Kälte. Ich hatte zwei Möglichkeiten: Mich in Valencia weiter am Widerstand zu beteiligen und mein Leben zu opfern oder mich mit den Exilierten auf den Weg Richtung Grenze zu machen. Und ich habe mich für Letzteres entschieden, weil ich nicht sterben wollte. Ich hatte solch eine Wut in mir … Auf dem Weg hat man uns bombardiert und massakriert wie Hunde, dabei handelte es sich hauptsächlich um Frauen, Kinder und alte Leute. Wir glaubten, in Frankreich wären wir in Sicherheit.« Seine Miene war voller Verachtung. »Scheißfranzosen …«

»Ich habe gelesen, dass man euch in Flüchtlingslager gesteckt hat.«

»Flüchtlingslager? Dass ich nicht lache. Das waren Gefangenenlager, es ging sogar noch härter zu, man hat uns schlecht behandelt, uns unsere Würde genommen. Die Aufseher waren Afrikaner, Schwarze, und dann redet alle Welt von Rassismus, ein Witz. In Argelès hatte man achtzigtausend Menschen in ein Lager am Meer gepfercht, vom Mittelmeer blies ein schneidender Februarwind. Wer nicht erfror, starb an irgendwelchen Krankheiten oder an Hunger. Wir haben mit Sand Suppe gekocht, man bekam fürchterlichen Durchfall davon. Das Schlimmste war die Angst. Den verlorenen Krieg hinter sich und keinerlei Zukunftsperspektive. Viele haben den Verstand verloren. Ein Soldat weiß, welchem Risiko er sich aussetzt, aber ein Zivilist, der plötzlich in einem solchen Alptraum gefangen ist … Weinende Kinder, Eltern, die zu Gespenstern wurden, Großeltern, die den Verstand verloren hatten, Verzweiflung und Tod, so sah es dort aus.«

»Habt ihr Nachrichten aus Spanien bekommen?«

»Nur wenige, das, was die Aufseher uns weitererzählten, die sich über uns lustig machten. Natürlich waren es nur schlechte Nachrichten. Und so haben wir den letzten Rest an Hoffnung verloren, der uns noch geblieben war. Deswegen sind viele in die Fremdenlegion eingetreten, bei den *Batallones de Marcha* oder den *Compagnies de Travailleurs Étrangers*. Wir haben alles getan, um aus dem Lager rauszukommen und nicht zu verhungern.«

»Wo bist du hingegangen?«

»Die Fremdenlegion schied natürlich aus. Da haben sich nur die Durchgeknallten gemeldet. Ich bin zu den *Compagnies* gegangen. Du machst dir kein Bild, was es heißt, jeden Tag im Morgengrauen aufzustehen und strammzustehen, um die Marseillaise anzuhören. Diese gottverdammte Marseillaise! Ich kann dir nicht sagen, wie sehr ich diese Hymne irgendwann gehasst habe. Ich kann unsere mit dem ganzen Tschingderassa schon nicht ausstehen, aber die schlägt alles.«

»Das heißt, du hast im Weltkrieg gekämpft.«

»Ja, und sie haben uns ganz schön zugesetzt. Wir in unserem Bürgerkrieg waren bestialisch, aber wir haben mit Alpargatas und Gewehren gekämpft. Nicht so die Deutschen. Gut ausgerüstet, diszipliniert, eine gewaltige Kriegsmaschinerie. Aber warum erzähle ich dir das, du hast das bestimmt alles gelesen.« Er deutete auf die Bücher in dem Refugium. »Bei der erstbesten Gelegenheit wurde ich gefangen genommen. Man hat mich verhört, und als sie erfuhren, dass ich Spanier bin, landete ich schneller in Mauthausen, als ich gucken konnte.«

»In dem KZ der Nazis?«

»Genau.«

»Verdammt, Rogelio.« In seiner Stimme lag Bewunderung.

»Hast du etwas darüber gelesen?«

»Ja.«

»Über die Todesstiege? Die Steintreppe, über die wir tonnenschwere Granitblöcke schleppen mussten?«

»Ja, und dass manch ein Aufseher sich einen Spaß daraus machte, Häftlinge hinunterzustoßen.«

Sie sahen sich schweigend an.

»Verdammt«, sagte Florencio wieder.

»Ich weiß nicht, wie ich das ausgehalten habe.«

»Wozu hat man Eier in der Hose.«

»Darum ging es nicht. Man musste schlau sein. Zwischen Leben und Tod verlief ein schmaler Grat.« Rogelio fuhr sich mit der Zunge über die trockenen Lippen. »Eines Morgens kam ein Blockführer, ein SS-Mann, der die Baracken überwachte. Er wählte mich und einen anderen namens Pascual Soteras aus. Er brachte uns zum Lagerkommandanten, der für die äußere Sicherheit und die Ordnung im Lager verantwortlich war. Er sagte, er brauche einen Freiwilligen, der auf der anderen Seite des Zauns Dienst tun sollte. Viele von uns träumten davon, wenigstens mal für ein paar Stunden rauszukommen und nicht ständig diese verdammte Treppe sehen zu müssen, die das Wahrzeichen von Mauthausen ist. Vermutlich dachte der Kerl, wir würden uns darum prügeln, aber mir war etwas in Erinnerung geblieben. Manchmal hörte man nämlich Schüsse von draußen. Also gingen bei mir die Alarmglocken an und mahnten mich zur Zurückhaltung. Pascual Soteras trat vor und war überglücklich, dass er der Auserwählte war. Ich kehrte in meine Baracke zurück und schleppte den Rest des Tages Steine.«

»Lass mich raten: Soteras ward nie mehr gesehen.«

»Genau. Manchmal ließen sie einen Gefangenen frei, damit die Aufseher ihren Spaß hatten. Sie sagten ihm, wenn er es bis zum Wald schaffe, wäre er frei, und während er rannte, zielten sie auf ihn.«

»Bestien.«

»Das ist nur ein Beispiel. Die Grenze zwischen Leben und Tod war dünner als Zigarettenpapier.«

»Aber du hast überlebt.«

»Bei der Befreiung von Mauthausen war ich nur noch Haut und Knochen, ein Schatten, wirr im Kopf. Ich konnte mich kaum noch auf den Beinen halten. Es war eine Frage von Tagen. Darauf folgten Wochen, Monate der Ungewissheit. Sollte ich nach Spanien zurückkehren, mit Franco an der Macht? Undenkbar. Zum

Glück war ich jung, und ich habe mich schnell erholt. Ich habe es geschafft, mir eine Schiffspassage nach Amerika zu organisieren. Die Mehrzahl der spanischen Flüchtlinge war dank des *Servicio de Emigración para Refugiados Españoles* in Mexiko gelandet. Eines Tages habe ich ein Schiff bestiegen und Europa den Rücken gekehrt. Ich kam in Mexiko an und habe geschuftet, ich bin weitergezogen nach Argentinien und habe geschuftet, dann habe ich nach Kolumbien rübergemacht und wieder geschuftet. Ich war nirgendwo glücklich, ich habe mich mit vielen Leuten angelegt, insgeheim habe ich wohl gehofft, dass mir jemand eine Kugel verpasst. Und ich hatte wieder Glück, denn das passierte nicht, obwohl ich es mehr als einmal verdient gehabt hätte. Ich weiß nicht, was aus mir geworden wäre, wenn sich mir nicht die Chance in Medellín geboten hätte. Erst die Chance mit den Blumen, wo ich meinen Erfindergeist unter Beweis stellen konnte. Und dann die Begegnung mit Anita.«

»Frauen sind imstande, das Beste und das Schlechteste im Mann hervorzulocken, nicht wahr?«

»Für mich gibt es ein Vorher und ein Nachher.«

»Zudem bist du jetzt ein mächtiger Mann.«

»Zwanzig Jahre Hölle. Zwanzig Jahre Liebe und Frieden.« Er trank einen Schluck Wasser. »Ein Mensch weiß nicht, wozu er fähig ist, bis er sich beweisen muss.«

»Wir alle brauchen eine solche Gelegenheit«, sagte Florencio.

»Dafür bin ich das lebende Beispiel.«

»Und ich war in all der Zeit hier eingesperrt.«

»Ich kann es immer noch nicht glauben.«

»Wie du siehst, bin ich kein Einzelfall. Seit der Amnestie 69 sind viele derartige Fälle ans Licht gekommen.«

»Und wenn deine Frau schwanger geworden wäre?«

»Dann wäre sie als Flittchen verschrien gewesen.«

»Was hast du die ganze Zeit gemacht?« Rogelio blickte auf die Bücher.

»Erst bin ich verrückt geworden. Später habe ich gelesen, Radio gehört, als wir eines haben durften, und als das Fernsehen aufkam, habe ich ferngesehen, obwohl das hier mit den ganzen Störungen wahrlich kein Vergnügen war.« Er lachte. »Irgendwann habe mich daran gewöhnt. Ich habe sogar ein paar Sachen geschrieben.«

»Im Ernst? Du?«

»Ja. Und? Um zu schreiben, muss man kein Cervantes sein, es genügt, ein Wort an das andere zu reihen.« Er lachte wieder. »Das Schlimmste am Fernsehen war, dass Franco ständig zu sehen war, und dann habe ich immer angefangen zu toben und ihn zu beschimpfen. Eloísa hat mich gemaßregelt, weil man mich draußen hätte hören können. Der Mistkerl war für mich ein rotes Tuch.«

»Ich finde immer noch, du solltest das zumauern.« Rogelio lief es eiskalt über den Rücken.

»Weißt du, dass die vom Fernsehen mich interviewen und eine Reportage über mich bringen wollen? Ein oder zwei Zeitschriften haben auch schon angefragt. Sie bieten mir sogar ein Honorar an.«

»Und warum machst du das nicht?«

»Würdest du so was machen?«

»Ja.«

»Wirklich? Und was ist mit der Würde?«

»Die Würde besteht darin, der Welt kundzutun, dass du Widerstand geleistet, dass du nicht aufgegeben hast, dass Franco dich nicht besiegen konnte. Und wenn noch was dabei rausspringt, umso besser. Natürlich würde ich das tun, was denkst du denn. Das ist eine Art Wiedergutmachung.«

»Stimmt.« Florencio fiel es schwer, ihm zu glauben.

»Denk darüber nach. Mit Sensationsgier hat das nichts zu tun, es geht um Gerechtigkeit. Und das Geld könntest du doch gut gebrauchen, oder?«

»Schon, ja.«

»Na also. Aber ich wollte dich noch etwas anderes fragen.«

»Schieß los.«

»Willst du wieder arbeiten?«

»Ich?« Florencio war verblüfft. »Aber ich bin doch schon vierundsechzig, Rogelio. Da geht man in Rente und nicht arbeiten.«

»Du warst einen Großteil deines Lebens hier eingesperrt und hast deine Eier geschaukelt, und jetzt willst du in Rente gehen?«

»Und wo soll ich bitte schön arbeiten?«

»Für jemanden wie dich findet sich immer ein Plätzchen.«

»Und wo?«

»Hier.«

»Willst du im Dorf bleiben?«

»Nein. Mein Lebensmittelpunkt ist in Medellín, aber ich werde hier investieren, und zwar schon bald, und dann brauche ich Leute, denen ich vertrauen kann, die ein Auge auf die Geschäfte haben und nebenbei auch ein bisschen arbeiten«, scherzte er. »Und wem sollte ich mehr vertrauen als meinen Freunden?«

Florencio ertrug seinen Sarkasmus.

Er wusste, dass Rogelio es ernst meinte.

Er ließ sich in seinen Stuhl zurücksinken.

»Donner und Doria ...«

»Gib mir zwei Tage, dann erzähle ich's dir.« Er hob die Hände zu einer Art Schutzschild, damit Florencio ihn nicht mit Fragen bombardierte. »Aber bevor ich gehe, will ich noch über etwas anderes mit dir sprechen.«

»Worüber?«

Rogelio redete nicht lange um den heißen Brei herum.

»Wer hat uns verraten, Florencio? Wer?«

67

Das Essen neigte sich dem Ende zu. Das Dessert war der krönende Abschluss des köstlichen Mahls. Die Glut des langen wechselseitigen Gesprächs hatte die Gemüter erwärmt. Sie lachten weniger, dafür waren die Blicke intensiver geworden.

Sie verschlangen sich geradezu mit Blicken.

Ezequiel beugte sich vor und flüsterte ihr ins Ohr:

»Du hast Ernesto ganz schön den Kopf verdreht.«

»Sei nicht so fies.«

»Doch, glaub mir.«

Er hob die Hand, um ihn an den Tisch zu rufen. Immer wenn Ernesto an ihren Tisch gekommen war, um das Essen zu servieren, Wasser einzuschenken oder Brot nachzufüllen, hatte er Marcela verzückt angesehen. Es war ihm sehr schwergefallen, nicht auf ihren Ausschnitt zu starren.

»War alles in Ordnung?«

»Alles bestens. Die Rechnung bitte.«

»Sofort.«

Er sah Marcela an und verschwand.

»Hab ich's nicht gesagt?«

»Ich werde noch rot.«

»Glaub ich nicht.«

»He!« Sie stupste ihn an.

»Solche Frauen wie dich gibt es hier nicht.«

»Weil das ein Dorf ist.«

»Hallo … ich studiere in Madrid.«

»Dann schaust du offenbar nur in deine Bücher, denn ich habe sehr wohl hübsche Frauen gesehen.«

»Ich mag es, wie du sprichst. Du verwendest ungewöhnliche Wörter.«

»So spricht man in Kolumbien. Mein Vater erklärt mir manchmal die Unterschiede.«

»In Madrid habe ich einen Mexikaner kennengelernt, der sich furchtbar aufgeregt hat, wenn jemand das Wort *culo* verwendet hat. Für uns bedeutet das einfach Hintern, aber dort hat das offenbar eine zotige, vulgäre Konnotation. Ähnlich wie bei *la concha de tu madre* in Argentinien. Klar, dass da nicht die Muschel gemeint ist.«

»Eines Tages wirst du die Länder bereisen und all das mit eigenen Augen sehen.«

»Dein Wort in Gottes Ohr.«

Ernesto tauchte mit der Rechnung auf. Er legte sie in einem kleinen schwarzen Lederetui auf den Tisch, und weil sie die letzten Gäste waren, blieb er am Tisch stehen, bis Ezequiel die einzelnen Posten überprüft und den Geldschein in das Etui gelegt hatte. Er entfernte sich, um das Wechselgeld zu holen.

»Ich gehe kurz auf die Toilette.« Marcela stand auf.

Ezequiel sah sie davonschweben. Marcela war zweifellos das schönste Mädchen, das er je gesehen hatte. Und das lag nicht nur an ihrem exotischen Äußeren. Es war ihre Natürlichkeit, ihre Schlagfertigkeit, ihr sympathisches Wesen. Sie war überhaupt nicht eingebildet. Er war nervös gewesen wegen des Rendezvous, aber auch wegen der überraschenden Enthüllung seines Bruders Vicente. Die Begegnung mit Elvira hatte seine Unruhe noch verstärkt, aber im Verlauf des Abends hatte sich das gelegt. Sie hatten miteinander zu Abend gegessen wie zwei Erwachsene. Von den aufkeimenden Gefühlen einmal abgesehen.

Sie machte einen glücklichen Eindruck.

Während er auf sie wartete, kehrte Ernesto mit dem Wechselgeld zurück. Er gab ihm ein ordentliches Trinkgeld. Diesmal sprachen sie nicht. Ernesto warf ihm einen bewundernden Blick zu. Ezequiel fühlte sich gebauchpinselt. Aber irgendwie auch lächerlich.

Wenn man ihn jetzt anders ansah, weil er mit einem hübschen Mädchen ausging …

Er musste unvermeidlich an seine Mutter denken. Seine neunzehnjährige Mutter und den zwanzigjährigen Rogelio Castro, die heiraten wollten, bis der Krieg ihre Pläne zunichtemachte. Eine Liebe, wegen der sich seine Mutter hatte das Leben nehmen wollen.

Marcela wusste von alldem nichts.

Es war ein Geheimnis.

Aber warum beschlich ihn das Gefühl, dass auch sie ihre Geheimnisse hatte, wenn sie über das Dorf, die Zukunft und anderes sprachen?

Marcela kam zum Tisch zurück. Sie lief wie selbstverständlich in den Schuhen mit Absatz, der zwar nicht besonders hoch war, ihr aber doch eine gewisse Größe verlieh. Der knielange Rock erlaubte einen Blick auf ihre wohlgeformten Beine. Das Oberteil war ärmellos. Ein enger schwarzer Gürtel betonte ihre schmale Taille. Alles in allem eine Augenweide.

Ernesto schien förmlich der Sabber aus dem Mund zu laufen.

Ezequiel stand auf.

»Sie schließen«, sagte er. »Gehen wir?«

»Ja, klar.« Sie lächelte freudig. »Vielen Dank.«

»Wofür?«

»Für das Abendessen, den fantastischen Ort, für die Einladung, für alles.«

»Ich müsste dir danken, dass du zugesagt hast.«

»Dann sind wir quitt.«

Marcela warf noch einen Blick auf die Ebene in der nächtlichen Dunkelheit, als wollte sie sich von ihr verabschieden.

»Ich würde dir gern etwas zeigen«, sagte Ezequiel.

»Was denn?«

»Nun ja, falls es noch nicht zu spät ist oder du nach Hause musst.«

»Ich bin nicht Aschenputtel. Ich muss nicht um eine bestimmte Zeit zu Hause sein. Ich koste den Moment gern aus.«

»Dann lass uns gehen.« Er fasste sie am Arm.

»Willst du mir nicht sagen, wohin es geht?«

»Das ist eine Überraschung.« Er lächelte geheimnisvoll.

68

Es war das letzte Mal, dass er diesem Rogelio Castro folgte, er war es leid.

Wenn der Mann eine Gefahr war, wie der Bürgermeister befürchtete, konnte er das sehr gut verbergen, oder er ließ sich Zeit, seinen Plan in die Tat umzusetzen.

Saturnino García beobachtete ihn im Schutz der Dunkelheit, während der Verursacher des ganzen Wirbels mit gesenktem Kopf und gemäßigten Schrittes die Straße entlangging, wie es ein Mann mit über sechzig tat.

Saturnino García hatte den Wagen noch nicht angelassen. Aber das Radio war an.

Es wurde keine Musik gespielt. Es kam ein Bericht über das letzte Opfer der ETA. Instinktiv betrachtete er die Wand, vor der sein Auto stand. Die Wahlplakate mit den lächelnden Kandidaten und ihren längst vergessenen Versprechen hingen noch überall.

Einmal an der Macht, schaltete und waltete jeder, wie er konnte.

Oder wie man ihn ließ.

Saturnino García zog seinen Notizblock heraus. Auf der letzten Seite hatte er die Ereignisse des Tages aufgeschrieben, damit er nichts vergaß. Einfache, knappe Notizen: *Nachmitag: kurzer Besuch von Martina Velasco. Gefolgt von José María Torralba, dem Kioskbesitzer. Castro besucht Blas Ibáñez. Er besucht Florencio Velasco, der fünfunddreißig Jahre im Verborgenen gelebt hat. Er geht nach Hause zurück.*

Wiedersehen mit alten Freunden.

Obwohl er am Morgen auf dem Berg wieder mit seiner Vergangenheit konfrontiert wurde, mit dem Grab seines Vaters, seines Bruders und der anderen, die bei Ausbruch des Krieges im Dorf gefallen sind.

Was sollte er Ricardo Estrada sagen?

Dass er unter Verfolgungswahn litt?

Rogelio Castro war aus seinem Blickfeld verschwunden. Zur Sicherheit, nur zur Sicherheit, ließ er den Wagen an und fuhr zum Haus der Castros. Er machte einen kleinen Umweg, ganz gemütlich, und er kam immer noch rechtzeitig an, um bestätigen zu können, dass der mutmaßliche Verdächtige tatsächlich in der Tür verschwand.

Dienstschluss.

Zur Hölle mit dem Bürgermeister.

Diesmal fuhr er schneller, denn es war schon spät, und er war müde. Wie viele Stunden war er schon auf den Beinen und im Dienst? Der Radiosprecher beschrieb Javier de Ybarra als »guten Mann« und listete die Mörder der ETA auf. Er sparte dabei nicht an Worten und erging sich in Beleidigungen und wüsten Beschimpfungen.

Saturnino García dachte an seinen Cousin Leandro, der im Baskenland stationiert war.

Wenn er nicht genug auf die Ricardo Estradas dieser Welt aufpasste oder sie verärgerte, würde auch er im Norden landen und müsste jeden Tag sein Leben aufs Spiel setzen, und das würde Luisa nicht verkraften.

Leandro war Junggeselle.

In fünf Minuten war er in der Kaserne. Er stellte das Auto ab und begab sich direkt zu seiner Wohnung, ohne in der Kommandantur vorbeizuschauen. Er wollte niemanden sehen. Er hatte ein flaues Gefühl im Magen. Das, was er jetzt am meisten brauchte, gab ihm seine Frau, als sie die Tür öffnete.

Einen Kuss und eine Umarmung.

Wärme.

»Guten Abend, Schatz.«

»Guten Abend.«

»Alles klar?«

»Hast du das von diesem Mann gehört?«

»Ja.«

»Es wird knallen, du wirst sehen.«

»Unsinn. Und was machen die Mädchen?«

»Ich habe sie gerade ins Bett gebracht, aber sie sind bestimmt noch wach. Geh zu ihnen, ich richte derweil das Abendessen.«

»Ich habe nicht viel Hunger.«

»Hast du schon was gegessen?«

»Nein, ich habe einfach keinen Appetit.«

»Ohje …« Ihr Gesichtsausdruck veränderte sich, als sie sich an etwas erinnerte. »Da war ein Anruf für dich.«

»Wer?«

»Aus Madrid. Manuel Rojas.«

»Hat er gesagt, was er will?«

»Nur, dass er mit dir sprechen will.«

»Aber …«

»Was fragst du mich? Glaubst du, sie sagen einer Frau, worum es geht? Ruf ihn an.«

Er zögerte. Die Zwillinge wären nach dem Gespräch vielleicht schon eingeschlafen und er müsste auf ihre Küsse verzichten, aber wenn Rojas höchstpersönlich angerufen hatte …«

»Und wenn …?«

Luisa wirkte beklommen.

Wenn er zu den Mädchen ging, würden sie ihn erst mal mit Beschlag belegen. Und es war schon spät. Also ging er zu dem Telefon an der Wand, legte den Dreispitz ab und nahm den Hörer. Er musste die Nummer nicht lange suchen. Er kannte sie auswendig. Am anderen Ende würde Manuel Rojas auf seinen Anruf warten oder sowieso am Schreibtisch sitzen und Dienst schieben.

Immer wenn die ETA jemanden tötete, war überall im Land ein leiser Zapfenstreich zu vernehmen.

»Ja, bitte?«

»Herr Hauptmann?«

»Ah, guten Abend, Saturnino, wie geht's?«

»Gut.«

»Hast du von der Sache mit Ybarra gehört?«

»Ja.«

»Wie gut du's hier hast. Ich weiß nicht, warum du um deine Versetzung gebeten hast.«

»Meine Frau hat Familie in Barcelona, deshalb. Wegen der Mädchen.«

»Stell dir mal vor, jeder würde hier eine Versetzung nach Wunsch beantragen. Fürs Baskenland würde sich natürlich keiner freiwillig melden.«

»Was heißt das?«

»Im Moment keine Chance.« Er machte keine Umschweife. »Der Antrag wurde abgelehnt. Vielleicht in einem Jahr oder zwei. Mach du deine Arbeit gut, und man wird sehen, du hast ja noch einige Dienstjahre vor dir. Du hast genügend Zeit für Beförderungen und alles.«

»Es ging mir nicht um eine Beförderung.«

»Ich weiß, aber vertrau mir. Du weißt, wenn ich kann, werde ich mich für dich verwenden. Aber ich werde dich nicht vorziehen oder mich zu weit aus dem Fenster lehnen, das ist nicht mein Stil, und die Politiker sind momentan äußerst angespannt. Sie kontrollieren alles. Man muss mit gutem Beispiel vorangehen.«

»Selbstverständlich, Herr Hauptmann.«

»Gut. Entspann dich, ja?«

»Mach ich.«

»Wie läuft es mit den Neuen?«

»Gut, sie arbeiten sich schnell ein.«

»Das freut mich.« Er war dabei, sich zu verabschieden. »Grüß Lucía von mir.«

Saturnino wollte schon einwenden, dass sie Luisa hieß, nicht Lucía.

Aber er schwieg.

Einen Hauptmann korrigierte man besser nicht.

»Gute Nacht. Und vielen Dank.«

»Keine Ursache, Junge. Es hat ja leider nicht geklappt. Du kannst mir danken, wenn wir es geschafft haben. Gute Nacht.«

Sie legten beide auf, und Saturnino starrte den schwarzen Apparat an der Wand an.

Er hörte zwei Stimmen.

Die seiner Frau: »Was wollte er? Was Neues wegen der Versetzung?«

Und die einer seiner Töchter: »Papa, Papa, komm!«

69

Martina beobachtete ihren Vater beim Abendessen.

Er wirkte aufgekratzt.

Zum ersten Mal war er nicht griesgrämig, er meckerte und lästerte nicht, er lächelte sogar ein wenig, auch wenn er schweigsam und in sich gekehrt war.

Der Fernseher war aus.

»Wie war das Gespräch mit ihm?«, fragte sie.

»Gut, gut.«

»Ist das alles? Du bekommst ja vor lauter Gefühlsüberschwang noch einen Herzinfarkt.«

»Verdammt, es ist gut gelaufen. Was willst du denn noch hören?«

»Ich weiß nicht, was er dir erzählt hat, ich meine, ihr habt es euch ja da drin ordentlich gegeben, ich dachte, ihr findet gar kein Ende.«

Florencio sah seine Frau an.

»Sie kommt eindeutig nach dir.«

»Jaja«, schnaubte Eloísa.

Florencio schlürfte geräuschvoll seine Suppe.

»Er hat mir erzählt, was er während des Bürgerkriegs gemacht hat und im Flüchtlingslager. Und später in dem anderen Krieg und dem anderen Lager.«

»Was für einem anderen Lager?«

»Er war in einem Konzentrationslager der Nazis.«

»Wirklich?« Eloísa war erschüttert.

»Mauthausen.«

»Das sagt mir nichts.«

»Auschwitz, Mauthausen … Die unterschieden sich nicht wesentlich. Du bist aufrecht hineinmarschiert und wurdest als Rauch durch den Schornstein hinausgeblasen.«

»Ach, hör auf.« Sie erschauderte und blickte angewidert auf das Fleisch.

»Ihr wolltet es doch wissen.« Er schlürfte weiter seine Suppe.

»Wie ist er im Konzentrationslager gelandet? Er ist doch kein Jude«, wunderte sich Martina.

»Glaubst du, es wurden nur Juden vergast? Sie haben dasselbe mit Zigeunern, Homosexuellen und allen anderen gemacht, die den blonden Germanen ein Dorn im Auge waren.«

»Hat er das einigermaßen verkraftet?«

»Wieso nicht? Die Zeit heilt alle Wunden. Er ist nach Amerika ausgewandert und reich und glücklich geworden, wie du siehst. Rogelio war immer schon ein schlauer Fuchs. Und er hat noch so einiges vor.«

»Wieso sagst du das?«

»Das sagt mir meine Nase. Er hat Pläne für das Dorf, ihr werdet sehen.«

»Das können wir gut gebrauchen«, meinte Martina.

»Und was ist mit dem, was man ihm angetan hat?«

»Die ihm das angetan haben, sind doch alle tot. Er ist nicht gekommen, um Ärger zu machen. Davon bin ich nach unserem Gespräch überzeugt.«

»Und du bist froh«, sagte Martina.

Florencio sah erst seine Frau, dann seine Tochter an. Ob er es jetzt oder irgendwann anders sagte, machte keinen Unterschied. Also verkündete er: »Ich werde die Reportage machen.«

Eloísa und Martina waren baff.

»Verdammt noch mal«, fuhr er fort. »Rogelio hat recht. Erstens, sie sollen zahlen. Zweitens, sie sollen sehen, dass Franco nicht alle erledigen konnte. Und drittens wird so alles dokumentiert, sonst erinnert sich in fünfzig oder hundert Jahren ja keiner mehr daran. Und weil dieses Land einfach nicht lernt und es immer wieder Krieg geben wird …«

»Florencio, du und deine Kriege!«, beschwerte sich Eloísa.

Martina überhörte ihren Einwurf.

»Prima, Papa«, sagte sie voller Bewunderung.

»Da musste erst ein Außenstehender kommen, damit du dir einen Ruck gibst«, beklagte sich Eloísa. »Auf uns hörst du nicht, aber kaum taucht dein Freund Rogelio nach vierzig Jahren wieder auf, zack, alles kein Problem.«

»Eloísa, soll ich es lassen?«

»Nein, nein, also meinetwegen …«

»Papa, du hast es verdient, dir endlich Luft zu machen, jetzt, wo du es kannst. Du musst dir alles von der Seele reden.«

»Das werde ich tun. Und mal sehen, ob sie es so bringen oder ob das Fernsehen es kürzt.«

»Warum sollten sie es nicht bringen? Jetzt, ohne Angst vor Enthüllungen, ohne Zensur ist doch alles erlaubt, oder?«

»Es ist eine Sache, nackte Brüste in einer Zeitschrift zu zeigen, und eine andere, schlecht über den Teufel zu reden.« Seine Miene verdüsterte sich. »Doch was soll's …« Er seufzte beglückt. »Man wird sehen.«

Sie aßen spät zu Abend, nicht zur gewohnten Zeit, und sie wunderten sich, als es an der Tür klopfte. Sie sahen sich fragend an.

»Verdammt, wer kann das jetzt noch sein?«, murrte Florencio.

»Ich gehe schon.« Eloísa kam ihrer Tochter zuvor.

Martina und ihr Vater sprachen kein Wort, solange sie draußen war. Es war nicht viel zu hören. Ein kurzes Flüstern. Als Eloísa zurückkehrte, war ihre Miene sehr ernst. Und sie war blass.

Sie warf ihrer Tochter einen kurzen Blick zu, bevor sie sich an ihren Mann wandte.

»Florencio, für dich.«

»Wer ist es?«

»Blas Ibáñez.«

Martina verschluckte sich an ihrem Wasser und fing an zu husten. Niemand eilte ihr zu Hilfe. Ihre Mutter war immer noch wie versteinert. Und ihr Vater war in seiner Überraschung gefangen.

Martina hustete immer heftiger.

»Und was will er?«

»Keine Ahnung, reden, vermute ich.« Eloísa hob die Arme.

Florencio sah seine Tochter an.

Ihr Gesicht war gerötet, sie rang verzweifelt nach Luft.

»Ja, was ist denn bloß los? Ist heute der Tag der Beichten? Rogelio, Blas …«

»Gehst du jetzt zu ihm oder nicht?« Eloísa wurde ungeduldig.

Der Hausherr stand auf. Er wirkte imposant, aufrecht, stark, die Brust vorgeschoben, als könnten vierzig Jahre eingefleischter Hass in einem vierzigminütigen Gespräch nicht ausgelöscht werden, auch wenn Rogelio es versucht hatte.

Wortlos begab er sich zur Haustür.

Dort stand Blas, die Mütze in der Hand.

Respektvoll.

Die Männer sahen sich an. Unter anderen Umständen hätte er sofort das Gewehr geholt.

Aber natürlich hätte Blas sich unter anderen Umständen gar nicht erst getraut, bei ihm vorbeizukommen.

Wusste Blas, dass Rogelio ihm die Wahrheit gesagt hatte?

Aber Wahrheit hin oder her, Blas hatte im Krieg für die anderen, für Franco, gekämpft.

»Blas?«

»Guten Abend, Florencio.«

Einen Meter vor ihm blieb er stehen. Die Tür zur Straße stand noch einen Spalt offen.

»Was willst du?«, fragte er kurz angebunden.

»Mit deiner Tochter sprechen.«

»Mit Martina?«

»Natürlich mit Martina.«

»Und warum verlangst du nicht direkt nach ihr?«

»Weil ich es mit deiner Erlaubnis tun möchte.«

Florencios Augen verengten sich zu Schlitzen. Er brauchte eine Weile, um zu begreifen. Zu reagieren.

»Martina!«, rief er.

Seine Tochter kam angelaufen. Im Türrahmen blieb sie stehen. Ihr Gesicht war immer noch rot und verzerrt. Erstaunt blickte sie erst den Besucher, dann ihren Vater an. Sie beruhigte sich ein klein wenig, als sie sah, dass seine Hände locker herunterhingen. Wenn er wütend war, ballte er sie zu Fäusten.

»n' Abend, Martina«, sagte Blas.

»Er will mit dir sprechen«, verkündete Florencio.

Sie wusste nicht, was sie sagen sollte.

Ihr Vater schon.

Er durchbohrte Blas mit seinem Blick.

»Blas, ich werde dir jetzt eine Frage stellen.«

»Von mir aus.«

»Stimmt es, was Rogelio mir erzählt hat?«

Sie wussten beide, wovon die Rede war.

»Ja«, erwiderte er nur.

Florencio schwieg. Seine Miene blieb unverändert. Er stand da, aufrecht, mit versteinertem Gesicht.

Man hätte ihrer beider Herzschlag hören können.

»In Ordnung«, sagte Florencio und ging zurück ins Esszimmer, immer noch auf der Hut.

Das war alles.

Sie waren allein.

Da stürzte sich Martina wie eine Furie auf ihn.

»Was machst du hier? Du spinnst wohl! Willst du, dass er mich umbringt? Um Himmels willen, Blas, du setzt alles aufs Spiel!«

Er ging nicht darauf ein.

»Ich muss mit dir sprechen«, sagte er.

»Um diese Zeit? In meinem Elternhaus?«

»Ja, Martina, um diese Zeit und in deinem Elternhaus.«

»Auf keinen Fall!«

»Dann komm raus.«

»Wir sind gerade beim Abendessen.«

»Ich warte, bis ihr fertig seid.«

»Morgen!«

»Nein!« Er blieb hartnäckig. »Vielleicht ist morgen die Welt schon untergegangen. Ich will dich jetzt sprechen! Und dein Vater hat es ausdrücklich erlaubt.«

»Weiß er von der Sache bei der Erschießung?«

»Das hast du doch gehört. Offenbar hat Rogelio es ihm erzählt. Vermutlich werde ich für euch immer einer von denen bleiben, die auf der Seite Francos gekämpft haben, aber wenigstens …«

»Mein Gott!« Martina bekam weiche Knie.

Blas ging zur Tür.

»Ich warte draußen auf dich«, lauteten seine letzten Worte.

70

Blas musste nicht lange warten. Doch die Zeit des Wartens kam ihm ewig vor. Martina hatte die Arme um ihren Oberkörper geschlungen, als sie herauskam, als müsste sie sich vor irgendetwas schützen.

»Du bist völlig verrückt!«, schimpfte sie.

»Was hat dein Vater dir gesagt?«, fragte er.

»Nichts, er hat einfach weitergegessen, als wenn nichts geschehen wäre. Aber das dicke Ende kommt noch, spätestens morgen!«

»Das ist dann egal.«

»Warum?«, fragte sie alarmiert. »Darf ich fragen, was mit dir los ist?«

Er fasste ihre Arme, damit sie sich beruhigte.

Mit aufgerissenen Augen starrte sie ihn an.

»Martina, liebst du mich?«

Sie kippte fast aus den Socken. Das war ein Schlag. Aber die Antwort kam schnell. Zu schnell.

»Nein.«

»Umso besser, das macht es leichter. Heirate mich.«

»Allmächtiger …« Sie sank fast zu Boden.

Blas stützte sie.

»Hast du gehört?«

»Bist du betrunken? Heiraten? Wie stellst du dir das vor?«

»Standesamtlich, kirchlich, ich bin zwar nicht gläubig, aber das überlasse ich dir.«

»Ich meine, wie kommst du auf solch einen albernen Gedanken?«

»Ein alberner Gedanke, nach sieben Jahren? Albern wäre es, so weiterzumachen wie bisher, oder wenn wir uns nicht mehr sehen würden aus Angst vor dem Gerede im Dorf oder vor deinem Vater!«

»Blas, du bist dreiundsechzig!«

»Und du zweiundvierzig, also hab dich nicht so.«

»Du benimmst dich wie eine kleines Kind!«

»Liebe hat immer etwas Kindliches.« Er lächelte. Er umklammerte ihre Arme noch fester und sagte: »Mensch, Martina, wir kommen gut miteinander aus, wir brauchen einander, wir verstehen uns gut im Bett … Was braucht es mehr?«

»Liebe.«

»Aber ich liebe dich doch. Und du mich auch, sonst würdest du nicht mit mir ins Bett gehen, so eine bist du nicht!«

Sie musterte ihn verschreckt.

»Du liebst mich nicht«, sagte sie.

»Aber ja.« Er dehnte das a.

»Ach komm, du sprichst von Liebe, obwohl es nur ein Bedürfnis ist.«

»Was ist die Liebe anderes als ein Bedürfnis von Körper, Seele und Geist?«

»Wo hast du das denn gelesen?«

»Martina.« Er blieb geduldig. »Du bist hübsch, eine tolle Frau, und du wirfst dich weg. Es reicht mit den nächtlichen Besuchen, bei denen ich keinen Mucks von mir geben darf und mir in die Hand beiße, wenn ich komme, um nur ja niemanden zu wecken! Du bist abweisend, stur, aber das ist normal bei solch einem Vater und in Anbetracht der Umstände.«

»Was soll das heißen, ›in Anbetracht der Umstände‹?«, fragte sie gekränkt.

»Ach, das muss ich dir doch nicht erklären.«

»Du hast es aber gesagt. Also, was meinst du damit?«, bohrte sie nach.

»Schatz, ich weiß, ich bin ein alter Sack, kein Schmuckstück, ich bin so alt wie dein Vater und habe noch dazu auf der falschen Seite gekämpft.« Seine Stimme klang müde. »Und? Denk doch wenigstens drüber nach.«

»Ich habe schon darüber nachgedacht, aber du hast mir immer noch nicht gesagt, was das für ›Umstände‹ sind. Meinst du, ich bekomme keinen mehr ab? Dass du mir einen Gefallen tust? Dass das Dorf mit dem Finger auf mich zeigen wird?«

»Nein!«

»Blas, ich bringe dich um.«

»Nein! Wenn ich es doch sage!«

»Dann ist ja alles klar.«

Er war leicht irritiert.

»Was ist klar?«

»Ich werde dich heiraten.«

Jetzt war er überrascht.

»Wirklich?«

»Was ist? Glaubst du mir nicht, oder bekommst du Muffensausen, weil ich ja gesagt habe?«

Blas wusste nicht, was er tun oder sagen sollte. Sein Unterkiefer war nach unten geklappt.

»Scheiße, Martina.«

»Was für eine Sprache.«

»Du bist echt …«

Sie lächelte nicht, sie sah ihm nur fest in die Augen. Blas musste sich erst mal sammeln.

»So schwer war es doch auch wieder nicht«, sagte sie. »Obwohl, eigentlich …«

»Erst wehrst du dich mit Händen und Füßen und auf einmal …«

»Hast du dein Gesicht gesehen? Das möchte ich nicht den Rest unseres gemeinsamen Lebens vor mir sehen. Komm, lass uns keine Zeit verlieren.«

»Na, das wird ja eine tolle Ehe.« Er seufzte.

»So ist es nun mal. Zwei echte Schmuckstücke. Ich weiß, dass ich eigenwillig und manchmal ein Biest bin, aber das scheint dir zu gefallen, sonst wärst du jetzt nicht hier und du kämst auch nicht zum Vögeln vorbei, wenn dich die Lust übermannt.«

»Wenn's nach mir ginge, käme ich jeden Abend.«

»Jaja. Unser großer Stier.«

»Außerdem bist du kein Biest. Das ist reine Fassade.« Martina blickte sich um, ob ihre Mutter sie beobachtete.

»Gut, dann hätten wir's, oder?«, sagte sie.

»Na ja …« – er wusste nicht, was er sagen sollte – »ich denke mal ja, für den Moment. Falls du nicht erwartest, dass ich vor dir auf die Knie falle und so.«

»Jetzt werd nicht kitschig. Wir reden morgen.«

So leicht kam sie ihm nicht davon.

»Krieg ich einen Kuss?«

»Was? Mitten auf der Straße? Das wird morgen Gerede geben, bestimmt stehen die Klatschbasen schon hinter den Gardinen.«

»Das ist doch jetzt egal.«

Martina blickte gen Himmel und ergab sich in ihr Schicksal.

»Also wirklich …«

Sie ging auf ihn zu, und sie küssten sich. Erst hatten sie die Lippen fest aufeinandergepresst. Aber Blas umarmte sie und schob vorsichtig seine Zunge in ihren Mund.

»Geht es schon los?«, murrte Martina.

»Sei still.«

»Wenigstens hast du dich gewaschen und frische Sachen angezogen. Du riechst gut«, stellte sie fest.

Ein weiterer Kuss. Lang, sehr lang.

Als sie sich voneinander lösten, sahen sie sich an. In seinem Blick lag Zärtlichkeit, in ihrem immer noch ein Anflug von Überraschung. Sie bemerkten, dass ihre Herzen schneller schlugen.

»Ein schönes Techtelmechtel.« Zum ersten Mal lächelte sie.

»Sagst du es deinen Eltern, oder soll ich mit ihnen reden?«

»Ich sag's ihnen lieber, nicht dass er doch noch zum Gewehr greift.«

»Das glaube ich nicht.«

»Heute war er guter Stimmung.«

»Siehst du? Das war wegen Rogelio.«

»Ein Segen, dass er gekommen ist.«

Martina machte einen Schritt zurück. Dann noch einen. In der Haustür blieb sie stehen.

»Blas?«

»Ja?«

»Was sollte das jetzt?«

Blas ließ seinen Blick über die Straße schweifen und fokussierte ihn dann wieder auf sie. Ein Hauch Wehmut lag darin.

»Die Zeit vergeht, sie frisst uns auf, sie verschlingt uns«, sagte er. »Wir alle haben etwas Gutes verdient. Und wenn es nicht kommt, müssen wir uns auf die Suche machen. Keiner sollte alleine alt werden oder alleine sterben. Vor allem, wenn da jemand ist, der dich liebt oder den du liebst.«

»Du bist so anders«, stellte Martina fest.

»Vielleicht weil ich zum ersten Mal seit vielen Jahren meinen Frieden gefunden habe«, gestand er.

Martina ging ins Haus.

»Gute Nacht, mein Verlobter.« Jetzt lächelte sie ungezwungen.

»Gute Nacht, meine Verlobte.« Blas erwiderte ihr Lächeln.

71

Ezequiel hielt das Auto ein paar Meter von der Plaza Mayor entfernt an einer dunklen Ecke an, die vom Licht der Straßenlaternen nicht erfasst wurde. Marcela fragte nicht nach dem Grund für die Geheimnistuerei und auch nicht, was das Ziel des nächtlichen Ausflugs war. Es war offensichtlich, dass ihr Begleiter nicht von irgendeinem umherirrenden Nachtschwärmer gesehen werden wollte, der so spät noch auf den Straßen unterwegs war. Bevor sie ausstiegen, sagte er:

»Du musst jetzt ganz still sein. Und mach die Tür vorsichtig zu.«

Marcela nickte, sie war gespannt, aber auch amüsiert. Nachdem sie die Tür des Seat 600 in Zeitlupe geschlossen hatte, zog sie sicherheitshalber noch die Schuhe aus, damit ihre Schritte nicht auf dem Asphalt widerhallten. Sie trug sie an zwei Fingern ihrer linken Hand.

Ezequiel nahm die rechte.

»Komm«, flüsterte er.

Die Holztür war nicht abgeschlossen, Ezequiel musste ihr nur einen kleinen Stoß versetzen. Man hörte ein Knarren, und das Holz ächzte jämmerlich in den Angeln.

»Was tust du da?«

»Es ist alles okay.«

»Wie, es ist alles okay?«

»Es gibt keinen Priester mehr. Er ist gestorben, und sie haben noch keinen Nachfolger geschickt. Sei unbesorgt.«

Er hatte sie immer noch an der Hand gefasst. Er würde sie nicht loslassen. Er zog sie über die dunkle Schwelle.

In Ezequiels freier Hand tauchte eine kleine Taschenlampe auf, die er offenbar aus dem Auto mitgenommen hatte.

Ein kreisrunder Lichtkegel tauchte vor ihnen auf. Ezequiel schloss die Tür, und sie gingen zwei oder drei Meter bis zu der steinernen Wendeltreppe, die nach oben führte.

»Siehst du?« Er flüsterte immer noch. »Hier ist niemand.«

»Du bist verrückt. Wenn uns jemand sieht …«

»Uns wird keiner sehen. Das ist ein Geheimtipp.«

»Das heißt, ihr schleppt hier die gutgläubigen Mädchen her?«

»Unsinn.« Er wurde rot, aber in der Dunkelheit fiel das nicht auf. »Ich möchte dir etwas zeigen.«

Er stieg nach oben. Dafür musste er ihre Hand loslassen. Marcela zögerte kurz, dann folgte sie ihm. Die Treppe war nicht breit, aber auch nicht so eng, dass man sich nicht mehr bewegen konnte. Stufen aus Stein. Wände aus Stein. Erst viel weiter oben kam ein kleines Fenster zum Vorschein. Marcela begriff, dass sie zum Glockenturm hinaufstiegen.

Zum höchsten Punkt des Dorfes.

Sie entspannte sich.

Mit jedem Fenster waren sie ein Stück weiter oben, und bei jedem Aussichtspunkt wurde der Ausblick schöner. Postkartengleich. Die wenigen Lichter verliehen dem Dorf eine geheimnisvolle Aura, als wäre es vollkommen verlassen. Am hellsten erleuchtet war die Plaza, kein Wipfel bewegte sich, die Zeit stand still. Es war nicht sehr spät, aber der überwiegende Teil der Sterblichen schlief bereits den Schlaf der Gerechten. Die Lokale waren geschlossen. Stille.

»Morgen, beim Fest, das wird ein Riesentrubel«, sagte Ezequiel. »Es gibt ein Feuer, und die Leute werfen Böller. Du wirst sehen, es wird dir gefallen.«

Marcela schwieg. Sie wusste nicht, ob sie seine Worte als Einladung verstehen sollte.

Als sie oben auf dem Turm ankamen und in alle Himmelsrichtungen blickten, wurde ihr klar, warum Ezequiel sie hierher geführt hatte.

Der Ausblick war fantastisch.

Das Dorf ihres Vaters.

Seine Heimat.

»Gefällt es dir?«, fragte er unsicher.

»Sehr.«

»Das freut mich.«

»Dieser Frieden.«

Ezequiel sah sie an. Marcela war nicht nur wunderschön. Sie strahlte.

Marcela ließ ihn gewähren.

Sie wusste, was gleich geschehen würde, und sie musste binnen Sekunden entscheiden, ob sie es wollte oder nicht. Begehrte sie ihn? Lohnte es sich?

Sie erschauderte.

Das war für Ezequiel das Signal, den Arm um ihre Schultern zu legen.

»Ist dir kalt?«, flüsterte er.

»Nein.«

»Marcela ...«

Sie wandte ihm ihr Gesicht zu. Sie standen nur wenige Zentimeter voneinander entfernt. Begehrliche Blicke. Der warme Glanz ihrer Lippen.

Er dachte, er würde es einfach tun, stattdessen fragte er: »Darf ich dich küssen?«

Wie seltsam. Seine Frage hatte etwas Flehendes.

»Fragt ihr hier um Erlaubnis?«

»Ich schon.«

»Warum?«

»Weil ich nicht ins Fettnäpfchen treten will, sonst denkst du noch, ich ...«

Sie streckte den Kopf vor und berührte mit ihrem Mund seine Lippen. Eine sanfte Berührung.

»Sag doch so was nicht«, raunte sie.

»Gut.«

Sie küssten sich wieder, diesmal ging es von beiden aus, und sie verschmolzen in einer langen Umarmung. Ein Stück Ewigkeit.

Über ihnen das dunkle Himmelsgewölbe der Glocke.

Für sie war es, als schiene die Sonne.

Kapitel 11

Donnerstag, 23. Juni 1977

72

Das Auto aus Madrid traf in den frühen Morgenstunden ein. Rogelio war schon auf den Beinen und Virtudes auf dem Markt einkaufen. Anita und Marcela schliefen noch tief und fest, die eine aus Müdigkeit und die andere, weil sie erst spät von ihrem Rendezvous nach Hause gekommen war.

Rogelio hatte kein Auge zugemacht, bis er sie hatte kommen hören.

Seine Tochter und Ezequiel.

Das war schon erstaunlich.

Und er hatte gedacht, es wäre unmöglich. Sie lebten in unterschiedlichen Hälften der Welt, mit einem Ozean dazwischen, der mehr teilte als zwei Kontinente.

Rogelio zog den Morgenrock an und eilte zur Tür, bevor der Kurier klingelte und sie aufweckte. Es war ein äußerst korrekt gekleideter Mann in den Zwanzigern. Das Auto war schwarz und gediegen. Der Kurier trug einen dicken Umschlag unter dem Arm.

»Señor Castro?«

»Ja, das bin ich.«

»Ich glaube, Sie warten auf diese Sendung.«

»Danke.« Rogelio nahm ihm den Umschlag aus der Hand. »War es schwer zu finden?«

»Das Dorf nicht. Das Haus schon. Aber fragen hilft.«

»Das stimmt.«

»Señor Lucio lässt ausrichten, er habe gestern nach Ihrem Gespräch spätabends noch alles hergerichtet und es sicherheitshalber erst heute Morgen auf den Weg gebracht, damit nichts vergessen wird.«

»Kein Problem. Ich habe ihm gesagt, auf ein paar Stunden kommt es nicht an. Es tut mir leid, dass Sie deswegen so früh aufstehen mussten.«

»Na ja, um die Uhrzeit gibt es weniger Verkehr. Das ist landschaftlich eine sehr schöne Strecke.«

»Möchten Sie sich ein wenig ausruhen, vielleicht einen Kaffee trinken?«

»Nein, vielen Dank. Ich muss zurück.«

»Wie Sie wünschen.«

»Es war mir ein Vergnügen.« Er streckte ihm die Hand hin.

Sie verabschiedeten sich. Der junge Mann kehrte zu seinem Auto zurück, fuhr los und entschwand Richtung Ortsausgang.

Rogelio sah ihm nach.

Er ging zurück ins Haus und setzte sich im Esszimmer auf den Stuhl am Fenster. Er öffnete den Umschlag und sah sich den Inhalt an: Listen, Landkarten, Pläne …

Er studierte die Landkarten, führte sich die Pläne zu Gemüte, und als er die Listen durchging, schmunzelte er.

Das Personal der Fabrik.

»Schön, schön.« Er seufzte.

Als Nächstes machte er sich an die genaue Durchsicht. Er arbeitete alles durch, machte Notizen am Rand. Weder Anita noch Marcela ließen sich sehen, nur Virtudes tauchte irgendwann auf und stellte ihre Einkaufstüte auf den Tisch, noch bevor er aufstehen und ihr helfen konnte. Sie setzte sich auf die andere Seite des Tischs und ließ den Blick über die ausgebreiteten Papiere schweifen.

»Was ist das?«, fragte sie.

»Die Zukunft«, erwiderte er.

»Deine?«

»Die von uns allen, würde ich sagen.«

Virtudes streckte ihre Hand aus, damit er sie ergriff. Ihre Augen glänzten.

»Ich bin sehr stolz auf dich«, sagte sie.

»Ach, Unsinn.«

»Du bist ein guter Mensch.«

»Ich? Keineswegs.«

»Doch, das bist du.« Sie ließ sich nicht davon abbringen. »Ein Idealist wie Vater, ein Träumer wie Mutter und unbeirrt wie Carlos. Trotz allem, was man dir angetan hat.«

»Das ist lange her, und die Täter sind tot.«

»Nicht alle.«

»Was das angeht ...« – er drückte ihre Hand, bevor er sie losließ – »bei Nazario Estrada tut sich hier nichts mehr.« Er tippte mit dem Finger an seine Stirn. »Und gestern habe ich mit Blas, Florencio und José María gesprochen.«

»Wieso denn mit Blas?«

»Weil er mir das Leben gerettet hat, Virtudes.«

Seine Schwester erstarrte zur Salzsäule. Sie konnte es ebenso wenig glauben wie er.

»Er war an dem Abend bei dem Erschießungskommando dabei.«

»Den Verdacht hatte ich immer schon.« Sie ballte die Hände zu Fäusten.

»Er hat das getan, weil er mir helfen wollte, und das ist ihm gelungen. Dank ihm habe ich überlebt.«

»Aber wie um Himmels willen ...?« Sie kam aus dem Staunen nicht mehr heraus.

»Er hat sich für das Erschießungskommando gemeldet und sich vor mich gestellt. Ich habe Papa gestützt und hatte deshalb die Hände frei. Er hat in die Luft geschossen, und ich blieb unversehrt. Ich hab dir ja erzählt, ich bin gefallen, weil Papa mich mitgerissen hat, und in der Grube habe ich mich vor lauter Entsetzen nicht gerührt, weil ich Angst hatte, sie würden uns allen noch einen Schuss in den Nacken verpassen. Zum Glück hat keiner der Gefallenen gewimmert. Dann hat Blas die anderen unter dem Vorwand weggelockt, erst mal eine zu rauchen. Er würde das Grab später zuschütten. Das gab mir Zeit, aus dem Grab zu kriechen und in der Dunkelheit zu verschwinden.«

»Mein Gott, Rogelio.«

»Ich weiß.«

»Und ich habe vierzig Jahre lang geglaubt …«

»Ich weiß, Virtudes, ich weiß.«

»Warum hat er mir nichts davon gesagt?«

»Hättest du ihm geglaubt?« Er schnalzte mit der Zunge. »Zuerst hat er aus Angst geschwiegen. Und als er aus dem Krieg zurückgekehrt ist, ging er davon aus, ich sei gefallen.«

»Blas«, sagte sie abwesend.

»Er hat dich verloren.«

»Die haben damals alle verrücktgespielt, aber Blas …« Sie senkte den Kopf, es fiel ihr schwer weiterzusprechen, sie kämpfte mit den Tränen. »Ich habe gehört, die treibende Kraft war sein Vater. Blas war immer so schwach, so unentschlossen …«

»Diese Nacht hat unser Leben verändert.« Er betrachtete die verstreuten Papiere, als wären sie sein Testament. »Die einen sind gestorben, aber wir, die Überlebenden, waren seitdem nicht mehr dieselben.«

»Hast du deine Antworten?«, fragte sie.

»Eine fehlt noch.«

»Und was hast du vor?«

»Heute wird sich alles klären.«

»Was wird sich klären?«

»Ich erzähl's dir später, einverstanden?«

»Ach, Rogelio!«

»Aber, aber.« Er schenkte ihr ein ermutigendes Lächeln. »Habe ich nicht gesagt, wir geben dem Dorf eine Zukunft?«

Virtudes konnte nichts mehr darauf antworten, denn Anita erschien verschlafen im Morgenrock im Esszimmer und rieb sich die Augen, wie immer barfuß.

»Zukunft?«, sagte sie. »Ich hoffe, ich bekomme in baldiger Zukunft eine Tasse Kaffee. Mein Gott, wie gut ich hier schlafe! Es ist so still und friedlich hier.«

73

Esperanza klopfte leise an die Tür von Ezequiels Zimmer.

Keine Reaktion.

Sie versuchte es ein zweites und ein drittes Mal, immer lauter.

Am Ende öffnete sie die Tür und warf einen Blick hinein.

Der Rollladen war komplett heruntergelassen, Ezequiel schlief immer im Dunkeln. Die Luft war abgestanden. Er lag in Unterhosen bäuchlings auf den Laken, als wäre er aus großer Höhe herabgestürzt und bewusstlos dort liegen geblieben.

»Ezequiel?«

Es tat sich nichts.

Er schlief tief und fest.

Esperanza blickte auf die Uhr. Es war schon spät. Erst wollte sie sich, geleitet von ihrem mütterlichen Instinkt, zurückziehen und ihn noch ein wenig schlafen lassen. Doch dann überlegte sie es sich anders. Entschieden zog sie den Rollladen hoch, setzte sich auf das Bett und legte eine Hand auf seinen Rücken.

»Ezequiel, mein Junge.«

Die Antwort war ein Grunzen.

»Komm schon, steh auf, ich brauche dich.«

»Mama …«

Seine Stimme hörte sich kehlig an. Sie wusste, dass er sich nicht betrank, trotzdem beugte sie sich vor und roch an seinem Atem.

»Ezequiel«, sagte sie drängend.

»Was ist denn?« Er sprach schleppend. »Lass mich schlafen.«

»Nein, es ist schon spät, und du musst in den Kiosk.«

»Ich?«

»Ja, du.«

»Und was ist mit Papa?«

»Der ist nicht da, und ich muss was erledigen.«

»Mama …«

»Nix Mama, mach schon!«

»Ver…!«

Er drehte sich auf den Rücken. Instinktiv griff er nach dem Laken, um seinen Unterleib zu bedecken, damit sie seine morgendliche Erektion nicht sah. Er schlug die Augen auf.

Seine Mutter sah ihm in die Augen.

»Du bist gestern spät nach Hause gekommen.«

»Ich habe Ferien.«

»Wo warst du?«

»In dem Restaurant an der Landstraße.«

»Mit Elvira?«

»Nein.«

»Also, ich weiß nicht …«

»Jetzt sei nicht so neugierig. Das passt nicht zu dir.« Er setzte sich auf und versuchte, wach zu werden.

»Was ist das für ein Geruch?« Sie beugte sich zu ihm.

»Keine Ahnung.«

»Ist das Parfum?«

Marcela hatte wunderbar gerochen. Der Duft musste sich auf dem Glockenturm und bei der letzten Umarmung und dem letzten Kuss im Auto vor ihrer Haustür auf ihn übertragen haben.

»Parfum? Ich?« Er wollte sich aus der Affäre ziehen.

»Ezequiel …«

»Schon gut.« Er gab auf. »Ich war mit jemandem aus, ja. Deswegen habe ich den Seat genommen.«

»Ein geheimes Rendezvous?« Jetzt lächelte sie zum ersten Mal.

»Ach was.« Er hatte einen schweren Kopf, aber er empfand so etwas wie Stolz, als er ihr offenbarte: »Ich war mit Marcela aus, der Tochter von dem Neuankömmling.«

Seiner Mutter verschlug es die Sprache.

Ezequiel erinnerte sich daran, was sein Bruder ihm erzählt hatte.

Auf der Stelle bereute er, dass er es gesagt hatte.

Die Narben an ihren Handgelenken schienen mit einem Mal lebendig zu werden.

»Ich ...« Er wusste nicht, wie er es wiedergutmachen sollte.

»Schon gut«, sagte Esperanza. »Alles bestens. Man hat mir erzählt, sie sei wunderschön.«

»Allerdings.«

»Ich wusste nicht, dass du sie kennst.«

»Es war reiner Zufall, sie kam in den Kiosk und ... Stört es dich?« Er war verunsichert.

»Warum sollte mich das stören?«

»Du hast ihren Vater in jungen Jahren gekannt.«

»Das ist lange her. Wer hat dir das erzählt?«

»Vicente.«

»Und woher ...?« Sie beendete die Frage nicht. Das war überflüssig. Sie lebten in einem Dorf.

»Sie ist ein tolles Mädchen«, sagte er.

»Das kann ich mir vorstellen.« Mit neu erwachter Zärtlichkeit fuhr sie ihm über das Haar und versuchte, ihre Gefühle im Zaum zu halten. »Du bist ja auch ein toller Junge.«

»Ich mache mich gleich fertig und gehe in den Kiosk.«

»Ja, mach das.« Esperanza erhob sich.

»Fünf Minuten«, bat er.

»Fünf Minuten«, wiederholte sie.

Ende der Szene. Sie ließ ihn allein. Er rekelte sich und sprang unter die Dusche.

Obwohl er Marcelas Duft zu gern behalten hätte.

74

Er war in aller Herrgottsfrühe aufgestanden und schleppte seit mindestens drei Stunden Möbel in den Patio. Er schaute, wo gestrichen werden musste, entfernte Spinnweben, warf Dinge weg, herumliegende und in den Kisten und Schränken verborgene, von denen er gar nicht mehr wusste, woher sie eigentlich stammten, er entschied, was bleiben durfte und was nicht, er ging seine Kleidung durch und dachte, dass der Schrank viel zu klein für sie beide war, denn eine Frau besaß, zumindest in seiner Vorstellung, doch sehr viel mehr Garderobe.

Auch wenn es sich um eine einfache, bodenständige Frau wie Martina handelte.

Die größte Baustelle war das Bad. Sofern man es überhaupt als solches bezeichnen konnte.

Man müsste alles neu machen. Vom Allerfeinsten. Ein Bad, in dem sie sich pudelwohl fühlte, mit so einem Becken, in dem man sich den Unterleib waschen kann.

»Ein Bidet«, sagte er laut.

Der Müllmann hätte ganz schön Arbeit. Und der Lumpenhändler auch, denn er würde ihm eine Reihe alter Möbel überlassen und Kleidung, die er seit Jahrhunderten nicht mehr getragen hatte und nie mehr anziehen würde.

Blas trällerte vor sich hin, während er einen kaputten Tisch zum Hauseingang trug. Weil der Tisch immer an der Wand gelehnt hatte, hatte er gar nicht bemerkt, dass ihm ein Bein fehlte.

Er stellte ihn auf Straße, und als er aufsah, stand Romales vor ihm.

»Tag, Jacinto«, grüßte er.

Romales stand vor seinem Haus, die Hände in den Taschen vergraben und eine Kippe im Mundwinkel. Er hatte kleine Augen. Dafür war sein Mund umso größer. Er ähnelte einem Briefkastenschlitz. Deswegen nannten ihn alle *Bocas*, die Klappe.

»Ist der für das Feuer heute Abend?«, fragte er.

»Nein.«

»Nicht?«

»Nein.«

»Willst du den Tisch wegwerfen?«

»Ja.«

»Warum?«

»Er ist kaputt, wie du siehst.«

»Den kann man doch reparieren.«

»Dann nimm ihn mit.«

Romales überlegte.

»Gut«, sagte er. »Wenn du nichts dagegen hast.«

»Wieso sollte ich?«

Es sah aus, als ob er noch überlegte, aber dem war nicht so. Er hatte nur innegehalten.

»Ich werde meinem Schwiegersohn sagen, er soll ihn abholen.«

»Er steht hier bereit für euch.«

»Wirfst du noch mehr weg?«

»Ja.«

»Warum?«

»Warum, warum …« Er winkte ab. »Ich mache einen Großputz!«

»Du.«

Es war keine Frage, sondern eine Art Bestätigung.

»Ja, ich, der ich nie einen Handschlag am Haus getan habe.«

Bocas gehörte zu denen, die überall, wo gebaut wurde, zuschauten und ihren Senf dazugaben. Den Graben sollte man besser so machen, den Stein besser so legen. Er konnte stundenlang dastehen, die Hände in den Taschen, und alles beobachten.

Er war seit fünfzehn Jahren chronisch krank, obwohl keiner so genau wusste, was für eine chronische Krankheit das sein sollte.

»Ich geh wieder rein«, sagte Blas.

»Geht es dir gut?«

»Wieso sollte es mir schlecht gehen?« Er musste lachen.

»Keine Ahnung, war nur eine Frage.«

Er wusste nicht warum, aber er verriet es ihm.

»Ich werde heiraten, Jacinto.«

Der zeigte keine Regung, als hätte er ihm gerade gesagt, dass es am Nachmittag regnen würde. Seine Tochter war eine Quasselstrippe. Er nicht. Sein Motto war, leben und leben lassen. Ein Außerirdischer wäre gesprächiger gewesen.

»Ah«, lautete sein Kommentar.

Er fragte nicht einmal, wen.

Blas ging ins Haus.

Eine Stunde lang stellte er nichts mehr nach draußen. Er wusste, dass Jacinto Romales, genannt Bocas, immer noch dort stand, neugierig darauf, was er noch alles wegwarf.

Zum Glück war er gut drauf.

Er sang weiter leise vor sich hin.

75

Anita legte zum dritten Mal in einer Stunde das Ohr an die Zimmertür ihrer Tochter.

Diesmal hörte sie Geräusche, also musste sie wach sein.

»Marcela?« Sie klopfte.

»Ja? Mama?«

»Kann ich reinkommen?«

»Klar.«

Sie trat durch die Tür. Marcela trug ihren kurzen Pyjama, aber sie stand mit diversen Kleidungsstücken vor dem Spiegel: Shirts, Blusen, Röcke … Man hätte meinen können, sie wählte nicht nur die Kleidung für den Tag, sondern für ihr restliches Leben aus. Auch auf dem Bett lag ein Berg Klamotten.

»Was machst du?«, fragte ihre Mutter verwundert.

»Nichts, ich überlege, was ich zu dem Fest anziehen soll.«

Das hatte sie völlig vergessen. Bei dem ganzen Wiedersehenstrubel hatte sie sich so sehr auf Rogelio konzentriert, dass sie überhaupt nicht mehr an die bevorstehende Johannisnacht gedacht hatte.

Die Feuer, die Böller, die Leute begrüßten den Sommeranfang in Spanien. Rogelio hatte ihr davon erzählt.

»Es ist ja noch lang hin bis zum Abend.«

»Ja, aber am Nachmittag sammeln die Kinder altes Holz für das Feuer. Das ganze Dorf macht mit, Mama. Es ist ein ganz besonderer Tag.«

»Und ein schöner.«

»Ja.« Sie hielt sich eine Bluse und einen Rock an. »Wie steht mir das?«

»Gut.«

»Jetzt sag doch nicht einfach gut.« Sie wurde wütend. »Sieh hin und sei ehrlich!«

»Der Rock passt nicht zur Bluse.«

»Bist du sicher?«

»Wenn ich ja sage, glaubst du mir nicht, und wenn ich meine Zweifel äußere, auch nicht!«

»Ich hab so wenig Sachen dabei«, rief Marcela verzweifelt.

»Wenig Sachen? Das Doppelte von dem, was dein Vater und ich mitgenommen haben! Und das für eine Reise in ein Dorf! Darf ich dich daran erinnern, dass wir sogar Übergepäck bezahlen mussten?«

»Ist ja schon gut.« Sie ließ den Rock fallen und nahm einen anderen. »Und der hier?«

»Marcela, kannst du vielleicht mal aufhören?«

Marcela ignorierte sie. Sie tanzte vor dem Spiegel und betrachtete sich von allen Seiten. Es gefiel ihr nicht, was sie sah, sie machte ein angewidertes, gelangweiltes Gesicht, warf beide Teile auf das Bett und nahm wahllos zwei andere.

Äußerlich wirkte sie unzufrieden, doch Anita sah genau das Gegenteil: Glückseligkeit.

»Setz dich«, sagte sie.

»Was ist?«

»Du sollst dich hinsetzen.«

»Hoppla.« Sie war alarmiert. »Kommt jetzt das berühmte Mutter-Tochter-Gespräch?«

»Werd nicht frech.«

»Ich kenne dich doch.«

Marcela atmete vernehmlich ein und aus. Sie biss sich auf die Innenseite der Unterlippe, schob ein paar Kleidungsstücke beiseite und setzte sich auf das Bett. Ihre Mutter tat das Gleiche.

»Nun sag schon!«, drängte Marcela.

»Lass mich dich mal ansehen.«

»Ach, Mama …«

»Du bist so hübsch. Und so schnell erwachsen geworden.«

»Jetzt lass doch die Gefühlsduselei«, protestierte Marcela.

»Schon gut.« Anita verschränkte die Arme vor der Brust, wurde ernst. »Du bist gestern spät nach Hause gekommen.«

»Darum geht's also.«

»*Sehr* spät.«

»Mama, ich bin neunzehn.«

»Ich wollte nur fragen, wie es war.«

»Seit wann bist du so neugierig?«

»Seit ich meine Tochter dabei beobachtet habe, wie sie sich zu später Stunde mit einem Jungen im Auto küsst.«

Marcela sah rot.

»Aber Mama!«

»Ich habe dir nicht nachspioniert, es war reiner Zufall. Ich war in Sorge, weil es schon so spät war, ich bin aufgestanden, und da kam das Auto angefahren. Ich wollte nur sehen, ob du es bist.«

»Wer sonst? Welches Auto sollte denn um diese Zeit vor dem Haus halten?«

»Marcela …«

»Das ist unfair!«

»Das ist hier nicht Medellín, das ist ein Dorf. Hier bleibt nichts verborgen.«

»Wir haben uns nur geküsst.«

»Du musst mir nichts erklären.«

»Offenbar doch.«

»Liebes …« – Anita versuchte, die Situation zu entspannen – »Wir hatten doch nie Geheimnisse voreinander.«

»Aber deswegen muss ich dir noch lange nicht alles erzählen.«

»Eins musst du mir verraten.«

»Was?«

»War es ein schöner Abend?«

Marcela wurde rot und lächelte. Ihre Mutter lächelte auch, wie eine Komplizin.

»Es war wunderbar, Mama.«

»Und er?«

»Charmant. Das Lokal, das Essen, der Spaziergang, fantastisch.«

Anita wartete, bis Marcela von Wolke sieben herabgestiegen war. Sie wollte nicht die strenge Mutter geben, aber eins musste sie ihr unbedingt sagen. Sie wollte die Antwort hören und ihr dabei ins Gesicht sehen.

»Du bist doch kein leichtfertiges Mädchen.«

»Auf keinen Fall!«

»Aber du hast ihn geküsst.«

»Na und? Er gefällt mir.«

»Willst du dich in einen Spanier verlieben?«

»Das hast du doch auch getan.«

Anita fühlte sich ertappt.

»Er hat in Kolumbien gelebt.«

»Heutzutage sind das doch alles keine Entfernungen mehr, Mama. Außerdem …«

»Außerdem was?«

»Es war doch nur ein Kuss! Ich habe ihn doch gerade erst kennengelernt!«

»Ich will ja nur, dass du achtgibst.«

»Das tue ich doch! Und es tut mir leid, dass du uns gesehen hast!«

»Ich möchte nicht, dass du deinem Vater wehtust«, sagte sie unvermittelt.

Marcela sah sie groß an.

»Warum sollte ich Papa wehtun?«, fragte sie irritiert.

»Ich weiß es nicht.« Anita zuckte mit den Achseln. »Aber sei vorsichtig. Das ist seine Heimat. Ich weiß nicht, ob ihm bewusst ist, dass er schon nach zwei Tagen hier alles allein durch seine

Anwesenheit durcheinandergebracht hat.« Und sie fügte mit Nachdruck hinzu: »Wir müssen ihm beide helfen, wir müssen es ihm so leicht wie möglich machen. Für ihn ist das alles sehr hart, verstehst du? Nur darum bitte ich dich, Liebes.«

»Papa ist mit friedlicher Absicht hierhergekommen, du kennst ihn doch. Und auf mich macht er einen guten Eindruck.«

»Auf mich auch. Er wirkt glücklich. Heute Morgen sind irgendwelche Papiere aus Madrid gekommen, und seitdem strahlen seine Augen. Und ich will, dass das so bleibt.«

»Sei unbesorgt, Mama.« Marcela umarmte sie.

Vereint blieben sie auf dem Bett voller Klamotten sitzen, während irgendwo im Dorf der erste Böller krachte.

76

Martina kreiste seit einer Weile um ihre Mutter und wartete auf die Gelegenheit, auf den passenden Moment, während sie allen Mut zusammennahm, von dem sie nicht wusste, wo sie ihn hernehmen sollte. Drei Mal war sie schon auf sie zugegangen, aber jedes Mal hatte sie ihr nur eine belanglose Frage gestellt oder irgendwas erzählt, um sich herauszuwinden.

Wenn sie sich schon bei ihr nicht traute, wie würde es dann erst bei ihrem Vater sein?

Das Glücksgefühl, das sie wie auf einer Wolke schweben ließ, verschwand im entscheidenden Moment.

Warum hatten sie auch nicht von sich aus gefragt?

Kein Wort.

Als sie am Abend zuvor von dem Gespräch mit Blas hereingekommen war, wurde alles nur flüchtig abgehandelt. Sie war völlig aufgewühlt, ihre Eltern unwirsch.

»Was wollte er?«

»Nichts. Mit mir reden.«

»Worüber?«

»Wir hatten was zu besprechen.«

»Seit wann redest du mit dem?«

»Mama …«

Ihr Vater war todernst gewesen und hatte sie keines Blickes gewürdigt.

»Jaja …«

Das war alles.

Alles.

Sie hatte abgespült, langsam, und noch einmal alle Worte

Revue passieren lassen, die sie kurz zuvor gehört und gesagt hatte, und eh sie sich versah, war ihr Vater schon im Bett und ihre Mutter saß vor dem Fernseher.

Jetzt war ein neuer Tag, die Sonne schien, und sie musste einfach ruhiger und gelassener werden. Sie war kein Backfisch mehr. Sie war eine zweiundvierzigjährige Frau.

Ruhig und gelassen.

Aber dem war nicht so.

Ihr Vater war ausgegangen. Das war ungewöhnlich. Ihre Mutter machte im Patio die Wäsche. Sie konnte sich nicht mehr lange Zeit lassen. Sie kannte Blas. Er hatte es bestimmt schon jemandem erzählt, den Kumpels vom Domino oder irgendeinem Nachbarn aus seiner Straße. Bald schon würde irgendeine Klatschbase eine Bemerkung fallen lassen oder ihr lautstark gratulieren, und dann wüsste es das ganze Dorf.

»Mama.«

»Was ist?«

»Ich muss dir was sagen.«

»Dann mal raus mit der Sprache«, sagte ihre Mutter, als sie ihr Zögern bemerkte.

»Ich werde heiraten.«

Martina fiel ein Stein vom Herzen. Sie bereitete sich innerlich auf den Kampf vor.

»Das wurde auch Zeit«, sagte Eloísa.

»Willst du nicht wissen, wen?« Der Kommentar ihrer Mutter hatte sie überrascht.

»Wen?«

»Gütiger Gott, etwas mehr Begeisterung.«

Eloísa hörte auf zu waschen und sah sie an.

»Wen?«, wiederholte sie.

»Blas.«

»Tja, warum wundert mich das nicht.« Sie schrubbte weiter.

»Mama!«

»Er taucht gestern hier auf und hat den Mut, vor deinen Vater zu treten …«

»Wir treffen uns seit sieben Jahren.«

Das überraschte sie.

»Seit sieben Jahren?«

»Genau.«

»Ich dachte, seit fünf oder sechs.«

»Wie kommst du darauf?«

»Nun, es war klar, dass du dich mit jemandem triffst.«

»Und warst du nicht neugierig, mit wem?«

»Du bist erwachsen. Das ist deine Sache.«

Martina wusste nicht, ob sie über diese Form mütterlicher Zurückhaltung glücklich oder enttäuscht sein sollte.

»Hör mal« – sie wollte dem Gespräch eine rationale Wendung geben – »Blas hat auf Seiten Francos gekämpft, ja, wegen seines Vaters, aber er hat Rogelio Castro das Leben gerettet.«

»Dein Vater hat es mir erzählt. Wahrscheinlich hat er ihn deswegen gestern Abend nicht getötet.«

»Das verändert die Dinge doch ein wenig, oder?«

»Er ist ein guter Mann«, sagte Eloísa. »Wenigstens das.«

»Hilfst du mir mit Papa?«

»Wie?«

»Kannst du dabei sein, wenn ich es ihm sage?«

»Der wird aus allen Wolken fallen.«

»Ich weiß.«

»Oder auch nicht.« Sie blickte skeptisch. »Er hat mir das alles ganz ruhig erzählt, ohne Groll. Rogelio will hier Geschäfte machen. Dein Vater scheint glücklich zu sein. Deswegen hat er auch den Interviews mit dem Fernsehen und den Zeitschriften zugestimmt. Er hat mir erzählt, was Rogelio während des Krieges widerfahren ist, und gesagt, Blas habe damals bewiesen, dass er Eier in der Hose hat.«

»Das heißt, er hasst ihn nicht.«

»Dein Vater hat nur Franco gehasst. Der Rest war ihm mehr oder weniger gleichgültig, die Guardia Civil, die armen Tropfe wie Blas, die in den Schlamassel hineingezogen wurden … Dein Vater wird nicht gerade in Jubel ausbrechen, dass Blas sein Schwiegersohn wird, und er hat ja auch schon ein gewisses Alter, aber er liebt dich, er liebt dich sehr. Und wenn du glücklich bist …«

»Das bin ich.« Zum ersten Mal sprach sie das offen aus.

»Dann ist ja alles klar.«

Martina umarmte ihre Mutter, die das Wäschewaschen sein ließ und die Hände an der Kittelschürze abtrocknete.

»Danke«, flüsterte Martina ihr ins Ohr.

»Weißt du, wie viele Nächte er an deinem Bett verbracht hat, als du noch klein warst, und dich verzückt angeschaut hat? Dass die Jahre ihn hart gemacht haben, heißt nicht, dass er kein Herz hat. Ich weiß nicht, wie er das alles ausgehalten hat. Es kann sein, dass er protestiert und sich gegen die Heirat wehrt, aber wenn du ihn umarmst und ihn ein wenig umschmeichelst …«

»Und was ist mit dir?«

»Was erwartest du? Soll ich anfangen zu weinen?«

»Nein, ich glaube nicht.«

»Meine Tränen sind schon vor langer Zeit versiegt.« Sie lächelte Martina zärtlich an. »Wenn ich welche im Laden kaufen könnte, würde ich es tun, denn sich zur rechten Zeit mal richtig auszuheulen, das tut unbeschreiblich gut.«

»Was du nicht sagst.«

»Wann wirst du es deinem Vater sagen?«

»Sobald er zurück ist.«

»Gib mir Bescheid.«

»Gut.«

Martina wollte weggehen, doch Eloísa hielt sie zurück. Besorgt fragte sie: »Du bist doch nicht etwa schwanger?«

Martinas schallendes Gelächter war das Erste, das Florencio hörte, als er das Haus betrat.

77

Die Luft füllte sich mehr und mehr mit dem Krach der Böller, laute und weniger laute. Man brauchte nur auf die Plaza hinauszuschauen, schon sah man zwei gegensätzliche Lager: Kinder, die wegrannten und lachten, und alte Leute, die zornig protestierten, weil man sie erschreckt hatte. Viele Kinder trugen Holz und Kartonagen für das große Feuer zur Flussebene. Es war der einzige Ort, der für ein Feuer geeignet war. Als würde das bunte Festtreiben nicht schon genug Chaos mit sich bringen, fuhren jetzt auch noch Reinigungstrupps durch die Straßen und entfernten eine Woche nach den Wahlen rigoros alle Wahlplakate von den Mauern und Wänden.

Die verfluchten Wahlen.

Ricardo Estrada sah, wie das strahlende Gesicht von Felipe González vom Pavillon abgerissen wurde.

Die Kommunisten waren gefährlich, aber wenigstens kämpften sie mit offenem Visier für ihre Ideale. Die Sozialisten hingegen …

Wölfe im Schafspelz.

Er versuchte, sich nicht aus der Ruhe bringen zu lassen.

Gegen das Unvermeidliche konnte man nichts ausrichten. Wahlen, Demokratie und Punkt. Jetzt musste man sich dafür einsetzen, dass es nicht zu schnell ging, damit Francos Erbe nicht den Bach runter oder verloren ging, damit seine Erben Zeit hatten, eine neue Grundlage für das sogenannten »pluralistische Spanien« zu schaffen. Wenn es ihnen nicht gelänge, die Errungenschaften aufrechtzuerhalten, für die man so hart hatte kämpfen müssen, sähe die Zukunft in der Tat schwarz aus.

Zumindest war sich die Linke treu geblieben. Sie stritten untereinander, stellten alles in Frage, verloren sich in endlosen, unnützen Debatten und spalteten sich in unzählige Splittergruppen auf.

Sie nicht. Sie bildeten eine Einheit. Das war der Unterschied.

Er wandte sich vom Fenster ab. Die Zeitungen auf seinem Schreibtisch berichteten auf den Titelseiten über die Ermordung von Javier de Ybarra. Ein weiterer Mord, um noch mehr Druck aufzubauen. Er verspürte Ekel und Verachtung. Zwei Millionen Basken, die alles aufmischten. Sechs Millionen Katalanen, die alles aufmischten. Und das Land musste damit klarkommen.

Er sah auf die Uhr. In dem Moment klopfte Graciela an die Tür

»Ja bitte?«

Graciela streckte, wie immer, den Kopf herein.

»Sergeant García ist da.«

»Er soll reinkommen. Das wurde auch langsam Zeit.«

Sie zog sich zurück, und der Guardia Civil betrat das Büro. Er hatte die Bemerkung gehört, aber das war Ricardo Estrada egal.

Schließlich wartete er schon eine Weile auf ihn.

»Setzen Sie sich, Sergeant.«

Er gehorchte, mehr aus Höflichkeit denn aus innerem Antrieb. Er hielt den blitzblanken Dreispitz auf den Knien und wartete, bis der Bürgermeister sich in seinen Sessel auf der anderen Seite des Schreibtischs gesetzt hatte.

Sogleich folgte die Frage.

»Und?«

Saturnino García wählte die Worte sorgsam aus, achtete aber vor allem auf seinen Ton. Er sollte geduldig, professionell klingen.

»Es gibt nichts zu berichten.«

»Wie, es gibt nichts zu berichten?«

»Er ist ein ganz normaler Bürger, der sich in einem normalen Land völlig normal verhält«, sagte er.

Ricardo Estrada runzelte die Stirn, bis seine Augen nur mehr zwei schwarze Linien waren.

»Verarschen kann ich mich selbst, Sergeant.«

»Er besucht Freunde, Bekannte …« García hob die Hände.

»Haben Sie ihn überwachen lassen?«

»Dafür gab es keinen Grund, aber ja, ich bin ihm selbst gefolgt.«

»Sie?«

»Ich wollte auf Nummer sicher gehen.«

»Und?«

»Wie gesagt, nichts. Er ist der, der er zu sein scheint. Ein ehemaliger Bewohner des Dorfes, der zurückkehrt, um die verlorene Zeit aufzuholen, bei seiner Familie zu sein und Frieden mit der Vergangenheit zu schließen.«

»Wie bitte?«

»Frieden mit der Vergangenheit zu schließen«, wiederholte er.

»Er wurde erschossen, man hat ihn für tot gehalten, und Sie wollen mir erzählen, er wolle Frieden mit der Vergangenheit schließen? Was soll das?«

»Dass er jemand ist, der keinerlei Groll hegt.«

»Wir alle hegen den ein oder anderen Groll.« Er ballte die rechte Hand zur Faust. »Im Krieg gibt es keine Unschuldigen.«

Saturnino García gab ihm keine Antwort. Es war schließlich auch keine Frage, sondern eine Feststellung gewesen.

»Wen hat er besucht?«, setzte er sein Verhör fort.

»Seine Tante, seine Cousine, José María Torralba, Florencio Velasco, Blas Ibáñez …«

»Blas Ibáñez, sind Sie sicher?«, unterbrach er ihn.

»Ja.«

»Gütiger Gott, der gehörte zum Erschießungskommando.«

Saturnino García schwieg auch diesmal.

»Kein Streit, keine Drohung?«

»Nein.«

»Hören Sie, Sergeant« – Ricardo Estrada beugte sich vor und zielte mit dem Zeigefinger der rechten Hand auf ihn – »lassen Sie sich von dem Kerl nicht täuschen. Er hat die Grundstücke am Fluss gekauft, und er wird die Fabrik kaufen, wussten Sie das? Nein? Nun, dann wissen Sie es jetzt. Er reißt sich das Dorf unter den Nagel!«

»Vielleicht will er hier nur investieren. Es ist seine Heimat.«

»Auf welcher Seite stehen Sie eigentlich?« Estrada erhob zum ersten Mal die Stimme.

Mehr als die Antwort regte ihn die Ruhe auf, mit der sein Gegenüber sie aussprach.

»Auf der Seite des Gesetzes.«

»Sie sprechen zu mir von Gesetz? Verdammt, Sergeant!« Er sprang auf und machte zwei wütende Schritte Richtung Fenster und kehrte dann an den Tisch zurück, ohne sich zu setzen. Von oben herab durchbohrte er ihn, seine Uniform, den Dreispitz mit seinem giftigen Blick. »Es ist nicht zu fassen«, brüllte er. »Nicht mal die Guardia Civil ist das, was sie mal war.«

»Wir waren immer schon, was wir waren, im Guten wie im Schlechten, je nach Blickwinkel.«

»Ich spreche vom Krieg, als ihr noch Eier in der Hose hattet!«

»Dann natürlich nicht, klar.« García ließ sich nicht aus der Ruhe bringen. »Jetzt gibt es eine Demokratie, und die Mehrheit glaubt daran. Nicht alle, aber die Jüngeren unter uns schon.«

»Die Verblendeten und die Blinden.«

»Diejenigen, die in die Zukunft schauen.«

Ricardo Estrada beugte sich über ihn. Er musste sich mit einer Hand auf dem Tisch abstützen. Er zitterte. Es war, als würde er von inneren Stromstößen gepeinigt, die heftige Zuckungen und Kurzschlüsse in seinem Hirn auslösten.

Es fiel ihm schwer zu atmen.

»Darf ich das so verstehen, dass Sie nichts tun werden, um mir zu helfen?«

»Wobei?«

»Diesen Mann zu verhaften.«

Jetzt war es für Saturnino García Zeit, aufzustehen und ihm den Kampf anzusagen.

»Das will ich nicht gehört haben, Herr Bürgermeister.«

»Sergeant!«

»Wissen Sie was?« Er senkte den Kopf, seufzte und sah ihn wieder unerschütterlich an. »Ich habe vor Kurzem um meine Versetzung gebeten, und sie wurde nicht bewilligt. Ich wollte von hier verschwinden, ich suchte einen Posten in einer großen Stadt wie Barcelona. Es wurde mir hier zu klein und zu eng, ich bekam keine Luft mehr. Aber jetzt glaube ich, dass es durchaus amüsant ist, hierzubleiben. Amüsant und notwendig.«

»Sie waren nie einer von uns«, sagte Estrada verächtlich.

»Wenn es immer noch ein Uns und ein sie gibt, haben wir nichts gelernt.«

Ihre Blicke trafen sich, und es war, als prallten zwei Züge aufeinander. Der von Ricardo Estrada war voller Zorn, der von Saturnino García voller Verachtung und Traurigkeit.

»Verschwinden Sie«, brummte Estrada.

»Einen schönen Tag noch«, verabschiedete sich García.

Kapitel 12

Donnerstag, 23. Juni 1977

78

Rogelio war immer noch mit den Papieren aus Madrid beschäftigt, er studierte die Landkarten und die diversen Pläne für die Blumenplantage. Er sah die Geschäftsberichte der Wurstwarenfabrik durch, die Zukunftsprognosen, die veranschlagten Investitionsausgaben, um einen qualitativen Sprung nach vorn machen zu können. Er schwelgte weiter in seinen Träumen.

Und er war allein.

Virtudes hatte als Erste das Haus verlassen, und am Ende waren auch Anita und Marcela gegangen, nachdem sie vergeblich versucht hatten, ihn zu überreden, sie zu begleiten.

»Jetzt nicht«, hatte er sie vertröstet. »Ich will das alles durcharbeiten und in Madrid anrufen. Aber heute Abend zum Fest komme ich mit. Wir schauen uns das Lagerfeuer und das Feuerwerk an.« Das war der Moment.

Sein Moment.

Das Echo der Stimmen seiner Frau und seiner Tochter schwebte noch in der Luft, als es an der Tür klingelte.

Er hätte aus dem Fenster schauen können, wer der Besucher war, aber er entschloss sich, direkt zur Tür zu gehen. Wenigstens war er angezogen. Er dachte an Blas oder Eustaquio, aber es könnte natürlich auch jemand sein, dem er noch nicht begegnet war.

Als sie vor ihm stand, verschlug es ihm die Sprache.

Esperanza schien sie schon vorher verloren zu haben.

Versunken sahen sie einander an, ihre Herzen rasten, dass ihnen fast schwindelig wurde, während sie dastanden wie Salzsäulen. Sie sah immer noch aus wie ein Engel. Das Alter hatte ihrer Schönheit nichts anhaben können, im Gegenteil, es verlieh ihr Würde, Stärke. Ihr Haar war ergraut, der Glanz in ihren Augen erloschen, aber ihr Blick nicht weniger intensiv, der Mund schmaler, aber immer noch schön geformt, der Körper trotz der Reife immer noch fraulich, und die Hände zart wie seit eh und je.

Er hatte gewusst, dass er sie treffen würde.

Aber so plötzlich ...

Sie waren beide zögerlich, wussten nicht, was sie tun oder sagen sollten.

Bis er sich aus seiner Erstarrung löste.

»Hallo.« Sein Seufzer war wie ein Aufatmen.

»Hallo, Rogelio.«

Das letzte Mal, als er sie gesehen hatte, hatten sie sich geküsst und sich zitternd in den Armen gelegen, über Nacht vom Krieg überrascht.

Das war fast einundvierzig Jahre her.

»Komm rein.«

»Danke.«

Sie gingen ins Esszimmer. Die Papiere lagen auf dem Tisch, er ließ sie, wo sie waren.

»Setz dich doch.«

Erschöpft ließ sie sich fallen wie ein nasser Sack. Sie trug eine Tasche über der Schulter, die sie neben sich auf dem Boden abstellte.

Sie sahen sich wieder an. Erkannten sich. Lasen in ihren Augen.

»Ich habe weiche Knie«, sagte sie mit einem verlegenen Lächeln.

»Und ich erst«, sagte er.

»Ich stand schon eine ganze Weile vor der Tür.«

»Hast du dich nicht getraut?«

»Ich wollte dich allein treffen. Als deine Frau und deine Tochter aus dem Haus kamen ...«

»Verstehe.«

Wieder Schweigen, als würde jeder Satz wie eine Luftblase aus ihrem Hirn entweichen, wenn der Pfropf in den Windungen sich bewegte.

Rogelio versuchte, die nötige Ruhe zu finden.

»Erinnerst du dich, als wir uns gefragt haben, wie wir mit sechzig sein würden?«

»Ja, das war im Garten, an einem Frühlingstag wie heute.«

»Du hast gesagt, ›genau wie jetzt, nur mit mehr Falten‹.«

»Und jetzt haben wir keine Falten, sondern Furchen.«

»Jetzt übertreib mal nicht.« Er machte eine Handbewegung, die ihren Worten das Gewicht nehmen sollte. »Mein Gott, du bist noch genauso schön wie früher. Ich hätte dich überall auf der Welt sofort wiedererkannt.«

»Ich dich nicht.« Sie war aufrichtig.

»Habe ich mich so sehr verändert?«

»Du bist … anders. Du wirkst irgendwie jünger.«

»Na, hoffentlich.«

Esperanza senkte den Blick.

»Manchmal ist in all den Jahren dein Gesicht aus meinem Kopf verschwunden, ich konnte mich nicht mehr daran erinnern. Das war bitter.«

»Hast du an mich gedacht?«

»Hast du etwa nicht an mich gedacht?«

»Sicher, aber ich wusste ja, dass du noch lebst.«

»Klar.« Sie blickte zum Fenster, unterdrückte die Tränen und sah ihn wieder an.

»Wer hätte das gedacht, nicht?«

»Ich weiß nicht, in den letzten Tagen …« Ihre Augen wurden feucht. »Als ich es gehört habe, konnte ich es nicht glauben.« Sie wischte sich die Tränen aus dem Gesicht. »Wie hast du überlebt?«

Er hatte es so oft erzählt. Aber dem wichtigsten Menschen noch nicht. Ihr.

Er erzählte ihr alles. Er ließ nichts aus.

»Dann hat Blas dich gerettet?«

»Ja.«

»Er hat nie darüber gesprochen.«

»Er ist davon ausgegangen, dass ich im Krieg gefallen bin.«

»Du weißt nicht, wie oft ich in all den Jahren zum Berg hochgeschaut und mir vorgestellt habe, irgendwo da oben bist du, so nah und doch so fern. Vor allem am Anfang.«

»Bitte, weine nicht.«

»Ich weine nicht.« Sie fuhr sich wieder mit der Hand über die Augen.

»Wenigstens wusste ich, dass es dir gut ging.«

»Wann hast du es erfahren?«

»Als ich meiner Schwester vor zwanzig Jahren zum ersten Mal geschrieben habe. Sie hat mir alles berichtet. Du hattest gerade Ezequiel bekommen.«

»Kann ich dich etwas fragen?«

»Was du willst.«

Sie wusste nicht recht, wie.

»Was hast du gedacht, als du erfahren hast, dass ich José María geheiratet habe?«

»Besser den als irgendeinen anderen.«

»Aber was hast du gedacht?«

»Nichts.«

»Nichts?«

»Was sollte ich denn denken? Der Krieg hat uns alle kaputt gemacht. Auf die ein oder andere Weise. Sieh dir Florencio an, oder Blas oder Eustaquio. Ich fand's großartig, dass du glücklich warst.«

»Er war dein bester Freund.«

»Das war vorbei, als er sich den Faschisten angeschlossen hat, auch wenn es bei den einen aus Überzeugung geschah und bei den anderen, weil sie einfach überleben wollten.«

Esperanza atmete vernehmlich aus.

»Verdammt, Rogelio, wie kannst du nur so seelenruhig sein?«

»Es schlagen zwei Seelen in meiner Brust, die eine ist ruhig, und die setzt sich meistens durch.«

»Welche ist welche?«

Er neigte den Kopf, als würde er nachdenken.

»Die ersten zwanzig Jahre hast du mir geholfen zu überleben, alles durchzustehen. Alles, was ich getan habe, habe ich für dich getan. Ich habe deinetwegen gekämpft. Ich habe deinetwegen durchgehalten. Als ich geheiratet hatte und vor allem, als ich wieder Kontakt mit Virtudes hatte und erfahren habe, was in all der Zeit im Dorf passiert ist, habe ich meinen Frieden gefunden.«

»Ein schönes Wort.«

»Ich glaube daran. Ich glaube an Frieden, Liebe, Anständigkeit, Respekt, Hoffnung.«

»Unser guter Rogelio, du hast dich nicht verändert.«

»Das stimmt nicht.«

»Doch. Du konntest schon damals keiner Fliege was zuleide tun, du warst fröhlich, voller Träume und Ideale.«

»Ich war verliebt und glücklich.«

»Ich war auch verliebt und glücklich, aber ich war natürlich immer realistischer als du.«

»Menschen verändern sich.«

Esperanza seufzte. Sie wirkte ruhiger, gefasster, obwohl ein leichtes Beben der Hand oder der Lippen immer noch ihre innere Unruhe verriet.

Vielleicht war alles gesagt. Oder es war erst der Anfang.

Sie beugte sich nach unten, nahm die Tasche vom Boden, öffnete sie in ihrem Schoß und holte die kleine Schachtel heraus.

»Das habe ich dir mitgebracht.«

Rogelio starrte die kleine rote Box in ihrer Hand an. Er wusste sofort, was es war. Es durchzuckte ihn. Er machte einen Zeitsprung, zurück zu dem Moment, als er ihr den Verlobungsring gegeben hatte.

Esperanzas Hand zitterte in der Luft.

»Bitte.«

»Nein.« Rogelio schüttelte den Kopf. »Was soll das? Er gehört dir.«

»Du hast ihn mir gegeben, damit ich dich heirate, und das haben wir nicht getan.«

Sie wollte die Schachtel auf den Tisch stellen, aber er hinderte sie daran.

»Tu das nicht. Steck ihn wieder ein.«

»Das kann ich nicht.«

»Und ob du das kannst.«

»Seit einundvierzig Jahren habe ich ihn bei mir und …«

»Hör mal zu, Esperanza.« Er beugte sich vor zu ihr, um seinen Worten mehr Nachdruck zu verleihen. »Wir waren verliebt, bis über beide Ohren verliebt, und dieser Ring ist der Beweis, er ist alles, was uns geblieben ist, er gibt uns die Gewissheit, dass wir unsere gemeinsame Zeit hatten. Wenn du ihn mir zurückgibst, ist es, als ob all das nicht existiert hätte, und es hat existiert! Du musst ihn behalten. Bewahre ihn als einen Teil von mir.«

»Und wenn mich das schmerzt?«

»Wann schmerzt Liebe nicht?«

»Und was hast du von mir bewahrt?«

»Alles, hier drin.« Er tippte sich mit dem Finger an den Kopf.

»Du bist ein hoffnungsloser Romantiker.« Sie lächelte verlegen und steckte abwesend die Schachtel zurück in die Tasche.

»Ist wohl so.« Er war beruhigt.

»Bist du glücklich?«

»Sehr, und du?«

Esperanza zuckte mit den Achseln. Sie blickte auf ihre Hände, die die Tasche mit dem Ring umklammert hielten.

»Ich habe fünf Kinder bekommen, aber zwei sind gestorben.«

»Ich weiß.«

»Die drei anderen sind gut geraten.«

»Auch das weiß ich.«

»Einer ist dir sehr ähnlich. Gutgläubig, sensibel, romantisch, zerstreut, unsicher …«

»Ezequiel.«

»Ja.« Sie lächelte.

Rogelio berührte sie zum ersten Mal. Seine Hand auf ihrer.

»Du hast meine Frage nicht beantwortet. Bist du glücklich?«

79

Blanca klopfte eine über der Wäscheleine hängende Tagesdecke aus. In Ermangelung eines Klopfers schlug sie mit einem Stock auf den Stoff ein. Mit jedem Schlag holte sie etwas von dem Staub hervor, der in der Sonne durch die Luft schwebte. Sie schwitzte, und ihre Haut glänzte. Eine feuchte Patina lag über ihrem Gesicht, den Brüsten, in dem Ausschnitt der nachlässig geknöpften Bluse, den freiliegenden Armen und den Innenseiten ihrer stämmigen Schenkel.

Eustaquio lehnte in der Tür, die den Patio mit dem Haus verband, die Hände in den Hosentaschen, und beobachtete sie.

Blanca schlug noch einmal fest zu, dann ließ sie den Stock sinken.

»Du könntest mir ein wenig zur Hand gehen, findest du nicht?«

»Ich weiß nicht, warum du das in der größten Mittagshitze machst und nicht abends.«

»Wenn ich alles auf den Abend schiebe, reicht mir die Zeit nicht.«

Sie holte aus, doch es folgte keine neue Schlagkanonade.

Eustaquio stand unverändert da.

»Was starrst du da die ganze Zeit an?«, fragte sie.

»Nichts.«

»Du wirkst so verzückt.«

»Du schwitzt.«

»Klar.«

»Ich mag es, wenn du schwitzt.«

»Was dir so alles gefällt …«

»Komm her.«

»Wozu?«

»Jetzt komm schon.«

»Eustaquio, ich hab zu tun.«

»Jetzt komm hierher in den Schatten. Du stehst in der prallen Sonne.«

»Wenn du einen größeren Schuppen bauen würdest, würde die Sonne nicht so hereinknallen, aber deine Sachen sind dir ja ...«

»Ich mach's.«

»Hoppla, der Herr Architekt!«

Sie ging zu ihm. Er legte einen Finger in ihren Ausschnitt, genau zwischen ihre Brüste. Er erinnerte sich an seine Erregung von vor ein paar Tagen, als die Nachricht von Rogelios Ankunft sie alle aufgewühlt hatte. Da hatte Blanca auch geschwitzt.

Blanca wartete, was er als Nächstes tun würde.

Eustaquio lächelte.

»Als ich aus dem Gefängnis zurück ins Dorf kam, habe ich geglaubt, mein Leben sei zu Ende, es sei alles sinnlos.« Zärtlichkeit lag in seiner Miene, aber auch Wehmut und Schmerz. »Alt, kriegsversehrt, kaputt ... Und am nächsten Tag habe ich dich gesehen, in der Blüte deiner Jugend, schön, frei, ledig. Wenn du nicht gewesen wärst ...«

»Was hast du denn?«, fragte Blanca besorgt.

»Nichts.«

»Doch, da ist doch was.«

»Ich glaube, ich habe mich schon lange nicht mehr so gut gefühlt.«

»Ist es wegen Rogelio?«

Sie sahen sich an. Sie waren lange genug verheiratet, um sich auch ohne Worte zu verstehen.

»Er hat mir gesagt, die Dinge im Dorf würden sich ändern«, sagte er.

»Virtu hat auch so was gesagt.«

»Wurde auch Zeit.«

»Und jetzt im Rentenalter willst du wieder anfangen zu arbeiten?«

»Dieser Stock hat viel zu lange etwas aus mir gemacht, das ich nicht bin. Ich würde töten, um mich wieder nützlich zu fühlen. Meinetwegen auch als Wachmann in der Fabrik oder bei dem, was Rogelio sonst so vorhat.«

»Er will, dass Fina und Miguel hierherkommen.«

»Was du nicht sagst.«

Blanca strich ihm über die Wange. Sie war kratzig wie immer, als würde er sich rasieren und der Bart fünf Minuten später schon wieder sprießen. Sie erinnerte sich an Eustaquios Rückkehr ins Dorf. Wie auch nicht? Das erste Mal, als sie ihn nach mehr als zehn Jahren wiedergesehen hatte, der gebeutelte heimgekehrte Held. An den letzten Akt der Rebellion, als sie ihn zum Mann genommen hatte. Sogar ihre Mutter hatte, wie viele andere, von einer ›Zweckheirat‹ gesprochen, sie hätten ja nur geheiratet, um nicht allein zu sein, damit sie jemanden an ihrer Seite hatten …

Aber sie hatten sich gründlich geirrt. Es gab viele Arten von Liebe.

»Du hast mal gesagt, du würdest bis zum letzten Tag kämpfen.«

»Da war ich auch viel jünger.«

»Aber du kämpfst weiter.«

»Ich habe geglaubt, es sei vorbei, ich habe mich wie tot gefühlt. Viele Jahre habe ich mich wie tot gefühlt, erst recht, als Fina und Miguel nach Madrid gezogen sind und uns allein gelassen haben. Aber ich denke, ich habe gekämpft. Irgendwie schon, mit dir an meiner Seite.«

Blanca fuhr ihm durch das graue, immer noch volle Haar.

»Ja, das hast du«, erklärte sie entschieden.

»Wir beide gemeinsam.«

»Klar.«

Er wollte ihr einen Kuss geben. Blanca wartete sehnsüchtig darauf. Was sie nicht erwartet hatten, war der Auftritt von Teodora, die, wie immer auf Krawall gebürstet, brüllte: »Blanca! Was treibst du denn? Es ist schon so spät, und mein Bett ist immer noch nicht gemacht. Du wirst immer fahriger! Und was ist mit dem Essen? Am Ende verzögert sich wieder alles.«

Normalerweise murrte Blanca vor sich hin und tat wortlos, was ihre Mutter verlangte. Normalerweise hielt Eustaquio den Mund und mischte sich in die Probleme zwischen seiner Frau und seiner Schwiegermutter nicht ein. Normalerweise gab es keine Diskussion. Doch diesmal war es anders.

»Mama, ich bin es leid! Warum soll ich dein Bett machen? Du liegst fünf Minuten drin, und schon ist es wieder zerwühlt!«

»Blanca!«

»Nein, es ist Schluss mit Blanca hier, Blanca da! Verstehst du? Es ist Schluss! Ich hab es so satt! Den ganzen Tag keifst du herum, meckerst über alles, nichts kann man dir recht machen. Darf ich dich daran erinnern, dass das unser Haus ist? Es gehört meinem Mann und mir! Wenn du mich noch einmal anschreist, uns mitten im Gespräch unterbrichst, oder ohne anzuklopfen in mein Zimmer kommst, werde ich dich in ein Heim stecken, darauf kannst du Gift nehmen!«

»Wie kannst du es wagen ...« Teodora war schneeweiß im Gesicht.

»Wie ich das wagen kann? Seit Jahren ertrage ich dich und dein Gezeter, ich kann nicht mehr! Geht das in deinen Kopf? Du hast die Wahl: Entweder du beruhigst dich und hältst den Mund, spielst mit und lässt uns eine normale Ehe führen, ohne uns den ganzen Tag auf die Nerven zu gehen, oder du wanderst ins Heim, aber subito! So schnell kannst du gar nicht gucken!«

Teodora blickte Eustaquio an.

»Du lässt zu, dass sie so mit mir spricht?«

»Sie ist deine Tochter, und du hast es nicht anders verdient.«

»Aber …«

»Verschwinde, Mama, lass uns in Ruhe, wir waren mitten im Gespräch.«

Teodora hätte fast einen Herzinfarkt bekommen. Sie schnappte nach Luft und legte eine Hand auf die Brust.

»Wenn du mich damit zu erpressen versuchst, dass es dir schlecht geht, rufe ich den Arzt, und der weist dich ins Krankenhaus ein, und vom Krankenhaus geht es direkt ab ins Heim. Ich meine das ernst.«

Teodora öffnete und schloss den Mund wie ein Fisch.

Sie verstand die Welt nicht mehr.

Oder doch.

Denn auf einmal wappnete sie sich mit Würde, machte auf dem Absatz kehrt und verschwand im Inneren des Hauses.

Eustaquio und Blanca waren allein.

Wirklich allein.

»Gut«, sagte er leise, glücklich.

»Wenn es Veränderungen gibt, sollten wir in unserem eigenen Haus anfangen, meinst du nicht?« Stolz schob sie die Brust heraus.

80

Rogelio berichtete ihr von seinem wechselvollen Leben seit dem Abend, an dem sie sich zum letzten Mal gesehen hatten. Er hätte es lieber für sich behalten, aber Esperanza hatte nicht lockergelassen. Und sie hatte ein Recht, es zu erfahren.

Er senkte beschämt den Kopf, als er sagte: »… und an dem Tag habe ich Anita kennengelernt, und da …«

»Hast du wieder angefangen zu leben.«

»Ja.« Ein Ausdruck tiefen Friedens lag in seinem Blick.

»Aber du hast so oft dem Tod ins Auge geblickt …«

»In den beiden Kriegen weniger, obwohl mehr als ein Kamerad von einem Querschläger getötet wurde, der genauso gut mich hätte treffen können, aber in Mauthausen sicher, jeden Tag. Wenn ich abends zu Bett ging, dachte ich: ›Morgen werde ich die Sonne aufgehen sehen‹, und wusste, es könnte der letzte Sonnenaufgang sein. Das hat mir Kraft gegeben. Eine Zukunft gab es nicht. Es ging darum, die nächste Minute, die nächste Stunde zu überstehen. Du durftest auch nichts an dich heranlassen, du durftest nur an dich denken, sonst war es vorbei. Wenn neben mir einer erschöpft zusammenbrach oder eines der SS-Schweine einen auswählte und ihn die Treppe hinunterwarf, habe ich mich gefreut, dass es nicht mich getroffen hatte. Der Instinkt war das Einzige, was zählte. Ich habe auch viel an dich gedacht, und das hat mir Kraft gegeben.«

Esperanza schluckte.

»Ich habe geglaubt, du wärst tot, ich hatte diese Kraft nicht, von der du sprichst, bis Vicente auf die Welt kam und mir klar wurde, dass es etwas gab, für das es sich zu leben lohnte.«

Rogelio schwieg. Es war beiden klar, dass Virtudes, Anita und Marcela jeden Moment zurückkommen konnten. Aber sie hatten keine Eile, als befänden sie sich in einer Blase, fern von der Welt.

»Es gab einen Tag ...«

»Du musst es mir nicht erzählen, wenn es zu schmerzhaft für dich ist«, sagte sie, als sie merkte, wie schwer es ihm fiel.

»Nein, keine Sorge. Manchmal schließe ich einfach die Augen, und es ist, als wäre das alles gerade erst passiert. Gestern. Manche Erlebnisse prägen einen für den Rest des Lebens.«

»Was ist an dem Tag passiert?«

»Es hat geregnet. Es war eine regelrechte Sintflut. Wir haben trotzdem unsere Arbeit verrichtet und Steine geschleppt, denn in Mauthausen drehte sich alles um die Treppe und den Steinbruch. Die Stufen waren klitschnass, und es hatten sich Wasserlachen gebildet, es war rutschig.« Er schüttelte den Kopf. »Ein Mann, der sich nicht mehr auf den Beinen halten konnte, stürzte mitsamt Stein hinunter. Dabei riss er etwa ein Dutzend Männer mit sich. Er hatte ganz oben gestanden, es war ein fürchterlicher Dominoeffekt. Gebrochene Arme und Beine, zwei Tote, Gewimmer ... Die deutschen Aufseher brüllten. Sie haben die Verletzten erschossen und die, die noch schleppen konnten, gezwungen weiterzumachen, nur dass jetzt jeder noch zusätzlich die Steine des toten Kameraden schleppen musste.«

»Und wo warst du?«

»Ich wollte gerade mit meinem Stein die ersten Stufen hochsteigen. Ich starrte auf das rote Blut, das sich mit dem Regen vermischte, und in mir brach alles zusammen, es war ein Gefühl von ›Ich kann nicht mehr‹, von ›Bis hierher und nicht weiter‹. Es regnete so stark, dass das Blut sich rasch auflöste. Ich blickte zum Himmel, und da geschah es.

»Was geschah?« Esperanza verfolgte gespannt seinen Bericht.

»Ich erinnerte mich an ein Gedicht von Federico García Lorca aus dem Jahr 1919, da war er einundzwanzig: *Regen.*«

»In einem solchen Moment hast du an ein Gedicht gedacht?«

»Ja.« Seine Miene hellte sich auf. »Ich konnte es nicht ganz auswendig, nur die ersten Strophen. Sie lauten: *Dem Regen wohnt ein vages Geheimnis von Zärtlichkeit inne, von liebenswerter, ergebener Schlaftrunkenheit, mit ihm erwacht eine einfache Melodie, die die schlafende Seele der Landschaft zum Schwingen bringt. Es sind blaue Küsse, die die Erde empfängt, der Urmythos, der sich stets wiederholt. Die erkaltete Berührung von Himmel und Erde, beide alt, mit der Sanftmut einer immerwährenden Dämmerung.*«

»Hat das Gedicht dir geholfen?«

»Die Erde war voller Blut, und der Regen fegte es weg wie ein reinigender Besen.« Die Rührung verlieh seiner Stimme einen dunklen Klang. »Der blaue Kuss, Esperanza, verstehst du? Der blaue Kuss, von dem Lorca spricht.«

»Der Kuss des Lebens.«

»Und der Hoffnung.«

»Kein Blut bleibt an der Erde haften, denn der Regen wird sie immer mit seiner Liebe küssen.«

»Genau.«

»Was hast du dann gemacht?«

»Ich habe meinen Stein genommen und bin wieder nach oben gestiegen, während der Regen auch mich küsste und reinigte. Die ganze Zeit habe ich immer wieder fünf Worte wiederholt.«

»Welche?«

»Ich werde nach Hause zurückkehren.«

»Und da bist du«, sagte sie leise.

Es kam unerwartet. Rogelio fasste ihre beiden Hände und drehte sie sanft um, weil er die Handgelenke mit den Spuren der Narben sehen wollte.

Esperanza reagierte zu spät.

Sie wollte die Hände zurückziehen, doch er hielt sie fest.

»Wer hat es dir gesagt?«

»José María.«

»Aber warum?«

»Er wollte, dass ich weiß, dass du mir anfangs immer noch treu warst, auch wenn du ihn geheiratet hast.«

»Er hatte kein Recht dazu«, klagte sie.

»Er dachte, das sei er mir schuldig.«

»Damals hieß es, man hätte euch alle auf dem Berg erschossen, und ich bin wahnsinnig geworden vor Schmerz.«

»Er hat dich gerettet, und du hast ihn geheiratet.«

»Er war gut zu mir, Rogelio. Und ich habe ihn geliebt.«

»Das freut mich.«

»Aber als er aus dem Krieg zurückkehrte, war mehr als nur sein Arm versehrt.«

»Der Krieg hat uns alle verändert.«

»Aber ihn sehr viel mehr. Er war nicht mehr fähig, Glück zu empfinden oder zu lächeln. Er hat seine Kinder wahnsinnig geliebt, aber manchmal habe ich ihn ertappt, dass er sie traurig und schmerzerfüllt ansah. Als würde ein Schmerz, eine Schuld auf ihm lasten.«

Rogelio erstarrte.

Manche Worte wogen schwer.

Schuld war eines davon.

»Erinnerst du dich an den Tag?«, fragte er vorsichtig.

»Wie könnte ich ihn vergessen?«

»Als ich fortging und dir gesagt habe, ich würde wiederkommen, habe ich dir auch erzählt, dass wir uns in der Schlucht verstecken und von dort aus fliehen wollten.«

»Ja.«

»Hast du es jemandem erzählt?«

»Nein.«

»Bist du sicher?«

»Wieso?«

»Ach nichts.« Er entspannte sich.

»Du warst gerade aus dem Fenster geklettert, da stürmte José

María mit einer Waffe herein. Und wenn er nicht bei dir war, hieß das, dass er gegen dich war, wem sollte ich es also erzählen?«

»José María ist aufgetaucht, direkt nachdem ich verschwunden bin?«

»Ja.«

»Was wollte er?«

»Hören, ob es mir gut ging. Er hat mich gebeten, das Haus nicht zu verlassen, das Dorf sei von den Aufständischen eingenommen worden, und er habe eine Wahl treffen müssen, um mit dem Leben davonzukommen, und was weiß ich, was noch. Er wirkte sehr verängstigt. Ich habe ihn fast nicht verstanden. Ich habe deinen Kuss noch auf meinen Lippen gespürt, und ich hatte das Gefühl, man hätte mir die Seele aus dem Leib gerissen.« Tränen stiegen ihr in die Augen.

»Und danach?«

»Nichts, wie gesagt. Ich war wie ferngesteuert, ich habe nur an dich gedacht, dass ich sterben würde, wenn dir etwas zustieße. Und mir wurde auch klar, selbst wenn wir beide überlebten, würde es lange dauern, bis wir uns wiedersähen. Viel zu lange. Ich konnte nicht reagieren. José María ist gegangen, und ich habe nichts mehr gehört, bis man mir erzählt hat, dass …«

Sie konnte nicht mehr. Sie brach zusammen.

»Bitte weine nicht«, flehte Rogelio.

Vergebens. Sie weinte bitterlich, und plötzlich sprang sie auf und wollte davonlaufen.

Er war schneller. Er hielt sie fest und umarmte sie. Sie zerfloss in seinen Armen.

»Es tut mir so leid«, stammelte sie. »Es tut mir so leid, Rogelio … so leid.«

»Mir auch«, sagte er und strich ihr über den Kopf.

81

Anita und Marcela trafen nicht weit vom Haus auf Virtudes, die ebenfalls auf dem Heimweg war. Marcela eilte zu ihrer Tante, um ihr den schweren Korb abzunehmen, und hakte sich bei ihr unter.

»Ach, Tante, ist das schön hier!«

Virtudes sah ihre Nichte stolz an.

»Aber das ist doch nur ein Dorf«, widersprach sie.

»Aber es ist so einzigartig!« Sie küsste sie auf die Wange.

Anita gesellte sich zu ihnen.

»Weißt du, was ihr hier gefällt? Sie kann frei herumlaufen, wo sie will, ohne Schutz, ohne Bodyguards, ohne Angst vor einer Entführung, und sie kann sogar abends ausgehen und sich von einem Jungen zum Essen ausführen lassen.«

»Ach Mama, das mit dem Jungen ist doch Nebensache.«

»Aha.« Anita zwinkerte ihrer Schwägerin zu.

»Ich freue mich, dass ich so eine Nichte bekommen habe wie dich.«

»Besser spät als nie, oder?«

»Ja.«

»Ich weiß nicht, warum Papa das Haus nicht verlässt, noch dazu an solch einem schönen Tag, wo alle Welt in Festtagsstimmung ist und sich auf heute Abend freut!«

»Du weißt doch, wenn das Geschäft ruft …«, meinte Anita.

»Aber heute Abend holen wir ihn raus! Und wenn wir ihn hinter uns herziehen müssen. Und er muss Böller kaufen!«

»Also, ob er sich dazu hinreißen lässt … ich weiß nicht!«, erwiderte Virtudes. »Es hat lange gedauert, bis er als kleiner Junge den Mut fand, eine Rakete zu zünden. Alle anderen Kinder waren begeistert, aber er … Ich verstehe immer noch nicht, wie er zwei Kriege überstanden hat.«

»Ich glaube nicht, dass er jemanden getötet hat«, sagte Marcela.

»Lass uns über was anderes sprechen«, bat Anita. »Wir sind fast da.«

Die Straße. Das Haus. Der Mietwagen vor der Tür. Sie legten die letzten Meter zurück, und Marcela stürmte vor, um ihnen die Tür aufzuhalten. Virtudes nahm ihr den Korb wieder ab und begab sich in die Küche. Marcela kam als Letzte ins Haus und rief sogleich: »Papa, wir sind da!«

Sie fanden ihn im Esszimmer, am Tisch, vor all den Papieren, aus denen sich ihrer aller Zukunft ergeben würde, aber er blickte verloren aus dem Fenster auf das Dorf. Marcela fiel ihm um den Hals und küsste ihn.

»Hallo, Mr. Wichtig!«

Rogelio freute sich. Er schloss die Augen und gab ihr auch einen Kuss.

»Anita, warte«, sagte er, bevor diese in ihr Zimmer oder in die Küche entschwinden konnte, um Virtudes zu helfen. »Ich will euch was sagen.«

»Tante, Papa will mit uns reden!«

Anita setzte sich als Erste. Marcela blieb stehen, die Arme vor der Brust gekreuzt, voller Erwartung. Virtudes konnte ihre Neugier nicht verhehlen, als sie ins Zimmer trat.

»Setz dich«, sagte Rogelio.

»Ach.« Angst stand ihr ins Gesicht geschrieben.

Rogelio verlor keine Zeit. Er sah alle drei an und verkündete: »Wir fahren ein paar Tage weg, zu viert.«

Marcela bekam noch größere Augen, Anita wirkte ungerührt. Virtudes warf der Vorschlag völlig aus der Bahn.

»Rogelio, sei nicht albern, ich kann doch nicht einfach von hier verschwinden.«

»Was denn?«, unterbrach er sie. »Hast du eine Arbeit, irgendwelche Verpflichtungen, einen festen Stundenplan? Wenn hier einer albern ist, dann bist du es.«

»Aber wie sollen wir denn wegfahren und wohin?«

»Zuerst nach Barcelona, ich will unbedingt alles von Gaudí sehen. Und dann fahren wir die Küste entlang: Tarragona, Valencia, Murcia, Almería, Málaga … mindestens bis Córdoba und Sevilla. Eine richtige Reise, wir alle zusammen.«

Anita streckte die Hand aus und drückte seine.

»Marcela, was meinst du?«, sagte sie an ihre Tochter gewandt.

»Toll, Papa!«

Virtudes blieb ernst.

»Wir haben viel nachzuholen«, sagte Rogelio. »Es wird uns guttun, etwas Abstand zu gewinnen, nur ein paar Tage, und die Ferien zu genießen, während die Anwälte den Papierkram für die Plantage und den Kauf der Fabrik erledigen.« Er schenkte seiner Schwester ein gewinnendes Lächeln. »Komm schon, Virtudes, zwing mich nicht, dich zu entführen, ich schwöre dir, ich stecke dich in den Kofferraum und Ende der Diskussion.«

»Ich würde ja gern, aber … warum fahrt ihr nicht zu dritt?«

»Ich habe dich gerade erst zurückgewonnen, und jetzt willst du mich schon loswerden?«

»Nein.« Sie senkte den Blick.

»Nach der Reise werde ich nach Kolumbien zurückkehren und mich um meine Geschäfte dort kümmern. Später kommst du uns besuchen, sagen wir an Weihnachten, und komm mir jetzt nicht mit Flugangst, das Thema ist durch. Im Moment plane ich am Ende des Sommers zurückzukehren, im September oder im Oktober, um meine Projekte im Dorf umzusetzen.«

»Und wann hast du das alles entschieden?«, fragte Anita.

»Heute Morgen.«

»Und was ist mit den Dingen, die du erledigen wolltest?«

»Die sind erledigt.«

»Und deine Antworten?«

»Heute Nachmittag werde ich zwei Leute treffen. Danach …«

»Wen?«

»Das erzähle ich dir heute Abend.«

Sie kannte ihn gut. Und so ließ sie es dabei bewenden.

»Gut.«

»Bist du dir sicher, dass alles in Ordnung ist?« Virtudes hatte ihre Zweifel.

»Ja, gewiss. Jetzt fügt sich alles, weißt du. Es ist Zeit, viele Dinge nachzuholen.«

»Papa.«

Die drei blickten zu Marcela. Jetzt war sie diejenige, die ernst dreinschaute.

»Ja?«

»Darf ich den Sommer über bei Tante Virtudes bleiben?«

Virtudes atmete mit stolzgeschwellter Brust ein. Anitas Mundwinkel verzogen sich zu einem kaum merklichen Lächeln. Rogelio musste erst über ihre Bitte nachdenken, damit hatte er nicht gerechnet.

»Hier? Allein?«

»Bei der Tante.«

»Auf keinen Fall!«

»Bitte!«

Keiner sprach von Ezequiel. Es gab keine ironischen Spitzen. Sie vermieden unbequeme Fragen. Sie überwanden jeden Zweifel.

»Ich möchte das alles hier auf eigene Faust kennenlernen. Ich werde das erste Mal allein sein. Ich glaube, das brauche ich jetzt.«

»Was meinst du dazu, Anita?«, fragte Rogelio.

»Sie ist neunzehn. Wir haben einander immer vertraut.«

Auf der Straße krachten ein paar Böller und machten einen Heidenlärm. Keiner erschrak.

»Und du, Virtudes?«

»Es wäre mir eine Freude, sie hier bei mir zu haben«, verkündete seine Schwester strahlend.

82

Rogelio hatte sich vergewissert, dass Esperanza im Kiosk war.

Dann ging er zu ihrem Haus und hoffte, dass er Glück hatte.

Zu seiner Freude bestätigte sich seine Hoffnung.

José María öffnete ihm die Tür und sah ihn ungläubig an.

»Komm rein«, sagte er schließlich.

Rogelio folgte ihm ins Lesezimmer. Er sah einen ausgeschalteten Fernseher, ein Regal, das, abgesehen von zwei Schubladen, von oben bis unten mit Büchern gefüllt war, und einen Heizofen für den Winter. Das einzige Fenster ging auf den Patio hinaus. Eine Wand wurde von dem Regal eingenommen, an einer anderen befand sich die Tür, flankiert von zwei Bildern. An der vierten hingen ein altes Jagdgewehr mit zwei Läufen und darunter eingerahmt mehrere Diplome mit den Namen der Kinder. Das Mobiliar bestand im Wesentlichen aus einem Couchtisch mit vielen Familienfotos und zwei einander gegenüberstehenden Sesseln.

Alte, verschlissene Sessel, durchgesessen vom Gewicht vieler Körper, auch wenn es immer dieselben waren: Die von José María, Esperanza und ihren Kindern, Vicente, Rosa und Ezequiel.

»Setz dich. Was zu trinken?«

»Nein danke.«

»Auch kein Wasser?«

»Nein.«

»Na gut.«

Sie nahmen in den Sesseln Platz, getrennt durch den Tisch. Ein Foto war von der Hochzeit. Auf den anderen waren immer nur die Kinder zu sehen, als Kleinkinder, Jugendliche, in jungen und reiferen Jahren. Ein Foto zeigte Vicente und Maribel mit den Kindern und ein weiteres Rosa mit einem Mann.

Die Menschen auf den Fotos lächelten.

Außer José María.

Auf dem Hochzeitsfoto mit dem fehlenden Arm, der wie ein schwarzes Loch alle Energie aufsaugte, war sein Gesicht eine starre Maske.

Er musste seinen Besucher nicht fragen, warum er gekommen war.

»Du warst es«, sagte Rogelio unvermittelt.

José María zeigte keine Regung. Kein Aufblitzen in den Augen. Keine Veränderung des Gesichtsausdrucks. Kein Erschrecken. Rogelio dachte, dass vielleicht sein Herz stehen geblieben war.

Irgendwo draußen krachte der nächste Böller.

»Komm schon, José María, es ist doch jetzt egal«, sagte Rogelio.

»Ich wusste nicht, wie lange du brauchen würdest, bis du darauf kommst.« Er saß immer noch merkwürdig starr da. »Ich dachte sogar, vielleicht nie.«

»Du hast an dem Abend das Gespräch zwischen Esperanza und mir belauscht, als ich ihr gesagt habe, wo wir uns verstecken wollten. So muss es gewesen sein.«

»Ja, so war's.«

»Ich bin aus dem Fenster geklettert, und du bist zur Tür hereingekommen.«

»Ja.«

»War es, weil wir auf verschiedenen Seiten gekämpft haben?«

»Du kennst die Antwort.«

»Esperanza.«

»Ja.«

Rogelio fasste es in Worte, auch wenn ihm jedes einzelne in der Kehle, in der Brust und in seinem Kopf brannte.

»Du hast mich aus Liebe verraten.«

»Ja«, gestand José María.

»Seit wann ...?«

»Ich war schon immer in sie verliebt. Seit ich denken kann. Aber sie hatte nur Augen für dich.«

»Die Liebe macht uns alle verrückt, nicht wahr?«

»Was hätte ich denn tun sollen, Rogelio? Es war meine Chance.«

»Du konntest mich nicht vor ihr töten. Das hätte dich zum Mörder gemacht. Es musste im Kampf geschehen, und später würdest du, mit Glück und Geduld oder was auch immer, ihre zerbrochene Seele wieder flicken.«

»Um ein Haar hätte ich sie verloren.«

»Du hast ihr das Leben gerettet, aber vorher hast du zehn unschuldige Menschen zum Tode verurteilt, nur weil du mich loswerden und freie Bahn haben wolltest.«

José María erwiderte nichts. Aber er hielt seinem Blick stand. Diese merkwürdige Ruhe in seinem Blick.

»Meinen Vater, meinen Bruder, die anderen ...«

Schweigen.

»Verdammt, sag was.« Rogelio hatte seine Stimme nicht erhoben.

»Es ging alles sehr schnell damals.« José Marías Schultern hoben und senkten sich. »In Sekundenschnelle haben wir weitreichende Entscheidungen getroffen, auf welche Seite wir uns schlagen, ob wir der Liebe oder der Freundschaft folgen.«

»Der Liebe oder der Freundschaft.«

Verbitterung lag in José Marías Blick, Traurigkeit in Rogelios. Als wäre die Zeit binnen Millisekunden stehen geblieben.

Immer mehr Böller auf der Straße, im ganzen Dorf.

Dieselbe Knallerei wie in jener Nacht.

Nur dass der Anlass jetzt ein Fest war.

José María stand auf. Er stützte sich auf dem Sessel ab und

ging ein paar Schritte. Bis zur Wand, wo er das Gewehr abnahm. Er öffnete eine der Schubladen im Regal. Das Gewehr fest unter den Arm geklemmt, nahm er zwei Patronen. Er kehrte an den Tisch zurück, legte erst die Patronen ab, dann die Waffe, den Kolben auf Rogelio, den Lauf auf sich selbst gerichtet. Dabei schob er die Fotos beiseite.

Das von der Hochzeit mit Esperanza kippte um.

»Was tust du da?«

»Ich mache es dir leicht.«

»Spinnst du?«

»Tu mir den Gefallen und mach dem Ganzen ein Ende.«

Rogelio betrachtete die Waffe und die Patronen, dann wanderte sein Blick wieder zu José María. Er nahm die Waffe und legte sie beiseite, sodass sie sich außerhalb der Reichweite seines Gegenübers befand.

»Glaubst du, ich bin gekommen, um dich zu töten?«

»Ja.«

»Nein! Bin ich nicht!«

»Komm schon, Rogelio. Du bist gekommen, um dich zu rächen. Tu's endlich.«

»Ich bin gekommen, um die Wahrheit herauszufinden und mit ihr nach Hause zurückzukehren, nicht um zum Mörder zu werden!«

»Ich habe euch verpfiffen, verdammt!«

»Und du glaubst, vierzig Jahre später sei mir das wichtiger als meine Frau und meine Tochter?«

José María wirkte erschöpft. Er war um zehn Jahre gealtert, die Tränensäcke traten stärker hervor, die Mundwinkel hingen herab, und die Furchen hatten sich noch tiefer in das Fleisch seines leblosen Gesichts gegraben.

»Ich verstehe dich nicht.«

»Wirklich nicht?«

»Nein.«

»Seit vierzig Jahren büßt du für deine Tat, trägst die Last deiner Schuld. Da muss ich die Arbeit nicht zu Ende bringen. Du wirst weiter im Gefängnis deines Kopfes leben, José María.«

Ein müdes, bedauerndes Lächeln huschte über sein Gesicht.

»Und wenn ich mich selbst erschieße?«

»Was soll das bringen? Du hast eine Frau, drei Kinder, Enkel. Das wäre ausgesprochen dumm, mein Freund.«

»Freund?«

Rogelio stand auf.

Er blickte auf das Gewehr. Er blickte zu José María.

»Weißt du was? Wäre die Politik der Grund gewesen, weil ich ein Linker war und du zu den Rechten gehörtest, hätte ich dir vielleicht nicht verziehen. Aber du hast es aus Liebe getan. Wegen ihr. Und deshalb verzeihe ich dir. Ich hätte dasselbe getan.«

»Hättest du nicht. Du nicht.«

Rogelio war bereits an der Tür.

»Esperanza war es wert«, sagte er zum Schluss. »Und das weißt du, du hast all die Jahre mit ihr gelebt.«

»Verdammt, Rogelio ...«

Der Ausruf, der Seufzer, was auch immer es war, entstand und erstarb in den vier Wänden mit den Familienfotos als einzigen Zeugen, das umgestürzte eingeschlossen.

Rogelio wusste, José María würde es wieder aufrecht hinstellen, sobald er gegangen war.

Und so verließ er ohne ein weiteres Wort das Haus. Es war alles gesagt.

83

Wenn das Personal aus der Fabrik strömte, war das ein angenehmer Augenblick. Der Arbeitstag war zu Ende, es war der Moment des Wiedersehens, die Leute gingen nach Hause, machten noch einen Spaziergang an der frischen Luft, trafen sich auf ein Schwätzchen oder auf ein Spiel in der Kneipe. Das Johannisfest war die Krönung. Frauen und Männer warteten mit ihren Kindern auf die Ehepartner, Väter, Mütter oder Großeltern. Der Vorplatz wurde zu einem Treffpunkt.

Man hörte immer mehr Böller.

Das Holz für das Feuer war aufgeschichtet. In einem vermeintlich neuen oder zumindest anderen Land begann der Sommer.

Rogelio erkannte ihn sofort. Wegen der Fotos im Haus von José María und Esperanza, aber auch weil er beiden sehr ähnlich sah, vor allem ihr.

Seine Augen, seine Lippen, das Lächeln, das er nie vergessen hatte.

»Vicente?«

»Ja.« Ein Funke der Erkenntnis blitzte in seinen Augen. »Sie müssen Rogelio Castro sein.«

»In der Tat.«

Es folgte ein kräftiger Händedruck.

»Freut mich, Sie kennenzulernen«, sagte er.

»Hast du eine Minute?« Rogelio duzte ihn.

»Ähm … ja, klar.« Er machte keine Anstalten, auf die Uhr zu schauen.

»Es ist Johannis. Wenn du es eilig hast und nach Hause musst, können wir uns auch morgen treffen.«

»Nein, nein, ich bin nur so überrascht.«

»Das freut mich, vor allem, weil die meisten Überraschungen positiver Natur sind, wusstest du das?«

»Nein.«

»Du wirst schon sehen.« Sie gingen ein Stück. »Gibt es hier einen ruhigen Ort, wo wir uns unterhalten können?«

»Da vorn ist ein kleiner Platz. Wenn das für Sie in Ordnung ist …«

»Jaja, alles bestens. Wenn wir in ein Lokal gehen, wird es Gerede geben, und bei dem Lärm versteht man sein eigenes Wort nicht mehr.«

»Sie sind gut. Schauen Sie sich doch mal um.«

Einige von den Umstehenden beobachteten sie mit einer Mischung aus Neugier und Bewunderung. Die meisten wussten, wer Rogelio war. Der Neue. Der 1936 erschossen wurde. Der reich und berühmt von den Toten auferstanden war.

»Heute Abend werden alle wissen, dass wir miteinander gesprochen haben, und morgen …«

Er sprach seinen Satz nicht zu Ende und ging weiter. Ein kurzer Seitenblick bestätigte ihm, dass sein Begleiter ausgesprochen glücklich war. Seine Augen leuchteten, und er lächelte. Rogelio legte ihm sogar einen Arm um die Schulter, bevor sie den kleinen Platz mit seinen leeren Steinbänken erreichten.

»Ich konnte es kaum erwarten, dich kennenzulernen.« Er klopfte ihm auf die Schulter.

»Wirklich?«

»Ja.« Rogelio sagte ihm nichts davon, dass Ezequiel mit Marcela ausgegangen war. »Wollen wir uns hier hinsetzen?«

»Gut.«

Die Bank war kalt, weil die Sonne schon eine Weile nicht mehr darauf geschienen hatte, und die Kühle des Steins drang durch den Hosenstoff. Sie drehten ihre Oberkörper einander zu, um sich von Angesicht zu Angesicht unterhalten zu können.

Vicente stellte seinen Rucksack auf den Boden. Er war leger gekleidet. Durch seinen Kleidungsstil und seine Art wirkte er trotz seiner Reife jugendlich.

»Du hast eine hübsche Frau. Ich habe euer Foto gesehen«, sagte Rogelio. »Und ihr habt niedliche Kinder.«

»Danke.« Er brauchte nicht zu fragen, wo Rogelio die Fotos gesehen hatte.

Er dachte an seine Mutter, und ein seltsames Gefühl beschlich ihn.

Der Mann war aus der Vergangenheit zurückgekehrt, um sie an ein verlorenes Leben zu erinnern. Oder vielleicht war es nicht verloren. Nur anders.

»Was wollen Sie?«, fragte er, als Rogelio nichts sagte.

»Ich werde mich kurzfassen. Du hörst dir alles an, und dann kannst du Fragen stellen, einverstanden?«

»Ja«, lautete die knappe Antwort.

»Ich werde die Fabrik kaufen, und es wird einige Veränderungen geben. Vor allem, was die Verwaltung angeht. Ich möchte, dass du die Leitung übernimmst.«

Ein Schlag in den Solarplexus hätte ihn nicht mehr umhauen können.

»Was?«

»Das ist nicht die Frage, die ich erwartet habe, aber ich denke, manche Dinge verwirren einen erst mal.« Er lachte.

»Meinen Sie das ernst?«

»Ja. Sind dir denn die Gerüchte nicht zu Ohren gekommen?«

»Ich wusste, dass jemand vorhat, sie zu kaufen, das ja, aber …«

»Dieser jemand bin ich.« Er legte eine Hand auf seinen Arm. »Hör mir zu. Mir liegen Berichte vor, ich stütze mich auf Tatsachen, und ich erwarte natürlich eine Gegenleistung. Ich möchte jemanden auf dem Posten, der die Arbeitsabläufe kennt und neue Ideen hat, der jung ist, aber diesem Posten gewachsen ist. Ich will keine Experimente. Ich biete dir die Stelle an, weil ich weiß, dass du gut bist, du bist engagiert, und nur durch einschneidende Veränderungen werden wir die Fabrik nach vorne bringen.«

»Dann soll ich also wirklich der neue Direktor werden?«

»Nicht mehr und nicht weniger, es sei denn, du kneifst.«

»Ich habe noch nie gekniffen, wenn sich mir eine Chance geboten hat.«

»Schön.« Er drückte wieder seinen Arm. »Ich werde nicht nur die Fabrik kaufen. Ich werde auch eine Blumenplantage auf dem Land am Fluss bauen. Das ist eine andere Geschichte, klar. Aber ich wollte, dass du das weißt. Durch die beiden Projekte wird es viel Arbeit geben. Ich brauche Hilfe bei der Besetzung der Stellen. Vertrauenswürdige Leute, verstehst du? Du besitzt eine Eigenschaft, die ist unverzichtbar.«

»Und welche wäre das?«

»Ehrlichkeit.«

»Na ja, das stimmt. Hören Sie, Señor Castro.«

»Rogelio, nenn mich Rogelio.«

»Hören Sie, Señor Rogelio.« Er siezte ihn weiter. »Darf ich Sie etwas fragen? Machen Sie das alles, was Sie gerade gesagt haben, nur weil Sie früher mit meiner Mutter zusammen waren?«

Das hatte Rogelio nicht erwartet.

»Du weißt davon?«

»Ja.«

»Woher? Hat sie es dir erzählt?«

»Eltern behalten Dinge für sich, und manchmal stoßen wir Kinder zufällig darauf.«

»Was für Dinge meinst du?«

»Fotos, Gedichte, der Verlobungsring …«

Rogelio versuchte, seine Gefühle zu unterdrücken.

»Nein«, erklärte er, und das entsprach der Wahrheit. »Ich biete dir den Posten nicht an, weil du Esperanzas Sohn bist, das musst du mir glauben.« Er zog einen Zettel aus der Gesäßtasche, faltete ihn auf und reichte ihn Vicente. »Das ist eine Liste von allen Leuten, die in der Fabrik arbeiten. Nenn mir einen, der besser für den Posten geeignet ist, und ich ernenne ihn zum Chef.«

»Glauben Sie, das würde ich Ihnen verraten?«

»Das gefällt mir.« Er nahm ihm den Zettel aus der Hand und schob ihn wieder in die Hosentasche. »Ich sage es noch einmal, damit dein Ego keinen Schaden nimmt: Nein, ich tue das nicht für deine Mutter. Geschäft ist Geschäft. Es gibt nichts Schlimmeres, als jemandem einen Posten zu geben, mit dem er überfordert ist, nur weil er zur Familie gehört. Für alle Fälle und eingedenk der Tatsache, dass ich in Kolumbien lebe, möchte ich, dass du mir etwas versprichst.«

»Was?«

»Dass es ihr künftig an nichts fehlen wird. Und mit nichts, meine ich nichts, klar? Ich will, dass du dich um sie kümmerst, und wenn du es selbst nicht tun kannst, dann engagiere jemanden. Du musst mir schwören, dass sie nicht in ein Altenheim kommt und einsam ist.«

»Ich schwöre es, aber das hätte ich sowieso getan.«

»Dann bist du also einverstanden?«

Vicente blickte zum Fabrikgebäude, das zum Greifen nah war. Vor fünf Minuten hatte er es als der verlassen, der er immer gewesen war: als guter Mitarbeiter, hochqualifiziert, aber eben nur ein Mitarbeiter.

Auf einmal war er der Direktor.

Mit fünfunddreißig.

Ohne das Dorf zu verlassen, wie es Rosa getan hatte. Ohne dem Druck der Verhältnisse nachgeben zu müssen.

Er dachte an Maribel.

»Darf ich es meiner Frau erzählen?«

»Du kannst es erzählen, wem du willst.«

Es fehlte nur noch eines. Etwas Unverzichtbares. Das, womit zwei Ehrenmänner einen Vertrag ohne Papier und Unterschrift besiegelten.

Ein Händedruck.

Er erfolgte schweigend, doch plötzlich umarmte ihn Rogelio wie ein Vater den Sohn.

84

Das Rathaus war der letzte Ort, an dem noch gearbeitet wurde. Oder zumindest konnte man den Eindruck gewinnen. Der Lärm auf der Plaza Mayor, mit den Böllern und den tobenden Kindern, bildete einen Kontrast zu der bürokratischen nachmittäglichen Stille im Innern des Gebäudes. Ein junger Mann sagte ihm, das Büro des Bürgermeisters befände sich im zweiten Stock. Als er dort ankam, bat ihn die Sekretärin zu warten, der Bürgermeister sei auf dem Sprung, und sie wisse nicht, ob er ihn empfangen könne. Da nannte er seinen Namen, und die Miene der Sekretärin wurde ernst.

Sie öffnete eine Tür, kündigte ihn an, und nach einem betretenen Schweigen rief eine Stimme:

»Er soll hereinkommen, Graciela.«

Graciela. Ein schöner Name.

»Danke.« Er lächelte ihr zu, als er sich an ihr vorbei in die Höhle des Löwen begab.

Sie schloss die Tür hinter ihm.

Und Rogelio stand Ricardo Estrada gegenüber.

Als Erstes kam ihm ein Bild aus der Kindheit in den Sinn, als keiner mit ihm spielen wollte, weil er das Kind des Dorfkaziken war. Er sah den neun- oder zehnjährigen Ricardo vor sich, der weinte. Als Nächstes Gemeinheiten in der Pubertät, den Kampf im Alter von siebzehn oder achtzehn, und schließlich den Krieg, den 18. und 19. Juli 1936.

Die beiden Männer sahen sich kalt an. Der Hausherr bot ihm keinen Platz an. Der Besucher verzog keine Miene. Er streckte ihm nicht die Hand hin.

Sie wussten beide, wo ihr Platz in der großen menschlichen Komödie war.

»Ich hätte nie gedacht, dich mal hier in diesem Büro zu sehen«, eröffnete Ricardo das Gespräch.

»Keine Sorge, ich mach's kurz«, sagte Rogelio.

Der Bürgermeister betrachtete seine Hände, als suchte er etwas.

Doch Rogelio war mit leeren Händen gekommen.

Trotzdem äußerte Ricardo seine Befürchtung.

»Du willst mir doch nicht etwa einen Schuss verpassen?«

Rogelio schnaubte sarkastisch.

»Ihr alle glaubt, ich sei hier, um Leute zu töten.«

»Ich denke, das brauchst du nicht«, sagte Ricardo angewidert. »Du bist reich, du kannst einen von diesen Killern bezahlen, an denen ihr in Kolumbien so einen hohen Verschleiß habt.«

»Warum denkt ihr immer bloß ans Töten?«

»Wir?«, erwiderte er unwirsch. »Ich weiß, dass du das halbe Dorf aufkaufst, die Grundstücke, die Fabrik … Das ganze Gerede über die Kaziken von früher, und jetzt willst du selbst einer sein.«

»Du irrst dich. Ich werde nach Kolumbien zurückkehren. Aber in einem gebe ich dir recht: Ich will etwas frischen Wind ins Dorf bringen.«

»Indem du es dir unter den Nagel reißt?«

»Nein, indem ich es von dir befreie.«

Ricardo trat hinter seinem Schreibtisch vor. Es waren nur zwei Schritte. Einen Meter vor Rogelio blieb er stehen. Forschend betrachtete er sein Gesicht, auf der Suche nach Schrunden, nach Furchen. Doch es strahlte nur Gelassenheit und Ruhe aus. Keine Spur von Hass.

»Wovon sprichst du?«

»Von den Grundstücken, die du ohne Skrupel neu bewertet und mir zu einem überhöhten Preis verkauft hast, von dem du dir unter der Hand ein hübsches Sümmchen eingestrichen hast. Davon rede ich, Ricardo.«

»Sei nicht dumm.«

»Ich mag vieles sein, aber dumm bin ich nicht. Außerdem habe ich für so was gute Anwälte, und ich habe Freunde bei der Staatsanwaltschaft in Kolumbien und meine Kontakte hier in Spanien.« Er sprach langsam, als wäre jedes Wort ein Keil, den er in die Seele seines Gegenübers bohrte. »Ich habe die Dokumente, das genaue Datum, die Daten, alles, was du dir vorstellen kannst. Ich habe das alles und noch viel mehr, um dich wegen unzähliger Vergehen anzuzeigen und dich ins Gefängnis zu bringen.«

»Du hast mir eine Falle gestellt?«

»Ich denke schon.«

»Du hast mehr bezahlt, obwohl du wusstest, dass es nicht rechtens war?«

»Ja.«

»Mir das zu beweisen wird ewig dauern«, brüllte Ricardo. »Auch ich habe meine Freunde und Kontakte.«

»Ich glaube nicht, dass es so weit kommt.« Rogelio machte eine vage, aber bedeutsame Geste. »Ich könnte deinem Image schaden, auch mit der Geschichte mit der Frau, dieser Teresa Cortés, aber das lohnt nicht.«

Ricardo Estrada wurde leichenblass.

»Der Deal ist folgender, Ricardo.« Rogelios Miene verwandelte sich in eine eiserne Maske. Er hielt mit seinem Plan nicht mehr länger hinter dem Berg: »Du verlässt das Dorf, und deinen Vater nimmst du gleich mit, du trittst vom Bürgermeisteramt zurück und verschwindest auf Nimmerwiedersehen. Das war's. Du verschwindest, und ich vergesse die Sache.«

Ricardo musste sich mit einer Hand am Tisch abstützen.

»Das kannst du nicht …«

»Und ob ich das kann.«

»Das ist auch mein Dorf!«, brüllte er.

»Ihr habt es 1936 an euch gerissen, dein Vater und du, und seitdem habt ihr es zu eurem Spielplatz gemacht.« Seine Argumentation wurde zunehmend schlagkräftiger. »Und jetzt ist es Zeit für eine Veränderung. Neue Zeiten, Demokratie ... Du und ich, wir sind Relikte der Vergangenheit, und, wie gesagt, auch ich werde gehen. Ich lasse die jungen Leute über ihre Zukunft entscheiden. Ich werde ihnen dafür lediglich Werkzeuge an die Hand geben, die Fabrik, die Blumenplantage und einiges mehr.«

»Ich werde nicht gehen.« Der Bürgermeister keuchte.

»Und ob, sonst wird von dir nichts mehr übrig bleiben, denn ich werde dich bluten lassen. Und ich sag's noch einmal: Das ist keine Rache. Das ist eine Säuberung.«

»Du erpresst mich!«

»Nenn es, wie du willst. Du hast einen Monat, um zurückzutreten und deine Angelegenheiten zu regeln, und keinen Tag mehr.«

»Was ...?«

Es war alles gesagt, Rogelio drehte sich herum und schritt zur Tür.

»Rogelio!«

»Adiós, Ricardo.«

»Du Hurensohn, wir haben euch einmal fertiggemacht und wir werden euch wieder fertigmachen!«

Rogelio fuhr herum.

»Du denkst wohl, es hat sich gelohnt, nicht wahr?« Er sah ihn traurig an.

»Natürlich hat es sich gelohnt!« Ricardo brüllte nicht mehr, er heulte. »Uns und Franco hat das Land zu verdanken, dass es so ist, wie es ist, wir haben es vom Kommunismus befreit! Wir haben nicht hart genug durchgegriffen, sonst wärst du jetzt nicht hier, du Mistkerl!«

Rogelio fing an zu lachen. Dabei war ihm überhaupt nicht nach Lachen zumute.

»Dieses Land? Ihr tut so, als würde es euch allein gehören.«

Er drehte sich um und öffnete die Tür.

Graciela, die Sekretärin, sah ihn beklommen an.

Als er die Tür schloss, hörte er zum letzten Mal Ricardos Stimme.

»Verdammter Mistkerl!«

Rogelio ging an Graciela vorbei und nickte ihr zu.

»Viel Glück, Graciela.«

»Danke, Señor.«

Rogelio ging die Treppe hinunter. Er trat hinaus auf die Straße. Er wollte sich über seine Gefühle klar werden, aber das gelang ihm nicht. Nicht immer ließen sie sich eindeutig abgrenzen. Manchmal vermischte sich Freude mit Traurigkeit, der Sieg konnte sich hinter vielen Niederlagen tarnen und umgekehrt. Die Zeit war rasend schnell vergangen. Vierzig Jahre und viele Tote lagen hinter ihm.

Welche Farbe hatte die Zukunft?

Weiß, die Zukunft war immer weiß.

Jeder Einzelne malte sie selbst aus.

Er ließ sich von der verblassenden Abendsonne liebkosen und schaute auf die Uhr. Er könnte nach Hause gehen, seine Frau, seine Tochter und seine Schwester abholen und mit ihnen das Johannisfest genießen, wie früher als Kind.

Endlich wieder frei sein.

In der Ferne erahnte er Esperanza hinter der Kiosktheke.

Er machte sich auf den Weg.

Erst mit gesenktem Kopf, den Blick auf den Boden gerichtet. Dann richtete er sich auf und blickte nach vorn.

Ja, er fühlte sich frei.

Er lächelte glückselig, auch wenn er Tränen in den Augen hatte.